Miau

Benito Pérez Galdós:
Miau

Introducción de
Ricardo Gullón

El Libro de Bolsillo
Alianza Editorial
Madrid

Primera edición en "El Libro de Bolsillo": 1985
Quinta reimpresión en "El Libro de Bolsillo": 1990

© Alianza Editorial, S. A., Madrid, 1985, 1986, 1988, 1989, 1990
Calle Milán, 38, 28043 Madrid; teléf. 200 00 45
ISBN: 84-206-0124-1
Depósito legal: M. 20.410-1990
Papel fabricado por Sniace, S. A.
Impreso en Lavel. Los Llanos, nave 6. Humanes (Madrid)
Printed in Spain

La década maravillosa

La década de los ochenta (siglo XIX) asistió a un fenómeno de singular grandeza: once magníficas novelas de Galdós aparecieron en rápida sucesión, las mejores de su autor, salvo la excepción de *Misericordia,* 1897. De este año es *Paz en la guerra,* de Unamuno; en 1895 ya Valle-Inclán había dado *Femeninas,* testimonio de distinta modalidad de escritura. En diez años publicó don Benito sin pausa alguna, en prodigioso flujo creador, invenciones tan ricas y variadas como *La desheredada* (1881), *El amigo Manso* (1882), *El doctor Centeno* (1883), *Tormento* y *La de Bringas* (1884), *Lo prohibido* (1884-1885), *Fortunata y Jacinta* (1886-1887, *Miau* (1888), *La incógnita, Torquemada en la hoguera* y *Realidad* (1889), *Angel Guerra* (1890-1891).

La familia de León Roch (1878) cierra el ciclo de las llamadas «novelas de la primera época» y el año siguiente se acaba la segunda serie de los *Episodios nacionales.* Si su autor llamó «novelas contemporáneas» a las escri-

tas a partir de ese momento, la razón es clara: quería
trascender ciertas limitaciones impuestas a sus obras anteriores por la voluntad de probar. Si un cierto didac-
tismo nunca dejó de traslucirse en los textos galdosianos,
es igualmente verdad que desde fecha relativamente temprana la conciencia artística del autor prima sobre otras
consideraciones y consiente a la creación libertades tan
notables que, según intenté mostrar no hace mucho, dan
lugar a un curioso fenómeno que, con su poquito de
imaginación, cabría llamar rebelión del texto.

Cuando éste habla por sí mismo, y así sucede en los
recién mencionados, basta escucharle para descubrir su
libertad. Escritura en libertad en la cual se entrecruzan,
mediadas por el narrador, conversaciones, divagaciones
solitarias de los figurantes, fantasías, sueños y quimeras.
Las actuaciones se cargan de significado y las funciones
actoriales se multiplican.

El protagonista

Abierta la imaginación del autor y suelta su mano por
los casi dos años entregados a la fabulosa construcción
de *Fortunata y Jacinta,* se hallaba aquél en plena dispo-
nibilidad creadora y, conforme le sucediera en recientes
ocasiones con Celipín Centeno, Ido del Sagrario y Rosalía Bringas, un personaje apenas esbozado sale de las
sombras del vasto mundo novelesco y reclama la consistencia de que hasta ese punto carecía. Lo incipiente pedía exposición y desarrollo.

En el primer capítulo de la tercera parte de *Fortunata
y Jacinta* se habla de política y administración («tema pi-
cante») en los términos que cabe esperar de los conter-
tulios, empleados o cesantes: «Con este desbarajuste que
hay ahora no se sabe ya por dónde anda uno», «... aquí se
hacen mangas y capirotes de los *derechos adquiridos*».
Alguien no mencionado hasta entonces se deja oír: «Pues
yo —murmuraba una voz que parecía salida de una botella, voz correspondiente a una cara escuálida y cadavé-

rica en la cual estaban impresas todas las tristezas de la Administración española— sólo pido dos meses, dos meses de activo para poderme jubilar por Ultramar. He pasado el charco siete veces, estoy sin sangre y ya me corresponde retirarme a descansar con *doce*. ¡Maldita sea mi suerte!»

En el mismo capítulo, y ya en otro Café, se identifican la voz y el rostro del sujeto a quien «faltaban dos meses de empleo para poder pedir la jubilación». El retrato se ajusta a lo que se dirá en *Miau*: «Tenía pintada en su cara la ansiedad más terrible; su piel era como la cáscara de un limón podrido, sus ojos de espectro, y cuando se acercaba a la mesa de los espiritistas, parecía uno de aquellos seres muertos hace miles de años, que vienen ahora por estos barrios, llamados por el toque de la pata de un velador. El clima de Cuba y Filipinas le había dejado en los huesos, y como era todo él una pura mojama, relumbraban en su cara las miradas de tal modo que parecía que se iba a comer a la gente. A un guasón se le ocurrió llamarle Ramsés II, y cayó tan en gracia el mote, que Ramsés II se quedó.»

Todavía dará el narrador otra vuelta de tuerca a la irónica presentación: «Pasando con desdén por junto a los espiritistas, se sentaba en el círculo de los empleados, oyendo más bien que hablando, y permitiéndose hacer tal cual observación con voz de ultratumba que salía de su garganta como un eco de las frías cavernas de una pirámide egipcia.

—Dos meses, nada más que dos meses me faltan, y todo se vuelve promesas, que hoy, que mañana, que veremos, que no hay vacante...» y a renglón seguido se fija la identificación nominativa, Ramsés II-Villaamil.

Situación y personaje quedan establecidos en estas páginas del supertexto, resumiendo en pocas palabras lo sustancial del caso: arbitrariedad del poder e indefensión del individuo. (Tema de actualidad permanente, aun si lectores distraídos no son capaces de ir más allá de la anécdota). Al conocedor de la preocupación galdosiana

por la corrupción política endémica en el país y por los
riesgos de un sistema de gobierno en que las ideas de
justicia y libertad significaban poco, no puede sorpren-
derle que decidiera explorar, muy a su manera, una pro-
blemática que es la misma examinada por escritores como
Unamuno, Ortega, Baroja... y Kafka. Al adelantarse a
ellos y por presentar con tan intenso dramatismo una
cuestión que, lejos de inactual parece hoy más acuciante
que nunca, la modernidad de Galdós resalta mejor.

Lo personal fundido en una textura que lo universaliza
constituye la opción galdosiana. En el primer capítulo
de *Miau* resuena ya la conocida «voz cavernosa y sepulcral», y no tarda en aparecer el hombre «alto y seco,
los ojos grandes y terroríficos, la piel amarilla, toda ella
surcada por pliegues enormes en los cuales las rayas de
sombra parecían manchas, las orejas transparentes, largas
y pegadas al cráneo, la barba corta, rala y cerdoza con
las canas distribuidas caprichosamente, formando ráfagas
blancas entre lo negro; el cráneo liso y de color de hueso
desenterrado como si acabara de recogerlo de un osario
para taparse con él los sesos. La robustez de la mandíbula, el grandor de la boca, la combinación de los tres
colores: negro, blanco y amarillo, dispuestos en rayas,
la ferocidad de los ojos negros, inducían a comparar tal
cara con la de un tigre viejo y tísico que, después de
haberse lucido en las exhibiciones ambulantes de fieras,
no conserva ya de su antigua belleza más que la pintorreada piel».

Comparada con la descripción leída en *Fortunata y
Jacinta,* la recién transcrita se beneficia de un acerca-
miento progresivo a la metáfora «tigre viejo», sugeridora
de un pasado mejor, como fue el de Villaamil, allanán-
dose el camino hacia una visión imaginativa de los personajes. No tardando, observará el lector (como lo hace
uno de los actantes) que al cambiar la imagen se insinúa
un presentimiento del desenlace: «...el pobre don Ramón,
cuando cierre el ojo, se irá derecho al Cielo. Es un santo
y un mártir».

Lo expuesto en el esbozo fortunatesco encuentra cabal desarrollo en uno de los monólogos del protagonista (cap. IV), cuando se le representa toda su vida burocrática en la Península, Cuba y Filipinas. Un cambio importante se produjo cuando pasó del Ministerio de Ultramar al de Hacienda, en donde sus proyectos, méritos e insuficiencias aparte, acabarían siendo objeto de chacota y alejándolo de la nómina. Esto implanta en su cerebro la idea de un enemigo oculto, de un victimario resuelto a destruir sus esperanzas tan pronto como se aventure a sentirlas.

La cesantía de Villaamil no fue hecho insólito sino parte de un sistema en que la subida al poder de un partido implicaba la incorporación al presupuesto de sus amigos y paniaguados con el correlativo alejamiento del comedero de los beneficiarios de la situación política anterior. Que un funcionario fuese probo, competente y cumplidor de su deber no bastaba para eximirle de la ley general; lo que al protagonista de la novela le cuesta trabajo aceptar no es la cesantía, sino la permanencia inexorable en ella.

El personaje pide ser entendido en su peculiaridad, y toda analogía con los cesantes ocasionales confunde más que ilumina: relacionarlo con ellos aleja del meollo de la cuestión. Las penurias del protagonista, la frivolidad de mujer, hija y cuñada, los desaires recibidos y las burlas que se le infieren convierten su existencia en continuado padecer. Considero un error soslayar o reducir la importancia del motivo económico, de los agobios en que se debate Villaamil, y más equivocado aún es calificar de manía persecutoria su conducta. No le faltan razones para creerse perseguido y sentirse acosado. Tanta persistencia en la desdicha explica su creencia en el enemigo oculto que una y otra vez frustra sus esperanzas: la noria del pensamiento —diría Antonio Machado— no cesa de girar, con los cangilones llenos de lo mismo.

Funcionario competente prepara un plan para sanear la Hacienda española, y el primer punto del proyecto lo encabeza una palabra cuya mención, temeraria, basta para

hacerle sospechoso: Moralidad. No pocos, en los esta-
mentos políticos y administrativos la interpretarían como
agresión personal y alguno se inclinaría a parodiar con
medio siglo de antelación al ministro alemán: cuando
oigo la palabra Moralidad saco mi revólver y disparo.

Quien pasa de la novela a la Historia sin advertir la
diferencia de sustancia, corre peligro de perder el hilo
y la pauta de la invención: el proyecto funcional de
Villaamil pertenece a orden distinto de las reformas ha-
cendísticas concebidas por algunos políticos de la Restauración. Lo recomendable es tener en cuenta el clima pro-
yectista del momento para explicarse el esfuerzo de nuestro personaje.

Sirvió éste a alguno de esos políticos y una de las
causas de su desesperación es que no acierta a comprender cómo en lugar de aquellos estimables varones opera
ahora ese ente sin nombre, bien definido como el Enemigo. ¿Por qué tal cambio y la injusticia de él derivada?

El profesor Robert J. Weber, a quien debemos la
publicación de la primera versión de *Miau,* en su excelente estudio preliminar indicó la posibilidad de «imaginar que Pantoja también se habría suicidado si el gobierno
le hubiera quitado su trabajo». («Introducción», *Miau,*
Labor, 1973). Es posible, y la hipótesis ayuda a entender
el ejemplo novelado por Galdós.

Infierno. Demonios

La estructura temática se refiere al «mundo absurdo»
de la burocracia, mundo de la injusticia y de la arbitrariedad; la estructura narrativa sigue una pauta muy conocida y con frecuencia utilizada, la del descenso a los
infiernos, prolongado aquí conforme al modelo dantesco,
por el ascenso (hipotético) al Paraíso.

Para entender el significado de esta pauta convendrá
observar una polaridad que, como en *Fortunata y Jacinta,*
pero con entidad inferior, subyace en los estratos profundos de la novela: la polaridad Mal-Bien, Infierno

(real)-Paraíso (soñado), Poderes demoníacos-Injusticia, Corrupción-rigen la zona negativa; en la positiva habita un dios cuyas notas distintivas son la Bondad y la Impotencia. El polo negativo es tangible, según se constata en las referencias al círculo familiar y a los tenebrosos laberintos ministeriales; el positivo es producto de la imaginación de Luisito Cadalso, nieto del protagonista, que desde la inocencia contempla y compadece las angustias de la desesperanza.

La visión del mundo, amarga e irónica o amargamente irónica, procede de una intuición que impone al texto su forma y la declara por medio de las metáforas. Veamos uno de los pasajes más iluminadores. El protagonista, acompañado por un amigo, se interna en un «corredor no muy claro» del Ministerio: «A lo largo del pasadizo accidentado y misterioso, las figuras de Villaamil y de Argüelles habrían podido trocarse por obra y gracia de hábil caricatura, en las de Dante y Virgilio buscando por senos recónditos la entrada o salida de los recintos infernales que visitaban [...]. Ni Dante ni Quevedo soñaron en sus fantásticos viajes nada parecido al laberinto oficinesco...» (cap. 35). Sin soltar el hilo de la metáfora oiremos al personaje calificar de reptiles a los miserables actantes de esos recintos y de «cojitranco de los infiernos» a uno de ellos.

El ministro no tiene nombre, ni lo necesita. A diferencia de quienes en el pasado intervinieron en la vida burocrática de Villaamil, el del tiempo de la narración sólo es mencionado una vez, incidentalmente (por Pura), y se comprende por qué: encarnación abstracta del mal, poco importa quién sea la persona que encarna las fuerzas que fijan el destino del hombre. Críticos hay que advirtiendo ese carácter abstracto e invisible del Enemigo aluden a él como deidad impersonal (Peter Bly, 120), sin notar el carácter satánico de tal deidad, en 1888 y cien años después.

El demonio o diablillo más activo en el cuadro resulta ser Víctor Cadalso, yerno viudo de Villaamil, que enloqueció a su mujer, Luisa, y en el curso del discurso se

entretendrá trastornando a su cuñada, Abelarda. Los
indicios de su condición se multiplican: él es quien repu-
ta de loco a su suegro y afirma su incapacidad para «desempeñar ningún destino en la Administración» (cap. 33).
Desde su regreso de Valencia intuye la cuñadita la extraña condición del sujeto: «Has entrado en casa como
Mefistófeles, por escotillón y todos nos alteramos al verte» (cap. 10). Sus recuerdos operáticos le sirven bien en
esta ocasión, y la alteración consignada anticipa la muy
intensa que pronto habrá de causarle: «Eres muy malo,
muy malo. Conviértete a Dio...», le dice, y él: «No
creo en Dios [...]; a Dios se le ve soñando, y yo hace
tiempo que desperté» (y tales sinrazones las escucha su
hijo, el soñador). Al retirarse, después de larga conversación, «llevaba en los labios risilla diabólica» (cap. 20),
adjetivo confirmado cuando «en un rapto de infernal
inspiración» (cap. 30), le pregunta si por seguirle aban-
donaría casa y padre. El clavo lo remacha el narrador
cuando, sobre afirmar que tiene «demonio de su guarda»,
lo describe saliendo de la iglesia «como alma que lleva
Satanás», dejando a Adelaida como «si hubiera visto
que al púlpito de la iglesia subía el Diablo en persona»
(cap. 32).

Soñando (y no es preciso subrayar la importancia de
los sueños en las novelas galdosianas) encuentra Víctor
una figura ambigua cuyo significado se declarará más
tarde: «Soñó que iba por una galería muy larga, inacabable, con paredes de espejos, que hasta lo infinito repetían su gallarda persona. Iba por aquel inmenso callejón
persiguiendo a una mujer, a una dama elegante, la cual
corría agitando con el rápido mover de sus pies la falda
de crujiente seda. Cadalso le veía los tacones de las botas,
que eran ...¡cascarones de huevo!». La alcanza, oye su
«voz muy ronca», observa que lleva una cómoda como
portamonedas y se despierta sintiendo «terror supersticioso» (cap. 11). Los espejos aluden al narcisismo del
personaje. ¿Estará viendo al demonio de su guarda?
¿Imagen transfigurada de su protectora oculta? La fragi-
lidad de la relación apunta en los tacones (cáscaras de

huevos) y la riqueza de la individua en las dimensiones del portamonedas. Pesadilla sujeta a la concentración y a la lógica propias del sueño.

Argüelles desmitifica al personaje y a su protectora, reduciéndolos a lo que en verdad son, al informar a Villaamil de que la querida de Víctor, lejos de joven y bella es un «tiburón» de sesenta años, «fofa y hueca», «todo postizo». Tal es la consistencia en el mundo de la vigilia de quien con malas artes ayuda al miserable a salir de aprietos y a subir en la escala burocrática.

Por encima y más allá del ruin sujeto está el verdadero adversario, el enemigo malo. Según Villaamil dice a los mozos encontrados en la taberna, ese enemigo es «el gran pindongo del Estado», «el mayor enemigo del género humano, y a todo el que coge por banda lo divide...» (cap. 42). Y a los pajarillos que huyen asustados les pide que no se asusten pues no es el «Ministro sin entrañas», representante de la «gran bestia» (Ortega), de quien piensa el niño visionario que tiene la culpa «de todo lo que está pasando» (cap. 40).

Metamorfosis en las metáforas

Respecto al protagonista, desde su presentación entran en juego las imágenes, desde «tigre viejo y tísico» sucesivas metamorfosis de creciente expresividad irán revelando su genuina consistencia de víctima. Así se reconoce, con desmesura desesperada, al aceptar el mote MIAU como equivalente al INRI, «el letrero infamante que le pusieron a Cristo en la cruz...» (cap. 35). Identificarse con Cristo es demasiado, pero explicable dada la alteración mental de la víctima y su situación.

Acudirá el narrador a corregir el exceso; avanzada la novela, al oír a Víctor que el niño ha de salir de su hogar, siente el desventurado que culmina su martirio: «dio una vuelta sobre sí mismo [...], abrióse de piernas, alzó los brazos enormes, simulando la figura de San Andrés clavado en las aspas» (cap. 38). Escena dramática como la del Ministerio. Así había de ser por exigencia de un texto dramatizado desde el principio hasta el fin, sin que lo grotesco de ciertos momentos y la carga irónica del conjunto reduzcan la dolorosa tensión del incidente. La metáfora final, mártir, responde a un desenlace en que confluyen paradójicamente el martirio infligido por la sociedad y la ascensión soñada a la paz.

El infierno-vida precede al conocimiento; sólo a partir de él puede el alma comprender y aceptar el sufrimiento como camino de salvación. Dios es el conocimiento y la serenidad: ir hacia El supone un modo seguro de encontrar el descanso. Se ha de renunciar a la vida, como en la profesión religiosa, para ingresar en el espacio de la serenidad.

Dios no puede decir «dónde» se hallan infierno y purgatorio, pues los lugares del castigo están antes y no después de llegar a su presencia, son producto de la malignidad humana. Villaamil sabe, por comunicación de su nieto, que no tiene nada que hacer en el mundo, «cuanto más pronto [se] vaya al cielo, mejor». La voz del niño en que resuena la voz de la conciencia, le inunda «de un sentido afirmativo, categórico» que le indica el camino a seguir. Lo escuchado como revelación divina responde y confirma lo que su propio juicio le indica.

Resuelta la partida, puede Villaamil contemplar la belleza de lo natural, oculta durante su vida por «la muy marrana Administración» y «las cochinas caras» de Ministros y tipos de análoga ralea. Los árboles, el cielo, le hacen sentirse otro, independiente y dueño de sí. En las páginas anteriores al suicidio no se asiste a un vía crucis sino a una ascensión (con intermitencias dictadas por la curiosidad), un recorrido por calles y plazas en espera del desenlace.

Metáforas para tres damas

Bien asentadas en el espacio de la cursilería, las mujeres de la familia que, por inconsciencia, frivolidad y estupidez amargan la vida de Villaamil, se desviven por aparentar lo que no son, perdiéndose en vagos recuerdos de un ayer en el que, durante un instante, alguien las vio, o dijo verlas según ellas se imaginaban. El infiernillo doméstico hace más penosa la situación del protagonista, ni entendido ni ayudado por las mujeres.

Según el sistema metafórico rector de la totalidad, las señoras son conocidas por un apodo salido del gallinero del Teatro Real al que asisten con frecuencia. Por su aspecto relamido, lo menudo y aniñado de sus facciones y sus pretensiones de aparentar, las llamaban las *Miau*, palabra alusiva a lo gatuno de su aspecto y a lo ridículo de sus pretensiones. Empeñadas en fingir, viven lo que llamé «la tensión del suponer», sin engañar a nadie (quizá al «ínclito Ponce», novio de Abelarda). No es el caso de Rosalía Bringas (otro pretenciosa) que dispone de un arma —la belleza— de que ellas carecen; el burlón remoquete alude tanto como a su aspecto, al hecho de presentarse como imagen de lo que no pueden alcanzar: «miau» como equivalente a «límpiate que estás de huevo» o al más tardío «¡Qué te crees tú eso!».

Como a Villaamil, el texto las somete a metamorfosis en la imagen. Si su espacio, el de la cursilería, es invariable, ellas sí varían. Pura, la mujer de Villaamil, no fue siempre la anciana de cabellera teñida, «con cierta efusión extravagante de los mechones próximos a la frente», que abre la puerta a su nieto en el primer capítulo de la obra. Retrocediendo, el narrador la transporta a un pasado en que alguien la describió como «figura arrancada de un cuadro del Beato Angélico», punto de vista que el narrador no se decide a tomar en serio.

Cursis antes, cursis después, con variantes en la distancia entre la realidad y la apariencia, (no escapa Víctor a ese ambiente de trapacerías, y en seguida lo veremos.) El mundo de la ópera en que se refugian es el mundo de la evasión y de la representación. Entran en él con billetes gratuitos, «de tifus», según dice el narrador, y cuantos las rodean en el paraíso del Real saben que así es.

Al iluminar el pasado, el caso de Milagros destaca por ser quien tuvo alguna razón para imaginar un futuro distinto al presente en que el lector la conoce. Voz agradable y afición a la música le permitieron concebir una carrera de cantante. De cómo fue entonces dejó testimonio el admirador lejano que la evocó actuando como «pudorosa Ofelia» en una sala provinciana. Tan exagerada como se quiera, y disminuida por la ironía narrativa, la imagen persiste y su persistencia hace más agudo el contraste entre lo de ayer y lo de hoy.

Una escena grotesca (grotesca en contexto) lo hará ver, con cierta crueldad. Una mañana como tantas el desayuno es improbable y el almuerzo dudoso. La «figura de Fra Angélico», ahora «hociquillo amoratado», sale de su cuarto y se hace cargo de la situación. Su ánimo basta para confortar a Milagros y Abelarda. Desde la cocina y la alcoba rompen a cantar.

Quien ayer fue promesa, y hasta algo más que promesa, cambió el *bel canto* por la tortilla de patatas, el arte de Rossini por el de Vatel: «Cuando había provisiones, o, si se quiere, asunto artístico, la inspiración se encendía en ella y trabajaba con ahínco, entonando a media voz, por añeja costumbre y con afinación perfecta, algún tiernísimo fragmento como el *moriamo insieme, ah! sì, moriamo...*». Las locuciones «goce espiritual», «asunto artístico», «inspiración» tienden —siguiendo la ley general del texto— a trasmutar a la pudorosa Ofelia en diva del fogón.

Si expresivo del cambio de situación, el momento en que el dúo de Norma hace las veces de desayuno todavía ha de ser contemplado como prueba del «don felicísimo de vivir siempre en la hora presente y de no pensar en el día de mañana» (cap. 7), que poseen estas mujeres.

Respecto a la más joven, la transfiguración acontece ante el lector en un período relativamente breve, y por las malas artes del seductor que no seduce. La ambigüedad del narrador se insinúa en el nombre irrisorio y se afirma en la presentación «en un certamen de caras insignificantes se habría llevado el premio de honor»; cursi,

sosa y adjetivos de este jaez la acompañan. La grisura
del personaje es evidente, y no menos lo es su condición
apacible, tranquila y servicial: se ofrece a hacer recados,
a arreglar y planchar la camisa de su padre, cuidará del
sobrino... Condición que empezará a cambiar desde el
regreso de Víctor.

Retroceder para iluminar y precisar la concatenación
de los incidentes es buena táctica narrativa. En el capítulo 13 sirve, además, para establecer un precedente
de lo que le sucederá a Abelarda, informando de lo ocurrido a su hermana, mujer y víctima de Cadalso, muy
enamorada de su marido y llevada por éste a la locura
y la muerte. Acto demencial destacado fue arrojarse del
lecho» pidiendo un cuchillo para matar a Luis».

Escena que se repetirá más tarde, en circunstancias
semejantes. Abelarda, engañada por el cuñado, sin otro
móvil que burlarse de ella, cae a su vez en la demencia
o en algo cercano. Pasa de la duda (manifiesta en el
extenso soliloquio del capítulo 18, uno de los mejores de la novelística galdosiana) a la inquietud y al llanto,
de ahí a la turbación y a la confidencia, más tarde a la
esperanza y finalmente al arrebato de locura en que como
su hermana y por la misma causa busca un cuchillo para
matar al niño, vengando en el hijo la perversidad del
padre. El tránsito gradual de lo uno a lo otro, de la tri-
vialidad a la desmesura, lo fija el narrador mediante
acumulación de pormenores y con moderadas incursiones
en la conciencia del personaje. Según verá el lector, el
cambio se produce sin aceleración, pero continuadamente,
hoguera que crece de sí misma, fuego de un rescoldo
cuya brasa ardió sin apenas ser reconocida en el lejano
ayer.

Cuando Víctor acude a la casa para llevarse al niño,
la transfiguración de las mujeres es completa: de gatitas
relamidas pasan a ser tres furias cuyas uñas amenazan
al perverso. Y éste, con su diabolismo a cuestas, no deja
de adscribirse al mismo espacio que ellas. Si vendió su
alma al diablo, la razón no es dudosa: lucir en su pequeño
mundo sacrificándolo todo al oficio de aparentar.

El niño angélico

Luisito sirve en el texto dos funciones complementarias: la del inocente que por su inocencia misma puede vivir en el sueño lo negado a los adultos y la de conciencia del protagonista, a quien señala el camino de la liberación. De mano del niño entra el lector en la novela y va conociendo a la mujer de Mendizábal, a la abuela, a las tías; de su mano, también, llegará hasta Dios. Es, pues, pieza importante de la construcción y vale la pena examinar con cuidado lo que su minúscula figura representa en la pauta estructural. El descenso a los infiernos de Villaamil no concluye cuando encuentra la verdad; otro guía, más candoroso que el Virgilio de los laberintos ministeriales, le propondrá una salida, en busca de la paz, que es el paraíso.

No hace mucho, el profesor Ruano de la Haza escribió que «el Dios de Luis no es otra cosa que el niño mismo, o más bien una prolongación de su personalidad, su *alter ego,* y la principal función de sus visiones es simplemente proporcionar al lector una penetración más clara en el funcionamiento de su mente raciocinante» (Ruano, 29. Traduzco la cita del original en inglés). Esta opinión me parece reductiva; la operación de Luis como mensajero y mediador no hay por qué soslayarla. No sólo observa los hechos: revela su sentido y suscita el desenlace al decir a su abuelo algo que éste presume, sugiriendo una salida fortalecida por la autoridad de la visión.

Es en el sueño donde convoca a la figura divina. El desvanecimiento o letargo que le acomete la primera tarde de la novela se repite con frecuencia. Habla Dios y habla el niño que lo inventa partiendo de sus íntimos saberes; la debilidad enfermiza de la criatura aguza sus percepciones y multiplica los encuentros con el sumo interlocutor. Que éste se le aparezca como «buen abuelo», réplica excelsa del suyo desdichado, es natural. Sorprendería que la imaginación infantil pudiera concebir a la divinidad como abstracción; la siente cercana, familiar,

rodeada de angelitos a quienes habla «con acento bonachón y tolerante» (cap. 29).

Ciertas cosas ni Dios puede entenderlas, así los cambios
de humor de Abelarda. Habrá de ser el niño quien su-
giera la culpabilidad del Ministro por los infortunios del
abuelo, culpabilidad que Dios da por buena, asegurando
que Villaamil no será colocado nunca y que sólo a su
lado encontrará la felicidad. Las reflexiones de catecismo
con que apoya su declaración tienen la elementalidad propia del cerebro transmisor, y así habrán de entenderse.

La invención se forja en el sueño y en su producción
intervienen noticias e imágenes llegadas de fuera (lo que
oye en su casa y fuera de ella, el mendigo de barba cana
y capa parda, etc.), pero la construcción es de Cadalsito
y concuerda con las posibilidades de su mente infantil
tan distante del lector desacralizado de nuestro tiempo.
El niño se recrea con el buen abuelo, pero se asusta
viendo al Cristo de las melenas en la iglesia de Montserrat, muy alejado de su amigo nocturno.

Nada puede hacer Dios para que los hombres opten
por el bien. Villaamil escucha los consejos del poderoso,
transmitidos por el nieto; al cumplir su función angélica
de mensajero le advierte que el Señor no puede ayudarle.

Sólo el inocente, y eso en el sueño, puede ver a Dios.
En el monólogo de Abelarda oímos esto: «¡Qué difícil
para mí figurarme cómo es el cielo; no acierto, no veo
nada! ¡Y qué fácil imaginarme el infierno! Me lo represento como si hubiera estado en él» (cap. 18). Así el
protagonista: vive sus infiernos pero del espacio celestial
no tiene otra noticia que lo dicho por Luisito de ese
Dios espectador, ni actor ni autor del drama. Bondadoso
e inútil, no logra evitar los desmanes y las injusticias de
un mundo que, ni metafísicamente, puede considerar suyo.

Después de seguirlo de cerca, conviene distanciarse del
texto para verlo desde una perspectiva más abarcadora
y descubrir, por los significados parciales, su sentido
total. Observado el sistema con detalle quedan de mani-
fiesto las razones de cada situación y de cada personaje.
Las líneas de fuerza son más visibles si uno se aleja, y

como en los cuadros abstractos de Mondrian, el sostén sugiere el paisaje escamoteado. No elimina Galdós el cronotopos, antes sus referencias a la situación político-social y al momento histórico son tan explícitas como pudiera desearlas el más puntilloso. No meros sondeos en los espacios novelescos, sino presentaciones minuciosas de realidades vistas y oídas.

Música terrenal

Atendamos un momento a los sonidos de esos espacios, a las voces en primer término. En el párrafo inicial se oye la «algazara de mil demonios» producida por los chicos de la escuela saliendo de clase. Y esos gritos, mudados en insultos, por vez primera traen al texto el mote infame de la familia protagonista.

Reminiscencias y reactivaciones del pasado se oyen en la música insinuada del yo ex-futuro de Milagros, y en la persistencia de su afición al canto. Las partes operísticas que dijo con «voz aguda de soprano» son cosas del desvanecido ayer, pero activas en el texto. Ahí está la imagen de la mujer joven acercándose al piano y «cantando con gorjeo celestial la endecha de la muerte». La cursilería del cronista (propia de la ocasión y del texto) no impedirá al receptor captar el efecto de la canción en un público que no por provinciano ha de ser considerado insensible.

Que el *bel canto* pueda ser un medio de atenuar la gravedad de la situación familiar acabamos de verlo en las voces que entonan el dúo de Norma. Para las asiduas concurrentes al Real, la música es deleite y pretexto para la comunicación social y para el chisme.

Los ruidos, desapacibles y constantes del laberinto oficinesco: «campaneo discorde de los timbres», «taconeo y carraspeo de los empleados», «tráfago y zumbido» (con apreciable utilización de la onomatopeya) enrarecen la atmósfera. En páginas siguientes, la imagen del torrente humano desbordando por la escalera del Ministerio hace —como no podía menos— «un ruido de mil demonios» (cap. 37).

Ocasión hay en que voz, temple y situación coinciden de modo muy expresivo. Al final del capítulo 38, culminación del suplicio a que le somete Cadalso queriendo quitarle a Luisito, el protagonista, mártir en su transfiguración postrera, revierte a la metáfora inicial, tigre, pero no enfermo e inútil, pues «rugió con toda la fuerza de sus pulmones». Ultima señal de su desesperación.

Después de este tremendo testimonio, la revelación del nieto encamina al desdichado hacia el vertedero y sólo entonces el piar y el alborozo de los pájaros puede ser oído por él. Pájaros en la instancia postrera, niños en la algazara del comienzo.

Liberación y punto final

En los últimos capítulos presencia el lector la peregrinación de Villaamil por calles y lugares donde es visible la inminente llegada de la primavera. El itinerario incluye parada y fonda en una taberna llamada —y no por casualidad— «La viña del Señor», donde almuerza con apetito realzado por la sensación de libertad. El sufrimiento dejó su lugar a la euforia: «El esclavo ha roto sus cadenas», al hombre nuevo se le ensancha el alma y vuelve a las cercanías de su casa, atraído por algo que no es sólo curiosidad: «El odio a su familia, ya en los últimos días iniciado en su alma [...] estalló formidable, haciéndole crispar los dedos, apretar reciamente la mandíbula, acelerar el paso...» (cap. 43). ¿Por qué y para qué regresa a la casa? Quien poco antes parecía sosegado y hasta feliz, padece súbito trastorno mental, no sabe lo que quiere, «acecha» desde la esquina, y al verbo, inequívoco, le acompañan dos sustantivos insólitos: acecha «como ladrón y asesino».

Se desvanece el símil mientras el fugitivo observa el ir y venir de gente conocida. Son páginas vivas, con vivacidad interior, pues pasar no pasa nada hasta que Men-

dizábal le descubre y le persigue. Es su final contacto
con el infiernillo, del que se despide pidiendo que los
demonios carguen con el monstruo que le busca.

Otra taberna propicia y dos copitas más (con una le
obsequió el dueño del otro establecimiento) le devuelven
al estado de ánimo anterior. ¿Actúa conforme a un plan
o le trae y le lleva el delirio? Su deambular lo califica
el narrador de «lamentable» y el lector, acaso sin querer,
se inclina a concurrir, aunque se plantea preguntas que
llegan sin ser llamadas.

Punto de partida y punto final es el visitado horas
antes: los vertederos de la Montaña, zona de sombra en
que se acumulan los despojos. Extraño suicidio inducido
por el inocente y a través de él por Dios. ¿A qué religión
adscribir tan singular permisividad? A la católica, y ésta
es la del suicida, desde luego no. Si el niño distingue
entre los planos de la realidad y la visión, es dudoso
que su abuelo lo haga. El silencio narratorial abre la puerta a posibilidades de analogía que, por otra parte, no son
ajenas al sistema; las hemos encontrado en la asimilación
de los personajes históricos a los ficticios.

Dios, ya lo dije, no es el autor del drama y por lo
tanto ni puede alterar el argumento ni influir en los
representantes para que desempeñen su papel de manera
diferente a la elegida por ellos. Que haya una proposición
teológica implícita en la muerte de Villaamil es muy posible, pero en la respuesta que es la novela no se atuvo
Galdós a lo inexorable de la ley religiosa —como Tirso
en su día— sino que dio al caso un giro humano de genuina y trascendente espiritualidad.

Una observación sobre el narrador

Al narrador de *Miau* bien podemos calificarlo de par-
cial, puesto que lo es. Su parcialidad se manifiesta sobre
todo en la presentación de los personajes y en la adje-
tivación, cercana en más de un caso a la negatividad baro-
jiana que Ortega trató en «Teoría del improperio». A

diferencia del narrador de *La de Bringas,* amigo de los
personajes y amante ocasional de la protagonista, o del
de *Fortunata y Jacinta,* cercano a la mayoría de sus criaturas, el de esta novela los mira desde lo alto, con una
perspectiva irónica inevitablemente distanciadora.

Sólo uno de los personajes ofrece inicialmente rasgos
favorables, al menos en cuanto al aspecto físico: Víctor.
Escapa a la degradación animalesca del clan Villaamil, que
alcanza al portero de la casa, «el gorila» Mendizábal y
hasta a su bondadosa mujer, comparada por la gordura
con una vaca. Veamos al demoníaco según llega al texto:
«Era Víctor acabado tipo de hermosura varonil, un ejemplar de los que parecen destinados a conservar y transmitir la elegancia de formas en la raza humana» (cap. 10).
La descripción que sigue no tiene desperdicio. Léase con
cuidado y se verá que el narrador no exagera al definir
como define al «gallardo modelo».

A tres tipos de ironía recurre Galdós: verbal, situacio-
nal y actancial, ligados en la escritura. Metáforas
degradantes y adjetivos empequeñecedores cargan la ver-
balización hasta la desmesura y predisponen a leer en
forma invertida. La ironía de situación se proyecta sobre
todo en las escenas de que es parte Villaamil y en las pro-
tagonizadas por las mujeres. Ironía trágica en el primero,
«delirante» frente al «cuerdo» Pantoja; ironía dramática
en la presentación de un Dios carente de poder; ironía
inclinada a lo grotesco en Pura, Milagros y Abelarda.
El despliegue irónico en el tratamiento de las figuras encuentra en los casos de Ponce —¿por qué «ínclito Ponce»?— y Federico Ruiz ocasión de poner en ridículo a
quienes fueron creados para encarnar la mediocridad. La
autoridad del narrador coarta la libertad del texto y le
reduce la capacidad de hablar por sí mismo.

Acaso el exceso de ironía chocaría menos si tras el
narrador no se trasluciera un autor implícito interesado
en las cuestiones que hacen de su protagonista un héroe
trágico. La posición de ese «segundo autor» es conocida,
como es conocido su interés por descender a los abismos
de la pobreza y su nula estima de la charlatanería y la

politiquería. Postulaba el autor implícito (como el explí-
cito) una moral ciudadana poco aceptable para la clase
gobernante, confortablemente instalada en la corrupción,
y esta coincidencia con su personaje autoriza la pregunta
siguiente: ¿No se trasluce en alguna tirada del protagonista el sentimiento de su creador? Recuérdese que Galdós sintió la Restauración como una fantasmagoría y re-
trató a los políticos de su tiempo como figuras de una
comedia de magia. *Cánovas,* último de los episodios nacionales lo prueba cabalmente.

RICARDO GULLÓN

1843   Nace en Las Palmas el 10 de mayo.
       Padres: Sebastián Pérez y Dolores Galdós.
1857   Estudios de segunda enseñanza en el Colegio de San
       Agustín.
1861   Escribe el drama en un acto *Quien mal hace, bien no
       espere.*
1862   Funda el periódico *La Antorcha.*
       Bachiller en Artes.
       Traslado a Madrid, para estudiar en la Universidad Central.
       Facultad de Letras: curso preparatorio de Derecho.
1865   Socio del Ateneo.
       «Entre 1837 y 1868 se comprende el período en que el
       Ateneo ha tenido mayor significación en la política y las
       letras. Entonces fue más propiamente que en ninguna
       otra edad asilo de las ideas, refugio de los pensadores,
       ornamento de la patria, trono de la elocuencia, taller al
       mismo tiempo de un trabajo silencioso y fecundo (...).
       El número de sus socios aumentaba de día en día, y la
       más punzante ambición de la juventud era penetrar en
       sus salones o asistir a sus cátedras.»
       Redactor de *La Nación,* diario progresista.

1867   Primer viaje a París: Exposición Universal.
        Intenta estrenar dos obras teatrales.
1868   Viaje a Francia con la familia.
        Revolución de septiembre y caída de Isabel II.
1869   Veraneo en Las Palmas.
        Tertulias en Madrid: «Fornos», «Suizo», «Universal»...
1870   *La fontana de oro.*
        «Entre ñoñeces y monstruosidades dormitaba entonces la
        novela española —folletín romántico y costumbrismo almi-
        barado— cuando apareció Galdós con *La fontana de oro*»
        (Menéndez Pelayo).
1871   Santander. Conoce a Pereda.
1872   Comienza a escribir los *Episodios Nacionales.*
1873   *Trafalgar, La corte de Carlos IV, El 19 de marzo y el
        2 de mayo, Bailén.*
1875   Conclusión de la primera serie.
        «... tuvo tan feliz acogida por el público, que me estimuló
        a escribir la segunda; en ésta archivé la figura de Araceli
        y saqué a relucir la de Salvador Monsalud, personaje en
        que prevalece sobre lo heroico lo político, signo caracte-
        rístico de aquellos turbados tiempos.»
1876   *La segunda casaca,* escrita en dos semanas.
        Doña Perfecta.
        Publicación en la *Revue des deux mondes* de un extenso
        estudio de Louis Lande sobre los *Episodios.*
        Cruz de la Orden de Carlos III.
1878   Caballero de la Orden de Isabel la Católica.
1881   Novelas españolas contemporáneas.
        La desheredada.
        «... en seguida me metí con *El amigo Manso, El doctor
        Centeno, Tormento, La de Bringas* y *Lo prohibido*... Ha-
        llábame yo por entonces en la plenitud de la fiebre nove-
        lesca. Del arte escénico no me ocupaba poco ni mucho.
        No frecuentaba yo los teatros. Desde mi aislamiento sen-
        tía el rumor entusiasta de los grandes éxitos de don José
        Echegaray.»
1885   Viaje a Portugal, con Pereda, en la primavera.
        Viaje a Alemania, en verano.
        El 25 de noviembre muere en El Pardo el rey Alfonso XII
        y al siguiente día el general Serrano.
1886   Diputado a Cortes por Guayama, Puerto Rico, designado
        por Sagasta.

«Con estas y otras arbitrariedades llegamos años después a la pérdida de las colonias.»

1886-87 *Fortunata y Jacinta.*

1888 *Miau.*

En la primavera, viaje a Barcelona para visitar la Exposición.

Invitado por la reina Cristina a comer con ella y con Oscar II de Suecia.

«Ni antes ni después de aquel día me he visto yo en acto tan ceremonioso. Hablaba bajito con los que a mis lados tenía. Luego pude advertir que en la mesa reinaba cierta confianza y comunicatividad de buen gusto. La reina y el rey Oscar de Suecia sostenían conversación muy animada con Sagasta y las damas de la reina; bromeaban y reían. Pronto entendimos que el soberano escandinavo explicaba el origen de la conocida locución *hacerse el sueco.*»

1889-1895 Las novelas de Torquemada.

1892 Estreno de *Realidad,* la noche del 15 de marzo. Protagonistas, María Guerrero y Emilio Mario.

1893 Estreno de *La loca de la casa,* el 16 de enero. Protagonistas, María Guerrero y Miguel Cepillo.

1894 Viaje al valle de Ansó, de donde surge *Los condenados.* Estreno de *Los condenados,* el 11 de diciembre. Protagonistas, Carmen Cobeña y Miguel Cepillo.

Severa recepción crítica a la que Galdós contesta duramente en el prólogo a la edición del drama.

1895 18 de noviembre: «Acabé *Doña Perfecta,* y puedo decir, en conciencia literaria, que ha quedado bien. Una vez concluida, veo en ella algunas cosas que necesitan que las enmiende; pero así y todo, la obra es la mejor que he hecho para el teatro, la más patética, la más concisa, la más teatral en una palabra, y la más interesante.»

1896 Estreno de *Doña Perfecta,* el 26 de enero. Protagonistas, María Tubau y Emilio Thuillier.

1897 *El abuelo,* novela.

1898 Empieza a publicar la tercera serie de *Episodios Nacionales.*

1900 *Bodas reales.*

«... en general, esta serie tercera no desmerece de las otras dos. Si no iguala a la primera por el interés épico del asunto, no es culpa del autor; y si en muchos episodios de la segunda serie hay más variedad pintoresca, más in-

terés dramático en la parte de pura invención, y rasgos
cómicos superiores, en cambio, no pocos volúmenes de la
serie última revelan observación más intencionada y profunda en el elemento histórico: los grandes progresos del
maestro en psicología *novelable,* y refinamientos latentes
del estilo que no todos saben apreciar en lo mucho que
valen» (*Clarín*).

1901   Estreno de *Electra,* el 30 de enero.

1902-1912 Cuarta y quinta serie de *Episodios Nacionales.*

1907   Diputado a Cortes, republicano, por Madrid.

1910   Diputado a Cortes, por Madrid, elegido por más de cuarenta mil votos como republicano.

1912   Candidato al Premio Nobel. La Real Academia Española
le niega su apoyo.
Síntomas de ceguera.

1919   Monumento en Madrid. El 19 de enero, Serafín Alvarez
Quintero descubrió la estatua (de Victorio Macho) en el
parque del Retiro.
13 de octubre: grave ataque de uremia.

1920   Fallece en Madrid en la madrugada del 4 de enero.

General

Leopoldo Alas: *Galdós*, Renacimiento, Madrid, 1912.
Joaquín Casalduero: *Vida y obra de Galdós*, 4.ª edición, Gredos, Madrid, 1974.
Ignacio Elizalde: *Pérez Galdós y su novelística*, Universidad de Deusto, Bilbao, 1981.
Stephen Gilman: *Galdós y el arte de la novela europea*, 1867-1877, Taurus, Madrid, 1983.
Ricardo Gullón: *Galdós, novelista moderno*, 4.ª edición, Taurus, Madrid, 1987.
José F. Montesinos: *Galdós*, 3 vols., Castalia, Madrid, 1968-1972.
Walter T. Pattison: *Benito Pérez Galdós*, Twayne, Boston, 1975.

Miau

Leopoldo Alas: «Miau», en *Galdós*, Renacimiento, Madrid, 1912, pp. 165-183.
Peter Bly: *Galdós Novel o the Historical Imagination*, University of Liverpool, 1982, págs. 116-132.
Stephen Gilman: «Cuando Galdós habla con sus personajes», *Congreso Internacional de Estudios galdosianos*, Las Palmas, 1979.

Gérard Gillespie: «Miau: hacia una definición de la personalidad de Galdós», *Cuadernos Hispanoamericanos*, 250-252, 1970-1971.

Michael Nimetz: *Humor in Galdós,* Yale University Press, New Haven, 1968, pp. 117-140.

Alexander Parker: «Villaamil-Tragic Victim or Comic Failure», *Anales galdosianos,* 4, 1969.

Eamon Rodgers: *Pérez Galdós: «Miau»,* Grant and Cutler, Londres, 1978.

José M.ª Ruano de la Haza: «The Role of Luisito en *Miau*», *Anales galdosianos,* 19, 1984.

Theodore Sackett: «The Meaning in *Miau*», *Anales galdosianos,* 4, 1969.

Roberto Sánchez: *El teatro en la novela, Galdós y Clarín,* Insula, Madrid, 1974, pp. 33-57.

Valis, Noël M.: «Benito Pérez Galdós's *Miau* and the Display of Dialectic», *Romance Review,* vol. 77, 1986.

Robert J. Weber: *The Miau Manuscript of Benito Pérez Galdós,* University of California Press, 1964.

1

A las cuatro de la tarde, la chiquillería de la escuela
pública de la plazuela del Limón salió atropelladamente
de clase, con algazara de mil demonios. Ningún himno a
la libertad, entre los muchos que se han compuesto en
las diferentes naciones, es tan hermoso como el que entonan los oprimidos de la enseñanza elemental al soltar
el grillete de la disciplina escolar y *echarse a la calle* pian-
do y saltando. La furia insana con que se lanzan a los
más arriesgados ejercicios de volatinería, los estropicios
que suelen causar a algún pacífico transeúnte, el delirio
de la autonomía individual que a veces acaba en porra-
zos, lágrimas y cardenales, parecen bosquejo de los triunfos revolucionarios que en edad menos dichosa han de
celebrar los hombres... Salieron, como digo, en tropel; el
último quería ser el primero, y los pequeños chillaban
más que los grandes. Entre ellos había uno de menguada
estatura, que se apartó de la bandada para emprender
solo y calladito el camino de su casa. Y apenas notado

7

por sus compañeros aquel apartamiento que más bien parecía huida, fueron tras él y le acosaron con burlas y cuchufletas, no del mejor gusto. Uno le cogía del brazo, otro le refregaba la cara con sus manos inocentes, que eran un dechado completo de cuantas porquerías hay en el mundo; pero él logró desasirse y... pies, para qué os quiero. Entonces dos o tres de los más desvergonzados le tiraron piedras, gritando *Miau;* y toda la partida repitió con infernal zipizape: *Miau, Miau.*

El pobre chico de este modo burlado se llamaba Luisito Cadalso, y era bastante mezquino de talla, corto de alientos, descolorido, como de ocho años, quizá de diez, tan tímido que esquivaba la amistad de sus compañeros, temeroso de las bromas de algunos, y sintiéndose sin bríos para devolverlas. Siempre fue el menos arrojado en las travesuras, el más soso y torpe en los juegos, y el más formalito en clase, aunque uno de los menos aventajados, quizás porque su propio encogimiento le impidiera decir bien lo que sabía o disimular lo que ignoraba. Al doblar la esquina de las Comendadoras de Santiago para ir a su casa, que estaba en la calle de Quiñones, frente a la Cárcel de Mujeres, uniósele uno de sus condiscípulos, muy cargado de libros, la pizarra a la espalda, el pantalón hecho una pura rodillera, el calzado con tragaluces, boina azul en la pelona, y el hocico muy parecido al de un ratón. Llamaban al tal Silvestre Murillo, y era el chico más aplicado de la escuela y el amigo mejor que Cadalso tenía en ella. Su padre, sacristán de la iglesia de Monserrat, le destinaba a seguir la carrera de Derecho, porque se le había metido en la cabeza que el mocoso aquél llegaría a ser personaje, quizás orador célebre, ¿por qué no ministro? Ya futura celebridad habló así a su compañero:

—Mia tú, *Caarso,* si a mí me dieran esas chanzas, de la galleta que les pegaba les ponía la cara verde. Pero tú no tienes coraje. Yo digo que no se deben poner motes a las personas. ¿Sabes tú quién tie la culpa? Pues *Posturitas,* el de la casa de empréstamos. Ayer fue contando que su mamá había dicho que a tu abuela y a tus tías las llaman las *Miaus;* porque tienen la fisonomía de las ca-

ras, es a saber, como las de los gatos. Dijo que en el
paraíso del Teatro Real les pusieron este mal nombre, y
que siempre se sientan en el mismo sitio, y que cuando
las ven entrar, dice toda la gente del público: «Ahí están
ya las *Miaus*.»

Luisito Cadalso se puso muy encarnado. La indignación, la vergüenza y el estupor que sentía, no le permitieron defender la ultrajada dignidad de su familia.

—*Posturitas* es un ordinario y un disinificante —añadió Silvestre—, y eso de poner motes es de tíos. Su padre
es un tío, su madre una tía y sus tías unas tías. Viven de
chuparle la sangre al pobre, y, ¿qué te crees?, al que no
desempresta la capa, le despluman, es a saber, que se la
venden y le dejan que se muera de frío. Mi mamá las
llama *las arpidas*. ¿No las has visto tú cuando están en el
balcón colgando las capas para que les dé el aire? Son
más feas que un túmulo, y dice mi papá que con las narices que tienen se podrían hacer las patas de una mesa y
sobraba maera... Pues también *Posturitas* es un buen mico; siempre pintándola y haciendo gestos como los *clos*
del Circo. Claro, como a él le han puesto mote, quiere
vengarse, encajándotelo a ti. Lo que es a mí no me lo
pone, ¡contro!, porque sabe que tengo yo mu malas pulgas, pero mu malas... Como tú eres así tan poquita cosa,
es a saber, que no achuchas cuando te dicen algo, vele
ahí por qué no te guarda el rispeto.

Cadalsito, deteniéndose en la puerta de su casa, miró a
su amigo con tristeza. El otro, arreándole un fuerte codazo, le dijo:

—Yo no te llamo *Miau*, ¡contro!, no tengas cuidado
que yo te llame *Miau*—; y partió a escape hacia Monserrat.

En el portal de la casa en que Cadalso habitaba, había
un memorialista. El biombo o bastidor, forrado de papel
imitando jaspes de variadas vetas y colores, ocultaba el
hueco del escritorio o agencia donde asuntos de tanta
monta se despachaban de continuo. La multiplicidad de
ellos se declaraba en manuscrito cartel, que en la puerta

de la casa colgaba. Tenía forma de índice, y decía de esta manera:

Casamientos.—Se andan los pasos de la Vicaría con prontitud y economía.

Doncellas.—Se proporcionan.

Mozos de comedor.—Se facilitan.

Cocineras.—Se procuran.

Profesor de acordeón.—Se recomienda.

Nota.—Hay escritorio reservado para señoras.

Abstraído en sus pensamientos, pasaba el buen Cadalso junto al biombo, cuando por el hueco que éste tenía hacia el interior del portal, salieron estas palabras:

—Luisín, bobillo, estoy aquí.

Acercóse el muchacho, y una mujerona muy grandona echó los brazos fuera del biombo para cogerle en ellos y acariciarlo:

— ¡Qué tontín! Pasas sin decirme nada. Aquí te tengo la merienda. Mendizábal fue a las diligencias. Estoy sola, cuidando la *oficina,* por si viene alguien. ¿Me harás compañía?

La señora de Mendizábal era de tal corpulencia, que cuando estaba dentro del escritorio parecía que había entrado en él una vaca, acomodando los cuartos traseros en el banquillo y ocupando todo el espacio restante con el desmedido volumen de sus carnes delanteras. No tenía hijos, y se encariñaba con todos los chicos de la vecindad, singularmente con Luisito, merecedor de lástima y mimos por su dulzura humilde, y más que por esto *por las hambres que en su casa pasaba,* al decir de ella. Todos los días le reservaba una golosina para dársela al volver de la escuela. La de aquella tarde era un bollo (de los que llaman *del Santo*) que estaba puesto sobre la salbadera, y tenía muchas arenillas pegadas en la costra de azúcar. Pero Cadalsito no reparó en esto al hincarle su diente con gana.

—Súbete ahora —le dijo la portera memorialista, mientras él devoraba el bollo con grajea de polvo de escribir—, súbete, cielo, no sea que tu abuela te riña; dejas los libritos, y bajas a hacerme compañía y a jugar con *Canelo*.

El chiquillo subió con presteza. Abrióle la puerta una señora cuya cara podía dar motivo a controversias numismáticas, como la antigüedad de ciertas monedas que tienen borrada la inscripción, pues unas veces, mirada de perfil y a cierta luz, daban ganas de echarle los sesenta, y otras el observador entendido se contenía en la apreciación de los cuarenta y ocho o los cincuenta bien conservaditos.

Tenía las facciones menudas y graciosas, del tipo que llaman aniñado, la tez rosada todavía, la cabellera rubia ceniciento, de un color que parecía de alquimia, con cierta efusión extravagante de los mechones próximos a la frente. Veintitantos años antes de lo que aquí se refiere, un periodista que escribía la cotización de las harinas y las revistas de sociedad, anunciaba de este modo la aparición de aquella dama en los salones del Gobernador de una provincia de tercera clase: «¿Quién es aquella figura arrancada de un cuadro del Beato Angélico, y que viene envuelta en nubes vaporosas y ataviada con el nimbo de oro de la iconografía del siglo xiv?» Las vaporosas nubes eran el vestidillo de gasa que la señora de Villaamil encargó a Madrid por aquellos días, y el áureo nimbo, el demonio me lleve si no era la efusión de la cabellera, que entonces debía de ser rubia, y por tanto cotizable a la par, literariamente, con el oro de Arabia.

Cuatro o cinco lustros después de estos éxitos de elegancia en aquella ciudad provinciana, cuyo nombre no hace al caso, doña Pura, que así se llamaba la dama, en el momento aquel de abrir la puerta a su nietecillo, llevaba peinador no muy limpio, zapatillas de fieltro no muy nuevas, y bata floja de tartán verde.

—¡Ah!, eres tú, Luisín —le dijo—. Yo creí que era Ponce con los billetes del Real. ¡Y nos prometió venir a las dos! ¡Qué formalidades las de estos jóvenes del día!

En este punto apareció otra señora muy parecida a la anterior en la corta estatura, en lo aniñado de las facciones y en la expresión enigmática de la edad. Vestía chaquetón degenerado, descendiente de un gabán de hombre, y un mandil largo de arpillera, prenda de cocina en todas partes. Era la hermana de doña Pura, y se llamaba Milagros. En el comedor, a donde fue Luis para dejar sus libros, estaba una joven cosiendo, pegada a la ventana para aprovechar la última luz del día, breve como día de febrero. También aquella hembra se parecía algo a las otras dos, salvo la diferencia de edad. Era Abelarda, hija de doña Pura, y tía de Luisito Cadalso. La madre de éste, Luisa Villaamil, había muerto cuando el pequeñuelo contaba apenas dos años de edad. Del padre de éste, Víctor Cadalso, se hablará más adelante.

Reunidas las tres, picotearon sobre el caso inaudito de que Ponce (novio titular de Abelarda, que obsequiaba a la familia con billetes del Teatro Real) no hubiese aparecido a las cuatro y media de la tarde, cuando generalmente llevaba los billetes a las dos.

—Así, con estas incertidumbres, no sabiendo una si va o no va al teatro, no puede determinar nada ni hacer cálculo ninguno para la noche. ¡Qué cachaza de hombre! —Díjolo doña Pura con marcado desprecio del novio de su hija, y ésta le contestó:

—Mamá, todavía no es tarde. Hay tiempo de sobra. Verás cómo no falta ése con las entradas.

—Sí, pero en funciones como la de esta noche, cuando los billetes andan tan escasos que hasta influencias se necesitan para hacerse con ellos, es una contrariedad tenernos en este sobresalto.

En tanto, Luisito miraba a su abuela, a su tía mayor, a su tía menor, y comparando la fisonomía de las tres con la del micho que en el comedor estaba, durmiendo a los pies de Abelarda, halló perfecta semejanza entre ellas. Su imaginación viva le sugirió al punto la idea de que las tres mujeres eran gatos en *dos pies y vestidos de gente,* como los que hay en la obra *Los animales pintados por sí mismos;* y esta alucinación le llevó a pensar si sería él también gato *derecho* y si mayaría cuando hablaba. De aquí pasó rápidamente a hacer la observación de que el mote puesto a su abuela y tías en el paraíso del Real, era la cosa más acertada y razonable del mundo. Todo esto germinó en su mente en menos que se dice, con el resplandor inseguro y la volubilidad de un cerebro que se ensaya en la observación y en el raciocinio. No siguió adelante en sus gatescas presunciones, porque su abuelita, poniéndole la mano en la cabeza, le dijo:

—¿Pero la Paca no te ha dado esta tarde merienda?

—Sí, mamá... y ya me la comí. Me dijo que subiera a dejar los libros y que bajara después a jugar con *Canelo*.

—Pues ve, hijo, ve corriendito, y te estás abajo un rato, si quieres. Pero ahora me acuerdo... vente para arriba pronto, que tu abuelo te necesita para que le hagas un recado.

Despedía la señora en la puerta al chiquillo, cuando de un aposento próximo a la entrada de la casa salió una voz cavernosa y sepulcral, que decía: «Puuura, Puuura.»

Abrió ésta una puerta que a la izquierda del pasillo de entrada había, y penetró en el llamado despacho, pieza de poco más de tres varas en cuadro, con ventana a un patio lóbrego. Como la luz del día era ya tan escasa, apenas se veía dentro del aposento más que el cuadro luminoso de la ventana. Sobre él se destacó un sombrajo larguirucho, que al parecer se levantaba de un sillón como si se desdoblase, y se estiró desperezándose, a punto que la temerosa y empañada voz decía:

—Pero, mujer, no se te ocurre traerme una luz. Sabes que estoy escribiendo, que anochece más pronto que uno quisiera, y me tienes aquí secándome la vista sobre el condenado papel.

Doña Pura fue hacia el comedor, donde ya su hermana estaba encendiendo una lámpara de petróleo. No tardó en aparecer la señora ante su marido con la luz en la mano. La reducida estancia y su habitante salieron de la oscuridad, como algo que se crea surgiendo de la nada.

—Me he quedao helado —dijo don Ramón Villaamil, esposo de doña Pura; el cual era un hombre alto y seco, los ojos grandes y terroríficos, la piel amarilla, toda ella surcada por pliegues enormes en los cuales las rayas de sombra parecían manchas; las orejas transparentes, largas y pegadas al cráneo; la barba corta, rala y cerdosa, con las canas distribuidas caprichosamente, formando ráfagas blancas entre lo negro; el cráneo liso y de color de hueso desenterrado, como si acabara de recogerlo de un osario para taparse con él los sesos. La robustez de la mandíbula, el grandor de la boca, la combinación de los tres colores negro, blanco y amarillo, dispuestos en rayas, la ferocidad de los ojos negros, inducían a comparar tal cara con la de un tigre viejo y tísico, que después de haberse lucido en las exhibiciones ambulantes de fieras, no conserva ya de su antigua belleza más que la pintorreada piel.

—A ver, ¿a quién has escrito? —dijo la señora, acortando la llama que sacaba su lengua humeante por fuera del tubo.

—Pues al jefe del Personal, al señor de Paz, a Sánchez Botín y a todos los que puedan sacarme de esta situación. Para el ahogo del día (dando un gran suspiro), me he decidido a volver a molestar al amigo Cucúrbitas. Es la única persona verdaderamente cristiana entre todos mis amigos, un caballero, un hombre de bien, que se hace cargo de las necesidades... ¡Qué diferencia de otros! Ya ves la que me hizo ayer ese badulaque de Rubín. Le pinto nuestra necesidad; pongo mi cara en vergüenza suplicándole... nada, un pequeño anticipo, y... Sabe Dios la hiel que uno traga antes de decidirse... y lo que padece la dignidad... Pues ese ingrato, ese olvidadizo, a quien tuve de escribiente en mi oficina siendo yo jefe de negociado de cuarta, ese desvergonzado que por su audacia ha pasado por delante de mí, llegando nada menos que a gobernador, tiene la poca delicadeza de mandarme medio duro.

Villaamil se sentó, dando sobre la mesa un puñetazo que hizo saltar las cartas, como si quisieran huir atemorizadas. Al oír suspirar a su esposa, irguió la amarilla frente, y con voz dolorida, prosiguió así:

—En este mundo no hay más que egoísmo, ingratitud, y mientras más infamias se ven, más quedan por ver...

Como ese bigardón de Montes, que me debe su carrera,
pues yo le propuse para el ascenso en la Contaduría Central. ¿Creerás tú que ya ni siquiera me saluda? Se da una
importancia, que ni el Ministro... Y va siempre adelante.
Acaban de darle catorce mil. Cada año su ascensito, y
ole morena... Ese es el premio de la adulación y la baje-
za. No sabe palotada de administración; no sabe más que
hablar de caza con el Director, y de la galga y del pájaro
y qué sé yo qué... Tiene peor ortografía que un perro, y
escribe *hacha* sin *h* y *echar* con ella... Pero en fin, dejemos a un lado estas miserias. Como te decía, he determinado acudir otra vez al amigo Cucúrbitas. Cierto que con
éste van ya cuatro o cinco envites; pero no sé ya a qué
santo volverme. Cucúrbitas comprende al desgraciado y
le compadece, porque él también ha sido desgraciado.
Yo le he conocido con los calzones rotos y en el sombrero dos dedos de grasa... El sabe que soy agradecido...
¿Crees tú que se le agotará la bondad?... Dios tenga piedad de nosotros, pues si este amigo nos desampara iremos todos a tirarnos por el Viaducto.

Dio Villaamil un gran suspiro, elevando los ojos en el
techo. El tigre inválido se transfiguraba. Tenía la expresión sublime de un apóstol en el momento en que le están martirizando por la fe, algo del San Bartolomé de
Ribera cuando le suspenden del árbol y le descueran
aquellos tunantes de gentiles, como si fuera un cabrito.
Falta decir que este Villaamil era el que en ciertas tertulias de café recibió el apodo de *Ramsés II* *.

—Bueno, dame la carta para Cucúrbitas —dijo doña
Pura, que acostumbrada a tales jeremíadas, las miraba
como cosa natural y corriente—. Irá el niño volando a
llevarla. Y ten confianza en la Providencia, hombre, como la tengo yo. No hay que amilanarse (con risueño opti-
mismo). Me ha dado la corazonada... ya sabes tú que rara
vez me equivoco... la corazonada de que en lo que resta
de mes te colocan.

---

* *Fortunata y Jacinta*. Parte III.

2

—¡Colocarme! —exclamó Villaamil poniendo toda su
alma en una palabra. Sus manos, después de andar un
rato por encima de la cabeza, cayeron desplomadas sobre
los brazos del sillón. Cuando esto se verificó, ya doña Pura no estaba allí, pues había salido con la carta,
y llamó desde la escalera a su nieto, que estaba en la
portería.

Ya eran cerca de las seis cuando Luis salió con el encargo, no sin volver a hacer escala breve en el escritorio
de los memorialistas.

—Adiós, rico mío —le dijo Paca besándole—. Ve
prontito para que vuelvas a la hora de comer. (Leyendo
el sobre.) Pues digo... no es floja caminata, de aquí a la
calle del Amor de Dios. ¿Sabes bien el camino? ¿No te
perderás?

¡Qué se había de perder, ¡contro!, si más de veinte
veces había ido a la casa del señor de Cucúrbitas y a las
de otros caballeros con recados verbales o escritos! Era
el mensajero de las terribles ansiedades, tristezas e impa-
ciencias de su abuelo; era el que repartía por uno y otro
distrito las solicitudes del infeliz cesante, implorando una
recomendación o un auxilio. Y en este oficio de peatón
adquirió tan completo saber topográfico, que recorría todos los barrios de la Villa sin perderse; y aunque sabía ir
a su destino por el camino más corto, empleaba comúnmente el más largo, por costumbre y vicio de paseante o
por instintos de observador, gustando mucho de examinar escaparates, de oír, sin perder sílaba, discursos de
charlatanes que venden elixires o hacen ejercicios de
prestidigitación. A lo mejor, topaba con un mono cabal-
gando sobre un perro o manejando el molinillo de la
chocolatera lo mismito que una *persona natural;* otras veces era un infeliz oso encadenado y flaco, o italianos,
turcos, moros falsificados que piden limosna haciendo
cualquiera habilidad. También le entretenían los entierros muy lucidos, el riego de las calles, la tropa marchan-
do con música, el ver subir la piedra sillar de un edificio

en construcción, el Viático con muchas velas, los encuar-
tes de los tranvías, el trasplantar árboles y cuantos acci-
dentes ofrece la vía pública.

—Abrígate bien —le dijo Paca besándole otra vez y
envolviéndole la bufanda en el cuello—. Ya podrían
comprarte unos guantes de lana. Tienes las manos heladitas, y con sabañones. ¡Ah, cuánto mejor estarías con tu
tía Quintina! ¡Vaya, un beso a Mendizábal, y hala! *Canelo* irá contigo.

Por debajo de la mesa salió un perro de bonita cabeza,
las patas cortas, la cola enroscada, el color como de bar-
quillo, y echó a andar gozoso delante de Luis. Paca salió
tras ellos a la puerta, les miró alejarse, y al volver a la
estrecha oficina, se puso a hacer calceta, diciendo a su
marido:

—¡Pobre hijo! Me le traen todo el santo día hecho un
carterito. El sablazo de esta tarde va contra el mismo
sujeto de estos días. ¡La que le ha caído al buen señor!
Te digo que estos Villaamiles son peores que la filoxera.
Y de seguro que esta noche las tres *lambionas* se irán
también de pindongueo al teatro y vendrán a las tantas
de la noche.

—Ya no hay cristiandad en las familias —dijo Mendizábal grave y sentenciosamente—. Ya no hay más que
suposición.

—Y que no deben nada en gracia de Dios (meneando
con furor las agujas). El carnicero dice que ya no les fía
más aunque le ahorquen; el frutero se ha plantado, y el
del pan lo mismo... Pues si esas muñeconas supieran
arreglarse y pusieran todos los días, si a mano viene, una
cazuela de patatas... Pero, Dios nos libre... ¡Patatas
ellas! ¡Pobrecitas! El día que les cae algo, aunque sea de
limosna, ya las tienes dándose la gran vida y echando la
casa por la ventana. Eso sí, en arreglar los trapitos para
suponer no hay quien les gane. La doña Pura se pasa
toda la mañana de Dios enroscándose las greñas de la
frente, y la doña Milagros le ha dado ya cuatro vueltas a
la tela de aquella eternidad de vestido, color de mostaza
para sinapismos. Pues digo, la antipática de la niña no

para de echar medias suelas al sombrero, poniéndole cintas viejas, o alguna pluma de gallina o un clavo de cabeza dorada de los que sirven para colgar láminas.

—Suposición de suposiciones... Consecuencias funestas del materialismo —dijo Mendizábal, que solía repetir las frases del periódico a que estaba suscrito—. Ya no hay modestia, ya no hay sencillez de costumbres. ¿Qué se hizo de aquella pobreza honrada de nuestros padres, de aquella... (no recordando lo demás) de aquella, pues... como quien dice?...

—Pues el pobre don Ramón, cuando cierre el ojo, se irá derecho al cielo. Es un santo y un mártir. Créete que si yo le pudiera colocar, le colocaba. ¡Me da una lástima! Con aquellas miradas que echa parece que se va a comer a la gente, ¡pobre señor!, y se la comería a una, no por maldad, sino por puras hambres (clavándose en el pelo la cuarta aguja). Da miedo verle. Yo no sé cómo el señor Ministro, cuando le ve entrar en las oficinas, no se muere de miedo y le coloca por perderle de vista.

—Villaamil —dijo Mendizábal con suficiencia— es un hombre honrado, y el Gobierno de ahora es todo de pillos. Ya no hay honradez, ya no hay cristiandad, ya no hay justicia. ¿Qué es lo que hay? Ladronicio, irreligiosidad, desvergüenza. Por eso no le colocan, ni le colocarán mientras no venga el único que puede traer la justicia. Yo se lo digo siempre que pasa por aquí y se para en el portal a echar un párrafo conmigo: «No le dé usted vueltas, don Ramón, no le dé usted vueltas. De todo tiene la culpa la libertad de cultos. Porque ínterin tengamos racionalismo, mi señor don Ramón, ínterin no sea aplastada la cabeza de la serpiente, y... (perdiendo el hilo de la frase y no sabiendo ya por dónde andaba) y en tanto que... precisamente... quiero decir, digo... (cortando por lo sano). ¡Ya no hay cristiandad!

Entretanto, Luisito y *Canelo* recorrían parte de la calle Ancha y entraban por la del Pez, siguiendo su itinerario. El perro, cuando se separaba demasiado, deteníase mirando hacia atrás, la lengua de fuera. Luis se paraba a ver escaparates, y a veces decía a su compañero esto o

cosa parecida: «*Canelo,* mira qué trompetas tan bonitas.»
El animal se ponía en dos patas, apoyando las delanteras
en el borde del escaparate; pero no debían de ser para él
muy interesantes las tales trompetas, porque no tardaba
en seguir andando. Por fin llegaron a la calle del Amor
de Dios. Desde cierta ocasión en que *Canelo* tuvo unos
ladridos con otro perro, inquilino en la casa de Cucúrbitas, adoptó el temperamento prudente de no subir y esperar en la calle a su amigo. Este subió al segundo, donde el incansable protector de su abuelo vivía; y el criado
que le abrió la puerta púsole aquella noche muy mala
cara. «El señor no está.» Pero Luisito, que tenía instruc-
ciones de su abuelo para el caso de hallarse ausente la
víctima, dijo que esperaría. Ya sabía que a las siete, infa-
liblemente, iba a comer el señor don Francisco Cucúrbitas. Sentóse el chico en el banco del recibimiento. Los
pies no le llegaban al suelo, y los balanceaba como para
hacer algo con qué distraer el fastidio de aquel largo
plantón. El perchero, de pino imitando roble viejo, con
ganchos dorados para los sombreros, su espejo y los huecos para los paraguas, le había producido en otro tiempo
gran admiración; pero ya le era indiferente. No así el
gato, que de la parte interior de la casa solía venir a
enredar con él. Aquella noche debía de estar ocupado el
micho, porque no aportó por el recibimiento; pero en
cambio vio Luis a las niñas de Cucúrbitas, que eran sim-
páticas y graciosas. Solían acercarse a él, mirándole con
lástima o con desdén, pero nunca le habían dicho una
palabra halagüeña. La señora de Cucúrbitas, que a Luis
le parecía, por lo gruesa y redonda, una imitación humana del elefante *Pizarro,* tan popular entonces entre los
niños de Madrid, solía también dejarse rodar por allí, y
ya conocía bien Cadalsito sus pasos lentos y pesados. La
señora llegaba al ángulo que el pasillo de la derecha formaba con el recibimiento, y desde aquel punto miraba
con recelo al mensajero. Después se internaba sin decirle
una palabra. Desde que el chico la sentía venir se levantaba rígido, como un muñeco de resortes, recordando las
lecciones de urbanidad que le había dado su abuelo.

«¿Cómo está usted?... ¿Cómo lo pasa usted?» Pero la
mole aquella, rival en corpulencia de Paca la memorialista, no se dignaba contestarle, y se alejaba haciendo estre-
mecer el suelo, como la máquina de apisonar que Luis
había visto en las calles de Madrid.

Aquella noche fue muy tarde a comer el respetable
Cucúrbitas. Observó el nieto de Villaamil que las niñas
estaban impacientes. La causa era que tenían que ir al
teatro y deseaban comer pronto. Por fin sonó la campanilla, y el criado fue presuroso a abrir la puerta, mientras
las pollas, que conocían los pasos del papá y su manera
de llamar, corrían por los pasillos dando voces para que
se sirviera la comida. Al entrar el señor y ver a Luisín,
dio a entender con ligera mueca su desagrado. El niño se
puso en pie, soltando el saludo como un tiro a boca de
jarro, y Cucúrbitas, sin contestarle, metióse en el despacho. Cadalsito, aguardando a que el señor le mandara
pasar, como otras veces, vio que entraron las hijas dando
prisa a su papá, y oyó a éste decir: «Al momento voy...
que saquen la sopa», y no pudo menos de considerar
cuán rica sopa sería aquella que a sacar iban. Esto pensaba, cuando una de las señoritas salió del despacho y le
dijo: «Pasa tú.» Entró gorra en mano, repitiendo su saludo, al cual se dignó al fin contestar don Francisco con
paternal acento. Era un señor muy bueno, según opinión
de Luis, el cual, no entendiendo la expresión ligeramente
ceñuda que tenía en su cara lustrosa el próvido funcionario, se figuró que haría aquella noche lo mismo que las
demás. Cadalsito recordaba muy bien el trámite: el señor
de Cucúrbitas, después de leer la carta de Villaamil, escribía otra o, sin escribir nada, sacaba de su cartera un
billetito verde o encarnado, y metiéndolo en un sobre se
lo daba y decía: «Anda, hijo; ya estás despachado.»
También era cosa corriente sacar del bolsillo duros o pesetas, hacer un lío y dárselo, acompañando su acción de
las mismas palabras de siempre, con esta añadidura:
«Ten cuidado, no lo pierdas o no te lo robe algún tomador. Métalo en el bolsillo del pantalón... Así... guapo
mozo. Anda con Dios.»

Aquella noche, ¡ay!, en pie, delante de la mesa *de mi-*
nistro, observó Luis que don Francisco escribía una carta,
frunciendo las peludas cejas, y que la cerraba sin meter dentro billete ni moneda alguna. Notó también el
niño que al echar la firma, daba mi hombre un gran suspiro, y que después le miraba a él con profundísima compasión.

—Que usted lo pase bien —dijo Cadalsito cogiendo la
carta; y el buen señor le puso la mano en la cabeza. Al
despedirle, le dio dos perros grandes, añadiendo a su acción generosa estas magnánimas palabras: «Para que com-
pres pasteles.» Salió el chico tan agradecido... Pero por la
escalera abajo le asaltó una idea triste: «Hoy no lleva
nada la carta.» Era, en efecto, la primera vez que salía de
allí con la carta vacía. Era la primera vez que don Francisco le daba perros a él, para su bolsillo privado y fo-
mentar el vicio de comer bollos. En todo esto se fijó con
la penetración que le daba la precoz experiencia de aquellos mensajes. «Pero ¡quién sabe! —dijo después con
ideas sugeridas por su inocencia—; puede que le diga
que lo colocan mañana...»

Canelo, que ya estaba impaciente, se le unió en la
puerta. Se pusieron ambos en camino, y en una pastele-
ría de la calle de las Huertas compró Luis dos bollos de a
diez céntimos. El perro se comió uno y Cadalsito el otro.
Después, relamiéndose, apresuraron el paso, buscando la
dirección más corta por el mismo laberinto de calles y
plazuelas, desigualmente iluminadas y concurridas. Aquí
mucho gas, allí tinieblas; acá mucha gente; después soledad, figuras errantes. Pasaron por calles en que la gente,
presurosa, apenas cabía; por otras en que vieron más
mujeres que luces; por otras en que había más perros
que personas.

3

Al entrar en la calle de la Puebla, iba ya Cadalsito tan
fatigado que, para recobrar las fuerzas, se sentó en el es-

calón de una de las tres puertas con rejas que tiene en
dicha calle el convento de Don Juan de Alarcón. Y lo
mismo fue sentarse sobre la fría piedra, que sentirse acometido de un profundo sueño... Más bien era aquello como un desvanecimiento, no desconocido para el chiquillo, y que no se verificaba sin que él tuviera conciencia
de los extraños síntomas precursores. « ¡Contro! —pensó
muy asustado—, me va a dar aquello..., me va a dar, me
da...» En efecto, a Cadalsito *le daba* de tiempo en tiempo una desazón singularísima, que empezaba con pesadez
de cabeza, sopor, frío en el espinazo, y concluía con la
pérdida de toda sensación y conocimiento. Aquella noche, en el breve tiempo transcurrido desde que se sintió
desfallecer hasta que se le nublaron los sentidos, se acor-
dó de un pobre que solía pedir limosna en aquel mismo
escalón en que él estaba. Era un ciego muy viejo, con la
barba cana, larga y amarillenta, envuelto en parda capa
de luengos pliegues, remendada y sucia, la cabeza blanca, descubierta, y el sombrero en la mano, pidiendo sólo
con la actitud y sin mover los labios. A Luis le infundía
respeto la venerable figura del mendigo, y solía echarle
en el sombrero algún céntimo, cuando lo tenía de sobra,
lo que sucedía muy contadas veces.

Pues como se iba diciendo, cayó el pequeño en su letargo, inclinando la cabeza sobre el pecho, y entonces vio
que no estaba solo. A su lado se sentaba una persona
mayor. ¿Era el ciego? Por un instante creyó Luis que sí,
porque tenía barba espesa y blanca, y cubría su cuerpo
con una capa o manto... Aquí empezó Cadalso a observar las diferencias y semejanzas entre el pobre y la persona mayor, pues ésta veía y miraba y sus ojos eran como
estrellas, al paso que la nariz, la boca y frente eran idén-
ticas a las del mendigo, la barba del mismo tamaño, aunque más blanca, muchísimo más blanca. Pues la capa era
igual y también diferente; se parecía en los anchos pliegues, en la manera de estar el sujeto envuelto en ella;
discrepaba en el color, que Cadalsito no podía definir.
¿Era blanco, azul o qué demonches de color era aquél?
Tenía sombras muy suaves, por entre las cuales se desli-

zaban reflejos luminosos como los que se filtran por los
huecos de las nubes. Luis pensó que nunca había visto
tela tan bonita como aquélla. De entre los pliegues sacó
el sujeto una mano blanca, preciosísima. Tampoco había
visto nunca Luis mano semejante, fuerte y membruda como la de los hombres, blanca y fina como la de las señoras... El sujeto aquél, mirándole con paternal benevolen-
cia, le dijo:

—¿No me conoces? ¿No sabes quién soy?

Luisito le miró mucho. Su cortedad de genio le impe-
día responder. Entonces el señor misterioso, sonriendo
como los obispos cuando bendicen, le dijo:

—Yo soy Dios. ¿No me habías conocido?

Cadalsito sintió entonces, además de cortedad, miedo,
y apenas podía respirar. Quiso envalentonarse, mostrándose incrédulo, y con gran esfuerzo de voz pudo decir:

—¿Usted Dios, usted?... Ya quisiera...

Y la aparición, pues tal nombre se le debe dar, indulgente con la incredulidad del buen Cadalso, acentuó más
la sonrisa cariñosa, insistiendo en lo dicho:

—Sí, soy Dios. Parece que estás asustado. No me tengas miedo. Si yo te quiero, te quiero mucho...

Luis empezó a perder el miedo. Se sentía conmovido y
con ganas de llorar.

—Ya sé de dónde vienes —prosiguió la aparición—. El
señor de Cucúrbitas no os ha dado nada esta noche.
Hijo, no siempre se puede. Lo que él dice, ¡hay tantas
necesidades que remediar! ...

Cadalsito dio un gran suspiro para activar su respiración, y contemplaba al hermoso anciano, el cual, sentado, apoyando el codo en la rodilla y la barba resplandeciente en la mano, ladeada la cabeza para mirar al chiquitín, dando, al parecer, mucha importancia a la conversación que con él sostenía:

—Es preciso que tú y los tuyos tengáis paciencia, amigo Cadalsito, mucha paciencia.

Luis suspiró con más fuerza, y sintiendo su alma libre
de miedo y al propio tiempo llena de iniciativas, se
arrancó a decir esto:

—¿Y cuándo colocan a mi abuelo?

La excelsa persona que con Luisito hablaba dejó un momento de mirar a éste, y fijando sus ojos en el suelo, parecía meditar. Después volvió a encararse con el pequeño, y suspirando, ¡también él suspiraba!, pronunció estas graves palabras:

—Hazte cargo de las cosas. Por cada vacante hay doscientos pretendientes. Los Ministros se vuelven locos y no saben a quién contentar. Tienen tantos compromisos, que no sé yo cómo viven los pobres. Paciencia, hijo, paciencia, que ya os caerá la credencial cuando salte una ocasión favorable... Por mi parte, haré también algo por tu abuelo... ¡Qué triste se va a poner esta noche cuando reciba esa carta! Cuidado no la pierdas. Tú eres un buen chico. Pero es preciso que estudies algo más. Hoy no te supiste la lección de Gramática. Dijiste tantos disparates, que la clase toda se reía, y con muchísima razón. ¿Qué vena te dio de decir que el *participio expresa la idea del verbo en abstracto*? Lo confundiste con el *gerundio*, y luego hiciste una ensalada de los *modos* con los *tiempos*. Es que no te fijas, y cuando estudias estás pensando en las musarañas...

Cadalsito se puso muy colorado, y metiendo sus dos manos entre las rodillas, se las apretó.

—No basta que seas formal en clase; es menester que estudies, que te fijes en lo que lees y lo retengas bien. Si no, andamos mal; me enfado contigo, y no vengas luego diciéndome que por qué no colocan a tu abuelo... Y así como te digo esto, te digo también que tienes razón en quejarte de *Posturitas*. Es un ordinario, un mal criado, y ya le restregaré yo una guindilla en la lengua cuando vuelva a decirte *Miau*. Por supuesto que esto de los motes debe llevarse con paciencia; y cuando te digan *Miau*, tú te callas y aguantas. Cosas peores te pudieran decir.

Cadalsito estaba muy agradecido, y aunque sabía que Dios está en todas partes, se admiraba de que estuviese tan bien enterado de lo que en la escuela ocurría. Después se lanzó a decir:

—¡Contro, si yo le cojo!...

—Mira, amigo Cadalso —le dijo su interlocutor con paternal severidad—, no te las eches de matón, que tú no sirves para pelearte con tus compañeros. Son ellos muy brutos. ¿Sabes lo que haces? Cuando te digan *Miau,* se lo cuentas al maestro, y verás cómo éste pone a *Posturitas* en cruz media hora.

—Vaya que si lo pone... y aunque sea una hora.

—Ese nombre de *Miau* se lo encajaron a tu abuela y tías en el paraíso del Real, es a saber, porque parecen propiamente tres gatitos. Es que son ellas muy relamidas. El mote tiene gracia.

Sintió Luis herida su dignidad; pero no dijo nada.

—Ya sé que esta noche van también al Real —añadió la aparición—. Hace un rato les ha llevado ese Ponce los billetes. ¿Por qué no les dices tú que te lleven? Te gustaría mucho la ópera. ¡Si vieras qué bonita es!

—No me quieren llevar... ¡bah! ... (desconsoladísimo). Dígaselo usted.

Aun cuando a Dios se le dice *tú* en los rezos, a Luis le parecía irreverente, *cara a cara,* tratamiento tan familiar.

—¿Yo? No quiero meterme en eso. Además, esta noche han de estar todos de muy mal temple. ¡Pobre abuelito tuyo! Cuando abra la carta... ¿La has perdido?

—No, señor, la tengo aquí —dijo Cadalso, sacándola—. ¿La quiere usted leer?

—No, tontín. Si ya sé lo que dice... Tu abuelo pasará un mal rato; pero que se conforme. Están los tiempos muy malos, muy malos...

La excelsa imagen repitió dos o tres veces el *muy malos,* moviendo la cabeza con expresión de tristeza; y desvaneciéndose en un instante, desapareció. Luis se restregaba los ojos, se reconocía despierto y reconocía la calle. Enfrente vio la tienda de cestas en cuya muestra había dos cabezas de toro, con jeta y cuernos de mimbre; juguete predilecto de los chicos de Madrid. Reconoció también la tienda de vinos, el escaparate con botellas; vio en los transeúntes *personas naturales,* y a *Canelo,* que a su lado seguía, le tuvo por verídico perro. Volvió a mirar a su lado buscando un rastro de la maravillosa visión, pero

no había nada. «Es que me dio *aquello* —pensó Cadalsito, no sabiendo definir lo que le daba—; pero me ha
dado de otra manera.» Cuando se levantó tenía las piernas tan débiles, que apenas se podía sostener sobre ellas.
Se palpó la ropa, temiendo haber perdido la carta; pero
la carta seguía en su sitio. ¡Contro!, otras veces le había
dado aquel desmayo, pero nunca había visto personajes
tan... tan... no sabía cómo decirlo. Y que le vio y le
habló, no tenía duda. ¡Vaya con el *Señorón* aquel!... ¡Si
sería el Padre Eterno en *vida natural*!... ¡Si sería el anciano ciego que le quería dar un bromazo!...

Pensando de este modo, dirigióse Luis a su casa con
toda la prisa que la flojedad de sus piernas le permitía.
La cabeza se le iba, y el frío del espinazo no se le quitaba andando. *Canelo* parecía muy preocupado... ¡Si habría visto también algo!... ¡Lástima que no pudiese hablar para que atestiguara la verdad de la visión maravillosa! Porque Luis recordaba que, durante el coloquio, Dios
acarició dos o tres veces la cabeza de *Canelo*, y que éste
le miraba sacando mucho la lengua... Luego *Canelo* podría dar fe...

Llegó por fin a su casa, y como le sintieran subir, Abelarda le abrió la puerta antes de que llamara. Su abuelo
salió ansioso a recibirle, y el niño, sin decir una palabra,
puso en sus manos la carta. Don Ramón fue hacia el
despacho, palpándola antes de abrirla, y en el mismo instante doña Pura llamó a Luis para que fuera a comer,
pues la familia estaba ya concluyendo. No le habían es-
perado porque tardaba mucho, y las señoras tenían que
irse al teatro de prisa y corriendo, para coger un buen
puesto en el paraíso antes de que se agolpara la gente.
En dos platos tapados, uno sobre otro, le habían guardado al nieto su sopa y cocido, que estaban ya fríos cuando
llegó a catarlos; mas como su hambre era tanta, no reparó en la temperatura.

Estaba doña Pura atando al pescuezo de su nieto la
servilleta de tres semanas, cuando entró Villaamil a comer el postre. Su cara tomaba expresión de ferocidad
sanguinaria en las ocasiones aflictivas, y aquel bendito,

incapaz de matar una mosca, cuando le amargaba una pesadumbre parecía tener entre los dientes carne humana cruda, sazonada con acíbar en vez de sal. Sólo con mirarle comprendió doña Pura que la carta había venido *in albis*. El infeliz hombre empezó a quitar maquinalmente las cáscaras a dos nueces resecas que en el plato tenía. Su cuñada y su hija le miraban también, leyendo en su cara de tigre caduco y veterano la pena que interiormente le devoraba. Por poner una nota alegre en cuadro tan triste, Abelarda soltó esta frase:

—Ha dicho Ponce que la ovación de esta noche será para la Pellegrini.

—Me parece una injusticia —afirmó doña Pura con sus cinco sentidos— que se quiera humillar a la Scolpi Rolla, que canta su parte de Amneris muy a conciencia. Verdad que sus éxitos los debe más al buen palmito y a que enseña las piernas. Pero la Pellegrini con tantos humos no es ninguna cosa del otro jueves.

—Calla, mujer —indicó Milagros doctoralmente—. Mira que la otra noche *dijo* el *fuggi fuggi, tu sei perdutto* como no lo hemos oído desde los tiempos de Rossina Penco. No tiene más sino que bracea demasiado, y, francamente, la ópera es para cantar bien, no para hacer gestos.

—Pero no nos descuidemos —dijo Pura—. En noches así, el que se descuida se queda en la escalera.

—¡Quiá!... ¿Pero no creéis que Guillén o los chicos de Medicina nos guardarán los asientos?

—No hay que fiar... Vámonos, no nos pase lo de la otra noche, ¡Dios mío!, que si no es por aquellos muchachos tan finos, los de Farmacia, ¿sabes?, nos quedamos en la puerta como unas pasmarotas.

Villaamil, que nada de esto oía, se comió un higo pasado, creo que tragándolo entero, y fue hacia su despacho con paso decidido, como quien va a hacer una atrocidad. Su mujer le siguió, y cariñosa le dijo:

—¿Qué hay? ¿Es que esa nulidad no te ha mandado nada?

—Cero —replicó Villaamil con voz que parecía salir
del centro de la tierra—. Lo que yo te decía, se ha cansado. No se puede abusar un día y otro día. Me ha hecho
tantos favores, tantos, que pedir más es temeridad.
¡Cuánto siento haberle escrito hoy!

—¡Bandido! —exclamó iracunda la señora, que solía
dar esta denominación y otras peores a los amigos que se
ladeaban para evitar el sablazo.

—Bandido no —declaró Villaamil, que ni en los momentos de mayor tribulación se permitía ultrajar al *contribuyente*—. Es que no siempre se está en disposición de
socorrer al prójimo. Bandido, no. Lo que es ideas no las
tiene ni las ha tenido nunca; pero eso no quita que sea
uno de los hombres más honrados que hay en la Administración.

—Pues no será tanto (con enfado impertinente), cuando le luce el pelo como le luce. Acuérdate de cuando fue
compañero tuyo en la Contaduría Central. Era el más
bruto de la oficina. Ya se sabía; descubierta una barbaridad, todos decían: «Cucúrbitas.» Después, ni un día cesante, y siempre para arriba. ¿Qué quiere decir esto?
Que será muy bruto, pero que entiende mejor que tú la
aguja de marear. ¿Y crees que no se hace pagar a toca-
teja el despacho de los expedientes?

—Cállate, mujer.

—¡Inocente! ... Ahí tienes por lo que estás como estás,
olvidado y en la miseria; por no tener ni pizca de tras-
tienda y ser tan devoto de *San Escrúpulo bendito*. Créeme, eso ya no es honradez, es sosería y necedad. Mírate
en el espejo de Cucúrbitas; él será todo lo melón que se
quiera, pero verás como llega a Director, quizá a Ministro. Tú no serás nunca nada, y si te colocan, te darán un
pedazo de pan, y siempre estaremos lo mismo (acalorándose). Todo por tus gazmoñerías, porque no te haces va-
ler, porque *fray modesto* ya sabes que no llegó nunca a
ser guardián. Yo que tú, me iría a un periódico y empe-
zaría a vomitar todas las picardías que sé de la Administración, los enjuagues que han hecho muchos que
hoy están en candelero. Eso, cantar claro, y caiga el

que caiga... desenmascarar a tanto pillo... Ahí duele.
¡Ah!, entonces verías cómo les faltaba tiempo para co-
locarte; verías cómo el Director mismo entraba aquí,
sombrero en mano, a suplicarte que aceptaras la credencial.

—Mamá, que es tarde —dijo Abelarda desde la puerta, poniéndose la toquilla.

—Ya voy. Con tantos remilgos, con tantos miramien-
tos como tú tienes, con eso de llamarles a todos *dignísi-
mos,* y ser tan delicado y tan de ley que estás siempre
montado al aire como los brillantes, lo que consigues es
que te tengan por un cualquiera. Pues sí (alzando el grito), tú debías ser ya Director, como esa es luz, y no lo
eres por mandria, por apocado, porque no sirves para
nada, vamos, y no sabes vivir. No; si con lamentos y con
suspiros no te van a dar lo que pretendes. Las credenciales, señor mío, son para los que se las ganan enseñando
los colmillos. Eres inofensivo, no muerdes, ni siquiera la-
dras, y todos se ríen de ti. Dicen: «¡Ah, Villaamil, qué
honradísimo es! ¡Oh! el empleado *probo...*» Yo, cuando
me enseñan un *probo,* le miro a ver si tiene los codos de
fuera. En fin, que te caes de honrado. Decir honrado, a
veces es como decir ñoño. Y no es eso, no es eso. Se
puede tener toda la integridad que Dios manda, y ser un
hombre que mire por sí y por su familia...

—Déjame en paz —murmuró Villaamil desalentado,
sentándose en una silla y derregándola.

—Mamá —repetía la señorita, impaciente.

—Ya voy, ya voy.

—Yo no puedo ser sino como Dios me ha hecho —declaró el infeliz cesante—. Pero ahora no se trata de que
yo sea así o asado; trátase del pan de cada día, del pan
de mañana. Estamos como queremos, sí... Tenemos cerrado el horizonte por todas partes. Mañana...

—Dios no nos abandonará —dijo Pura intentando ro-
bustecer su ánimo con esfuerzos de esperanza, que parecían pataleos de náufrago—. Estoy tan acostumbrada a la
escasez, que la abundancia me sorprendería y hasta me
asustaría... Mañana...

No acabó la frase ni aun con el pensamiento. Su hija y su hermana le daban tanta prisa, que se arregló apresuradamente. Al envolverse en la cabeza la toquilla azul, dio esta orden a su marido:

—Acuesta al niño. Si no quiere estudiar, que no estudie. Bastante tiene que hacer el pobrecito, porque mañana supongo que saldrá a repartir dos arrobas de cartas.

El buen Villaamil sintió un gran alivio en su alma cuando las vio salir. Mejor que su familia le acompañaba su propia pena, y se entretenía y consolaba con ella mejor que con las palabras de su mujer, porque su pena, si le oprimía el corazón, no le arañaba la cara, y doña Pura, al cuestionar con él, era toda pico y uñas toda.

                                     4

Cadalsito estaba en el comedor, sentado a la mesa, los codos sobre ella, los libros delante. Estos eran tantos, que el escolar se sentía orgulloso de ponerlos en fila, y parecía que les pasaba revista, como un general a sus unidades tácticas. Estaban los infelices tan estropeados, cual si hubieran servido de proyectiles en furioso combate; las hojas retorcidas, los picos en las cubiertas doblados o rotos, la pasta con pegajosa mugre. Pero no faltaba a ninguno, en la primera hoja, una inscripción en letra vacilante que declaraba la propiedad de la finca, pues sería en verdad muy sensible que no se supiera que pertenecían exclusivamente a Luis Cadalso y Villaamil. Este cogía uno cualquiera, a la suerte, a ver lo que salía. ¡Contro, siempre salía la condenada Gramática! ... Abría con prevención y veía las letras hormiguear sobre el papel iluminado por la luz de la lámpara colgante. Parecían mosquitos revoloteando en un rayo de sol. Cadalso leía algunos renglones. «¿Qué es adverbio?» Las letras de la respuesta eran las que se habían propuesto no dejarse leer, corriendo y saltando de una margen a otra. Total, que el adverbio debía de ser una cosa muy buena; pero Cadalsito no lograba enterarse de ello claramente. Después leía páginas enteras, sin que el sentido de ellas penetrara en su espíritu, que no se había desprendido aún del asombro de la visión; ni se le había quitado el malestar del cuerpo, a pesar de haber comido con tanta gana; y como notase que al fijar la atención en el libro se ponía peor, tuvo por buen remedio el ir doblando una a una las puntas de las hojas de la Gramática, hasta dejar el pobre libro rizado como una escarola.

En esto estaba cuando sintió que su abuelo salía del despacho. Se le había apagado la luz por falta de petróleo, y aunque no escribía, la oscuridad le lanzó de su guarida hacia el comedor. En éste y en el pasillo se paseó un rato el infeliz hombre, excitadísimo, hablando solo y dando algunos tropezones, porque la desigual y en algunos puntos agujereada estera no permitía el paso franco por aquellas regiones.

Otras noches que se quedaban solos abuelo y nieto, aquél le tomaba las lecciones, repitiéndoselas y fijándoselas en la memoria. Aquella noche, Villaamil no estaba para lecciones, lo que agradeció mucho el pequeño, quien por el bien parecer empezó a desdoblar las hojas del martirizado texto, planchándolas con la palma de la mano. Poco después, el mismo libro fue blando cojín para su cabeza, fatigada de estudios y visiones, y dejándola caer se quedó dormido sobre la definición del adverbio.

Villaamil decía: «Esto ya es demasiado, Señor Todopoderoso. ¿Qué he hecho yo para que me trates así? ¿Por qué no me colocan? ¿Por qué me abandonan hasta los amigos en quienes más confiaba?» Tan pronto se abatía el ánimo del cesante sin ventura, como se inflamaba, suponiéndose perseguido por ocultos enemigos que le habían jurado rencor eterno. «¿Quién será, pero quién será el danzante que me hace la guerra? Algún ingrato, quizá, que me debe su carrera.» Para mayor desconsuelo, se le representaba entonces toda su vida administrativa, carrera lenta y honrosa en la Península y Ultramar, desde que entró a servir allá por el año 41 y cuando tenía veinticuatro de edad (siendo Ministro de Hacienda el se-

ñor Surrá). Poco tiempo había estado cesante antes de la
terrible crujía en que le encontramos: cuatro meses en
tiempo de Bertrán de Lis, once durante el bienio, tres y
medio en tiempo de Salaverría. Después de la Revolución pasó a Cuba y luego a Filipinas, de donde le echó la
disentería. En fin, que había cumplido sesenta años, y los
de servicio, bien sumados, eran treinta y cuatro y diez
meses. Le faltaban dos para jubilarse con los cuatro
quintos del sueldo regulador, que era el de su destino
más alto, Jefe de Administración de tercera. « ¡Qué mundo éste! ¡Cuánta injusticia! ¡Y luego no quieren que
haya revoluciones!... No pido más que los dos meses,
para jubilarme con los cuatro quintos, sí, señor...» En lo
más vivo de su soliloquio, vaciló y fue a chocar contra la
puerta, repercutiendo al punto para dar con su cuerpo en
el borde de la mesa, que se estremeció toda. Despertan-
do sobresaltado, oyó Luis a su abuelo pronunciar claramente al incorporarse estas palabras, que le parecieron lo
más terrorífico que había oído en su vida: «... ¡con arreglo a la ley de Presupuestos del 35, modificada el 65 y
el 68! »

—¿Qué, papá? —dijo espantado.

—Nada, hijo; esto no va contigo. Duérmete. ¿No tienes ganas de estudiar? Haces bien. ¿Para qué sirve el
estudio? Mientras más burro sea el hombre, mientras
más pillo, mejor carrera hace... Vamos, a la cama, que
es tarde.

Villaamil buscó y halló una palmatoria, mas no le fue
tan fácil encontrar vela que encender en ella. Por fin,
revolviendo mucho, descubrió unos cabos en la mesa de
noche de Pura, y encendido uno de ellos, se dispuso a
acostar al niño. Este dormía en la alcoba de Milagros,
que estaba en el mismo comedor. Había en aquella pieza
un tocador del tiempo de *vivan las caenas,* una cómoda
jubilada con los cuatro quintos de su cajonería, varios
baúles y las dos camas. En toda la casa, a excepción de
la sala, que estaba puesta con relativa elegancia, se revelaba la escasez, el abandono y esa ruina lenta que resulta
de no reparar lo que el tiempo desluce y estraga.

Empezó el abuelo a desnudar a su nieto, y le decía:

—Sí, hijo mío, bienaventurados los brutos, porque de ellos es el reino... de la Administración —y le desabrochaba la chaqueta, y le tiraba de las mangas con tanta fuerza, que a poco más se cae el chico el suelo—. Hijo mío, ve aprendiendo, ve aprendiendo para cuando seas hombre. Del que está caído nadie se acuerda, y lo que hacen es patearle y destrozarle para que no se pueda levantar... Figúrate tú que yo debiera ser Jefe de Administración de segunda, pues ahora me tocaría ascender con arreglo a la ley de Cánovas del 76, y aquí me tienes pereciendo... Llueven recomendaciones sobre el Ministro, y nada... Se le dice: «Vea usted los antecedentes», y nada. ¿Tú crees que él se cuida de examinar mis antecedentes? Pues si lo hiciera... Todo se vuelve promesas, aplazamientos; que espera una ocasión favorable; que ha tomado nota preferente... En fin, las pamplinas que usan para salir del paso... Yo, que he servido siempre realmente, que he trabajado como un negro; yo que no he dao el más ligero disgusto a mis jefes...; yo, que estando en la Secretaría, allá por el 52, le caí en gracia a don Juan Bravo Murillo, que me llamó un día a su despacho y me dijo... lo que callo por modestia... ¡Ah! si aquel grande hombre levantara la cabeza y me viera cesante... ¡Yo, que el 55 hice un plan de presupuestos que mereció los elogios del Sr. D. Pascual Madoz y del Sr. D. Juan Bruil, plan que en veinte años de meditaciones he rehecho después, esplanándolo en cuatro memorias que ahí tengo! Y no es cosa de broma. Supresión de todas las contribuciones actuales, sustituyéndolas con el *income tax*... ¡Ah!, ¡el *income tax!* Es el sueño de toda mi vida, el objeto de tantísimos estudios y el resultado de una larga experiencia... No lo quieren comprender y así está el país... cada día más perdido, más pobre, y todas las fuentes de riqueza secándose que es un dolor... Yo lo sostengo: el impuesto único, basado en la buena fe, en la emulación y en el amor propio del contribuyente, es el remedio mejor de la miseria pública. Luego, la renta de Aduanas, bien reforzada, con los derechos muy altos para

proteger la industria nacional... Y por último, la unificación de las Deudas, reduciéndose a un tipo de emisión
y a un tipo de interés...

Al llegar aquí, tiró Villaamil con tanta fuerza de los
pantalones de Luis, que el niño lanzó un ¡ay!, diciendo:

—Abuelo, que me arrancas las piernas —a lo que el
irritado viejo contestó secamente:

—Por fuerza tiene que haber un enemigo oculto, algún
trasto que se ha propuesto hundirme, deshonrarme...

Por fin quedó Luis acostado. Había costumbre de no
apagarle la luz hasta mucho después de dormido, porque
le daban pesadillas, y despertándose con sobresalto se es-
pantaba de la oscuridad. En vista de que el primer cabo
de vela se apagaba, encendió otro el abuelo, y sentándose junto a la cómoda se puso a leer *La Correspondencia*,
que acababan de echar por debajo de la puerta. En su
febril trastorno, el desventurado buscaba ansioso las noticias del personal, y por una fatal puntería de su espíritu,
encontraba al instante las noticias malas. «Ha sido nom-
brado oficial primero en la Dirección de Impuestos el señor Montes... Real decreto concediendo a D. Basilio Andrés de la Caña los honores de Jefe superior de Administración .» «Esto es escandaloso, esto es el *delirium tre-
mens* del polaquismo. Ni en las kabilas de Africa pasa
esto. ¡Pobre país, pobre España! ... Se ponen los pelos de
punta pensando lo que va a venir aquí con este desbarajuste administrativo... Es buena persona Basilio; ¡pero si
ayer, como quien dice, le tuve de oficial cuarto a mis órdenes! ...» Tras de la pena venía la esperanza. «Pronto
se hará la combinación de personal con arreglo a la nueva
plantilla de la Dirección de Contribuciones. Dícese que
serán colocados varios funcionarios inteligentes que hoy
se hallan cesantes.»

Las miradas de Villaamil bailaron un instante sobre el
papel, de letra en letra. Los ojos se le humedecieron.
¿Iría él en aquella combinación? Cabalmente, los amigos
que le recomendaban al Ministro en aquella campaña fatigosa, proponíanle para la próxima hornada. « ¡Dios mío,

si iré en esa bendita combinación! ¿Y cuándo será? Me
dijo Pantoja que sería cosa de tres o cuatro días.»

Y como la esperanza reanimaba todo su ser dándole
un inquieto hormigueo, lanzóse al dédalo oscuro de los
pasillos. «La combinación... la plantilla nueva... dar entrada a los funcionarios inteligentes, y además de inteligentes, digo yo, identificados con... ¡Dios mío! inspíra-
les, mete todas tus luces dentro de esas molleras... que
vean claro... que se fijen en mí; que se enteren de mis
antecedentes. Si se enteran de ellos, no hay cuestión; me
nombran... ¿Me nombrarán? No sé qué voz secreta me
dice que sí. Tengo esperanza. No, no quiero consentirme
ni entusiasmarme. Vale más que seamos pesimistas, muy
pesimistas, para que luego resulte lo contrario de lo que
se teme. Observo yo que cuando uno espera confiado,
¡pum! viene el batacazo. Ello es que siempre nos equivo-
camos. Lo mejor es no esperar nada, verlo todo negro,
negro como boca de lobo, y entonces, de repente,
¡pum!... la luz... Sí, Ramón, figúrate que no te dan nada, que no hay para ti esperanza, a ver si creyéndolo así,
viene la contraria... Porque yo he observado que siempre
sale la contraria... Y en tanto, mañana moveré todas mis
teclas, y escribiré a unos amigos y veré a otros, y el Ministro... ante tantas recomendaciones... ¡Dios mío! ¡qué
idea! ¿no sería bueno que yo mismo escribiese al Ministro?...»

Al decir esto, volvió maquinalmente a donde Cadalsito
dormía, y, contemplándole, pensó en las caminatas que
tenía que dar al día siguiente para repartir la correspondencia. Cómo se encadenó esto con las imágenes que en
el cerebro del niño determinaba el sueño, no puede sa-
berse; pero ello es que mientras su abuelo le miraba,
Luis, profundamente dormido, estaba viendo al mismo sujeto de barba blanca; y lo más particular es que le
veía sentado delante de un pupitre en el cual había tantas, tantísimas cartas, que no bajaban, según Cadalsito,
de un par de cuatrillones. El Señor escribía con una letra

que a Luis le parecía la más perfecta cursiva que podía
imaginar. Ni don Celedonio, el maestro de su escuela, la
haría mejor. Concluida cada carta, la metía el Padre
Eterno en un sobre más blanco que la nieve, lo acercaba
a su boca, sacaba de ésta un buen pedazo de lengua fina
y rosada para humedecer con rápido pase la goma; cerraba, y volviendo a coger la pluma, que era, ¡cosa más
rara!, la de Mendizábal, y mojada, por más señas, en el
mismo tintero, se disponía a escribir la dirección. Mirando por encima del hombro, Luisito creyó ver que aquella
mano inmortal trazaba sobre el papel lo siguiente:

B. L. M.

Al Excmo. Sr. Ministro de Hacienda,
cualisquiera que sea,
                            su seguro servidor,
                                    Dios.

5

Aquella noche no durmió Villaamil ni un cuarto de hora seguido. Se aletargaba un instante; pero la idea de la
combinación próxima, el criterio pesimista que se había
impuesto, poniéndose en lo peor y esperando lo malo para que viniese lo bueno, le sembraban de espinas el lecho, desvelándose apenas cerraba los ojos. Cuando su
mujer volvió del teatro, Villaamil habló con ella algunas
palabras extraordinariamente desconsoladoras. Ello fue
algo referente a la dificultad de allegar provisiones para
el día siguiente, pues no había en la casa ninguna especie
de moneda ni tampoco materia hipotecable; el crédito estaba agotado, y apuradas también la generosidad y paciencia de los amigos.

Aunque afectaba serenidad y esperanza, doña Pura estaba muy intranquila, y también pasó la noche en claro,
haciendo cálculos para el día siguiente, que tan pavoroso

y adusto se anunciaba. Ya no se atrevía a mandar traer
géneros a crédito de ningún establecimiento, porque todo
era malas caras, grosería, desconsideración, y no pasaba
día sin que un tendero exigente y descortés armase un
cisco en la misma puerta del cuarto segundo. ¡Empeñar!
La mente de la señora hizo rápida síntesis de todas las
prendas útiles que estaban condenadas al ostracismo: al-
hajas, capas, mantas, abrigos. Se había llegado al máxi-
mum de emisión, digámoslo así, en esta materia, y no
había forma humana de desabrigarse más de lo que ya lo
estaba toda la familia. Una pignoración en grande escala
se había verificado el mes anterior (enero del 78) el mismo día del casamiento de D. Alfonso con la reina Mercedes. Y sin embargo, las tres *Miaus* no perdieron ninguna
de las fiestas públicas que con aquel motivo se celebraron
en Madrid. Iluminaciones, retretas, el paso de la comiti-
va hacia Atocha; todo lo vieron perfectamente, y de todo
gozaron en los sitios mejores, abriéndose paso a codazo
limpio entre las multitudes.

   ¡La sala, hipotecar algo de la sala! Esta idea causaba
siempre terror y escalofríos a doña Pura, porque la sala
era la parte del menaje que a su corazón interesaba más,
la verdadera expresión simbólica del hogar doméstico.
Poseía muebles bonitos, aunque algo anticuados, testigos
del pasado esplendor de la familia Villaamil; dos entredoses negros con filetes de oro y lacas, y cubiertas de
mármol; sillería de damasco, alfombra de moqueta y
unas cortinas de seda que habían comprado al Regente
de la audiencia de Cáceres, cuando levantó la casa por
traslación. Tenía doña Pura a las tales cortinas en tanta
estima como a las telas de su corazón. Y cuando el espectro de la necesidad se le aparecía y susurraba en su
oído con terrible cifra el conflicto económico del día siguiente, doña Pura se estremecía de pavor, diciendo:
«No, no; antes las camisas que las cortinas.» Desnudar
los cuerpos le parecía sacrificio tolerable; pero desnudar
la sala... ¡eso nunca! Los de Villaamil, a pesar de la cesantía con su grave disminución social, tenían bastantes
visitas. ¡Qué dirían éstas si vieran que faltaban las corti-

nas de seda, admiradas y envidiadas por cuantos las veían! Doña Pura cerró los ojos queriendo desechar la fatídica idea y dormirse; pero la sala se había metido dentro de su entrecejo y la estuvo viendo toda la noche, tan limpia, tan elegante... Ninguna de sus amigas tenía una sala igual. La alfombra estaba tan bien conservada, que parecía que humanos pies no la pisaban, y era que de día la defendía con pasos de quita y pon, cuidando de limpiarla a menudo. El piano vertical, desafinado, sí, desafinadísimo, tenía el palisandro de su caja resplandeciente. En la sillería no se veía una mota. Los entredoses relumbraban, y lo que sobre ellos había, aquel reloj dorado y sin hora, los candelabros dentro de fanales, todo estaba cuidado exquisitamente. Pues las mil baratijas que completaban la decoración, fotografías en marcos de papel cañamazo, cajas que fueron de dulces, perritos de porcelana y una licorera de imitación de Bohemia, también lucían sin pizca de polvo. Abelarda se pasaba las horas muertas limpiando estos cachivaches y otros que no he mencionado todavía. Eran objetos de frágiles tablillas caladas, de esos que sirven de entretenimiento a los aficionados a la marquetería doméstica. Un vecino de la casa tenía maquinilla de trepar y hacía mil primores que regalaba a los amigos. Había cestos, estantillos, muebles diminutos, capillas góticas y chinescas pagodas, todo muy mono, muy frágil, de *mírame y no me toques,* y muy difícil de limpiar.

Doña Pura dio una vuelta en la cama, como queriendo variar sus lúgubres ideas con un cambio de postura. Pero entonces vio en su mente con mayor claridad las suntuosas cortinas, color de amaranto, de seda riquísima, de esa seda *que no se ve ya en ninguna parte.* Todas las señoras que iban de visita habían de coger y palpar la incomparable tela, y frotarla entre los dedos para apreciar la clase. ¡Pero había que tomarle el peso para saber lo que era aquello! ... En fin, doña Pura consideraba que mandar las cortinas al Monte o la casa de préstamos, era trance tan doloroso como embarcar un hijo para América.

En tanto que la *figura de Fra Angélico* se agitaba en su
angosto colchón (dormía en la alcobita de la sala, y su
marido, desde que vino de Filipinas, ocupaba solo la alcoba del gabinete), proponíase distraer y engañar su pena recordando las emociones de la ópera y lo bien que
dijo el barítono aquello de *rivedrai le foreste imbalsa-
mate*...

Villaamil, solo, insomne y calenturiento, se revolcaba
en el gran camastro matrimonial, cuyo colchón de mue-
lles tenía los *ídem* en lastimoso estado, los unos quebrados y hundidos, los otros estirados y en erección. El de
lana, que encima estaba, no le iba en zaga, pues todo era
pelmazos por aquí, vaciedades por allá, de modo que la
cama habría podido figurar dignamente en las mazmorras
de la Inquisición para escarmiento de herejes. El pobre
cesante tenía en su lecho la expresión externa o el molde
de las torturas de su alma, y así, cuando la hormiguilla
del insomnio le hacía dar una vuelta, caía en profunda
sima, del centro de la cual surgía como la joroba de un
demonio, enorme espolón que se le clavaba en los riño-
nes; y cuando salía de la sima, un amasijo de lana, duro
y fuerte como el puño, le estropeaba las costillas.

Algunas veces dormía tal cual en medio de estos acci-
dentes; pero aquella noche, la exaltación de su cerebro le
agrandaba en la oscuridad las desigualdades del terreno:
ya creía que se despeñaba, quedándose con los pies en
alto, ya que se balanceaba en el vértice de una eminencia
o que iba navegando hacia Filipinas con un tifón de mil
demonios. «Seamos pesimistas —era su lema—; pense-
mos, con todo el vigor del pensamiento, que no me van a
incluir en la combinación, a ver si me sorprende la felicidad del nombramiento. No esperaré el hecho feliz, no,
no lo espero, para que suceda. Siempre pasa lo que no se
espera. Póngome en lo peor. No te colocan, no te colocan, pobre Ramón; verás cómo ahora también se burlan
de *ti*. Pero aunque estoy convencido de que no consigo
nada, convencidísimo, sí, y no hay quien me apee de esto; aunque sé que mis enemigos no se apiadarán de mí,
pondré en juego todas las influencias y haré que hasta el

lucero del alba le hable al Ministro. Por supuesto, amigo
Ramón, todo inútil. Verás cómo no te hacen maldito caso; tú lo has de ver. Yo estoy tan convencido de ello,
como de que ahora es de noche. Y bien puedes desechar
hasta el último vislumbre de credulidad. Nada de melindres de esperanzas; nada de *si será o no será;* nada de
debilidades optimistas. No lo catas, no lo catas, aunque
revientes.»

6

Doña Pura durmió al fin profundamente toda la madrugada y parte de la mañana. Villaamil se levantó a las
ocho sin haber pegado los ojos. Cuando salió de su alcoba, entre ocho y nueve, después de haberse refregado el
hocico con un poco de agua fría y de pasarse el peine por
la rala cabellera, nadie se había levantado aún. La estrechez en que estaban no les permitía tener criada, y entre
las tres mujeres hacían desordenadamente los menesteres
de la casa. Milagros era la que guisaba; solía madrugar
más que las otras dos; pero la noche anterior se había
acostado muy tarde, y cuando Villaamil salió de su habitación dirigiéndose a la cocina, la cocinera no estaba aún
allí. Examinó el fogón sin lumbre, la carbonera exhausta;
y en la alacena que hacía de despensa vio mendrugos de
pan, un envoltorio de papeles manchados de grasa, que
debía de contener algún resto de jamón, carne fiambre o
cosa así, un plato con pocos garbanzos, un pedazo de
salchicha, un huevo y medio limón... El tigre dio un suspiro y pasó al comedor para registrar el cajón del aparador, en el cual, entre los cuchillos y las servilletas, había
también pedazos de pan duro. En esto oyó rebullicio,
después rumor de agua, y he aquí que aparece Milagros
con su cara gatesca muy lavada, bata suelta, el pelo en
sortijillas enroscadas con papeles, y un pañuelo blanco
por la cabeza.

—¿Hay chocolate? —le preguntó su cuñado sin más
saludo.

—Hay media onza nada más —replicó la señora, corriendo a abrir el cajón de la mesa de la cocina donde estaba—. Te lo haré en seguida.

—No, a mí no. Lo haces para el niño. Yo no necesito chocolate. No tengo gana. Tomaré un pedazo de pan seco y beberé encima un poco de agua.

—Bueno. Busca por ahí. Pan no falta. También hay en la alacena un trocito de jamón. El huevo ese es para mi hermana, si te parece. Voy a encender lumbre. Haz el favor de partirme unas astillas mientras yo voy a ver si encuentro fósforos.

Don Ramón, después de morder el pan, cogió el hacha y empezó a partir un madero, que era la pata de una silla vieja, dando un suspiro a cada golpe. Los estallidos de la fibra leñosa al desgarrarse parecían tan inherentes a la persona de Villaamil, como éste se arrancase tiras palpitantes de sus secas carnes y astillas de sus pobres huesos. En tanto, Milagros armaba el templete de carbones y palitroques.

—Y hoy, ¿se pone cocido? —preguntó a su cuñado con cierto misterio.

Villaamil meditó sobre aquel problema tan descarnadamente planteado.

—Tal vez... ¡quién sabe! —replicó, lanzando su imaginación a lo desconocido—. Esperemos a que se levante Pura.

Esta era la que resolvía todos los conflictos, como persona de iniciativa, de inesperados golpes y de prontas resoluciones. Milagros era toda pasividad, modestia y obediencia. No alzaba nunca la voz, no hacía observaciones a lo que su hermana ordenaba. Trabajaba para los demás por impulso de su conciencia humilde y por hábito de subordinación. Unida fatalmente durante toda su vida al mísero destino de aquella familia, y partícipe de las vicisitudes de ésta, jamás se quejó ni se la oyó protestar de su malhadada suerte. Considerábase una gran artista malograda en flor, por falta de ambiente; y al verse perdida para el arte, la tristeza de esta situación ahogaba todas las demás tristezas. Hay que decir aquí que Milagros ha-

bía nacido con excelentes dotes de cantante de ópera. A
los veinticinco años tenía una voz preciosísima, regular
escuela y loca afición a la música. Pero la fatalidad no le
permitió nunca lanzarse a la verdadera vida de artista.
Amores desgraciados, cuestiones de familia aplazaron de
día en día la deseada presentación al público, y cuando
los obstáculos desaparecieron, ya Milagros no estaba para fiestas; había perdido la voz. Ni ella misma se dio
cuenta de la suave gradación por donde sus esperanzas
de artista vinieron a parar en la precaria situación en que
se nos aparece; por donde el soñado escenario y los
triunfos del arte se convirtieron en la cocina de Villaamil,
sin provisiones. Cuando pensaba ella en el contraste duro
entre sus esperanzas y su destino, no acertaba a medir
los escalones de aquel lento descender desde las cumbres
de la poesía a los sótanos de la vulgaridad.

Milagros tenía un tipo fino, delicado, propio para los
papeles de *Margarita,* de *Dinorah,* de *Gilda,* de la *Tra-
viatta,* y voz aguda de soprano. Todo esto se convirtió en
hojarasca, sin que nunca llegara a ser admiración del público. Sólo una vez cantó en el Real la parte de *Adalgisa,*
por condescendencia de la empresa, como alumna del
Conservatorio. Estuvo muy feliz, y los periódicos le au-
guraron un porvenir brillante. En el Liceo Jover, ante un
público invitado y poco exigente, cantó *Saffo* y *Los Ca-
puletos* de Bellini con el tercer acto de Vacai. Entonces
se trató de que fuera a Italia; pero se atravesó una pasión, la esperanza de un gran partido para casarse, enre-
dándose mucho el asunto entre el novio y la familia.
Pasó tiempo, y la cantatriz hubo de malograrse, pues ni
fue a Italia, ni se contrató en el Real, ni se casó.

Doña Pura y Milagros eran hijas de un médico militar,
de apellido Escobios, y sobrinas del músico mayor del
Inmemorial del Rey. Su madre era Muñoz, y tenían ellas
pretensiones de parentesco con el marqués de Casa-
Muñoz. Por cierto que cuando trataron de que Milagros
fuera cantante de ópera se pensó en italianizarle el apellido, llamándola la *Escobini;* pero como la carrera artís-

tica se malogró en ciernes, el mote italiano no llegó nunca a verse en los carteles.

Antes de que la vida de la señorita de Escobios se truncara, tuvo una época de fugaz éxito y brillo en una capital de provincia de tercera clase, a donde fue con su hermana, esposa de Villaamil. Este era Jefe económico, y su familia intimó, como era natural con la de los Gobernadores civil y militar, que daban reuñiones, a que asistía lo más granadito del pueblo. Milagros, cantando en los conciertos de la brigadiera, enloquecía y electrizaba. Salíanle novios por docenas, y envidias de mujeres que la inquietaban en medio de sus triunfos. Un joven de la localidad, poeta y periodista, se enamoró frenéticamente de ella. Era el mismo que en la reseña de los saraos llama a doña Pura, con exaltado estilo *figura arrancada a un cuadro de Fra Angélico*. A Milagros la ensalzaba en términos tan hiperbólicos que causaba risa, y aún recuerdan los naturales algunas frases describiendo a la joven en el momento de presentarse en el salón, de acercarse al piano para cantar; y en el acto mismo del cantorrio: *«Es la pudorosa Ofelia llorando sus amores marchitos y cantando con gorjeo celestial la endecha de la muerte.»* Y ¡cosa extraña! El mismo que escribía estas cosas en la segunda plana del periódico tenía la misión, y por eso cobraba, de hacer la revista comercial en la primera. Suya era también esta endecha: *«Harinas. Toda la semana acusa marcada calma en este polvo. Sólo han salido para el canal mil doscientos sacos que se hicieron a 22 y tres cuartillos. No hay compradores, y ayer se ofrecían dos mil sacos a 22 y medio, sin que nadie se animara.»* Al día siguiente, vuelta otra vez con *la pudorosa Ofelia*, o *el ángel que nos traía a la tierra las celestiales melodías.* Ya se comprende que esto no podía acabar en bien. En efecto, mi hombre, inflamándose y desvariando cada día más por su amor no correspondido, llegó a ponerse tan malo, pero tan malo, que un día se tiró de cabeza en la presa de una fábrica de harina, y por pronto que acudieron en su auxilio, cuando le sacaron, era cadáver. Poco después de este desagradable suceso, que impresionó mucho a Milagros, ésta volvió a Madrid; verificóse entonces el *debut* en el Real, luego las funciones en el Liceo Jover y todo lo demás que brevemente referido queda. Echemos sobre aquellos tristes sucesos un montón de años tristes, de rápido envejecimiento y decadencia, y nos encontramos a *la pudorosa Ofelia* en la cocina de Villaamil, con la lumbre encendida y sin saber qué poner en ella.

De un cuartucho oscuro que en el pasillo interior había, salió Abelarda restregándose los ojos, desgreñada, arrastrando la cola sucia de una bata mayor que ella, la cual fue usada por su madre en tiempos más felices, y se dirigió también a la cocina, a punto que salía de ella Villaamil para ir a despertar y vestir al nieto. Abelarda preguntó a su tía si venía el panadero, a lo que Milagros no supo qué responder, por no poder ella formar juicio acerca de problema tan grave sin oír antes a su hermana.

—Haz que tu madre se levante pronto —le dijo consternada—, a ver qué determina.

Poco después de esto, oyóse fuerte carraspeo allá en la alcoba de la sala, donde Pura dormía. Por la puertecilla que dicha alcoba tenía al recibimiento, frente al despacho, apareció la señora de la casa, radiante de displicencia, embutido el cuerpo en una americana vieja de Villaamil, el pelo en sortijillas, el hocico amoratado del agua fría con que acababa de lavarse, una toquilla rota cruzada sobre el pecho, en los pies voluminosas zapatillas.

—Qué, ¿no os podéis desenvolver sin mí? Estáis las dos atontadas. Pues no es para tanto. ¿Habéis hecho el chocolate del niño? —Milagros salió de la cocina con la jícara, mientras Abelarda sentaba al pequeñuelo y le colgaba del pescuezo la servilleta. Villaamil fue a su despacho, y a poco salió con el tintero en la mano, diciendo:

—No hay tinta, y hoy tengo que escribir más de cuarenta cartas. Mira, Luisín, en cuanto acabes, te vas abajo y le dices al amigo Mendizábal que me haga el favor de un poquito de tinta.

—Yo iré —dijo Abelarda cogiendo el tintero y bajando en la misma facha en que estaba.

Las dos hermanas, en tanto, cuchicheaban en la cocina. ¿Sobre qué? Es presumible que fuera sobre la imposibilidad de dar de comer a la familia con un huevo, pan duro y algunos restos de carne que no bastaban para el gato. Pura fruncía las cejas y hacía con los labios un mohín muy extraño, juntándolos con la nariz, que parecía alargarse. *La pudorosa Ofelia* repetía este signo de perplejidad, resultando las dos tan semejantes, que parecían una misma. De sus meditaciones las distrajo Villaamil, el cual apareció en la cocina diciendo que tenía que ir al Ministerio y necesitaba una camisa limpia.

—¡Todo sea por Dios! —exclamó Pura con desaliento—. La única camisa lavada está en tan mal estado, que necesita un recorrido general.

Pero Abelarda se comprometió a tenerla lista para el mediodía, y además planchada, siempre que hubiera lumbre. También hizo don Ramón a su hija sentidas observaciones sobre ciertos flecos y desgarraduras que ostentaba la solapa de su gabán, rogándole que pasara por allí sus hábiles agujas. La joven le tranquilizó, y el buen hombre metióse en su despacho. El conciliábulo que las *Miaus* tenían en la cocina terminó con un repentino sobresalto de Pura, que corrió a su alcoba para vestirse y largarse a la calle. Había estallado una idea inmensa en aquel cerebro cargado de pólvora, como si en él penetrase una chispa de fulminante que de los ojos brotara.

—Enciende bien la lumbre y pon agua en los pucheros —dijo a su hermana al salir, y se escabulló fuera con diligencia y velocidad de ardilla.

Al ver esta determinación, Abelarda y Milagros, que conocían bien a la directora de la familia, se tranquilizaron respecto al problema de subsistencia de aquel día, y se pusieron a cantar, la una en la cocina, la otra desde su cuarto, el dúo de *Norma: in mia mano al fin tu sei.*

7

A eso de las once entró doña Pura bastante sofocada, seguida de un muchacho recadista de la plazuela de los

Mostenses, el cual venía echando los bofes con el peso
de una cesta llena de víveres. Milagros, que a la puerta
salió, hízose multitud de cruces de hombro a hombro y
de la frente a la cintura. Había visto a su hermana salir
avante en ocasiones muy difíciles, con su enérgica iniciativa; pero el golpe maestro de aquella mañana le parecía
superior a cuanto de mujer tan dispuesta se podía esperar. Examinando rápidamente el cesto, vio diferentes especies de comestibles, vegetales y animales, todo muy
bueno, y más adecuado a la mesa de un Director general
que a la de un mísero pretendiente. Pero doña Pura las
hacía así. Las bromas, o pesadas o no darlas. Para mayor
asombro, Milagros vio en manos de su hermana el portamonedas, casi reventando de puro lleno.

—Hija —le dijo la señora de la casa, secreteándose
con ella en el recibimiento, después que despidió al
mandadero—, no he tenido más remedio que dirigirme a
Carolina Lantigua, la de Pez. He pasado una vergüenza
horrible. Hube de cerrar los ojos y lanzarme, como quien
se tira al agua. ¡Ay, qué trago! Le pinté nuestra situación
de una manera tal, que la hice llorar. Es muy buena. Me
dio diez duros, que prometí devolverle pronto; y lo haré,
sí, lo haré; porque de esta hecha le colocan. Es imposible
que dejen de meterle en la combinación. Yo tengo ahora
una confianza absoluta... En fin, lleva esto para dentro.
Voy allá en seguida. ¿Está el agua cociendo?

Entró en el despacho para decir a su marido que por
aquel día estaba salvada la tremenda crisis, sin añadir
cómo ni cómo no. Algo debieron hablar también de las
probabilidades de colocación, pues se oyó desde fuera la
voz iracunda de Villaamil gritando:

—No me vengas a mí con optimismos de engañifa. Te
digo y te redigo que no entraré en la combinación. No tengo ninguna esperanza, pero ninguna, me lo puedes creer.
Tú, con esas ilusiones tontas y esa manía de verlo todo
color de rosa, me haces un daño horrible, porque viene
luego el trancazo de la realidad, y todo se vuelve negro.

Tan empapado estaba el santo varón en sus cavilaciones pesimistas, que cuando le llamaron al comedor y le

pusieron delante un lucido almuerzo, no se le ocurrió inquirir, ni siquiera considerar, de dónde habían salido
abundancias tan desconformes con su situación económica. Después de almorzar rápidamente, se vistió para salir. Abelarda le había zurzido las solapas del gabán con
increíble perfección, imitando la urdimbre del tejido desgarrado; y dándole en el cuello una soba de bencina, la
pieza quedó como si la hubieran rejuvenecido cinco años.
Antes de salir, encargó a Luis la distribución de las cartas que escrito había, indicándole un plan topográfico
para hacer el reparto con método y en el menor tiempo
posible. No le podían dar al chico faena más de su gusto,
porque con ella se le relevaba de asistir a la escuela, y se
estaría toda la santísima tarde como un caballero, paseando con su amigo *Canelo*. Era éste muy listo para conocer dónde había buen trato. Al cuarto segundo subía
pocas veces, sin duda por no serle simpática la pobreza
que allí reinaba comúnmente; pero con finísimo instinto
se enteraba de los extraordinarios de la casa, tanto más
espléndidos cuanto mayor era la escasez de los días normales. Estuviera el can de centinela en la portería o en el
interior de la casa, o bien durmiendo bajo la mesa del
memorialista, no se le escapaba el hecho de que entraran
provisiones para los de Villaamil. Cómo lo averiguaba,
nadie puede saberlo; pero es lo cierto que el más astuto
vigilante de Consumos no tendría nada que enseñarle.
Por supuesto, la aplicación práctica de sus estudios era
subir a la casa abundante y estarse allí todo un día y a
veces dos; pero en cuanto le daba en la nariz olor de
quema, decía... «hasta otra», y ya nò le veían más el
pelo. Aquel día subió poco después de ver entrar a doña
Pura con el mandadero; y como las tres *Miaus* eran siempre muy buenas con él y le daban golosinas, a Cadalsito
le costó trabajo llevárselo a su excursión por las calles.
Canelo salió de mala gana, por cumplir un deber social y
porque no dijeran.

Las tres *Miaus* estuvieron aquella tarde muy animadas.
Tenían el don felicísimo de vivir siempre en la hora presente y de no pensar en el día de mañana. Es una hechu-

ra espiritual como otra cualquiera, y una filosofía práctica que, por más que digan, no ha caído en descrédito,
aunque se ha despotricado mucho contra ella. Pura y Milagros estaban en la cocina, preparando la comida, que
debía ser buena, copiosa y dispuesta con todos los sacra-
mentos, como desquite de los estómagos desconsolados.
Sin cesar en el trabajo, la una espumando pucheros o
disponiendo un frito, la otra machacando en el almirez al
ritmo de un *andante con esprezione* o de un *allegro con
brío,* charlaban sobre la probable o más bien segura colocación del jefe de la familia. Pura habló de pagar todas
las deudas, y de traer a casa los diversos objetos útiles
que andaban por esos mundos de Dios en los cautiverios
de la usura.

Abelarda estaba en el comedor con su caja de costura
delante, arreglando sobre el maniquí un vestidillo color
de pasa. No llamaba la atención por bonita ni por fea, y
en un certamen de caras insignificantes se habría llevado el premio de honor. El cutis era malo, los ojos oscuros,
el conjunto bastante parecido a su madre y tía, formando
con ellas cierta armonía, de la cual se derivaba el mote
que les pusieron. Quiero decir que si, considerada aisla-
damente, la similitud del cariz de la joven con el morro
de un gato no era muy marcada, al juntarse con las otras
dos parecía tomar de ellas ciertos rasgos fisionómicos,
que venían a ser como un sello de raza o familia, y entonces resultaba en el grupo las tres bocas chiquitas y
relamidas, la unión entre el pico de la nariz y la boca por
una raya indefinible, los ojos redondos y vivos, y la efusión característica del cabello, que era como si las tres
hubieran estado rodando por el suelo en persecución de
una bola de papel o de un ovillo.

Aquella tarde todo fue dichas, porque entraron visitas,
lo que a Pura agradaba mucho. Dejó rápidamente los
menesteres culinarios para echarse una bata y componer-
se el pelo, y entró satisfecha en la sala. Eran los visitantes Federico Ruiz y su esposa, Pepita Ballester. El insigne *pensador* estaba también sin empleo, pasando una
crujía espantosa, de la cual había más señales en su ropa

que en la de su mujer; pero llevaba con tranquilidad su
cesantía, mejor dicho, tan optimista era su temperamento, que la llevaba hasta con cierto gozo. Siempre era el
mismo hombre, el métome-en-todo infatigable, fraguan-
do planes de bullanguería literaria y científica, premedi-
tando veladas o centenarios de celebridades, discurriendo
algún género de ocupación que a ningún nacido se le hubiera pasado por el magín. Aquel bendito hacía pensar
que hay una *Milicia Nacional* en las letras.

Escribía artículos sobre lo que debe hacerse para que
prospere la Agricultura, sobre las ventajas de la crema-
ción de los cadáveres, o bien reseñando puntualmente lo
que pasó en la Edad de Piedra, que es, como si dijéra-
mos, hablar de ayer por la mañana. Su situación económica era bastante precaria, pues vivía de la pluma. De
higos a brevas lograba que en Fomento le tomasen cierto
número de ejemplares de ediciones viejas y de libros tan
maulas como el *Comunismo ante la razón,* o el *Servicio
de incendios en todas las naciones de Europa,* o la *Reseña
pintoresca de los Castillos.* Pero tenía en su alma caudal
tan pingüe de consuelo, que no necesitaba la resignación
cristiana para conformarse con su desdicha. El estar satisfecho venía a ser en él una cuestión de amor propio, y
por no dar su brazo a torcer se encariñaba, a fuerza de
imaginación, con la idea de la pobreza, llegando hasta el
absurdo de pensar que la mayor delicia del mundo es no
tener un real ni de dónde sacarlo. Buscarse la vida, salir
por la mañana discurriendo a qué editor de revista enferma o periódico moribundo llevar el artículo hecho la noche anterior, constituía una serie de emociones que no
pueden saborear los ricos. Trabajaba como un negro, eso
sí, y el Tostado era un niño de teta al lado de él, en el
correr de la pluma. Verdaderamente, ganarse así el cocido tenía mucho de placer, casi de voluptuosidad. Y el
cocido no le había faltado nunca. Su mujer era una al-
haja y le ayudaba a sortear aquella situación. Pero la eficaz Providencia suya era su carácter, aquella predisposi-
ción optimista, aquel procedimiento ideal para convertir
los males en bienes y la escasez adusta en risueña abun-

dancia. Habiendo conformidad no hay penas. La pobreza
es el principio de la sabiduría, y no ha de buscarse la
felicidad en las clases privilegiadas. El *pensador* recordaba la comedia de Eguílaz, en la cual el protagonista, para
ponderar lo divertido que es ser pobre, dice con mucho
calor:

> Yo tenía cinco duros
> el día que me casé.

Y recordaba también que la cazuela se venía abajo con
el estruendo de los aplausos y las patadas de entusiasmo,
prueba de lo popular que es en esta raza la escasez de
dinero. También Ruiz había hecho en sus tiempos una
comedia en que se probaba que para ser honrado y justo
es indispensable andar con los codos de fuera, y que todos los ricos acaban siempre malamente. Por supuesto, a
pesar de esta idealidad con que sabía dorar el cobre de
su crisis económica, pasando la calderilla por oro, Ruiz
no cedía en sus pretensiones de ser nuevamente colocado. No dejaba vivir al Ministro de Fomento, y las Direcciones de Instrucción Pública y de Agricultura se echaban
a temblar en cuanto él traspasaba la mampara. A falta de
empleo, pretendía una comisioncita para estudiar cualquier cosa; lo mismo le daba la Legislación de propiedad
literaria en todos los países, que los depósitos de semen-
tales en España.

8

En la visita se habló primero de la ópera, a la que
Ruiz iba con frecuencia, lo mismo que las *Miaus,* con
entradas de *alabarda.* Después recayó la conversación en
el tema de destinos.

—A don Ramón —dijo Ruiz— no le harán esperar ya
mucho.

—Va en la combinación que se hará estos días —dijo
Pura radiante—. Y no ha ido ya, porque Ramón no qui-

so aceptar plaza fuera de Madrid. El Ministro tenía gran
empeño en mandarle a una provincia, donde hacen falta
hombres como mi esposo. Pero Ramón no está ya para
viajes. Yo, si he de decir verdad, deseo que le coloquen
porque esté ocupado; nada más que porque esté ocupado. No puede usted figurarse, Federico, lo mal que le
sienta a mi marido la ociosidad..., vamos, que no vive.
¡Ya se ve, acostumbrado a trabajar desde mozo!... Y que
le conviene también colocarse para los derechos pasivos.
Figúrese usted, a Ramón no le faltan más que dos meses
para poderse jubilar con los cuatro quintos. Si no fuera
por esto, mejor se estaría en su casa. Yo le digo: «No te
apures, hijo, que, gracias a Dios, para vivir modestamente no nos falta»; pero él no se conforma, le gusta el calor
de la oficina, y hasta el cigarro no le sabe si no se lo
fuma entre dos expedientes.

—Lo creo... ¡Qué santo varón! ¿Y cómo está de salud?

—Delicadillo del estómago. Todos los días tengo que
inventar algo nuevo para sostenerle el apetito. Mi hermana y yo nos dedicamos ahora a la cocina, por entretenimiento, y por vernos libres de criadas, que son una calamidad. Le hacemos cada día un platito distinto... capri-
chos y frioleras suculentas. A veces tengo que irme a la
plazuela del Carmen en busca de cosas que no se encuentran en los Mostenses.

—Pues vea usted —dijo la señora de Ruiz—, ese es un
trabajo que yo no conozco, porque éste tiene un estómago que no se lo merece, y un apetito tan famoso, que no
se necesitan melindres para sostenérselo.

—Gracias a Dios —indicó el *publicista* con joviali-
dad—. De ahí viene esta buena pasta mía y la confianza
que tengo en mi suerte. Créame usted, doña Pura, no hay
nada que valga lo que un buen estómago. Aquí me tiene
usted tan conforme siempre: si me colocan, bien; si no,
dos cuartos de lo mismo. Hablando con verdad, no me
gusta ser empleado, y preferiría lo que me ofreció ayer el
Ministro: una comisión para estudiar los Montes de Piedad de Alemania. Es cuestión muy importante.

—Ya lo creo que es importante. ¡Figúrese usted!
—exclamó la señora de Villaamil arqueando las cejas.

En esto entró otra visita. Era un amigo de Villaamil,
que vivía en la calle del Acuerdo, un tal Guillén, cojo
por más señas, empleado en la Dirección de Contribuciones. Dijo el tal, después de los saludos, que un compañero suyo, que estaba en el Personal, le había asegurado
aquella misma tarde que Villaamil iba en la próxima
combinación. Doña Pura lo dio por cierto, y Ruiz y su
señora apoyaron esta apreciación lisonjera. Se fueron en-
zarzando de tal modo en la conversación los plácemes,
que doña Pura, al fin, se arrancó a ofrecer a sus buenos
amigos una copita y pastas. Entre las provisiones de
aquel fausto día se contaba una botella de moscatel de a
tres pesetas, licor con que Pura solía obsequiar a su marido a los postres. Ruiz y Guillén chocaron las copas, ex-
presando con igual calor su afecto a la simpática familia.
La sobriedad del *pensador* contrastaba con la incontinen-
cia un tanto grosera del empleado cojo, quien rogó a doña
Pura no se llevase la botella, y escanciando que te
escanciarás, pronto se vio que quedaba el líquido en menos de la mitad.

Ya encendidas las luces, y cuando se habían ido las
visitas, entró Villaamil. Pura corrió a su encuentro, viendo con satisfacción que el ferocísimo semblante tigresco
tenía cierto matiz de complacencia.

—¿Qué hay? ¿Qué noticias traes?

—Nada, mujer —dijo Villaamil, que se encastillaba en
el pesimismo y no había quien le sacara de él—. Todavía
nada; las palabritas zandungueras de siempre.

—¿Y el Ministro..., le has visto?

—Sí, y me recibió tan bien —se dejó decir Villaamil
haciendo traición, por descuido, a su afectada misantro-
pía—, me recibió tan bien, que... no sé... parece que
Dios le ha tocado al corazón, que le ha dicho algo de mí.
Estuvo amabilísimo... encantado de verme por allí... sintiendo mucho no tenerme a su lado... decidido a llevarme...

—Vamos, no dirás ahora que no tienes esperanza.

—Ninguna, mujer, absolutamente ninguna (recobrando su papel). Verás cómo todo se queda en jarabe de pico. Si sabré yo... ¡Tenlo por cierto! ¡No me colocan hasta el día del juicio por la tarde!

—¡Ay, qué hombre! Eso también es ponerle a Dios cara de palo. Se podría enojar y con muchísima razón.

—Déjate de tonterías, y si tú esperas, buen chasco te llevarás. Yo no quiero llevármelo; por eso no espero nada, ¿sabes? Y cuando venga el golpe me quedaré tan tranquilo.

Luisito llegó cuando sus abuelos discutían acaloradamente si debían abrigar o no esperanza, y dio cuenta de la puntual entrega de todas las cartas. Tenía hambre, frío, y le dolía un poco la cabeza. Al regreso de la excursión se había sentado en el pórtico de las Alarconas; pero no *le dio aquello,* ni la visión tuvo a bien presentarse en ninguna forma. *Canelo* no se apartaba de doña Pura, siguiéndola del despacho a la cocina y de ésta al comedor, y cuando llamaron a comer al dueño de la casa, como éste tardara un poco en salir, fue el entendido perro a buscarle y con meneos de cola le decía: «Si usted no tiene gana, dígalo; pero no nos tenga tanto tiempo espera que te espera.»

Comieron con regular apetito y bastante buen humor, y de sobremesa Villaamil se fumó, saboreándolo mucho, un habano que el señor de Pez le había dado aquella tarde. Era muy grande, y al tomarlo, el cesante dijo a su amigo que lo guardaría para después. Aquel cigarro le recordaba sus tiempos prósperos. ¿Sería tal vez anuncio de que los tales tiempos volverían? Dijérase que el buen Villaamil leía en las espirales de humo azul su buena ventura, porque se quedaba alelado mirándolas subir en graciosas curvas hacia el techo del comedor, nublando vagamente la lámpara.

Por la noche tuvieron gente (Ruiz, Guillén, Ponce, los de Cuevas, Pantoja y su familia, de quien se hablará después), y se formalizó el proyecto iniciado el mes anterior, de representar una piececita, pues algunos amigos de la casa tenían aptitudes no comunes para el teatro, sobre todo en el género cómico. Federico Ruiz se encargó de escoger la pieza, de distribuir los papeles y dirigir los ensayos. Se convino en que Abelarda haría uno de los principales personajes, y Ponce otro; pero éste, reconociendo con laudable modestia que no tenía maldita gracia y que haría llorar al público en los papeles más jocosos, reservó para sí la parte de *padre,* si en la comedia le hubiera.

Cansado de tales majaderías, don Ramón huyó de la sala buscando en el interior oscuro de la casa las tinieblas que convenían a su pesimismo. Maquinalmente entró en el cuarto de Milagros, donde ésta desnudaba a Luis para acostarle. El pobre niño había hecho tentativas para estudiar, que fueron completamente inútiles. Le dolía la cabeza, y sentía como el presagio y el temor de la visión, pues ésta, al par que le daba mucho gusto, causábale cierta ansiedad. Se fue a acostar con la idea de que le entraría la desazón y de que iba a ver cosas muy extrañas. Cuando su abuelo entró, ya estaba metido en la cama, y su tía le hacía rezar las oraciones de costumbre: *Con Dios me acuesto, con Dios me levanto,* etc., que él recitaba de carrerilla. Con brusca interrupción se volvió hacia Villaamil para decirle:

—Abuelito, ¿verdad que el Ministro te recibió muy bien?

—Sí, hijo mío —replicó el anciano, estupefacto de esta salida y del tono con que fue dicha—. ¿Y tú por dónde lo sabes?

—¿Yo?..., yo lo sé.

Miraba Cadalsito a su abuelo con una expresión tan extraña, que el pobre señor no sabía qué pensar. Parecióle expresión de Niño-Dios, la cual no es otra cosa que la seriedad del hombre armonizada con la gracia de la niñez.

—Yo lo sé..., lo sé —repitió Luis sin sonreír, clavando en su abuelo una mirada que le dejó inmóvil—. Y el Ministro te quiere mucho..., porque le escribieron...

—¿Quién le escribió? —dijo con ansiedad el cesante, dando un paso hacia el lecho, los ojos llenos de claridad.

—Le escribieron de ti —afirmó Cadalsito sintiendo

que el miedo le invadía y no le dejaba continuar. En el mismo instante pensó Villaamil que todo aquello era una tontería, y dando media vuelta se llevó la mano a la cabeza, y dijo:

— ¡Pero qué cosas tiene este chiquillo!...

9

¡Cosa rara!, nada le pasó a Cadalsito aquella noche, ni sintió ni vio cosa alguna, pues a poco de acostarse hubo de caer en sueño profundísimo. Al día siguiente costó trabajo levantarle. Sentíase quebrantado, y como si hubiese andado largo trecho por sitio desconocido y lejano, que no podía recordar. Fue a la escuela, y no se supo la lección. Encontrábase tan torpe aquel día, que el maestro le hizo burla y ajó su dignidad ante los demás chicos. Pocas veces se había visto en la escuela carrera en pelo como la que aguantó Cadalsito al ser confinado al último puesto de la clase en señal de ignorancia y desaplicación. A las once, cuando se pusieron a escribir, Cadalso tenía junto a sí al famoso *Posturitas,* chiquillo travieso y graciosísimo, flexible como una lombriz, y tan inquieto, que donde él estuviese no podía haber paz. Llamábase Paquito Ramos y Guillén, y sus padres eran los dueños de la casa de préstamos de la calle del Acuerdo. Aquel Guillén, cojo y empleado, que hemos visto en casa de Villaamil celebrando con copiosas libaciones de moscatel la próxima colocación de su amigo, era tío materno de *Posturitas,* el cual debía este apodo a la viveza ratonil de sus movimientos, a la gracia con que remedaba las actitudes y gestos de los *clowns* y dislocados del Circo. Todo se le volvía hacer garatusas, sacar la lengua, volver del revés los párpados; y como pudiera, metía el dedo en el tintero para pintarse rayas negras en la cara.

Aquella mañana, cuando el maestro no le veía, *Posturitas* abría la carpeta, y él y su amigo Cadalso hundían la pelona en ella para ver las cosas diversas que encerraba. Lo más notable era una colección de sortijas, en las cuales brillaban el oro y los rubíes. No se vaya a creer que eran de metal, sino de papel, anillos de esos con que los fabricantes adornan los puros medianos para hacerlos pasar por buenos. Aquel tesoro había venido a manos de Paquito Ramos mediante un cambalache. Perteneció la colección a otro chico llamado Polidura, cuyo padre, mozo de café o restaurant, solía recoger los aros de cigarro que los fumadores dejaban caer al suelo, y obsequiar con ellos a su hijo a falta de mejores juguetes. Había llegado a reunir Polidura más de cincuenta sortijas de diversos calibres. En unas decía *Flor fina,* en otras *Selectos de Julián Alvarez.* Cansado al fin de la colección, se la cambió a *Posturas* por un trompo en buen uso, mediante contrato solemne ante testigos. Cadalso regaló al nuevo propietario el anillo de la tagarnina dada por el señor de Pez a Villaamil, y que éste se fumó majestuosamente después de la comida.

La travesura de *Posturitas,* fielmente reproducida por el bueno de Cadalso, consistía en llenarse ambos los dedos de aquellas sorprendentes joyas, y cuando el maestro no les veía, alzar la mano y mostrarla a los otros granujas con dos o tres anillos en cada dedo. Si el maestro venía, se los quitaban a toda prisa, y a escribir como si tal cosa. Pero en una vuelta brusca, sorprendió el dómine a Cadalsito con la mano en alto, distrayendo a toda la clase. Verle, y ponerse hecho un león, fue todo uno. Pronto se descubrió que el principal delincuente era el maligno *Posturitas,* que tenía en su carpeta un depósito de aros de papel; y en un santiamén el maestro, después que arrancó de los dedos las pedrerías de que estaban cuajados, agarró todo el depósito y lo deshizo, terminando con una mano de coscorrones aplicados a una y otra cabeza. Ramos rompió a llorar, diciendo:

—Yo no he sido... *Miau* tiene la culpa—. Y *Miau,* no menos lastimado de esta calumnia que del mote, clamó con severa dignidad:

—El es el que los tenía. Yo no traje más que uno...

—Mentira...

—El mentiroso es él.

—*Miau* es un hipócrita —dijo el maestro, y Cadalso no supo contener su aflicción oyendo en boca de don Celedonio el injurioso apodo. Soltó el llanto sin consuelo, y toda la clase coreaba sus gemidos, repitiendo *Miau,* hasta que el maestro, ¡pim, pam!, repartió una zurribanda general, recorriendo espaldas y mofletes, como el fiero cómitre entre las filas de galeotes, vapuleando a todos sin misericordia.

—Se lo voy a decir a mi abuelo —exclamó Cadalso con un arranque de dignidad—, y no vengo más a esta escuela.

—Silencio... Silencio todos —gritó el verdugo, amenazándoles con una regla, que tenía los ángulos como filos de cuchillo—. Sinvergüenzas, a escribir; y al que me chiste le abro la cabeza.

Al salir, Cadalso seguía indignado contra su amigo *Posturitas.* Ese, que era procaz, de una frescura y audacia sin límites, dio un empujón a Luis, diciéndole:

—Tú tienes la culpa, tonto..., panoli..., cara de gato. Si te cojo por mi cuenta...

Cadalso se revolvió iracundo, acometido de nerviosa rabia, que le puso pálido y con los ojos relumbrones.

—¿Sabes lo que te digo? Que no ties que ponerme motes, ¡contro!, mal criado..., ordinario..., cualisquiera.

—¡*Miau*! —mayó el otro con desprecio, sacando media cuarta de lengua y crispando los dedos—. Olé..., *Miau*... morrongo..., fu, fu, fu...

Por primera vez en su vida percibió Luis que las circunstancias le hacían valiente. Ciego de ira se lanzó sobre su contrario, y lo mismo se lanzaría si éste fuese un hombre. Chillido de salvaje alegría infantil resonó en toda la banda, y viendo el desusado embestir de Cadalso, muchos le gritaron: «Éntrale, éntrale...» *Miau* peleándose con *Posturas* era espectáculo nuevo, de trágicas y nunca sentidas emociones, algo como ver la liebre revolviéndose contra el hurón, o la perdiz emprendiéndola a picotazos con el perro. Y fue muy hermosa la actitud insolente de *Posturitas,* al recibir el primer achuchón, espatarrándose para aplomarse mejor, soltando libros y pizarra

para tener los brazos libres... Al mismo tiempo rezonga-
ba con orgullo insano:

—Verás, verás..., ¡recontro! ..., me caso con la biblia...

Trabóse una de esas luchas homéricas, primitivas y
cuerpo a cuerpo, más interesantes por la ausencia de toda arma, y que consisten en encepar brazos con brazos y
empujar, empujar, sacudiendo topetadas con la cabeza, a
lo carneril, esforzándose cada cual en derribar a su contrario. Si pujante estaba *Posturas,* no lo parecía menos
Cadalso. Murillito, Polidura y los demás, miraban y
aplaudían, danzando en torno con feroz entusiasmo de
pueblo pagano, sediento de sangre. Pero acertó a salir de
la casa en aquel punto y ocasión la hija del maestro, señorita algo hombruna, y les separó de un par de manotadas, diciendo:

—Sinvergüenzas, a casa, o llamo a la pareja para que
os lleve a la prevención.

Ambos tenían la cara como lumbre, respiraban como
fuelles y echaban por aquellas bocas injurias tabernarias,
sobre todo Paco Ramos, que era consumado hablista en
el idioma de los carreteros.

—Vamos, *hombres* —decía Murillito, el hijo del sacristán de Montserrat, en la actitud más conciliadora—; no
es para tanto..., vaya... Quítate tú... Mia que te...,
verás. Sacabaron las quistiones.

Mostrábase el mediador decidido a arrearle un buen
lapo a cualquiera de los dos que intentase reanudar la
contienda. Un policía que por allí andada les dispersó, y
se alejaron chillando y saltando, algunos haciéndose len-
guas del arranque de Cadalsito. Este tomó silencioso el
camino de su casa. Su ira se calmaba lentamente, aunque
por nada del mundo le perdonaba a *Posturas* el apodo, y
sentía en su alma los primeros bullicios de la vanidad he-
roica, la conciencia de su capacidad para la vida, o sea
de su aptitud para ofender al prójimo, ya probada en la
tienta de aquel día.

Aquella tarde no había escuela, por ser jueves. Luisito
se fue a su casa, y durante el almuerzo, ninguna persona
de la familia reparó en lo sofocado que estaba. Bajó lue-

go a pasar un ratito en compañía de sus amigos los memorialistas, que sin duda le tenían guardada alguna friolera.

—Parece que arriba andamos muy divertidos —le dijo Paca—. Oye, ¿han colocado ya a tu abuelo? Porque debe de ser ya lo menos ministro o tan siquiera embajador. ¡Vaya con la cesta de compra que trajeron ayer! Y botellas de moscatel como quien no dice nada. ¡Anda, anda, qué rumbo! Estamos como queremos. Así no hay quien haga bajar a *Canelo* de tu casa...

Luis dijo que todavía no habían colocado a su abuelo; pero que era cosa *de entre hoy y mañana.* El día estaba hermosísimo, y Paca propuso a su amiguito ir a tomar el sol en la explanada del Conde-Duque, a dos pasos de la calle de Quiñones. Púsose la enorme memorialista su mantón, mientras Luisito subía a pedir permiso, y echaron a andar. Eran las tres, y el vasto terraplén comprendido entre el paseo de Areneros y el cuartel de Guardias estaba inundado de sol, y muy concurrido de vecinos que iban allí a desentumecerse. Gran parte de este terreno se veía entonces, y se ve hoy, ocupado por sillares, baldosas, adoquines, restos o preparativos de obras municipales, y entre la cantería, las vecinas suelen poner colgaderos para secar ropa lavada. La parte libre de obstáculos la emplea la tropa para los ejercicios de instrucción, y aquella tarde vio Cadalsito a los reclutas de Caballería aprendiendo a marchar dirigidos por un oficial que, sable al puño y dando gritos, les enseñaba a medir el paso. Entretúvose el pequeñuelo en contemplar las evoluciones, y oía la cadencia con que los soldados pisaban unísonamente, diciendo: *uno, dos, tres, cuatro.* Era un mugido que se confundía con la vibración del suelo al ser golpeado a compás, cual inmenso tambor batido por un gigante. Entre la sociedad que allí se congregaba a gozar del sol, discurrían vendedores de cacahuetes y avellanas, pregonándolos con un grito dejoso. Paca le compró a Cadalso algunas de estas golosinas, y se sentó en una piedra a chismorrear con varias comadres amigas suyas. El chiquillo corrió detrás de la tropa, evolucionando con ella; fue y vino durante una hora en aquella militar diversión, marcando también el *uno, dos, tres, cuatro,* hasta que, sintiendo fatiga, se sentó en un rimero de baldosas. Entonces se le fue un poco la cabeza; vio que la mole pesada del cuartel se corría de derecha a izquierda, y que en la misma dirección iba el palacio de Liria, sepultado entre el ramaje de su jardín, cuyos árboles parecen estirarse para respirar mejor fuera de la tumba inmensa en que están plantados. Empezóle a Cadalsito la consabida desazón; se le iba el conocimiento de las cosas presentes, se mareaba, se desvanecía, le entraba el misterioso sobresalto, que era en realidad pavor de lo desconocido; y apoyando la frente en una enorme piedra que próxima tenía, se durmió como un ángel. Desde el primer instante, la visión de las Alarconas se le presentó clara, palpable, como un ser vivo, sentado frente a él, sin que pudiese decir dónde. El fantástico cuadro no tenía fondo ni lontananza. Lo constituía la excelsa figura sola. Era el mismo personaje de luenga y blanca barba, vestido de indefinibles ropas, la mano izquierda escondida entre los pliegues del manto, la derecha fuera, mano de persona que se dispone a hablar. Pero lo más sorprendente fue que antes de pronunciar la primera palabra, el Señor alargó hacia él la diestra, y entonces se fijó en ella Cadalsito y vio que tenía los dedos cuajados de aquellas mismas sortijas que formaban la rica colección de *Posturas.* Sólo que en los dedos soberanos, que habían fabricado el mundo en siete días, los anillos relumbraban cual si fueran de oro y piedras preciosas. Cadalsito estaba absorto, y el Padre le dijo:

—Mira, Luis, lo que os quitó el maestro. Ve aquí los bonitos anillos. Los recogí del suelo, y los compuse al instante sin ningún trabajo. El maestro es un bruto, y ya le enseñaré yo a no daros coscorrones tan fuertes. Y por lo que hace a *Posturitas,* te diré que es un pillo, aunque sin mala intención. Está mal educado. Los niños decentes no ponen motes. Tuviste razón en enfadarte, y te portaste bien. Veo que eres un valiente y que sabes volver por tu honor.

Luis quedó muy satisfecho de oírse llamar valiente por persona de tanta autoridad. El respeto que sentía no le permitió dar las gracias; pero algo iba a decir, cuando el Señor, moviendo con insinuación de castigo la mano aquella cuajada de sortijas, le dijo severamente:

—Pero, hijo mío, si por ese lado estoy contento de ti, por otro me veo en el caso de reprenderte. Hoy no te has sabido la lección. Ni por casualidad acertaste una sola vez. Bien claro se vio que no habías abierto un libro en todo el santo día... (Luisín, acongojadísimo, mueve los labios queriendo disculparse.) Ya, ya sé lo que me vas a decir. Estuviste hasta muy tarde repartiendo cartas; volviste a casa de noche. Pero luego pudiste leer algo; no me vengas con enredos. Y esta mañana, ¿por qué no echaste un vistazo a la lección de Geografía? ¡Cuidado con los desatinos que has dicho hoy! ¿De dónde sacas tú que Francia está limitada al Norte por el Danubio y que el Po pasa por Pau? ¡Vaya unas barbaridades! ¿Te parece a ti que he hecho yo el mundo para que tú y otros mocosos como tú me lo estéis deshaciendo a cada paso?

Enmudeció la augusta persona, quedándose con los ojos fijos en Cadalso, al cual un color se le iba y otro se le venía, y estaba silencioso, agobiado, sin poder mirar ni dejar de mirar a su interlocutor.

—Es preciso que te hagas cargo de las cosas —añadió por fin el Padre, accionando con la mano cuajada de sortijas—. ¿Cómo quieres que yo coloque a tu abuelo si tú no estudias? Ya ves cuán abatido está el pobre señor, esperando como pan bendito su credencial. Se le puede ahogar con un cabello. Pues tú tienes la culpa, porque si estudiaras...

Al oír esto, la congoja de Cadalsito fue tan grande, que creyó le apretaban la garganta con una soga y le estaban dando garrote. Quiso exhalar un suspiro y no pudo.

«Tú no eres tonto y comprenderás esto —agregó Dios—. Ponte tú en mi lugar; ponte tú en mi lugar, y verás que tengo razón.»

Luis meditó sobre aquello. Su razón hubo de admitir el argumento creyéndolo de una lógica irrebatible. Era claro como el agua: mientras él no estudiase, ¡contro!, ¿cómo habían de colocar a su abuelo? Parecióle esto la verdad misma, y las lágrimas se le saltaron. Intentó hablar, quizá prometer solemnemente que estudiaría, que trabajaría como una fiera, cuando se sintió cogido por el pescuezo.

—Hijo mío —le dijo Paca sacudiéndole—, no te duermas aquí, que te vas a enfriar.

Luis la miró aturdido, y en su retina se confundieron un momento las líneas de la visión con las del mundo real. Pronto se aclararon las imágenes, aunque no las ideas; vio el cuartel del Conde-Duque, y oyó el *uno, dos, tres, cuatro,* como si saliese de debajo de tierra. La visión, no obstante, permanecía estampada en su alma de una manera indeleble. No podía dudar de ella, recordando la mano ensortijada, la voz inefable del Padre y Tutor de todas las cosas. Paca le hizo levantar y le llevó consigo. Después, quitándole del bolsillo los cacahuetes que antes le diera, díjole:

—No comas mucho de esto, que se te ensucia el estómago. Yo te los guardaré. Vámonos ya, que principia a caer relente...

Pero él tenía ganas de seguir durmiendo; su cerebro estaba embotado, como si acabase de pasar por un acceso de embriaguez; le temblaban las piernas, y sentía frío intensísimo en la espalda. Andando hacia su casa, le entraron dudas respecto a la autenticidad y naturaleza divina de la aparición. «¿Será Dios o no será Dios? —pensaba—. Parece que es, porque lo sabe todito... Parece que no es, porque no tiene ángeles.»

De vuelta del paseo, hizo compañía a sus buenos amigos. Mendizábal, concluida su tarea, y después de recoger los papeles y de limpiar las diligentes plumas, se dispuso a alumbrar la escalera. Paca limpió los cristales del farol, encendiendo dentro de él la lamparilla de petróleo. El *secretario del público* lo cogió entonces, y con ademán tan solemne como si alumbrara al Viático, fue a colgarlo en su sitio, entre el primero y segundo piso. En esto subía Villaamil y se detuvo, como de costumbre, para echar un párrafo con el memorialista.

—Sea enhorabuena, don Ramón —le dijo éste.

—Calle usted, hombre... —replicó Villaamil, afectando el humor que suele acompañar a un terrible dolor de muelas—. Si todavía no hay nada, ni lo habrá...

—¡Ah!, pues yo creí... Es que son muy perros, don Ramón. ¡Vaya unos birrias de Ministros! Lo que yo le digo a usted: mientras no venga la escoba grande...

—¡Oh!, amigo mío —exclamó Villaamil con cierto aire de templanza gubernamental—, ya sabe usted que no me gustan exageraciones. Sus ideas son distintas de las mías... ¿Qué es lo que usted quiere? ¿Más religión? Pues venga religión, venga; pero no oscurantismo... Desengañémonos. Aquí lo que hace falta es administración, moralidad...

—Ahí duele, ahí duele (con expresión de triunfo). Precisamente lo que no habrá mientras no haya fe. Lo primero es la fe, ¿sí o no?

—Corriente; pero... No, amigo Mendizábal; no exageremos.

—Y las sociedades que la pierden (en tono triunfal), corren derechitas, como quien dice, al abismo...

—Todo eso está muy bien; pero... Haya moralidad, moralidad; que el que la hace la pague, y allá los curas se entiendan con las conciencias. No me cambalache los poderes, amigo Mendizábal.

—No, si yo no cambalacho nada... En fin, usted lo verá (bajando un escalón mientras Villaamil subía otro). Ínterin domine el libre pensamiento, espere usted sentado. Como que no hay justicia ni nadie se acuerda del mérito. Buenas noches.

Desapareció por la escalera abajo aquel hombre feísimo, de semblante extraño, por tener los ojos tan poco separados que parecían juntarse y ser uno solo cuando fijamente miraban. La nariz le salía de la frente, y después bajaba chafada y recta, esparranclando sus dos ventanillas en el nacimiento del labio superior, dilatado, ti-

rante y tan extenso en todas direcciones que ocupaba casi
la mitad del rostro. La boca era larga, terminada en dos
arrugas que dividían la barba en tres compartimientos
flácidos, de pelambre ralo y gris; la frente estrecha, las
manos enormes y velludas, el cogote recio, el cuerpo corto, inclinado hacia adelante, como resabio de una raza
que hasta hace poco ha andado a cuatro pies. Al descender la escalera, parecía que la bajaba con las manos, aga-
rrándose al barandal. Con esta filiación de *gorila,* Mendizábal era un buen hombre, sin más tacha que su furiosa
inquina contra el libre pensamiento. Había sido traficante
en piedras de chispa durante la primera guerra civil, espía faccioso y cocinero del padre Cirilo. « ¡Ah! —mil veces lo decía él—, ¡si yo escribiera mi historia! » Último
detalle biográfico: le compuso una rueda a la célebre tar-
tana de San Carlos de la Rápita.

10

Poco después de anochecido, al subir a su casa, Cadalsito sintió pasos detrás de sí; pero no volvió la cara. Mas
cuando faltaban pocos escalones para llegar al piso segundo, manos desconocidas le cogieron la cabeza y se la
apretaron, no dejándole mirar hacia atrás. Tuvo miedo,
creyéndose en poder de algún ladrón barbudo y feo, que
iba a robar la casa y empezaba por asegurarle a él. Pero
antes que tuviera tiempo de chillar, el intruso le levantó
en peso y le besó. Luis pudo verle entonces la cara, y al
reconocerle, su intranquilidad no disminuyó. Había visto
aquella cara por última vez algún tiempo antes, sin poder
apreciar cuándo, en una noche de escándalo y reyerta, en
la cual todos chillaban en su casa. Abelarda caía con una
paleta, y la abuelita gritaba pidiendo el auxilio de los vecinos. La dramática escena doméstica había dejado indeleble impresión en Luis, que ignoraba por qué se habían
puesto sus tías y abuela tan furiosas.

En aquel tiempo estaba el abuelito en Cuba, y no vivía
la familia en la calle de Quiñones. Recordó también que

las iras de las *Miaus* recaían sobre una persona que entonces desapareció de la casa, para no volver a ella hasta la ocasión que ahora se refiere. Aquel hombre era su padre. No se atrevió Luis a pronunciar el cariñoso nombre; de mal humor dijo: «Suéltame.» Y el sujeto aquel llamó.

Cuando doña Pura, al abrir la puerta, vio al que llamaba, acompañado de su hijo, quedóse un instante como quien no da crédito a sus ojos. La sorpresa y el terror se pintaban en su semblante..., después contrariedad. Por fin murmuró:

—¿Víctor... tú?

Entró saludando a su suegra con cierta emoción, de una manera cortés y expresiva. Villaamil, que tenía el oído muy fino, se estremeció al reconocer desde su despacho la voz aquella. «¡Víctor aquí... Víctor otra vez en casa! Este hombre nos trae alguna calamidad.» Y cuando su yerno entraba a saludarle, el rostro tigresco de don Ramón se volvió espantoso, y le temblaba la mandíbula carnicera, indicando como un prurito de ejercitarla contra la primera res que se le pusiera delante.

—¿Pero cómo estás aquí? ¿Has venido con licencia? —fue lo único que dijo.

Víctor Cadalso sentóse frente a su suegro. El quinqué les separaba, y su luz, iluminando los dos rostros, hacía resaltar el vivo contraste entre una y otra persona. Era Víctor acabado tipo de hermosura varonil, un ejemplar de los que parecen destinados a conservar y transmitir la elegancia de formas en la raza humana, desfigurada por los cruzamientos, y que por los cruzamientos, reflujo incesante, viene de vez en cuando a reproducir el gallardo modelo, como para mirarse y recrearse en el espejo de sí misma, y convencerse de la permanencia de los arquetipos de hermosura, a pesar de las infinitas derivaciones de la fealdad. El claro-oscuro producido por la luz de la lámpara modelaba las facciones del guapo mozo. Tenía nariz de contorno puro, ojos negros, de ancha pupila, cuya expresión variaba desde el matiz más tierno hasta el más grave, a voluntad. La frente pálida tenía el corte y el

bruñido que en escultura sirve para expresar nobleza.
—Esta nobleza es el resultado del equilibrio de piezas
cranianas y de la perfecta armonía de líneas.— El cuello
robusto, el pelo algo desordenado y de azabache, la barba oscura también y corta, completaban la hermosa lámina de aquel busto, más italiano que español. La talla
era mediana, el cuerpo tan bien proporcionado y airoso
como la cabeza; la edad debía de andar entre los treinta
y tres o los treinta y cinco. No supo responder terminan-
temente a la pregunta de su suegro, y después de titu-
bear un instante, se aplomó y dijo:

—Con licencia no..., es decir... he tenido un disgusto
con el jefe. Salí sin dar cuenta a nadie. Ya conoce usted
mi carácter. No me gusta que nadie juegue conmigo...
Ya le contaré. Ahora vamos a otra cosa. Llegué esta mañana en el tren de las ocho, y me metí en una casa de
huéspedes de la calle del Fúcar. Allí pensaba quedarme.
Pero estoy tan mal, que si ustedes (doña Pura se hallaba
todavía presente) no se incomodan, me vendré aquí por
unos días, nada más que por unos días.

Doña Pura se echó a temblar, y corrió a transmitir la
fatal nueva a su hermana y a su hija.

—¡Se nos mete aquí! ¡Qué horror de hombre! Nos
ha caído quehacer.

—Aquí estamos muy estrechos —objetó Villaamil con
cara cada vez más fiera y tenebrosa—. ¿Por qué no te
vas a casa de tu hermana Quintina?

—Ya sabe usted —replicó— que mi cuñado Ildefonso
y yo estamos así... un poco de punta. Con ustedes me
arreglo mejor. Yo les prometo ser pacífico y razonable, y
olvidar ciertas cosillas.

—Pero, en resumidas cuentas, ¿sigues o no en tu destino de Valencia?

—Le diré a usted... (mascando las primeras palabras,
pero discurriendo al fin una respuesta que disimulase su
perplejidad). Aquel Jefe Económico es un trapisonda...
Se empeñó en echarme de allí, y ha intentado formarme
expediente. No conseguirá nada; yo tengo más conchas
que él.

Villaamil dio un suspiro, tratando de descifrar por la fisonomía de su yerno el misterio de su intempestiva llegada. Pero sabía por experiencia que la cara de Víctor era impenetrable y que, histrión consumado, expresaba con ella lo que más convenía a sus fines.

—¿Y qué te parece tu hijo? —le preguntó al ver entrar a Pura con Luisín—. Está crecido, y le vamos defendiendo la salud. Delicadillo siempre, por lo cual no queremos apretarle para que estudie.

—Tiempo tiene —dijo Cadalso, abrazando y besando al niño—. Cada día se parece más a su madre, a mi pobre Luisa. ¿Verdad?

Al anciano se le humedecieron los ojos. Aquella hija malograda en la flor de la edad, fue todo su amor. El día de su temprana muerte, Villaamil envejeció de un golpe diez años. Siempre que alguien la nombraba en la casa, el pobre hombre sentía renovada su aflicción inmensa, y si quien la nombraba era Víctor, al pesar se mezclaba la repugnancia que inspira el asesino condoliéndose de su víctima después de inmolada. A doña Pura también se le abatieron los espíritus al ver y oír al que fue esposo de su querida hija. Luis se entristeció, más bien por rutina, pues había notado que cuando alguien pronunciaba en la casa el nombre de su mamá, todos suspiraban y se ponían muy serios.

Víctor, llevando a su hijo, pasó a saludar a Milagros y a Abelarda. Aquélla le aborrecía de todo corazón, y respondió a su saludo con desdeñosa frialdad. La cuñadita se metió en su cuarto al sentirle; luego salió, y su color, siempre malo, era como el color de una muerta. Le temblaba la voz; quiso afectar el mismo desdén de su tía hacia Víctor; éste le apretaba la mano.

—¿Ya estás aquí otra vez, perdido? —balbuceó ella, y sin saber qué hacer se volvió a meter en el aposento.

Entretanto Villaamil, aprensivo y sobresaltado, se desperezaba en su asiento como si quisiera crucificarse, y decía a su mujer:

—Este hombre traerá hoy la desgracia a nuestra casa como la ha traído siempre. Y si no, tú lo has de ver.

Cuando le sentí la voz, creí que el infierno se nos metía por las puertas. Maldita sea la hora (exaltándose y dejando caer con ruidosa pesadumbre las palmas de las manos sobre la mesa) en que este hombre entró en mi casa por vez primera; maldita la hora en que nuestra querida hija se prendó de él, y maldito el día en que les casamos... Porque ya no tenía remedio. ¡Ojalá viviera mi hija deshonrada, ojalá! ... ¡Qué estúpido afán de casar a las hijas sin saber con quién! ¡Ah! Pura, mucho cuidado con ese danzante; no te fíes. Tiene el arte de adornar su perversidad con palabras que, al pronto, emboban y seducen. A mí no me la da, no; a mí me engañó una vez sola. Pero pronto le calé, y ahora me pongo en guardia, porque es el hombre más malo que Dios ha echado al mundo.

—¿Pero no ha dicho a qué viene? ¿Le han dejado cesante? De seguro ha hecho alguna pillada y viene a que tú se la tapes.

—¡Yo! (espantado y echando los ojos fuera del casco). ¡Como no se la tape el moro Muza! A buena parte viene...

Llegada la hora de comer, Víctor, sentándose a la mesa con la mayor frescura, hubo de permitirse ciertos alardes de conversación jocosa. Todos le miraban con hostilidad, esquivando los temas joviales que quería sacar a relucir. A ratos se ponía ceñudo y receloso; pero a la manera de un actor que recobra su papel momentáneamente olvidado, tomaba la estudiada actitud bonachona y festiva. Luego reapareció la dificultad grave. ¿Dónde le ponían? Y doña Pura, sofocada ante la imposibilidad de alojar al intruso, se plantó diciéndole:

—No, no puede ser, Víctor, ya ves que no hay medio de tenerte en casa.

—No se apure usted, mamá —replicó él, acentuando con cariño el tratamiento—. Me quedaré aquí, en el sofá del comedor. Déme usted una manta, y dormiré como un canónigo.

Nada pudieron oponer a esta conformidad doña Pura y las otras *Miaus*. Cuando empezaron a llegar las personas que iban a la tertulia, Víctor dijo a su suegra:

—Mire usted, mamá, yo no me presento. No tengo malditas ganas de ver gente, al menos en algunos días. Me parece que he oído la voz de Pantoja. No le diga usted que estoy aquí.

—Pues no sé a qué vienen esos incógnitos —replicóle amoscada su suegra—. ¿Te vas a estar de plantón en el comedor? Pues sabrás que voy a poner en esta mesa los vasos de agua, para que salgan a beber todos los que tengan sed. Y te advierto que Pantoja es hombre que me bebe media cuba todas las noches.

—Pues me meteré en el cuarto de Luis, si no pone usted el abrevadero en otra parte.

—¿Pero dónde?

—Nada, nada, mamá; por mi parte no altere usted sus costumbres. Váyase usted a la sala, donde ya tiene toda la *crème* reunida. No olvide ponerme aquí la manta. Mañana temprano traeré mi equipaje.

Cuando doña Pura transmitió a su marido el recelo de ser visto que en Cadalso notara, el buen señor se intranquilizó más, y echó nuevas pestes contra el intruso. Puesta sobre la mesa del comedor la bandeja con los vasos de agua, único refrigerio que los Villaamil podían ofrecer a sus amigos. Cadalso se quedó un rato solo con su hijo, el cual mostraba aquella noche aplicación desusada.

—¿Estudias mucho? —preguntó su padre acariciándole.

Y él contestó que sí con la cabeza, cohibido y vergonzoso, como si el estudiar fuese delito. Su padre era para él como un extraño, y al intentar hablarle, la timidez le ataba la lengua. El sentimiento que al pobre niño inspiraba aquel hombre era mezcla singularísima de respeto y temor. Le respetaba por el concepto de padre, que en su alma tierna tenía ya el natural valor; le temía, porque en su casa había oído mil veces hablar de él en términos harto desfavorables. Era Cadalso el papá malo, como Villaamil era el papá bueno.

Al sentir los pasos de algún tertulio sediento que venía al abrevadero, Víctor se colaba en el cuarto de Milagros. Conoció por la voz a Ponce, que amén de crítico era no-

vio de Abelarda; reconoció también a Pantoja, empleado
en Contribuciones, amigo de Villaamil y aun del propio
Cadalso, quien le tenía por la máquina humana más inútil y roñosa que en oficinas existiera. No pudo dejar de
notar que una de las personas que más sed tuvieron
aquella noche fue Abelarda. Salió dos o tres veces a beber, y además quiso sustituir a su tía Milagros en la
obligación de acostar al pequeño. Estando en ello, se
metió Víctor en la alcoba, huyendo de otro tertulio sofocado que iba a refrescarse.

—Papá está muy inquieto con esta aparición tuya —le
dijo Abelarda sin mirarle—. Has entrado en casa como
Mefistófeles, por escotillón, y todos nos alteramos al
verte.

—¿Me como yo la gente? —respondió Víctor sentándose en la misma cama de Luis—. Por lo demás, en mi
venida no hay misterio; hay algo, sí, que no comprende-
rán tu padre y tu madre; pero tú lo comprenderás cuando te lo explique, porque tú eres buena para mí, Abelarda; tú no me aborreces como los demás, sabes mis desgracias, conoces mis faltas y me tienes compasión.

Insinuó esto con mucha dulzura, contemplando a su
hijo, ya medio desnudo. Abelarda evitaba el mirarle. No
así Luisito, que había clavado los ojos en su padre, como
queriendo descifrar el sentido de sus palabras.

—¡Lástima yo de ti! —repuso al fin la insignificante
con voz trémula—. ¿De dónde sacas eso?... ¿Si pensarás
que creo algo de lo que dices? ¡A otras engañarás, pero
a la hija de mi madre...!

Y como Víctor empezase a replicarle con cierta vehemencia, Abelarda le mandó callar con un gesto expresivo. Temía que alguien viniese o que Luis se enterase, y
aquel gesto señaló una nueva etapa en el diálogo.

—No quiero saber nada —dijo, determinándose al fin
a mirarle cara a cara.

—¿Pues a quién he de confiarme yo si no me confío a
ti..., la única persona que me comprende?

—Vete a la iglesia, arrodíllate ante el confesionario...

—La antorcha de la fe se me apagó hace tiempo. Estoy a oscuras —declaró Víctor mirando al chiquillo, ya con las manos cruzadas para empezar sus oraciones.

Y cuando el niño hubo terminado, Abelarda se volvió hacia el padre, diciéndole con emoción:

—Eres muy malo, muy malo. Conviértete a Dios, encomiéndate a él, y...

—No creo en Dios —replicó Víctor con sequedad—: a Dios se le ve soñando, y yo hace tiempo que desperté.

Luisito escondió su faz entre las almohadas, sintiendo un frío terrible, malestar grande y todos los síntomas precursores de aquel estado en que se le presentaba su misterioso amigo.

11

A las doce, cuando los tertulios desfilaron, Cadalso se acomodó en el sofá del comedor, cubriéndose con la manta que Abelarda le diera. Ignoraba él que su cuñada se acostaría vestida aquella noche por carecer de abrigo. Retiráronse todos, menos Villaamil, que no quiso recogerse sin tener una explicación con su yerno. La lámpara del comedor había quedado encendida, y el abuelo, al entrar, vio a Víctor incorporado en su duro lecho, con la manta liada de medio cuerpo abajo. Comprendió al punto el yerno que su padre político puería palique, y se preparó, cosa fácil para él, pues era hombre de imaginación pronta, de afluente palabra, de salidas ágiles y oportunas, a fuer de meridional de pura sangre, nacido en aquella costa granadina que tiene detrás la Alpujara y enfrente a Marruecos. «Ese tío —pensó— me quiere embestir. A buena parte viene... Empiece la brega. Le trastearemos con gracia.»

—Ahora que estamos solos —dijo Villaamil con aquella gravedad que imponía miedo—, decídete a ser franco conmigo. Tú has hecho algún disparate, Víctor. Te lo conozco en la cara, aunque tu cara pocas veces dice lo que piensas. Confiésame la verdad, y no trates de marearme

con tus pases de palabras ni con esas ideas raras de que
sacas tanto partido.

—Yo no tengo ideas raras, querido don Ramón; las
ideas raras son las de mi señor suegro. Debemos juzgar
las ideas de las personas por el pelo que éstas echan. ¿Le
han colcado a usted ya? Se me figura que no. Y usted
sigue tan fresco, esperando su remedio de la justicia, que
es lo mismo que esperarlo de la luna. Mil veces le he
dicho a usted que el mismo Estado es quien nos enseña
el derecho a la vida. Si el Estado no muere nunca, el
funcionario no debe perecer tampoco administrativamen-
te. Y ahora le voy a decir otra cosa: mientras no cambie
usted de papeles, no le colocarán; se pasará los meses y
los años viviendo de ilusiones, fiándose de palabras zala-
meras y de la sonrisa traidora de los que se dan importancia con los tontos, haciendo que les protegen.

—Pero tú, necio —dijo Villaamil enojadísimo—, ¿has
llegado a figurarte que yo tengo esperanzas? ¿De dónde
sacas, majadero, que yo me forje ni la milésima parte de
una condenada ilusión? ¡Colocarme a mí! No se me pasa
por la imaginación semejante cosa, no espero nada, nada,
y digo más: hasta me ofende el que me supone pen-
diente de formulillas y de palabras cucas.

—Como siempre le he conocido a usted, así tan confiado, tan optimista...

—¡Optimista yo! (muy contrariado). Vamos, Víctor,
no te burles de estas canas. Y sobre todo, no desvíes la
cuestión. Ahora no se trata de mí, sino de ti. Vuelvo a
mi pregunta: ¿Qué has hecho? ¿Por qué estás aquí, y por
qué te escondes de la gente?

—Es que las tertulias de esta casa me cargan. Ya sabe
usted que soy muy extremado en mis antipatías. Yo no
me escondo; es que no quiero ver la cara de Ponce con
sus ojos pitañosos, ni que me hable Pantoja, el cual tiene
un aliento que da el *quién vive*.

—No se trata del aliento de Pantoja, sino de que tú no
has dejado tu destino con la frente alta.

—Tan alta que si mi jefe dice algo contra mí, tengo
medios de mandarle a presidio (acalorándose). Sepa us-

ted que he prestado servicios tales, que si el Estado fuera
agradecido, ya sería yo jefe de Administración. Pero el
Estado es esencialmente ingrato, bien lo sabe usted, y no
sabe premiar. Si el funcionario inteligente no se recompensa a sí propio, está perdido. Para que usted se entere:
cuando fui a Valencia a encargarme de Propiedades e
Impuestos, el Negociado estaba por los suelos. Mi antecesor era un cómico sin voz, que recibió el empleo como
jubilación de la escena. El infeliz no sabía por dónde andaba. Llegué yo, y ¡arsa!, a trabajar. ¡Qué lío! Las cédu-
las personales no se cobraban ni a tiros. En Consumos
había descubiertos horribles. Llamé a los alcaldes, les
apremié, les metí el resuello en el cuerpo. Total, que sa-
qué una millonada para el Tesoro, millonada que se habría perdido sin mí... Entonces reflexioné, y dije: «¿Cuál
es la consecuencia natural del inmenso servicio que he
prestado a la Nación? Pues la consecuencia natural, lógica, ineludible de defender al Estado contra el contribuyente es la ingratitud del Estado. Abramos, pues, el
paraguas para resguardarnos de la ingratitud, que nos ha
de traer la miseria.»

—No se puede decir más claro que tus manos no están
muy limpias.

—No hay tal, no, señor (incorporándose y accionando
con mucha energía); porque mediador entre el contribuyente y el Estado, debo impedir que ambos se devo-
ren, y no quedarían más que los robos si yo no los pusiera en paz. Yo formaba parte de la entidad contribuyente,
que es la Nación; yo formo parte del Estado, como funcionario. Con esta doble naturaleza, yo, mediador, tengo
que asegurar mi vida para seguir impidiendo el choque
mortal entre el contribuyente y el Estado...

—Ni te entiendo, ni te entenderá nadie (con gesto de
ira y desprecio). El mismo de siempre. Con esas chuscadas de tu ingenio quieres ocultar tus trapisondas. ¿Pues
sabes lo que te digo?, que en mi casa no puedes estar.

—No se acalore mi querido suegro. Entre paréntesis,
no he pretendido que me tenga aquí por mi linda cara.

Pagaré mi pupilaje... Será por pocos días, porque en cuanto me asciendan...

—¡Ascenderte! ¿Qué dices? (como si le hubiera picado un escorpión).

—¡Ay! ¿Pues usted qué se creía? ¡Qué inocente! Siempre el mismo don Ramón, la virginal doncella. Que le traigan tila. Ya... ¿qué creía usted? ¿Que yo no soy de Dios y no debo ascender? ¿Sabe que llevo dos años de oficial primero y me corresponde el ascenso a Jefe de Negociado de tercera, por la ley de Cánovas? Y usted, que tan optimista es en lo propio y tan pesimista en lo ajeno, creerá que me voy a pasar la vida escribiendo cartas, espiando la sonrisa de un Director general o quitándole motas a Cucúrbitas. No, señor mío, yo no voy al trapo rojo, sino al bulto.

—Sí, sí, lo que es a descarado no te gana nadie; y digo más... por lo mismo que no tienes vergüenza (lívido de ira y tragándose su propia amargura), consigues todo lo que quieres... El mundo es tuyo... Vengan ascensos, y ole morena.

—En cambio usted (con cruel sarcasmo), siga meciéndose en esos dulces éxtasis, siga creyendo que las mariposillas le traen la credencial, y despiértese todos los días diciendo: «Hoy, hoy será», y lea *La Correspondencia* por las noches con la esperanza de ver su nombre en ella.

—Te repito de una vez para siempre (deseando tener a mano una botella, tintero o palmatoria que tirarle a la cabeza), que yo no espero nada, ni pienso que me colocarán jamás. En cambio, estoy convencido de que tú, tú, que acabas de defraudar al Tesoro, tendrás el premio de tu gracia, porque así es el mundo, y así está la cochina Administración... ¡Dios mío! ¡Que viva yo para ver estas cosas! (levantándose y llevándose las manos a la cabeza).

—Lo que tiene usted que hacer (con cierta fatuidad) es aprender de mí.

—¡Bonito modelo! No quiero oírte, no quiero verte ni en pintura... Adiós (marchándose y volviendo desde la puerta). Y ten entendido que yo no espero ni esto; que estoy conforme, que llevo con paciencia mi desgracia, y que no se me ocurre que me puedan colocar ahora, ni mañana, ni el siglo que viene... aunque buena falta nos hace. Pero...

—¿Pero qué?... (echándose a reír malignamente). Vamos, ¿a que le coloco yo a usted si me atufo?

— ¡Tú... tú! ¡Deberte yo a ti...!

Y fue tal su indignación, que no quiso hablar más, temeroso de hacer un disparate, y pegando un portazo que estremeció la casa, huyó a su alcoba y arrojóse en la inquieta superficie de su camastro, como un desesperado al mar.

Víctor se arrebujó en la manta, tratando de dormir; pero hallábase excitadísimo, más que por el altercado con su suegro, por la memoria de sucesos recientes, y no podía conciliar el sueño, no siendo tampoco extraña a este fenómeno la dureza del banco en que reposaba. La luz menguó de tal manera después de media noche, que apenas alumbraba con incierto resplandor la estancia; y en el cerebro insomne y febril de Víctor, esta penumbra y el olor a comida fiambre que flotaba en la atmósfera, se confundían en una sola impresión desagradable. Examinó punto por punto el comedor, las paredes vestidas de papel, a trozos desgarrado, a trozos sucio. En algunos sitios, particularmente junto a las puertas, la crasitud marcaba el roce de las personas; en otros se veían impresas las manos de Luisito y aun los trozos de su artístico lápiz. El techo, ahumado en la proyección de la lámpara, tenía dos o tres grietas, dibujando una inmensa M y quizá otras letras menos claras. En la pared, agujeros de clavos, de los cuales colgaron en otros tiempos láminas. Víctor recordaba haber visto allí un reloj, que nunca había dicho *esta campana es mía,* y señalaba siempre una hora inverosímil; también hubo antaño bodegones al cromo con sandías y melones despanzurrados. Láminas y reloj habían desaparecido, como carga que se arroja al mar para que el barco no zozobre. El aparador subsistía; pero ¡qué viejo y qué aburrido estaba, con sus vivos negros despintados, un cristal roto, caído el copete! Dentro de él se veían algunas copas boca abajo, vinagreras con frascos desiguales, un limón muy arrugado, un molinillo de café, latas mugrientas y algunas piezas de loza. La puerta que conducía al pasillo de la cocina estaba cubierta por un pesado portier de abacá, mugriento por el borde en que lo sobaban las manos, y con una claraboya en medio, que bien pudiera servir de torno.

Cansado de mudar posturas, Víctor se incorporó en su lecho, que parecía un potro, y su desasosiego paró en desvarío mental. Le entraron ganas de explicarse consigo mismo, de deshacer con recriminaciones el nublado de su alma, y en voz no muy alta, pero perceptible, se expresó de este modo: «Esto es mío, estúpidos. Ratas de oficina, idos a roer expedientes. Yo valgo más que vosotros; en un día sé despabilar yo todo el trabajo del Negociado, correspondiente a un mes.»

Después se echó, asustado de su propio acento. Y al poco rato, los ojos cerrados, el ceño fruncido, reprodujo en su cerebro, como ciertos sonámbulos, el caso cuya reminiscencia no podía echar de sí.

«Los consumos... ¡ah! los consumos. Son la más ingeniosa de las invenciones. ¡Pícaros pueblos! Por no pagar, son ellos capaces de venderse al diablo... ¡Y cómo les sabe a cuerno quemado la cuenta corriente que se les lleva! Y que a mí no me joroban. Al que me cerdee, le abraso vivo. ¡Ah! en la expedición de los apremios está el *quid*. Y como nunca falta un roto para un descosido, nada más fácil que ponerse de acuerdo con el interventor para formar la relación de apremios. ¡Feliz el pueblo que se escabulle de la relación, aunque tenga dos semestres en descubierto!... Señor Alcalde, entendámonos. ¿Ustedes quieren respirar? Pues yo también necesito oxígeno. Todos somos hijos de Dios... Y tú, Hacienda, ¿por qué te amontonas? ¿No te salvé yo más de seis millones que mi antecesor dio por perdidos? Pues entonces, ¿a qué ese lloriqueo de mujer arrastrada? Quien presta tan grandes servicios, ¿no merece premio? ¿No hemos de ponernos a cubierto de la ingratitud del Estado, agradeciéndonos nosotros mismos nuestros leales servicios? La recompensa es el principio de la moralidad, es la aplicación de la justicia, del derecho, del *Jus,* a la Administración. Un Estado ingrato, indiferente al mérito, es un Estado salvaje... Lo que yo digo: dondequiera que hay el *haber* de un servicio, hay el *debe* de una comisión. Partida por partida, esto es elemental. Yo doy al Estado con una mano seis millones que andaban trasconejados, y alargo la otra para que me suelte mi comisión... ¡Ah! perro Estado, ladrón, indecente, ¿qué querías tú? ¿Mamarte los millones y después dejarme asperges? ¡Ah! infame, eso habrías hecho si yo me descuido. Pues te juro que por listo que tú seas, más lo soy yo. Vamos de pillo a pillo. Y tú, contribuyente, ¿por qué me pones hocico? ¿No ves que te defiendo? Pero para que tú respires es preciso que respire yo también. Si yo me ahogo, vendrá otro que te sacará el redaño.

» ¡Y ese estúpido Jefe, ese animal, ese bandido que en Pontevedra se merendó la suscripción para los náufragos y en Cáceres dejó en cueros a las viudas de los mineros muertos; ese que sería capaz de tragarse la Necrópolis con todos sus difuntos, quiere formarme expediente! Pero la comprobación es muy difícil, tunante, y si me pinchas, te denunciaré, te sacaré los trapitos a la calle, con datos, con fechas, con números. Yo tengo buenos amigos, y manos blancas que me defiendan... Eso es lo que tú no me perdonas... Te come la envidia. Y por eso te revuelves contra mí ahora, tomador, que no sirviendo para afanar relojes, te metiste a empleado.»

Y al cabo de un cuarto de hora, cuando parecía que había encontrado el sueño, soltó de improviso la risa, diciendo: «No me pueden probar nada. Pero aunque me lo probaran...» Por fin se durmió, y tuvo una pesadilla, semejante a otras que en los casos de agitación moral turbaban su descanso. Soñó que iba por una galería muy larga, inacabable, con paredes de espejos, que hasta lo infinito repetían su gallarda persona. Iba por aquel inmenso callejón persiguiendo a una mujer, a una dama elegante, la cual corría agitando con el rápido mover de sus pies la falda de crujiente seda. Cadalso le veía los tacones de las botas, que eran... ¡cascarones de huevo!

Quién podía ser la dama, lo ignoraba; era la misma con
quien soñara otra noche, y al seguirla, se decía que todo
aquello era sueño, asombrándose de correr tras un fantasma, pero corriendo siempre. Por fin ponía la mano en
ella, la dama se paraba y se volvía, diciéndole con voz
muy ronca: «¿Por qué te empeñas en quitarme esta cómoda que llevo aquí?» En efecto, la dama llevaba en la
mano una cómoda ¡de tamaño natural!, y la llevaba tan
desahogadamente como si fuera un portamonedas. Entonces Víctor despertaba sintiendo sobre sí un peso tal
que no podía moverse, y un terror supersticioso que no
sabía relacionar ni con la cómoda, ni con la dama, ni
con los espejos. Todo ello era estúpido y sin ningún sentido.

Despierto, tenían más miga los sueños de Cadalso,
porque toda la vida se la llevaba pensando en riquezas
que no tenía, en honores y poder que deseaba, en mujeres hermosas, cuyas seducciones no le eran desconocidas,
en damas elegantes y de alta alcurnia que con ardentísi-
ma curiosidad anhelaba tratar y poseer, y esta aspiración
a los supremos goces de la vida le traía siempre intranquilo, vigilante y en acecho. Devorado por el ansia de
introducirse en las clases superiores de la sociedad, creía
tener ya en las manos un cabo y el primer nudo de la
cuerda por donde otros menos audaces habían logrado
subir. ¿Cuál era este nudo? Ved aquí un secreto que por
nada del mundo revelaría Cadalso a sus vulgarísimos y
apocados parientes los de Villaamil.

12

Aparecióse le muy temprano *la figura arrancada a un
cuadro de Fra Angélico,* por otro nombre doña Pura,
quien le acometió con el arma cortante de su displicencia, agravada por la mala noche que un dolorcillo de
muelas le hizo pasar.

—Ea, despejarme el comedor. Ve a lavarte a mi cuarto, que tenemos precisión de barrer aquí. Lárgate pronto
si no quieres que te llenemos de polvo —apoyaba esta

admonición, de una manera más persuasiva, la segunda *Miau,* que se presentó escoba en mano.

—No se enfade usted, mamá. (A doña Pura le cargaba mucho que su yerno la llamase *mamá.*) Desde que está usted hecha una potentada, no se la puede aguantar. ¡Qué manera de tratar a este infeliz!

—Eso es, búrlate... Es lo que te faltaba para acabar de conquistarnos. ¡Y que tienes el don de la oportunidad! Siempre te descuelgas por aquí cuando estamos con el agua al cuello.

—¿Y si dijera que precisamente he venido creyendo ser muy oportuno? A ver... ¿qué respondería usted a esto? Porque no conviene despreciar a nadie, querida mamá, y se dan casos de que el huésped molesto nos resulte Providencia de la noche a la mañana.

—Buena Providencia nos dé Dios (siguiendo hacia el cuarto donde Víctor pensaba lavarse). ¿Qué quieres decir? ¿Que vas a apretar la cuerda que nos ahorca?

—Tanto como está usted chillando ahí (con zalamería), y todavía soy hombre para convidarla a usted a palcos por asiento.

—Ninguna falta nos hacen tus palcos... ¡Ni qué has de convidar tú, si siempre te he conocido más arrancado que el Gobierno!

—Mamá, mamá, por Dios, no rebaje usted tanto mi dignidad. Y, sobre todo, el que yo sea pobre no es motivo para que se dude de mi buen corazón.

—Déjame en paz. Ahí te quedas. Despacha pronto.

—Prefiero ver delante de mí el puñal del asesino a ver malas caras. (Deteniéndola por un brazo.) Un momento. ¿Quiere usted que pague mi hospedaje?

Sacó su cartera en el mismo instante, y a doña Pura se le encandilaron los ojos viendo que abultaba y que el bulto lo hacía un grueso manojo de billetes de Banco.

—No quiero ser gravoso (dándole un billete de 100 pesetas). Tome usted, querida mamá, y no juzgue mis intenciones por la insuficiencia de mis medios.

—Pues no creas... (echando la zarpa al billete como si éste fuera un ratón), no creas que voy a llevar mi delicadeza hasta lo increíble, rechazando con indignación tu dinero, a estilo teatro. No estamos ahora para escrúpulos ni para indignaciones cursis. Lo tomo, sí, lo tomo, y voy a pagar con él una deuda sagrada, y, además, nos viene bien para...

—¿Para qué?

—Déjame a mí. ¿Quién no tiene sus secretillos?

—Y un hijo, un hijo cariñoso, ¿no merece ser depositario de esos secretos? Gracias por la confianza que merezco. Yo creí que me apreciaban más. Querida mamá, aunque usted no me considere de la familia, yo no puedo desprenderme de ella. Mándeme usted que no les quiera, y no obedeceré... En otra parte puedo entrar con indiferencia, pero en esta casa no; y cuando en ella noto síntoma de estrechez, aunque usted me lo prohíba, me tengo que afligir... (poniéndole cariñosamente la mano en el hombro). Simpática suegra, no me gusta que papá ande sin capa.

—¡Pobrecito!... y ¡qué le hemos de hacer! ... Su situación viene siendo muy triste hace tiempo. La cesantía va estirando más de lo que creíamos. Sólo Dios y nosotras sabemos las amarguras que en esta casa se pasan.

—Menos mal si el remedio viene, aunque sea de la persona a quien no se estima (dándole otro billete de igual cantidad, que doña Pura se apresuró a recoger).

—Gracias... No es que no te estimemos; es que tú...

—He sido malo, lo confieso (patéticamente); reconoserlo es señal de que ya no lo soy tanto. Tengo mis defectos como cada *quisque;* pero no soy empedernido, no está mi corazón cerrado a la sensibilidad, ni mi entendimiento a la experiencia. Yo seré todo lo malo que usted quiera; pero, en medio de mi perversidad, tengo una manía, vea usted..., no tolero que esta familia, a quien tanto debo, pase necesidades. Me da por ahí..., llámelo usted debilidad o como quiera (dándole un tercer billete con gallardía generosa, sin mirar la mano que lo daba). Mientras yo gane un real, no consiento que el padre de mi pobre Luisa vista indecorosamente, ni que mi hijo ande desabrigado.

—Gracias, Víctor, gracias (entre conmovida y recelosa).

—No tiene usted por qué darme las gracias. No hay mérito ninguno en cumplir un deber sagrado. Se me ocurre que podría usted tomar hasta dos mil reales, porque no serán una ni dos las cosas que se han ido a Peñaranda.

—Rico estás... (con escama de si serían falsos los billetes).

—Rico, no... Ahorrillos. En Valencia se gasta poco. Se encuentra uno con economías sin notarlo. Y repito que si usted me habla de agradecimiento, me incomodo. Yo soy así. ¡He variado tanto! Nadie sabe la pena que siento al recordar los malos ratos que he dado a ustedes, y sobre todo a mi pobre Luisa (con emoción falsa o verdadera, pero tan bien expresada, que a doña Pura se le humedecieron los ojos). ¡Pobre alma mía! ¡Que no pueda yo reparar los agravios que aquella santa recibió de mí! ¡Que no pueda yo resucitarla para que vea mi corazón mudado, aunque luego nos muriéramos los dos! (Dando un gran suspiro.) Cuando la muerte se interpone entre la culpa y el arrepentimiento, no tiene uno ni el amargo consuelo de pedir perdón a quien ha ofendido.

—¡Cómo ha de ser! No pienses ahora en cosas tristes. ¿Quieres otra toalla? Aguarda. Y si necesitas agua caliente, te la traeré volando.

—No; nada de molestarse por mí. Pronto despacho, y en seguida iré a traer mi equipaje.

—Pues si se te ocurre algo, llamas... La campanilla no hay quien la haga sonar. Te asomas a la puerta y me das una voz.

Aquel hombre, que sabía desplegar tan variados recursos de palabra y de ingenio cuando se proponía mortificar a alguien, ya con feroz sarcasmo, ya hiriendo con delicada crueldad las fibras más irritables del corazón, entendía maravillosamente el arte de agradar, cuando entraba en sus miras. A doña Pura no la cogían de nuevas las demostraciones insinuantes de su yerno; pero esta vez, sea porque fuesen acompañadas de la donación en metálico, sea porque Víctor extremara sus zalamerías, la pobre señora le tuvo por moralmente reformado o en camino de ello siquiera. Corridas algunas horas, no pudo la *Miau* ocultar a su cónyuge que tenía dinero, pues el disimular las riquezas era cosa enteramente incompatible con el carácter y los hábitos de doña Pura. Interrogóla Villaamil sobre la procedencia de aquellos que modestamente llamaba *recursos,* y ella confesó que se los había dado Víctor, por lo cual se puso don Ramón muy sobresaltado, y empezó a mover la mandíbula con saña, soltando de su feroz boca algunos vocablos que asustarían a quien no le conociera.

—¡Pero qué simple eres!... Si no me ha dado más que una miseria. ¿Pues qué querías tú, que le mantenga yo el pico? Bonitos estamos para eso. Le he acusado las cuarenta... clarito, clarito. Si se empeña en estar aquí, que contribuya a los gastos de la casa. ¡Bah!, ¡qué cosas dices! Que ha defraudado al Tesoro. Falta probarlo..., serán cavilaciones tuyas. ¡Vaya usted a saber! Y en último caso, ¿es eso motivo para que viva a costa nuestra?

Villaamil calló. Tiempo hacía que estaba resignado a que su señora llevase los pantalones. Era ya achaque antiguo que cuando Pura alzaba el gallo, bajase él la cabeza fiando al silencio la armonía matrimonial. Recomendáronle, cuando se casó, este sistema, que cuadraba admirablemente a su condición bondadosa y pacífica. Por la tarde volvió doña Pura a la carga, diciéndole:

—Con este poco de barro hemos de tapar algunos agujeros. Ve pensando en hacerte ropa. Es imposible que consiga nada el que se presenta en los Ministerios hecho un mendigo, los tacones torcidos, el sombrero del año del hambre y el gabán con grasa y flecos. Desengáñate: a los que van así nadie les hace caso, y lo más a que pueden aspirar es a una plaza en San Bernardino. Y como ahora te han de colocar, también necesitas ropa para presentarte en la oficina.

—Mujer, no me marees... No sabes el daño que me haces con esa confianza de que no participo; al contrario, yo nada espero.

—Pues sea lo que sea; si te colocan, porque sí, y si no, porque no, necesitas ropa. El traje es casi la persona, y si no te presentas como Dios manda, te mirarán con desprecio, y eres hombre perdido. Hoy mismo llamo al sastre para que te haga un gabán. Y el gabán nuevo pide sombrero, y el sombrero, botas.

Villaamil se asustó de tanto lujo; pero cuando Pura adoptaba el énfasis gubernamental, no había medio de contradecirla. Ni se le ocultaba lo bien fundado de aquellas razones, y el valor social y político de las prendas de vestir; y harto sabía que los pretendientes bien trajeados llevan ya ganada la mitad de la partida. Vino, pues, el sastre llamado con urgencia, y Villaamil se dejó tomar las medidas, taciturno y fosco, como si más que de gabán fuesen medidas de mortaja.

Con la entrada del sastre, tuvieron Paca y su marido comidilla para todo el resto del día y parte de la noche.

—¿No sabes, Mendizábal? Ha entrado también un sombrero nuevo. Desde que estamos en esta casa, y va para quince años, no he visto entrar más chisteras nuevas que la de hoy y la que estrenó don Basilio Andrés de la Caña, el que vivió en el tercero, a los pocos días de venir Alfonso. ¿Será que va a haber revolución?

—No me extrañaría —dijo Mendizábal—, porque ese Cánovas ha perdido los papeles. El periódico dice que hay crisis.

—Debe de haberla, y será que van a subir los de don Ramón. Tú, ¿quiénes son los del señor Villaamil?

—Los del señor Villaamil son las ánimas benditas... (echándose a reír). ¿Conque cobertera nueva y ropa maja? Pues mira, mujer, en vista de ese lujo... asiático, voy a subir ahorita mismo con los recibos atrasados, por si pagan todo o parte de lo que deben. A esta gente es menester acecharla, para cogerla en el momento económico, ¿me entiendes?, en el ínterin, como quien dice, de tener dinero, que es ni visto ni oído.

Miraba el memorialista a su perro, el cual parecía decirle con su expresiva jeta: «Arriba, mi amo, y no se descuide, que ahora tienen guita. Vengo de allí y están como unas pascuas. Por más señas, que han traído un salchichón italiano, gordo como mi cabeza, y que huele a gloria divina.»

Subió, pues, Mendizábal, precedido del can. Casi siempre, cuando el portero se aparecía con aquellos fatídicos papeles en la mano, Villaamil temblaba sintiendo herida su dignidad en lo más vivo, y a doña Pura se le ponía la boca amarga, los labios descoloridos y el corazón rebosando congoja y despecho. Ambos, cada cual en la forma propia de su temperamento, alegaban razones mil para convencer a Mendizábal de lo bueno que sería esperar al mes siguiente. Por dicha suya, el hombre *gorila,* aquel monstruo cuyas enormes manos tocarían el suelo a poco que la cintura se doblase; aquel tipo de transición zoológica en cuyo cráneo parecían verse demostradas las audaces hipótesis de Darwin, no ejercía con malos modos los poderes conferidos por el casero. Era, en suma, Mendizábal, con su fealdad digna de la vitrina de cualquier museo antropológico, hombre benévolo, indulgente, compasivo, que se hacía cargo de las cosas. Sentía lástima de la familia y verdadero afecto hacia Villaamil. No apremiaba sino en términos comedidos y amistosos, y al rendir cuentas al casero echaba por aquella boca horrenda, rascándose la oreja corta y chata, frases de intercesión misericordiosa en pro del inquilino atrasado *por mor* de la cesantía. Y gracias a esto, el propietario, que no era de los más déspotas, aguardaba con triste y filosófica resignación.

Cuando Villaamil y doña Pura no estaban en disposición de pagar, añadían a sus escusas algún oficioso párrafo con el memorialista, lisonjeándole y cayéndose del lado de sus aficiones. Decíale Villaamil: «¡Pero cuánto ha visto usted en este mundo, amigo Mendizábal, y qué de cosas habrá presenciado tan trágicas, tan interesantes, tan...!» Y el *gorila,* abarquillando los recibos, contestaba: «La historia de España no se ha escrito todavía, amigo don Ramón. Si yo plumeara mis memorias, vería usted...» Doña Pura extremaba aún más la adulación: «El mundo anda perdido. Mendizábal está en lo cierto: ¡mientras haya libertad de cultos y eso que llaman el racionalismo...! » Total, que el portero se guardaba los recibos, y a la señora se le alegraban las pajarillas. Ya teníamos otro mes de respiro.

Pero aquel día en que, por merced de la Providencia, les era dado pagar dos meses de los tres vencidos, ambos esposos rectificaron con cierta arrogancia aquel criterio de asentimiento. Villaamil habló con discreta autoridad de los ideales modernos, y doña Pura, al verle embolsar los billetes, dijo:

—Pero venga acá, Mendizábal, ¿para qué tiene esas ideas? ¿Y usted cree de buena fe que va a venir aquí don Carlos con la Inquisición y todas esas barbaridades? Vamos, que es preciso estar (apuntando a la sien) de la jícara para creer eso...

Mendizábal les contestó con frases truncadas, mal aprendidas del periódico que solía leer, y se alejó refunfuñando. Contraste increíble: se iba de mal humor siempre que llevaba dinero.

13

Antes de proseguir, evoquemos la doliente imagen de Luisa Villaamil, muerta aunque no olvidada, en los días de esta humana crónica. Pero retrocediendo algunos años, la cogeremos viva. Vámonos, pues, al 68, que marca el mayor trastorno político de España en el siglo presente, y señaló además graves sucesos en los azarosos anales de la familia Villaamil.

Contaba Luisa cuatro años más que su hermana Abelarda, y era algo menos insignificante que ella. Ninguna de las dos se podía llamar bonita; pero la mayor tenía en su mirada algo de *ángel,* un poco más de gracia, la boca más fresca, el cuello y hombros más llenos, y por fin, la aventajaba ligeramente en la voz, acento y manera de expresarse. Las escasas seducciones de entrambas no las realzaba una selecta educación. Se habían instruido en tres o cuatro provincias distintas, cambiando de colegio a cada triquitraque, y sus conocimientos, aun en lo elemental, eran imperfectísimos. Luisa llegó a saber un francés macarrónico que apenas le consentía interpretar, sobando mucho el Diccionario, la primera página del *Telémaco,* y Abelarda llegó a farfullar dos o tres polcas, martirizando las teclas del piano. De cuatro niñas y un varón, frutos del vientre de doña Pura, sólo se lograron aquellas dos; las demás crías perecieron a poco de nacer. A principios de 1868, desempeñaba Villaamil el cargo de Jefe Económico en una capital de provincia de tercera clase, ciudad arqueológica, de corto y no muy brillante vecindario, famosa por su catedral, y por abundante cosecha de desportillados pucheros e informes pedruscos romanos que al primer azadonazo salían del terruño. En aquel *pueblo de pesca* pasó la familia de Villaamil la temporada triunfal de su vida, porque allí doña Pura y su hermana daban el tono a las costumbres elegantes y hacían lucidísimo papel, figurando en primera línea en el escalafón social. Cayó entonces en la oficina de Villaamil un empleadillo joven y guapo, de la clase de aspirantes con cinco mil reales, engendro reciente del caciquismo. Cómo fue a parar allí Víctor Cadalso es cosa que no nos importa saber. Era andaluz, había estudiado parte de la carrera en Granada, se vino a Madrid sin blanca, y aquí, después de mil alternativas, encontró un padrinazgo de momio, que lo lanzó de un manotazo a la vida burocrática, como se puede lanzar una pelota. A poco de entrar en las oficinas de aquella provincia, hízose muy de notar, y como tenía atractivos personales, lenguaje vivo y gracioso, buenas trazas para vestirse y desenvueltos modales, no tardó en obtener la simpatía y agasajo de la familia del jefe, en cuya sala (no hay manera de decir *salones),* bastante concurrida los domingos y fiestas de guardar, fue desde la primera noche astro refulgente. Nadie le igualaba en el donaire, generalmente equívoco, de la conversación, en improvisar pasatiempos ingeniosos, en dar sesiones de magnetismo, prestidigitación o nigromancia casera. Recitaba versos imitando a los actores más célebres, bailaba bien, contaba todos los cuentos de Manolito Gázquez, y sabía, como nadie, entretener a las señoras y embobar a las niñas. Era el *lión* de la ciudad, el número uno de los chicos elegantes, espejo de todos en finura, garbo y ropa. La alta sociedad se reunía alternativamente en la casa de Villaamil, en la del Brigadier gobernador militar, cuya esposa era una jamona de muchas campanillas, en la de cierto personaje, que era el cacique, agente electoral y déspota de la comarca; pero la casa en que había más refinamientos sociales era la de Villaamil, y las señoras de Villaamil las más encumbradas y vanagloriosas. La esposa del cacique tenía hijas casaderas, la Brigadiera no las tenía de ninguna edad, el Gobernador era célibe; de modo que las del Jefe Económico, las *cacicas,* la Gobernadora militar y la Alcaldesa, boticaria por añadidura, componían todo el mujerío distinguido de la localidad. Eran las dueñas del cotarro elegante, las que recibían incienso de aquella espiritada juventud masculina, con *chaquet* y hongo, las que asombraban al pueblo presentándose en los Toros (dos veces al año) con mantilla blanca, las que pedían para los pobres en la catedral el Jueves Santo, las que visitaban al Obispo, las que daban el tono y recibían constantemente el homenaje tácito de la imitación. En aquellos tiempos le quedaban aún a Milagros algunos vestigios de su hermosa voz, mucha afinación y todo el compás. Todavía, haciéndose muy de rogar, casi casi a la fuerza, se acercaba al piano, y soltando las rebañaduras de su arte, les largaba allí un par de cavatinas que hacían furor. Los palmoteos se oían desde la cercana plaza de la Constitución, y las alabanzas duraban toda la noche, amenizando el baile y los juegos de prendas.

Ornamento de esta sociedad fue, desde que en ella se introdujo, Víctor Cadalso, artista social digno de teatro mejor, y no con las facultades marchitas como las de Milagros, sino en la plenitud de su poder y lozanía. Por esto sucedió lo que debía suceder, que Luisa se prendó del aspirante repentina y locamente, desde la primera noche que se vieron, con ese amor explosivo en que los corazones parece que están llenos de pólvora cuando los traspasa la inflamada flecha. Esto suele ocurrir en las clases populares y en las sociedades primitivas, y pasa también alguna vez en el seno del vulgo infatuado y sin malicia, cuando cae en él, como rayo enviado del cielo, un ser revestido de apariencias de superioridad. La pasión súbita de Luisa Villaamil fue tan semejante a la de Julieta, que al día siguiente de hablarle por primera vez, no habría vacilado en huir con Víctor de la casa paterna, si él se lo hubiera propuesto. Siguieron al flechazo unos amoríos furibundos. Luisa perdió el sueño y el apetito. Había carteo dos o tres veces al día y telégrafos a todas horas. Por la noche espiaban la coyuntura de verse a solas, aunque fuese breves momentos. La enamorada chica contaba sus tristezas y sus alegrones a la luna, a las estrellas, al gato, al jilguero, a Dios y a la Virgen. Hallábase dispuesta, si la ley de su amor se lo exigía, a cualquier género de heroicidad, al martirio. Doña Pura no tardó en contrariar aquellos amores, porque soñaba con el ayudante del Brigadier para yerno; y Villaamil, que empezó a columbrar en el carácter de Víctor algo que no le agradaba, hubo de gestionar con el cacique para que le trasladasen a otra provincia. Los amantes, guiados por la perspicacia defensiva que el amor, como todo gran sentimiento, lleva en sí, olfatearon el peligro, y ante el enemigo se juraron fidelidad eterna, resolviendo ser dos en uno, y antes morir que separarse, con todo lo demás que en estos apretados lances se acostumbra. El delirio les extraviaba, y la oposición les precipitó a estrechar de tal modo sus lazos, que nadie fuera poderoso a desatarlos. En resolución, que el amor se salió con la suya, como suele. Trinaron los señores de Villaamil; pero, pensándolo bien, ¿que remedio quedaba más que arreglar aquel desavío como se pudiese?

Luisa era toda sensibilidad, afecto y mimo; un ser desequilibrado, incapaz de apreciar con sentido real las cosas de la vida. Vibraban en ella el dolor y la alegría con morbosa intensidad. Tenía a Víctor por el más cabal de los hombres, se extasiaba en su guapeza y era completamente ciega para ver las jorobas de su carácter. Los seres y las acciones eran como hechuras de su propia imaginación, y de aquí su fama de escaso mundo y discernimien-

to. Fue padrino del bodorrio el cacique, y su regalo sacarle a Víctor una credencial de ocho mil, lo que agradecieron mucho don Ramón y su mujer, pues una vez incorporado Cadalso a la familia, no había más remedio
que empujarle y hacer de él un hombre. A poco estalló
la Revolución, y Villaamil, por deber aquel destino a un
íntimo de González Brabo, quedó cesante. Víctor tuvo
aldabas y atrapó un ascenso en Madrid. Toda la familia
se vino por acá, y entonces empezaron de nuevo las esca-
seces, porque Pura había tenido siempre el arte de no
ahorrar un céntimo, y una gracia especial para que la
paga de primero de mes hallase la bolsa más limpia que
una patena.

Volviendo a Luisa, sépase que, comido el pan de la
boda, seguía embelesada con su marido, y que éste no
era un modelo. La infeliz niña vivía en ascuas, agrandando cavilosamente los motivos de su pena; le vigilaba sin
descanso, temerosa de que él partiese en dos su cariño o
se lo llevase todo entero fuera de casa. Entonces empezaron las desavenencias entre suegros y yerno, enconadas
por enojosas cuestiones de interés. Luisa pasaba las horas devorada por ansias y sobresaltos sin fin, espiando a
su marido, siguiéndole y contándole los pasos de noche.
Y el truhán, con aquella labia que Dios le dio, sabía de-
sarmarla con una palabrita de miel. Bastaba una sonrisa
suya para que la esposa se creyese feliz, y un monosílabo
adusto para que se tuviera por inconsolable. En marzo
del 69 vino al mundo Luisito, quedando la madre tan
desmejorada y endeble, que desde entonces pudieron, los
que constantemente la veían, augurar su cercano fin. El
niño nació raquítico, expresión viva de las ansias y ani-
quilamiento de su madre. Pusiéronle ama, sin ninguna
esperanza de que viviera, y estuvo todo el primer año si
se va o no se va. Y por cierto que trajo suerte a la familia, pues a los seis días de nacido, dieron al abuelo un
destino con ascenso, en Madrid, y de este modo pudo
doña Pura bandearse en aquel golfo de trampas, impre-
visión y despilfarro. Víctor se enmendó algo. Cuando ya su
mujer no tenía remedio, mostróse con ella cariñoso y so-

lícito. Padecía la infeliz accesos de angustiosa tristeza o
de alegría febril, cuyo término era siempre un ataque de
hemoptisis. En el último período de su enfermedad, el
cariño a su marido se le recrudeció en términos que parecía haber perdido la razón, y cuando él no estaba presente, llamábale a gritos. Por una de esas perversiones del
sentimiento que no se explican sin un desorden cerebral,
su hijo llegó a serle indiferente; trataba a sus padres y
a su hermana con esquiva sequedad. Toda la atención de
su alma era para el ingrato, para él todos sus acentos de
amor, y sus ojos habían eliminado cuantas hermosuras
existen en el mundo moral y físico, quedándose tan sólo
con las que su exaltada pasión fantaseaba en él.

   Villaamil, que conocía la incorrecta vida de su yerno
fuera de casa, empezó a tomarle aborrecimiento; Pura,
más conciliadora, dejábase engatusar por las traidoras
palabras de Cadalso, y a condición de que éste tratara
con piedad y buenos modos a la pobre enferma, se daba
por satisfecha y perdonaba lo demás. Por fin, la demencia, que no otro nombre merece, de la infortunada Luisa
tuvo fatal término en una noche de San Juan. Murió llorando de gratitud porque su marido la besaba ardiente-
mente y le decía palabras amorosas. Aquella mañana había sufrido un ataque de perturbación mental más fuerte
que los anteriores, y se arrojó del lecho pidiendo un cuchillo para matar a Luis. Juraba que no era hijo suyo, y
que Víctor le había traído a la casa en una cesta debajo
de la capa. Fue aquel día de acerbo dolor para toda la
familia, singularmente para el buen Villaamil, que, sin
ruidoso duelo exterior, mudo y con los ojos casi secos, se
desquició y desplomó interiormente, quedándose como
ruina lamentable, sin esperanza, sin ilusión ninguna de la
vida; y desde entonces se le secó el cuerpo hasta momifi-
carse, y fue tomando su cara aquel aspecto de ferocidad
famélica que le asemejaba a un tigre anciano e inútil.

   La necesidad de un sueldo que permitiese economías
le lanzó a colocarse en Ultramar. Fue con un regular destino, de los que proporcionan buenas obvenciones, y re-
gresó a los dos años con algunos ahorros, que se deshi-

cieron pronto como granos de sal en la mar sin fondo de
la administración de doña Pura. Emprendió segundo
viaje con mejor empleo; pero tuvo no sé qué cuestiones
con el Intendente, y volvió para acá en los aciagos días
de los cantonales. El Gobierno presidido por Serrano
después del 3 de enero del 74 le mandó a Filipinas, donde se las prometía muy felices; pero una cruel disentería
le obligó a embarcarse para España sin ahorros, y con el
propósito firme de desempeñar la portería de un Ministerio antes que pasar otra vez el charco. No le fue difícil
volver a Hacienda, y vivió tres años tranquilo, con poco
sueldo, siendo respetado por la Restauración, hasta que
en hora fatídica le atizaron un *cese* como una casa. Y el
tremendo anatema cayó sobre él cuando sólo le faltaban
dos meses para jubilarse con los cuatro quintos del sueldo regulador, que era el de Jefe de la Administración de
tercera. Acudió al Ministro, llamó a distintas puertas;
todas las intercesiones fueron solicitadas sin éxito. Poco a
poco sucedió a la molesta escasez la indigencia descarna-
da y aterradora; los recursos se concluían, y se agotaron
también los medios extraordinarios y arbitristas de sostener a la familia.

Llegó por último la etapa dolorosísima para un hombre
delicado, como Villaamil, de tener que llamar a la puerta
de la amistad implorando socorro o anticipo. Había él
prestado en mejor tiempo servicios de tal naturaleza a
algunos que se los agradecieron y a otros que no. ¿Por
qué no había de apelar al mismo sistema? Sobre todo, no
podía discutirse si estas postulaciones eran o no decoro-
sas. El que se quema no se pone a considerar si es conveniente o no sacudir los dedos. El decoro era ya nombre vano, como la inscripción impresa en la etiqueta de
una botella vacía. Poco a poco se gasta la vergüenza, como
se gasta el diente de una lima, y las mejillas pierden la
costumbre de colorearse. El desgraciado cesante llegó a
adquirir maestría terrible en el arte de escribir cartas
invocando a la amistad. Las redactaba con amplificacio-
nes patéticas, y en un estilo que parecía oficial, algo parecido a los preámbulos de las leyes en que se anuncia al

país aumento de contribución, verbigracia: «Es muy sensible para el Gobierno tener que pedir nuevos sacrificios
al contribuyente...» Tal era el patrón, aunque el texto
fuera otro.

14

Para completar las noticias biográficas de Víctor, importa añadir que tenía una hermana llamada Quintina,
esposa de un tal Ildefonso Cabrera, empleado en el ferrocarril del Norte, buenas personas ambos, aunque algo
extravagantes. Faltándoles hijos, Quintina deseaba que
su hermano le encomendase la crianza de Luis, y quizás
lo habría conseguido sin las desavenencias graves que
surgieron entre Víctor y su hermano político, por cuestiones relacionadas con la mezquina herencia de los hermanos Cadalso. Tratábase de una casa ruinosa y sin techo
en el peor arrabal de Vélez-Málaga, y sobre si el tal edificio correspondía a Quintina o a Víctor, hubo ruidosísi-
mas querellas. La cosa era clara, según Cabrera, y para
probar su diafanidad, no inferior a la del agua, puso el
asunto en manos de la curia, la cual, en poco tiempo,
formó sobre él un mediano monte de papel sellado. Todo
para demostrar que Víctor era un pillo, que se había
adjudicado indebidamente la valiosa finca, vendiéndola y
guardándose su importe. El otro lo echaba a broma, diciendo que el producto de su fraude no le había alcanza-
do para un par de botas. A lo que respondía Ildefonso
que no era por el huevo, sino por el fuero; que no le
incomodaba la pérdida material, sino la frescura de su
cuñado; y por ésta y otras razones le llegó a cobrar odio
tan profundo, que Quintina temblaba por Víctor cuando
éste iba a la casa. Cabrera tenía el genio tan atropellado,
que un día por poco descarga sobre Víctor los seis tiros
de su revólver. La hermana de Cadalso deseaba que el
pleito se transigiera y concluyesen aquellas enojosas cuestiones; y cuando su hermano fue a verla, a los pocos días
de llegar de Valencia (aprovechando la ocasión en que la

fiera de Ildefonso recorría el trozo de línea de que era inspector), le propuso esto:

—Mira, si me das a tu Luis, yo te prometo desarmar a mi marido, que desea tanto como yo tener al niño en casa—. Trato inaceptable para Víctor, que aunque hombre de entrañas duras, no osaba arrancar al chiquillo del poder y amparo de sus abuelos. Quintina, firme en su pretensión, argumentaba:

—¿Pero no ves que esa gente te lo va a criar muy mal? Lo de menos serían los resabios que ha de adquirir; pero es que le hacen pasar hambres al ángel de Dios. Ellas no saben cuidar criaturas ni en su vida las han visto más gordas. No saben más que suponer y pintar la mona; ni se ocupan más que de si tal artista cantó o no cantó como Dios manda, y su casa parece un herradero.

Aunque se trataban las *Miaus* y Quintina, no se podían ver ni en pintura, porque la de Cadalso, que era una buena mujer (con lo cual dicho se está que no se parecía a su hermano), tenía el defecto de ser excesivamente curiosa, refistolera, entrometida, olfateadora. Al visitar a las Villaamil, no entraba en la sala, sino que se iba de rondón al comedor, y más de una vez hubo de colarse en la cocina y destapar los pucheros para ver lo que en ellos se guisaba. A Milagros, con esto, se la llevaban los demonios. Todo lo preguntaba Quintina, todo lo quería averiguar y en todo meter sus ávidas narices. Daba consejos que no le pedían, inspeccionaba la costura de Abelarda, hacía preguntas capciosas, y en medio de su cháchara impertinente, se dejaba caer con alguna reticencia burlona, como quien no dice nada.

A Cadalsito le quería con pasión. Nunca se iba de casa sin verle, y siempre le llevaba algún regalillo, juguete o prenda de vestir. A veces, se plantaba en la escuela y mareaba al maestro preguntándole por los adelantos del rapaz, a quien solía decir:

—No estudies, corazón, que lo que quieren es secarte los sesitos. No hagas caso; tiempo tienes de echar talento. Ahora come, come mucho, engorda y juega, corre y diviértete todo lo que te pida el cuerpo.

En cierta ocasión, observando a las *Miaus* bastante tro-
nadas, les propuso que le dieran el chico; pero doña Pura
se indignó tanto de la propuesta, que Quintina no hubo
de plantearla más sino en broma. Al bajar de la visita,
echaba siempre una parrafada con los memorialistas a fin
de sonsacarles mil menudencias sobre los del cuarto segundo; si pagaban o no la casa, si debían mucho en la
tienda (aunque este conocimiento lo solía beber en más
limpias fuentes), si volvían tarde del teatro, si la *sosa* se
casaba al fin con el *gilí* de Ponce, si había entrado el
zapatero con calzado nuevo... En fin, que era una mos-
cona insufrible, un fiscal pegajoso y un espía siempre
alerta.

Eran sus costumbres absolutamente distintas de las de
sus víctimas. No frecuentaba el teatro, vivía con orden
admirable, y su casa de la calle de los Reyes era lo que
se dice una tacita de plata. Físicamente, valía Quintina
menos que su hermano, que se llevó toda la guapeza de
la familia; era graciosa, mas no bella; bizcaba de un ojo,
y la boca pecaba de grande y deslucida, aunque la ador-
nase perfecta dentadura. Vivía el matrimonio Cabrera
pacíficamente y con desahogo, pues además del sueldo
de inspector, disfrutaba Ildefonso las ganancias de un tráfico hasta cierto punto clandestino, que consistía en traer
de Francia objetos para el culto y venderlos en Madrid a
los curas de los pueblos vecinos y aun al clero de la Corte. Todo ello era género barato, de cargazón, producto
de la industria moderna que no pierde ripio, y sabe ex-
plotar la penuria de la Iglesia en los tiempos difíciles actuales. Cabrera tenía sus socios en Hendaya y entendíase
con ellos, llevándoles telas, cornucopias, plata de ley, algún cuadro y otras antiguallas substraídas a las fábricas
de los templos de Castilla, un día opulentos y hoy pobrí-
simos. El toque de este comercio estaba, según indicacio-
nes maliciosas, en que al ir y venir pasaban las mercancías la frontera francas de derechos; pero esto no se ha
comprobado. De ordinario, la quincalla eclesiástica que
Cabrera introducía (objetos de latón dorado, todo falso,
frágil, pobre y de mal gusto) era tan barata en los cen-

tros de producción y se vendía tan bien aquí, que soportaba sin dificultad el sobreprecio arancelario. En otras
épocas, cuando empezaba este negocio, solía Quintina introducirse en la sacristía de cualquier parroquia con un
bulto bajo el mantón, como quien va a pasar matute, y
susurrar al oído del ecónomo: «¿Quieren ustedes ver un
cáliz que da la hora? Y se pasmarán los señores del precio. La mitad que el género Meneses…» Pero en breve la
señora renunció al papel de chalana, y recibió en su casa
a los clérigos de Madrid y pueblos inmediatos. Última-
mente importaba Cabrera enormes partidas de estampitas
para premios o primera comunión, grandes cromos de los
dos Sagrados Corazones, y por fin, agrandando y extendiendo el negocio, trajo surtidos de imágenes vulgarísi-
mas, los San Josés por gruesas, los niños Jesús y las Do-
lorosas a granel y en variados tamaños, todo al estilo
devoto francés, muy relamido y charolado, doraditas las
telas a la bizantina, y las caras con chapas de rosicler,
como si en el cielo se usara ponerse colorete. No sé si consistía en el trato familiar con las cosas santas o en una
disposición de carácter el que Quintina fuera radicalmen-
te escéptica. Lo cierto es que cumplía yendo a misa de
Pascuas a Ramos y rezando un poco, por añeja rutina, al
acostarse. Y nada de hociqueos con sacerdotes, como no
fuera para encajarles el *artículo* o sonsacarles alguna casulla vieja de brocado, hecha un puro jirón.

Cadalsito iba de tiempo en tiempo a casa de la de Cabrera y se embelesaba contemplando las estampas. Cierto
día vio un Padre Eterno, de luenga y blanca barba, en la
mano un mundo azul, imagen que le impresionó mucho.
¿Se derivaba de esto el fenómeno extrañísimo de sus visiones? Nadie lo sabe; nadie quizás lo sabrá nunca. Pero,
a lo mejor, prohibióle su abuela volver a la casa aquella
repleta de santos, diciéndole: «Quintina es una picarona
que te nos quiere robar para venderte a los franceses.»
Cadalsito cogió miedo, y no volvió a aparecer por la calle
de los Reyes.

Tampoco Villaamil tragaba a Ildefonso, que era atrozmente sincero en la emisión de sus opiniones, desconsi-

derado y a veces groserote. En otro tiempo iban a la
misma tertulia de café; pero desde que Cabrera dijo que
el planteamiento del *income tax* en España era un desatino, y que tal cosa no se le ocurriría a nadie que tuviera
sesos, Villaamil le tomó ojeriza. Se encontraban..., saludo
al canto, y hasta otra. Doña Pura reservaba para Cabrera
motivos de odio más graves que aquel criterio despiadado sobre el *income tax*. En jamás de los jamases les había obsequiado aquel *tío* con billetes a mitad de precio
para una excursioncita veraniega. Víctor hablaba perrerías de su cuñado, vengándose de los malos ratos que el
otro le hacía pasar con exhortos, notificaciones y compa-
recencias. Para Víctor era de rúbrica que Cabrera burla-
ba el rigor de la Aduana en sus traídas de material eclesiástico y exportaciones de guiñapos artísticos. Y no sólo
robaba al Estado, sino a la empresa, porque en los co-
mienzos del negocio confiaba sus paquetes a los conduc-
tores, y después, cuando aquéllos se trocaron en voluminosas cajas y no quiso exponerse a un réspice de los jefes, facturaba, sí, pero aplicando a sus mercancías de lujo
la tarifa de *envases de retorno* o maderas de construcción.
En sus declaraciones de Aduanas había cosas muy chus-
cas. «¿Cómo creen ustedes que declaró una caja llena de
San Josés? —decía Víctor—. Pues la declaró *piedras de
chispa*.» Como él hacía favores a los vistas, éstos le pasaban aquellos manifiestos incongruentes; y los incensarios
de bronce, ¿qué eran?... *ferretería ordinaria*; ¿y los ter-
nos de tela barata?..., *paraguas sin armar y corsés en
bruto*.

15

En los días subsiguientes, Pura saldó algunas cuentas
de las que más la agobiaban; trajo a casa diversas prendas de ropa de las más indispensables, y en la mesa res-
tableció el trato de los días felices. La *pudorosa Ofelia* se
pasaba las horas muertas en la cocina, pues insensiblemente iba tomando afición al arte de Vatel, tan distinto

¡María Santísima! del de Rossini, y sentía verdadero goce espiritual en perfeccionarse en él, lanzándose a inventar o componer algún plato. Cuando había provisiones, o, si se quiere, asunto artístico, la inspiración se encendía en ella, y trabajaba con ahínco, entonando a media voz, por añeja costumbre y con afinación perfecta, algún tiernísimo fragmento, como el *moriamo insieme, ah! sí, moriamo...*

Todas las noches que las *Miaus* no iban a la ópera, la sala llenábase de gente. *Aliquando,* la espléndida doña Pura obsequiaba a los actores con dulces y pastas, lo que hacía creer a la tertulia que Villaamil estaba ya colocado o al menos con un pie dentro de la oficina. La combinación, sin embargo, no acababa de salir, porque el Ministro, harto de recomendaciones y compromisos, no se resolvía a darle la última mano. Crecía, pues, en la familia la incertidumbre y Villaamil hundíase más y más en su estudiado pesimismo, llegando al extremo de decir: «Antes veremos salir el sol por Occidente que a mí entrar en la oficina».

Desde el segundo día de su llegada, Víctor no se recataba de nadie. Entraba y salía con libertad; pasaba a la sala a las horas de tertulia, pero sin echar raíces en ella, porque tal sociedad le era atrozmente antipática. Desarmada Pura por la generosidad de su hijo político, se compadeció de verle dormir en el duro sofá del comedor, y por fin convinieron las tres *Miaus* en ponerle en la habitación de Abelarda, previa la traslación de ésta a la de su tía Milagros, que era la de Luisito. La *pudorosa Ofelia* se fue a dormir a la alcoba de su hermana, en angostísimo catre. A don Ramón no le supieron bien estos arreglos, porque lo que él desearía era ver salir a su yerno a cajas destempladas. En la Dirección de Contribuciones, su amigo Pantoja le había dicho que Víctor pretendía el ascenso, y que tenía un expediente cuya resolución podía serle funesta si algún padrino no arrimaba el hombro. Era cosa de la Administración de Consumos, o irregularidades descubiertas en la cuenta corriente que Cadalso llevaba con los pueblos de la provincia. Parecía que en la

relación de apremios no figuraban algunos pueblos de los
más alcanzados, y se creía que Cadalso obraba en conni-
vencia con los alcaldes morosos. También dijeron a Villaamil que el reparto de consumos, propuesto en el último semestre por Víctor, estaba hecho de tal modo que
saltaba a la vista el chanchullo y que el jefe no había
querido aprobarlo.

De estas cosas no habló Villaamil ni una palabra con su
yerno. En la mesa, el primero estaba siempre taciturno y
Cadalso muy decidator, sin conseguir interesar vivamente
en lo que decía a ninguno de la familia. Con Abelarda
echaba largos parlamentos, si por acaso se encontraban
solos o en el acto interesante de acostar a Luis. Gustaba
el padre de observar el desarrollo del niño y vigilar su
endeble salud, y una de las cosas en que principalmente
ponía cuidado era en que le abrigaran bien por las noches y en vestirle con decencia. Mandó que se le hiciera
ropa, le compró una capita muy mona y traje completo
azul con medias del mismo color. Cadalsito, que era algo
presumido, no podía menos de agradecer a su papá que
le pusiera tan majo. Pero en lo tocante a ropa nueva,
nada es comparable al lujo que desplegó en su persona
el mismo Víctor al poco tiempo de llegar a Madrid. Cada
día traíale el sastre una prenda flamante, y no era cierta-
mente su sastre como el de Villaamil, un *artista* de poco
más o menos, casi de portal, sino de los más afamados de
Madrid. ¡Y que no lucía poco la gallarda figura de Víctor
con aquel vestir correcto y airoso, no exento de severidad, que es el punto y filo de la verdadera elegancia, sin
cortes ni colores llamativos. Abelarda le observaba con
disimulo, solapadamente, admirando y reconociendo en
él al mismo hombre excepcional que algunos años antes
le sorbió el seso a su desgraciada hermana, y sentía en su
alma depósito inmenso de indulgencia hacia el joven tan
vivamente denigrado por toda la familia. Aquel depósito
parecía pequeño mientras no se veía de él sino la mal
explorada superficie; pero luego, cavando, cavando, se
veía que era inagotable, quizás infinito, como grande y
riquísima cantera. ¡Y qué vetas purpúreas se encontraban

en la masa; qué ráfagas brillantes; algo como venas hen-
chidas de sangre o como el material de las piedras preciosas derretido y consolidado por los siglos en el seno de
la tierra! La indulgencia se le subía del corazón al pensamiento en esta forma: «No, no puede ser tan malo como
dicen. Es que no le comprenden, no le comprenden».

La idea de no ser comprendido la había expresado Víctor muchas veces, no sólo en aquella temporada, sino en
otra más antigua, dos años antes, cuando pasó algunos
meses con la familia. ¿Cómo habían de comprender las
pobres cursis a un ser de esfera o casta superior a la de
ellas por la figura, los modales, las ideas, las aspiraciones
y hasta por los defectos? Abelarda retrocedía con la imaginación a los tiempos pasados, y estudiando sus sentimientos con respecto a Víctor, se reconocía poseedora de
ellos aun en vida de la pobre Luisa. Cuando todos en la
casa hablaban pestes de él, Abelarda consolaba a su hermana con especiosas defensas del pérfido o volviendo por
pasiva sus faltas. «No tiene Víctor la culpa de que todas
las mujeres le quieran», solía decir.

Muerta su hermana, Abelarda siguió admirando en silencio al viudo. Cierto que había dado disgustos y jaque-
cas sin fin a la difunta; pero ello consistía en la fatalidad
de su buena figura. Sin saber cómo, a veces por delicadeza, se veía cogido en lazos amorosos o en trampas que le
tendían las pícaras mujeres. Pero tenía buen fondo; con
la edad sentaría un poco la cabeza, y sólo necesitaba una
mujer de corazón y de temple que le sujetase, combinando el cariño con la severidad. La desdichada Luisa no
servía para el caso. ¿Cómo había de practicar este difícil
régimen una mujer que por cualquier motivo fútil se
echaba a llorar; una mujer que en cierta ocasión cayó
con un síncope porque su marido, al entrar en casa, traía
el lazo de la corbata hecho de manera muy distinta de
como ella se lo hiciera al salir?

En los días de este relato, costábale a la insignificante
gran esfuerzo el disimular la turbación que su cuñado
producía en ella al dirigirle la palabra. A veces un gozo
íntimo y bullicioso, con inflexiones de travesura, le reto-

zaba en el corazón, como insectillo parásito que anidase en él y tuviera crías; a veces era una pena gravativa que la agobiaba. En toda ocasión sus respuestas eran vacilantes, desentonadas, sin gracia ninguna.

—¿Pero es de veras que te casas con ese pájaro frito de Ponce? —le dijo él una noche, cuando acostaba al pequeño—. Buena boda, hija. ¡Qué envidia te tendrán tus amigas! No a todas les cae esa breva.

—Déjame a mí..., tonto, mala persona.

Otra noche, demostrando vivo interés por la familia, Víctor le indicó:

—Mira, Abelarda, no esperes que coloquen a tu papá. La combinación está hecha, pero no se publica todavía. No va en ella. Me lo han dicho reservadamente. Ya comprenderás cuánto lo deploro. ¡El pobre señor tan lleno de ilusiones!..., porque, aunque él diga que no espera nada, no hace otra cosa el infeliz. Cuando se desengañe recibirá un golpe tremendo. Pero no tengas cuidado; mi ascenso es seguro, tengo mejor arrimo que tu padre, y como he de quedarme en Madrid, no os abandonaré; ten por cierto que no. Os he dado muchos disgustos, y mi conciencia necesita descargarse. Por mucho que haga en beneficio vuestro, no acabaré de quitarme este peso.

«No, no es malo —pensaba Abelarda reconcentrándose en sus cavilaciones—. Y todo eso que dice de que no cree en Dios es música, guasa, por divertirse conmigo y hacerme rabiar. Porque eso sí; echa por aquella boca cosas muy extrañas, que no se le ocurren a nadie. No es malo, no; es travieso, y tiene mucho talento, pero mucho. Sólo que no le sabemos entender».

En lo de no ser entendido insistía Víctor siempre que venía a pelo. «Mira tú, Abelarda, esto que te digo no debiera parecerte a ti una barbaridad, porque tú me comprendes algo; tú no eres vulgo, o al menos no lo eres del todo, o vas dejando de serlo».

A solas se descorazonaba la pobre joven, achicándose con implacable modestia. «Sí, por más que él diga que no, vulgo soy, y ¡qué vulgo, Dios mío! De cara..., psh; soy insignificante; de cuerpo, no dimagos; y aunque algo valiera, ¿cómo había de lucir mal vestida, con pingos aprovechados, compuestos y vueltos del revés? Luego soy ignorantísima; no sé nada, no hablo más que tonterías y vaciedades, no tengo salero ninguno. Soy una calabaza con boca, ojos y manos. ¡Qué pánfila soy, Dios mío, y qué sosaina! ¿Para qué nací así?»

16

Siempre que Víctor entraba en la casa, mirábale Abelarda cual si llegase de regiones sociales muy superiores. En su andar lo mismo que en sus modales, en su ropa lo mismo que en su cabellera, traía Víctor algo que se despegaba de la pobre vivienda de las *Miaus,* algo que reñía con aquel hogar destartalado y pedestre. Y las entradas y salidas de Cadalso eran muy irregulares. A menudo comía de fonda con sus amigos; iba al teatro un día sí y otro también; y hasta se dio el caso de pasarse toda la noche fuera. No siempre estaba de buen talante; tenía rachas de tristeza, durante las cuales no se le sacaba palabra en todo el día. Pero otros estaba muy parlanchín, y como sus suegros no le hacían maldito caso, despachábase con su hermana política. Los ratos de plática a solas, no eran muchos; pero él sabía aprovecharlos, conociendo el dinamismo de su persona y de su conversación sobre el turbado espíritu de la insignificante.

Luisito andaba malucho, llegando su desazón al punto de guardar cama: doña Pura y Milagros fueron aquella noche al Real, Villaamil al café, en busca de noticias de la combinación, y Abelarda se quedó cuidando al chiquillo. Cuando menos lo pensaba, llamaron a la puerta. Era Víctor, que entró muy gozoso, tarareando un tango zarzuelero. Enteróse de la enfermedad de su hijo, que ya estaba durmiendo, le oyó respirar, reconoció que la fiebre, caso de haberla, era levísima, y después se puso a escribir cartas en la mesa del comedor. Su cuñada le vigilaba con disimulo; dos o tres veces pasó por detrás de él fingiendo tener que trastear algo en el aparador, y echando furtiva ojeada sobre lo que escribía. Carta de amores era sin duda por lo larga, por lo metido de la letra y por la febril facilidad con que Víctor plumeaba. Pero no pudo sorprender ni una frase ni una sílaba. Concluida la misiva, Cadalso trabó conversación con la joven, que salió a coser al comedor.

—Oye una cosa —le dijo, apoyando el codo en la mesa y la cara en la palma de la mano—. Hoy he visto a tu Ponce. ¿Sabes que he variado de opinión? Te conviene; es buen muchacho, y será rico cuando se muera su tío el notario, de quien dicen va a ser único heredero... Porque no hemos de atenernos al criterio del amigo Ruiz según el cual no hay felicidad como estar a la cuarta pregunta... Si Federico tuviera razón, y yo me dejara llevar de mis sentimientos, te diría que Ponce no te conviene, que te convendría más otro; yo, por ejemplo...

Abelarda se puso pálida, desconcertándose de tal modo, que sus esfuerzos por reír no le dieron resultado alguno.

—¡Qué tonterías dices!... ¡Jesús, siempre has de estar de broma!

—Bien sabes tú que esto no lo es (poniéndose muy serio). Hace dos años, una noche, cuando vivías en Chamberí, te dije: «Abelardilla, me gustas. Siento que el alma se me desmigaja cuando te veo...» ¿A que no te acuerdas? Tú me contestaste que... No sé cómo fue la contestación; pero venía a significar que, si yo te quería, tú... también.

—¡Ay, qué embustero!... ¡Quita allá! Yo no dije tal cosa.

—Entonces, ¿lo soñé yo?... Como quiera que sea, después te enamoraste locamente de esa preciosidad de Ponce.

—Yo..., enamorarme... Tú estás malo... Pues sí, pongamos que me enamoré. ¿Y a ti qué te importa?

—Me importa, porque en cuanto yo me enteré de que tenía rival, volví mi corazón hacia otra parte. Para que veas lo que es el destino de la persona: hace dos años estuvimos casi a punto de entendernos; hoy la desviación es un hecho. Yo me fui, tú te fuiste, nosotros nos fui-

mos. Y al encontrarnos otra vez, ¿qué pasa? Yo estoy
en una situación muy rara con respecto a ti. El corazón
me dice: «enamórala», y en el mismo momento sale, no
sé de dónde, otra voz que me grita: «mírala y no la
toques».

—¿Qué me importa a mí nada de eso (ahogándose), si
yo no te quiero a ti ni pizca, ni te puedo querer?

—Lo sé, lo sé... No necesitas jurármelo. Hemos con-
venido en que no tiene el diablo por dónde desecharme.
Me aborreces, como es lógico y natural. Pues mira tú lo
que son las cosas. Cuando una persona me aborrece, a
mí me dan ganas de quererla, y a ti te quiero, porque
me da la gana, ya lo sabes, ea..., y ole morena, como
dice tu papá.

—¡Qué cosas tienes!... ¡Ay, qué tonto! (proponién-
dose estar seria, y echándose a reír).

—No, si yo no te engaño ni te engañaré nunca. Créas-
la o no la creas, allá va la verdad. Te quiero y no debo
quererte, porque eres demasiado angelical para mí. No
puedes ser mía sino por el matrimonio, y el matrimonio,
esa máquina absurda que sólo funciona bien para las personas vulgares, no nos sirve en estos momentos. Bueno o
malo, como tú quieras suponerme, tengo, aunque parezca inmodestia, una misión que cumplir; aspiro a algo pe-
ligroso y difícil, para lo cual necesito ante todo libertad;
corro desolado hacia un fin, al cual no llegaría si no fuera
solo. Acompañado me quedaré a la mitad del camino.
Adelante, adelante siempre (con afectación teatral). ¿Qué
impulso me arrastra? La fatalidad, fuerza superior a mis
deseos. Vale más estrellarse que retroceder. No puedo
volver atrás ni llevarte conmigo. Temo envilecerte. Y
si tuvieras la inmensa desgracia de ser mujer de este
miserable... (cerrando los ojos y extendiendo la mano
como para apartar una sombra). No, rechacemos con
energía semejante idea... Te quiero lo bastante para no
traerte jamás a mi lado. Si algún día... (con sonsonete
declamatorio), si algún día me alucino y cometo la torpe-
za insigne de decirte que te amo, de pedirte tu amor,
despréciame; no te dejes llevar de tu inmensa bondad;

arrójame de ti como a un animal dañino, porque más te valiera morir que ser mía.

—Pero di, ¿te has propuesto marearme? (trémula y disimulando su turbación con la tentativa frustrada de enhebrar una aguja). ¿Qué disparates son esos que me dices? Si yo no he de... hacerte caso... ¿A qué viene eso de que me mate o que me muera o que me lleven los demonios?

—Ya sé que no me quieres. Lo único que te pido, y te lo pido como un favor muy grande, es que no me aborrezcas, que me tengas compasión. Déjame a mí, que yo me entiendo solo, guardando con avaricia estas ideas para consolarme con ellas. En medio de mis desgracias, que tú no conoces, tengo un alivio, y es saber vivir en lo ideal y fortificar mi alma con ello. Tu destino es muy diferente al mío, Abelarda. Sigue tu senda, que yo voy por la mía, llevado de mi fiebre y de la rapidez adquirida. No contrariemos la fatalidad que todo lo rige. Quizá no volvamos a encontrarnos. Antes de que nos separemos, te voy a dar un consejo: si Ponce no te es desagradable, cásate con él. Basta con que no te sea desagradable. Si no te gusta, si no encuentras otro que tenga los ojos menos húmedos, renuncia al matrimonio. Es el consejo de quien te quiere más de lo que tú piensas... Renuncia al mundo, entra en un convento, conságrate a un ideal y a la vida contemplativa. Yo no tengo la virtud de la resignación, y si no consigo llegar a donde pienso, si mi sueño se convierte en humo, me pegaré un tiro.

Lo dijo con tanta energía y tal acento de verdad, que Abelarda se lo creyó, más impresionada por aquel disparate que por los otros que acababa de oír.

—No harás tal. ¡Matarte! Eso sí que no me haría gracia... (cazando al vuelo una idea). Pero, ¡quiá!, todo eso de la desesperación y el tirito es porque tienes por ahí algún amor desgraciado. Alguien habrá que te atormenta. Bien merecido lo tienes, y yo me alegro.

—Pues mira, hija (variando de registro), lo has dicho en broma, y quizás, quizás aciertes...

—¿Tienes novia? (fingiendo indiferencia).

—Novia, lo que se dice novia..., no.

—Vamos, algún amor.

—Llámalo fatalidad, martirio...

—Dale con la dichosa fatalidad... Di que estás enamorado.

—No sé qué responderte (afectando una confusión bonita y muy del caso). Si te digo que sí, miento; y si te digo que no, miento también. Y habiéndote asegurado que te quiero a ti, ¿en qué juicio cabe la posibilidad de interesarme por otra? Todo ello se explicará distinguiendo entre un amor y otro amor. Hay un cariño santo, puro y tranquilo, que nace del corazón, que se apodera del alma y llega a ser el alma misma. No confundamos ese sentimiento con las ebulliciones enfermizas de la imaginación, culto pagano de la belleza, anhelo de los sentidos, en el cual entra también por mucho la vanidad, fundada en la jerarquía de quien nos ama. ¿Qué tiene que ver esta desazón, accidente y pasatiempo de la vida, con aquella ternura inefable que inspira al alma deseo de fundirse con otra alma, y a la voluntad el ansia del sacrificio...?

No siguió, porque con sutil instinto comprendía que la excesiva sutileza le llevaba a la ridiculez. Para la pobre Abelarda, estos conceptos ardorosos, pronunciados con cierta mímica elegante por aquel hombre guapísimo que, al decirlos, ponía en sus ojos negros expresión tan dulce y patética, eran lo más elocuente que había oído en su vida, y el alma se le desgarraba al escucharlos. Comprendiendo el efecto, Víctor buscaba en su mente discursiva nuevos arbitrios para seguir sorbiendo el seso a la cuitada joven. Allí le soltó algunas frases más, paradójicas y acaloradas, en contradicción con las anterores; pero Abelarda no se fijaba en lo contradictorio. La honda impresión de los últimos conceptos borraba en su mente la de los primeros, y se dejaba arrastrar por aquel torbellino, entre un hervidero de sentimientos encontrados, curiosidad, amor, celos, gozo y rabia. Víctor doraba sus mentiras con metáforas y antítesis de un romanticismo pesimista que está ya mandado recoger. Mas para la señorita Villaamil, la quincalla deslucida y sin valor era oro de ley,

pues su escasa instrucción no le permitía quilatar los textos olvidados de que Víctor tomaba aquella monserga de
la fatalidad. El volvió a la carga, diciéndole en tono un
tanto lúgubre:

—No puedo seguir hablando de esto. Lo que no debe
ser, no es. Comprendo que convendría más entregarme
a ti..., quizá me salvarías. Pero no, no me quiero salvar. Debo perderme, y llevarme conmigo este sentimiento que no merecí, este rayo celestial que guardo
con susto como si lo hubiera robado... En mí tienes un
trasunto del Prometeo de la fábula. He arrebatado el
fuego celeste, y en castigo de esto, un buitre me roe las
entrañas.

Abelarda, que no sabía nada de Prometeo, se asustó
con aquello del buitre; y el otro, satisfecho de su triunfo,
prosiguió así:

—Soy un condenado, un réprobo... No puedo pedirte
que me salves, porque la fatalidad lo impediría. Por tanto, si ves que me llego a ti y te digo que te quiero, no
me creas..., es mentira, es un lazo infame que te tiendo;
despréciame, arrójame de tu lado; no merezco tu cariño,
ni tu compasión siquiera...

La insignificante, con inmensa pena y desaprobación
de sí misma, pensó: «Soy tan pava y tan vulgar, que no
se me ocurre nada qué responder a estas cosas tan re-
montadas y tan sentidas que me está diciendo.» Dio un
gran suspiro y le miró, con vivos deseos de echarle los
brazos al cuello exclamando: «Te quiero yo a ti más de
lo que tú puedes suponer. Pero no hagas caso de mí, no
merezco nada, ni valgo lo que tú. Quiero gozarme en la
amargura de quererte sin esperanza.»

Víctor, sosteniéndose la cabeza con ambas manos, es-
paciaba sus distraídos ojos por el hule de la mesa, ceñudo y suspirón, haciéndose el romántico, el no comprendido, algo de ese tipo de Manfredo, adaptado a la personalidad de mancebos de botica y oficiales de la clase de
quintos. Después la miró con extraordinaria dulzura, y
tocándole el brazo, le dijo:

—¡Ah!, ¡cuánto te hago sufrir con estas horribles mi-
santropías que no pueden interesarte! Perdóname; te
ruego que me perdones. No estoy tranquilo si no dices
que sí. Eres un ángel, no soy digno de ti, lo reconozco.
Ni siquiera aspiro a merecerte; sería insensato atrevimiento. Sólo pretendo por ahora que me comprendas...
¿Me comprenderás?

Abelarda llegaba ya al límite de sus esfuerzos por disimular el ansia y la turbación. Pero su dignidad podía mucho. No quería entregar el secreto de su alma, sin defen-
derlo hasta morir; y al cabo, con supremo heroísmo, soltó una risa que más bien parecía la hilaridad espasmódica
que precede a un ataque de nervios, diciendo a Cadalso:

—Vaya si te comprendo... Te haces el pillo, te haces
el malo... sin serlo, para engañarme. Pero a mí no me
la pegas... Tonto de capirote..., yo sé más que tú. Te he
calado. ¿Qué manía de que te aborrezcan, si no lo has
de conseguir?...

17

Luisito empeoró. Tratábase de un catarro gástrico,
achaque propio de la infancia, y que no tendría consecuencias, atendido a tiempo. Víctor, intranquilo, trajo al
médico, y aunque su vigilancia no era necesaria porque
las tres *Miaus* cuidaban con mucho cariño al enfermito, y
hasta se privaron durante varias noches de ir a la ópera,
no cesaba de recomendar la esmerada asistencia, observando a todas horas a su hijo, arropándole para que no
se enfriara y tomándole el pulso. A fin de entretenerle y
alegrar su ánimo, cosa muy necesaria en las enfermedades de los niños, le llevó algunos juguetes, y su tía Quintina también acudió con las manos llenas de cromos y
estampas de santos, el entretenimiento favorito de Luis.
Debajo de las almohadas llegó a reunir un sinnúmero de
baratijas y embelecos; que sacaba a ciertas horas para
pasarles revista. En aquellas noches de fiebre y de mal
dormir, Cadalsito se había imaginado estar en el pórtico

de las Alarconas o en el sillar de la explanada de Conde-
Duque; pero no veía a Dios, o, mejor dicho, sólo le veía
a medias. Presentábasele el cuerpo, el ropaje flotante y
de incomparable blancura; a veces distinguía confusa-
mente las manos, pero la cara no. ¿Por qué no se dejaba
ver la cara? Cadalsito llegó a sentir gran aflicción, sospe-
chando que el Señor estaba enfadado con él. ¿Y por qué
causa?... En una de las estampitas que su padre le había
traído, estaba Dios representado en el acto de fabricar el
mundo. ¡Cosa más fácil! Levantaba un dedo, y salían
el cielo, el mar, las montañas... Volvía a levantar el dedo,
y salían los leones, los cocodrilos, las culebras enroscadas y el ligero ratón... Pero la lámina aquella no satis-
facía al chicuelo. Cierto que el Señor estaba muy bien
pintado; pero no era, no, tan guapo y respetuoso como
su amigo.

Una mañana, hallándose ya Luis limpio de calentura,
entró su abuelo a visitarle. Parecióle al chico que Villaamil sufría en silencio una gran pena. Ya, antes de llegar
el viejo, había oído Luis un run-run entre las *Miaus,* que
le pareció de mal agüero. Se susurraba que no había sitio
en la combinación. ¿Cómo se sabía? Cadalsito recordaba
que por la mañana temprano, en el momento de despertar, había oído a doña Pura diciendo a su hermana: «Nada por ahora... Valiente mico nos han dado. Y no hay
duda ya; me lo ha dicho Víctor, que lo averiguó anoche
en el Ministerio.»

Estas palabras, impresas en la mente del chiquillo, las
relacionó luego con la cara de ajusticiado del abuelo
cuando entró a verle. Luis, como niño, asociaba las ideas
imperfectamente, pero las asociaba, poniendo siempre
entre ellas afinidades extrañas sugeridas por la inocencia.
Si no hubiera conocido a su abuelo como le conocía, le
habría tenido miedo en aquella ocasión, porque en verdad su cara era cual la de los ogros que se zampan a las
criaturas... «No le colocan», pensó Luisito, y al decirlo
juntaba otras dos ideas en su mente aún turbada por la
mal extinguida calentura. La dialéctica infantil es a veces
de una precisión aterradora, y lo prueba este razona-

miento de Cadalsito: «Pues si no le quiere colocar, no sé por qué se enfada Dios conmigo y no me enseña la cara. Más bien debiera yo estar enfadado con él.»

Villaamil se puso a dar paseos por la habitación, con las manos en los bolsillos. Nadie se atrevía a hablarle. Luis sintió entonces congojosa pena que le abatía el ánimo: «No le colocan —pensaba—, porque yo no estudio, ¡contro!, porque no me sé las condenadas lecciones.» Pero al punto la dialéctica infantil resurgió para acudir a la defensa del amor propio: «¿Pero cómo he de estudiar si estoy malo?... Que me ponga bueno él, y verá si estudio.»

Entró Víctor, que venía de la calle, y lo primero que hizo fue darle un abrazo a Villaamil, cortando sus pasos de fiera enjaulada. Doña Pura y Abelarda hallábanse presentes.

—No hay que abatirse ante la desgracia —dijo Víctor al hacer la demostración afectuosa, que Villaamil, por más señas, recibió de malísimo temple—. Los hombres de corazón, los hombres de fibras, tienen en sí mismos la fuerza necesaria para hacer frente a la adversidad... El Ministro ha faltado una vez más a su palabra, y han faltado también cuantos prometieron apoyarle a usted. Que Dios les perdone, y que sus conciencias negras les acusen con martirio horrible del mal que han hecho.

—Déjame, déjame —replicó Villaamil, que estaba como si le fueran a dar garrote.

—Bien sé que el varón fuerte no necesita consuelos de un hombre vulgar como yo. ¿Qué ha sucedido aquí? Lo natural, lo lógico en estas sociedades corrompidas por el favoritismo. ¿Qué ha pasado? Que al padre de familia, al hombre probo, al funcionario de mérito, envejecido en la Administración, al servidor leal del Estado que podría enseñar al Ministro la manera de salvar la Hacienda, se le posterga, se le desatiende y se le barre de las oficinas como si fuera polvo. Otra cosa me sorprendería; esto no. Pero hay más. Mientras se comete tal injusticia, los osados, los ineptos, los que no tienen conciencia ni título alguno, apandan la plaza en premio a su inutilidad. Con-

tra esto no queda más recurso que retirarse al santuario
de la conciencia y decir: «Bien. Me basta mi propia apro-
bación.»

Víctor, al expresarse con tanta filosofía, miraba a doña
Pura y a Abelarda, que estaban muy conmovidas y a dos
dedos de llorar. Villaamil no decía palabra, y con la cara
lívida y mandíbula temblorosa había vuelto a sus paseos.

—Nada me sorprende —añadió Víctor, desbordándose
en sacrosanta indignación—. Esto está tan podrido, que
va a resultar la cosa más chocante del mundo: mientras a
este hombre, que debiera ser Director general, lo menos,
se le desatiende y se le manda a paseo, yo, que ni valgo
nada, ni soy nada, y tengo tan cortos servicios, yo...,
créanlo ustedes, yo, cuando esté más descuidado, me en-
contraré con el ascenso que he pedido. Así es el mundo,
así es España y así nos vamos educando todos en el desprecio del Estado, y atizando en nuestra alma el rescoldo
de las revoluciones. Al que merece, desengaños; al que
no, confites. Esta es la lógica española. Todo al revés; *el
país de los viceversas*... Y yo, que estoy tranquilo, que
no me apuro, que no tengo tampoco necesidades, que desprecio la credencial y a quien me la ofrece, seré colocado, mientras el padre de familia, cargado de obligacio-
nes, el que por su respetabilidad, por sus servicios, se
hacía tan fundamente la ilusión de que...

—Yo no me hacía ilusiones; ni ese es el camino —dijo
bruscamente y con arrebato de ira don Ramón, elevando
las manos hasta muy cerca del techo—. Yo no tuve nunca esperanzas..., yo no creí que me colocasen, ni lo vol-
veré a creer jamás. ¡Vaya, que es tema el de esta gente!
Si yo no esperé nada... ¿Cómo se ha de decir? De veras
parece que entre todos os proponéis freírme la sangre.

—Hijo, cualquiera diría que es crimen tener esperanzas —observó doña Pura—. Pues las tengo, y ahora más
que nunca. Habrá otra combinación. Te lo han prometido, y a la fuerza te lo han de cumplir.

—¡Claro! —dijo Víctor, contemplando a Villaamil
con filial interés—. Y, sobre todo, no conviene apurarse.

Venga lo que viniere, puesto que todo es injusticia y sin-razón, si a mí me ascienden, como espero, mi suerte compensará la desgracia de la familia. Yo soy deudor a la familia de grandes favores. Por mucho que haga, no los podré pagar. He sido malo; pero ahora me da, no diré que por ser bueno, pues lo veo difícil, pero sí por-que se vayan olvidando mis errores... La familia no ca-recerá de nada mientras yo tenga un pedazo de pan.

Agobiado por sentimientos de humillación, que caían sobre su alma como un techo que se desploma, Villaamil dio un resoplido y salió del cuarto. Siguióle su mujer, y Abelarda, dominada por impresiones muy distintas de las de su padre, se volvió hacia la cama de Luis, fingiendo arroparle, para esconder su emoción, mientras discurría: «No, lo que es de malo no tiene nada. No lo creeré, dígalo quien lo diga.»

—Abelarda —insinuó él melosamente, después de un rato de estar solos con el pequeño—. Yo bien sé que a ti no necesito repetirte lo que he manifestado a tus padres. Tú me conoces algo, comprendes algo; tú sabes que mientras yo tenga un mendrugo de pan, vosotros no ha-béis de carecer de sustento; pero a tus padres he de decír-selo y aun probárselo para que lo crean. Tienen muy triste idea de mí. Verdad que no se pierde en dos días una mala reputación. ¿Y cómo no había de brindar a ustedes ayuda, a no ser un monstruo? Si no lo hiciera por los mayores, tendría que hacerlo por mi hijo, criado en esta casa, por este ángel, que más os quiere a vosotros que a mí..., y con muchísima razón.

Abelarda acariciaba a Luis, tratando de ocultar las lá-grimas que se le agolpaban a los ojos, y el pequeñuelo, viéndose tan besuqueado y oyendo aquellas cosas que papá decía y que le sonaban a sermón o parrafada de li-bro religioso, se enterneció tanto, que rompió a llorar como una Magdalena. Ambos se esforzaron en distraer su espíritu, diciéndole chuscadas festivas e inventando cuen-tos.

Por la tarde, el muchacho pidió sus libros, lo que ad-miró a todos, pues no comprendían que quien tan poco

estudiaba estando bueno, quisiera hacerlo hallándose en-
camado. Tanto se impacientó él, que le dieron la Gramática y la Aritmética, y las hojeaba, vacilando así: «Ahora
no, porque se me va la vista; pero en cuanto yo pueda,
¡contro!, me lo aprendo enterito... y veremos entonces... ¡veremos! »

18

La mísera Abelarda andaba tan desmejoradilla, que su
madre y su tía la creyeron enferma y hablaron de llamar
al médico. No obstante, continuaba haciendo la vida ordinaria, trabajando, durante muchas horas del día, en
transformaciones y arreglos de vestidos. Usaba un maniquí de mimbres, trashumante del gabinete al comedor, y
que al anochecer parecía una persona, la cuarta *Miau,* o
el espectro de alguno de la familia que venía del otro
mundo a visitar a su progenie. Sobre aquel molde probaba la insignificante sus cortes y hechuras, que eran bastante graciosas. A la sazón traía entre manos un vestido
con retazos de cachemir que prestaron ya dos servicios y
había sido vuelto del revés y lo de arriba abajo. Se les
añadía, para combinar, una telucha de a peseta. Semejantes componendas eran familiares a Pura, y si una
tela no podía lavarse ni volverse, la mandaba al tinte,
y... como acabada de estrenar. Con tal sistema, hubo
vestido que salió por veinticuatro reales. Pero en lo que
Abelarda lucía sorprendentes facultades era en la metamorfosis de sombreros. La capota de doña Pura había
pasado por una serie de vidas diferentes, que al modo de
encarnaciones la hacían siempre nueva y siempre vieja.
Para invierno, forrábanla de terciopelo, y para verano la
cubrían con el encaje de una *visita* desechada; las flores o
prendidos eran regalo de las vecinas del principal. La
martirizada armadura del sombrero de Abelarda había
tomado ya, durante la época de la cesantía, formas y es-
tilos diferentes, según las prácticas de la moda, y con

este exquisito arte de disimular la indigencia, salían las Villaamil a la calle hechas unos brazos de mar.

Las noches que no iban las *Miaus* a rendir culto a Euterpe, tenía que aguantar Abelarda, por dos o tres horas, la jaqueca de Ponce, o bien ensayaba su papel en la pieza. Mucho disgustaba a doña Pura tener que dar función dramática habiendo fracasado las esperanzas de próxima colocación; pero como estaba anunciada a son de trompeta, distribuidos los papeles y tan adelantados los ensayos, no había más remedio que sacrificarse en aras de la tiránica sociedad. De propósito había escogido Abelarda un papel incolor, el de criada, que al alzarse el telón salía plumero en mano, lamentándose de que sus amos no le pagaban el salario, y revelando al público que la casa en que servía era la más tronada de Madrid. La pieza pertenecía al género predilecto de los ingenios de esta Corte, y se reducía a presentar una familia cursi, con menos dinero que vanidad; una señora hombruna que trataba a zapatazos a su marido, un noviezgo, un enredo fundado en equivocaciones de nombres, con gran mareo de entradas y salidas, hasta que, cuando aquello parecía una casa de Orates, salía el padre memo diciendo: *Ahora lo comprendo todo,* y se acababa el entremés con boda y una décima pidiendo al público aplausos. Ponce hacía el papel de padre tonto; y el de un pollo calavera y achulado, que era autor del lío y la sal y pimienta de la pieza, tocó a un tal Cuevas, hijo del vecino del principal, don Isidoro Cuevas, viudo con mucha familia, empleado en la Alcaldía de la vecina Cárcel de Mujeres, y comúnmente llamado en la vecindad *el señor de la Galera.* El Cuevas hijo era chistoso, de buena sombra; contaba cuentos de borrachos con tal gracia, que era morirse de risa; imitaba el lenguaje chulo, se cantaba flamenco por todo lo alto, amén de otras muchas habilidades, por las cuales se lo rifaban en las tertulias de jaez de la de Villaamil. El papel de señorita de la casa corría a cargo de la chica de Pantoja (don Buenaventura Pantoja, empleado en el Ministerio de Hacienda, amigo íntimo de Villaamil); y el de mamá impertinente, ordinaria, lenguaraz, sargentona, pa-

pel del tipo Valverde, correspondió a una de las chicas
de Cuevas (eran cuatro y se ayudaban con la modistería
de sombreros, por cierto muy bien). Otros papeles, un
lacayo, un viejo prestamista, un marqués tronado y de
fila, que resultaba ser *lipendi* de marca mayor, fueron repartidos entre diferentes chicos de la tertulia. El cojo
Guillén se avino a ser apuntador. Federico Ruiz oficiaba
de director de escena, y habría deseado que tal función
tuviera carteles en las esquinas, para poner en ellos con
letras muy gordas: *bajo la dirección del reputado publicista,* etc., etc.

Poseía Abelarda memoria felicísima, y se aprendió el
papel muy pronto. Asistía a los ensayos como un autó-
mata, prestándose dócilmente a la vida de aquel mundo,
para ella secundario y artificial; como si su casa, su familia, su tertulia, Ponce, fuesen la verdadera comedia, de
fáciles y rutinarios papeles... y permaneciese libre el espíritu empapado en su vida interior, verdadera y real, en
el drama exclusivamente suyo, palpitante de interés, que
no tenía más que un actor, ella, y un solo espectador, Dios.

Monólogo desordenado y sin fin. Una mañana, mientras la joven se peinaba, el espectador habría podido oír
lo siguiente: «¡Qué fea soy, Dios mío; qué poco valgo!
Más que fea, sosa, insignificante; no tengo ni un grano
de sal. ¡Si al menos tuviera talento!; pero ni eso... ¿Cómo
me ha de querer a mí, habiendo en el mundo tanta
mujer hermosa y siendo él un hombre de mérito superior, de porvenir, elegante, guapo y con muchísimo entendimiento, digan lo que quieran?... (Pausa.) Anoche
me contó Bibiana Cuevas que en el paraíso del Real nos
han puesto un mote; nos llaman las de *Miau* o las *Miaus,*
porque dicen que parecemos tres gatitos, sí, gatitos de
porcelana, de esos con que se adornan ahora las rincone-
ras. Y Bibiana creía que yo me iba a incomodar por el
apodo. ¡Qué tonta es! Ya no me incomodo por nada.
¿Parecemos gatos? ¿Sí? Mejor. ¿Somos la risa de la gente? Mejor que mejor. ¿Qué me importa a mí? Somos
unas pobres cursis. Las cursis nacen, y no hay fuerza humana que les quite el sello. Nací de esta manera y así

moriré. Seré mujer de otro cursi y tendré hijos cursis, a
quienes el mundo llamará los *michitos*... (Pausa.) ¿Y
cuándo colocarán a papá? Si lo miro bien, no me importa; lo mismo da. Con destino y sin destino, siempre estamos igual. Poco más o menos, mi casa ha estado toda la
vida como está ahora. Mamá no tiene gobierno; ni lo
tiene mi tía, ni lo tengo yo. Si colocan a papá, me alegraré por él, para que tenga en qué ocuparse y se distraiga;
pero por la cuestión de bienestar, me figuro que nunca
saldremos de ahogos, farsas y pingajos... ¡Pobres *Miaus*!
Es gracioso el nombre. Mamá se pondrá furiosa si lo sabe;
yo no; yo no tengo amor propio. Se acabó todo, como
el dinero de la familia..., si es que la familia ha tenido
dinero alguna vez. Le voy a decir a Ponce esto de las
Miaus, a ver si lo toma a risa o por la tremenda. Quiero
que se encrespe un día para encresparme yo también.
Francamente, me gustaría pegarle o algo así... (Pausa.)
¡Vaya que soy desabrida y sin gracia! Mi hermana Luisa
valía más; aunque, la verdad, tampoco era cosa del otro
jueves. Mis ojos no expresan nada; cuando más, expresan que estoy triste, pero sin decir por qué. Parece mentira que detrás de estas pupilas haya... lo que hay. Parece mentira que este entrecejo y esta frente angosta ocul-
ten lo que ocultan. ¡Qué difícil para mí figurame cómo
es el cielo; no acierto, no veo nada! ¡Y qué fácil imaginarme el infierno! Me lo represento como si hubiera estado en él... Y tienen razón; el parecido con la cara de
un gato salta a la vista... La boca es lo peor; esta boca
de esquina que tenemos las tres... Sí; pero la de mamá es
la más característica. La mía, tal cual, y cuando me río,
no resulta maleja. Una idea se me ocurre; y si yo me pin-
tara, ¿valdría un poco más? ¡Ah! no; Víctor se reiría de
mí. El podrá desdeñarme; pero no me considera mujer
ridícula y antipática. ¡Jesús! ¿Seré antipática? Esta idea
sí que no la puedo sufrir. Antipática, no, Dios mío. Si me
convenciera de que soy antipática, me mataría... (Pausa.)
Anoche entró y se metió en su cuarto sin decir oxte ni
moxte. Más vale así. Cuando me habla me estruja el corazón. Porque me quisiera, sería yo capaz de cometer un

crimen. ¿Qué crimen? Cualquiera... todos. Pero no me
querrá nunca, y me quedaré con mi crimen en proyecto y
desgraciada para siempre.»

—Hija —indicó doña Pura, sacándola impensadamente
de su abstracción—. Cuando venga Ponce, le dices que le
matamos si no nos trae los billetes para el beneficio de la
Pellegrini. Si no los tiene, que los busque. Ella ha de dar
billetes a los periódicos y a toda la dignísima alabarda.
Créelo; si Ponce va a pedírselos, ella es muy fina y no se
los negará. Nos enojaremos de veras si no los trae.

—Los traerá —dijo Abelarda, que había acabado de
edificar su moño—. Como no los traiga, no le vuelvo a
dirigir la palabra.

Ponce entraba allí como Pedro por su casa, dirigiéndose al comedor, donde comúnmente encontraba a su novia. Llegó aquella tarde a eso de las cuatro, y pasó, atusándose el pelo, después de haber colgado la capa y hongo en la percha del recibimiento. Era un joven raquítico
y linfático, de esos que tienen novia como podrían tener
un paraguas, con ribetes de escritor, crítico gratuito,
siempre atareado, quejoso de que no le leía nadie (aquí
no se lee), abogadillo, buen muchacho, orejas grandes,
lentes sin cordón, bizcando un poco los ojos, mucha rodillera en los pantalones, poca sal en la mollera, y en el
bolsillo obra de seis reales, cuando más. Gozaba un destinillo en el Gobierno de provincia de seis mil, y estaba
hipando por los ocho que le habían prometido desde el
año anterior... que hoy, que mañana. Cuando los tuviera, boda al canto. Estas esperanzas no habrían bastado a
que los Villaamil aceptasen su candidatura a yerno; pero
tenía un tío rico, notario, sin hijos, enfermo de cáncer, y
como se había de morir antes de un año, quizá de un
mes, y Ponce era su heredero, la familia *Miau* vio en el
aspirante una chiripa. El desgraciado tío, según los cálculos de Pantoja, que era su amigo y testamentario, dejaría
dos casas, algunos miles y la notaría...

Lo mismo fue entrar Ponce en el comedor, que soltar-
le Abelarda esta indirecta:

—Si no trae usted las entradas para el beneficio de la Pellegrini, no vuelva usted a poner los pies aquí.

—Calma, hija mía; déjame sentar, tomar aliento... He venido a escape. Me pasan cosas muy gordas, pero muy gordas.

—¿Qué le pasa a usted, hombre de Dios? —preguntó doña Pura, que acostumbraba reprenderle como a un hijo—. Siempre viene con apuros, y total, nada.

—Oigame usted, doña Pura, y tú, Abelarda, óyeme también. Mi tío está muy malo, pero muy malo.

—¡Ave María Purísima! —exclamó doña Pura, sintiendo que le daba un vuelco el corazón.

Y brincando como un cervatillo, fue a la cocina a dar la noticia a su hermana.

—Está expirando...

—¿Quién?

—El tío, mujer, el tío... ¿no te enteras?... Pero dígame usted, Ponce (volviendo al comedor con rapidez gatuna), ¿va de veras?... Estará usted muy contento, muy... triste quiero decir.

—Se harán ustedes cargo de que no puedo ir al teatro, ni visitar a la Pellegrini... Como ustedes conocen... Muy malo, muy malito... Dicen los médicos que no dura dos días...

—¡Pobre señor!... ¿Y qué hace usted que no se planta en casa del difunto... digo, del enfermo?

—De allí vengo... Esta noche, a las siete, le llevaremos el Viático.

Corrió doña Pura al despacho, donde estaba Villaamil.

—El Viático... ¿no te enteras?

—¿Qué?... ¿quién?

—El tío, hombre, el tío de Ponce, que está dando las boqueadas... (Deslizándose otra vez hacia el comedor.) Amigo Ponce, ¿quiere usted tomar una copita de vino con bizcochos? Estará usted muy afectado... Y no hay que pensar en teatros... No faltaba más. Nosotras tampoco iremos. Ya ve usted, el luto... guardaremos luto riguroso... ¿De veras no quiere usted una copita de vino con biz-

cochos?... ¡Ah! ¡qué cabeza!... ¡si se ha acabado el vino!...
Pero lo traeremos... Con formalidad: ¿no quiere usted?

—Gracias; ya sabe usted que el vino se me sube a la
cabeza.

Abelarda y Ponce pegaron la hebra, sin más testigo
que Luis, que andaba enredando en el comedor, y a veces se paraba ante los novios, mirándoles con estupor infantil. Hablaban a media voz... ¿Qué dirían? Las triviali-
dades de siempre. Abelarda hacía su papel con aquella
indolente pasividad que demostraba en los lances comunes de la vida. Era ya rutina en ella charlotear con aquel
tonto, decirle que le quería, anticipar alguna idea sobre
la boda. Había contraído hábito de responder afirmativamente a las preguntas de Ponce, siempre comedidas y
correctas. El albedrío no tomaba parte alguna en semejantes confidencias; la mujer exterior y visible realiza-
ba una serie de actos inconscientes, a manera de sonám-
bula, quedando desligada de la mujer interna para obrar
conforme a sentimientos más humanos. Antes de la aparición súbita de Víctor en la casa, Abelarda consideraba
a Ponce como un recurso y apoyo probable en las vicisitudes de la suerte. Se casaría con él por colocarse, por
tener posición y nombre y salir de aquella estrechez insoportable de su hogar. Desde que vino *el otro,* dejábase
llevar de estas mismas ideas, pero como el patinador,
que una vez lanzado, sigue y sigue girando y resbalando
sin caer sobre el hielo. No se le ocurría a la joven desde-
cirse ni renegar del matrimonio con Ponce; porque tener
aquel marido equivalía a tener un abanico, un imperdible
y otro objeto cualquiera de los más usuales a la vez que
indiferentes. El pegajoso crítico se creyó obligado a mos-
trarse aquel día más tierno que los demás, atreviéndose a
fijar el de las bendiciones y a proponer, desmintiendo su
timidez, algunos particulares de su futura existencia matrimonial. Oíale la insignificante como quien oye llover, y
en virtud de la velocidad adquirida, se mostraba conforme con semejantes proyectos y los apoyaba con palabras
glaciales y descoloridas, a la manera de quien repite pa-

ternóster y avemarías de un rosario rezado a bostezos sin devoción alguna.

Sonó la campanilla y Abelarda se sobresaltó por dentro, sin perder su continente frío. Le conocía en el modo de llamar, conocía su taconeo al subir la escalera, y si desde la puerta de la casa hasta el comedor pronunciaba alguna frase, hablando con doña Pura o con Villaamil, discernía por la inflexión lejana del acento si llegaba bien o mal humorado. Doña Pura, al abrir a Víctor, le embocó la noticia de la inminente muerte del tío de Ponce. Incapaz de contenerse la buena señora, se espontaneó hasta con el *maestro de baile* (vulgo aguador). Víctor entró sonriendo, y, por inadvertencia o malicia, hubo de dar la enhorabuena a Ponce, el cual quedó turulato.

19

—¡Ah! no... dispense usted. Me confundí... Es que a mi señora suegra le bailaban los ojos cuando me lo dijo. Efectos del cariño que le tiene a usted, ínclito Ponce. El cariño ciega a las personas... Usted es ya de casa; le queremos mucho, y como no tenemos el gusto de conocer, ni aun de vista, a su señor tío...

Acarició a Luis sobándole la cara y repujándole los carrillos para besárselos, y después le mostró el regalo que le traía. Era un álbum para sellos, prometido el día que el niño tomó la purga, y además del álbum una porción de sellos de diferentes colores, algunos extranjeros, españoles los más, para que se entretuviera pegándolos en las hojas correspondientes. Lo que agradeció Cadalsito este obsequio, no puede ponderarse. Estaba en la edad en que empieza a desarrollarse el sentido de la clasificación y en que relacionamos los juguetes con los conocimientos serios de la vida. Víctor le explicó la distribución de las hojas del álbum, enseñándole a reconocer la nacionalidad de los sellos.

—Mira, esta tía frescachona es la República francesa. Esta señora con corona y *bandos* es la Reina de Inglate-

rra, y esta águila con dos cabezas, Alemania. Los vas
poniendo en su sitio, y ahora lo que has de hacer es reunir muchos para llenar los huecos todos—. El pequeñuelo estaba encantado; sólo sentía que la cantidad de sellos no fuera suficiente a inundar la mesa. Pronto se enteró del procedimiento, y en su interior hizo voto de conservar el álbum y de cuidarlo mientras le durase la vida.

Víctor, entretanto, metió cucharada en la conversación
hocicante que se traían Abelarda y Ponce. Casi estaban
morro con morro, tejiendo un secreto, una conspiración
de soserías, para él amorosas y para ella indiferentes y
cansadas. Víctor encajó la cuchara entre boca y boca, diciéndoles:

—Amiguitos, los gorros a quien los tolere; yo protes-
to. ¿Y no podrían aguardar a la luna de miel para hacer
los tortolitos? Francamente, eso es insultar a la desgracia.
La felicidad debe disimularse ante los desdichados, como
la riqueza ante el pobre. La caridad lo manda así.

—¿Pero a ti qué te importa que nosotros nos quera-
mos o dejemos de querernos —dijo Abelarda—, ni que
nos casemos a dejemos de casarnos? Seremos felices o
no, según nos dé la gana. Eso, acá nosotros. Tú nada
tienes que ver.

—Don Víctor —indicó Ponce con su habitual insi-
pidez—, si está usted envidioso, con su pan se lo coma.

—¿Envidioso? No negaré que lo estoy. Mentiría si
otra cosa dijese.

—Pues rabia, pues rabia.

—Papá, papá —chilló Luisito, empeñado en que Víctor volviera la cabeza hacia donde él estaba, y poniéndole mano en la cara para obligarle a que le mirase—.
¿De qué parte es éste que tiene un señor con bigotes
muy largos?

—¿Pero no lo ves, hijo? Es de Italia... Pues sí que
estoy envidioso. Esta me dice que rabie, y no tengo inconveniente en rabiar y aun en morder. Porque cuando
veo dos que se quieren bien, dos que resuelven el problema del amor y allanan todas las dificultades, y caminito,
caminito de la dicha, llegan hasta el matrimonio, me

muero de envidia. Para mí, créanlo o no lo crean, ustedes han resuelto el problema. Yo miro en esta parejita lo que nunca podré alcanzar. Ustedes no tienen ambición, ustedes se contentan con una vida pacífica y modesta, estimándose y queriéndose sin fiebre ni locuras de esas... Ustedes no tendrán mucho *parné,* pero no carecerán del puchero; ustedes, sin ser santos, reúnen bastante virtud para recrearse el uno en el otro... ¿Qué más se puede desear?... ¡Ah! ínclito Ponce, usted la ha sabido entender; ha sabido elegir... y ella también, esta pícara, que parece que no rompe un plato, ha metido la mano en el cesto y ha sacado la fruta mejor. Yo me felicito, ¿pues no me he de felicitar? Pero eso no quita que tenga mi *pelusa,* como cualquier hijo de vecino, porque me contemplo en situación tan distinta, ¡ay! tan distinta... Daría todo cuanto tengo, cuanto espero, por una cosa. ¿A que no lo adivinan?

Con repentina intuición, Abelarda le vio venir y temblaba.

—Pues yo daría todo por ser el ínclito Ponce. Créanlo ustedes o no lo crean, esta es la verdad. ¿Quiere usted cambiarse, Ponce amigo?

—Francamente, si en el cambio me quedo con la dama, no hay inconveniente ninguno.

—¡Oh! eso no, porque cabalmente ahí está la tostada. Yo daría sangre de las venas por echar mi anzuelo en el mar de la vida con el cebo de una declaración amorosa y pescar una Abelarda. Es una ambición que me curaría de las demás.

—Papá, papá (tirándole de la nariz para que volviera la cara hacia él). ¿Y éste que tiene una cotorra?

—Guatemala... Déjame, hijo... No aspiro a más. Una Abelardita que me mime, y con tal compañía lo arrostro todo. Con una como ésta me casaría yo por puertas, es decir, sin una mota. No faltaría el garbanzo. Prefiero con ella un pedazo de pan solo, a todas las riquezas del mundo. Porque ¿dónde se encuentra un carácter tan dulce, un corazón tan tierno, una mujer tan hacendosita, tan...

—Don Víctor, que se corre usted mucho (con tentativas de humorismo, enteramente frustradas). Que es mi novia, y tantos piropos me van a dar celos...

—Aquí no se trata de celos... A buena parte viene usted... ¿Ésta, ésta?... Ésta es segura, amigo; le quiere a usted con el alma y con la vida. Ya podían acudir todos los reyes y príncipes del orbe a disputársela a su Ponce adorado. ¿Pues se figura usted que si no lo creyera yo así no le habría puesto los puntos? La caridad bien ordenada empieza por uno mismo. Si yo llego a concebir tanto así de esperanzas, ¿piensa que no me alzo con el santo y la limosna? Pero, ¡quiá!, a otra puerta... Mírela usted: al que le hable de cambiar a su Poncecito por otro, le tira los trastos a la cabeza ...Véala usted con esa cara que parece un enigma, con esa sonrisita que parece postiza; cualquiera se atreve a decirle algo.

—Vamos, don Víctor —objetó Ponce con mucha saliva en la boca—, que cuando usted habla así, es porque ha tenido sus pretensiones... y ha sacado lo del negro del sermón.

—No hagas caso, tontín —dijo Abelarda muy inquieta, sonriendo violentamente, y con más gana de llanto que de broma—. ¿No ves que se está quedando contigo?

—Que se quede. Lo que hay es que Abelarda es formal, y una vez dada su palabra, no hay quien la apee. Nosotros nos comprendimos en cuanto nos tratamos; nuestros caracteres ajustan perfectamente, y si yo estoy cortado para ella, ella está cortadita para mí.

—Poco a poco, caballero Ponce (poniéndose muy serio, como siempre que elevaba al grado heroico sus crueles bromas), usted estará cortado para quien guste, no me meto en eso. Pero lo que es Abelarda, lo que es Abelarda...

Ponce le miró serio también, esperando el final de la frase, y la insignificante bajó la vista hacia su labor de costura.

—Digo que lo que es ella no está cortada para usted. Y lo sostendré contra todo el que opine lo contrario. La verdad por delante. Ella le quiere a usted, lo reconozco;

pero en cuanto al corte... Es mucho corte el suyo; hablo
del corte moral y también del físico, sí, señor, también del
físico. ¿Quiere usted que lo diga claro? Pues para quien
está cortada Abelarda es para mí... Para mí; y no
hay que tomarlo a ofensa. Para mí, aunque a usted le
parezca un disparate. ¡Si usted no puede juzgarla como
yo, que la conocí siendo una muñeca todavía! ... Y, además, usted no me ha tratado a mí lo bastante para saber
si congeniamos o no... Ya sé que estoy hablando de una
cosa imposible; ya sé que tengo la culpa de haber llegado
tarde; ya sé que usted me cogió la delantera, y no hemos
de reñir... Pero en cuanto a conocer el mérito de quién
lo tiene; en cuanto a deplorar que tantas dotes no sean
para mí, lo que es en eso (marcando la frase con la
mayor formalidad y en tono oratorio), ¡ah! lo que es en
eso, no cedo ni puedo ceder.

—No le hagas caso, déjale —indicó Abelarda a su novio, que empezaba a enfurruñarse.

—Amigo don Víctor, todo eso podrá ser verdad, pero
no viene muy al caso.

—Parece que se amostaza usted, ínclito Ponce. Sépase
que yo soy muy leal. Reconozco que se ha ganado usted
lo que a mi parecer debió ser mío. (Patéticamente.) Bien
ganado está. Ha sido en buena lid. Lo que he perdido, lo
he perdido por mi culpa. No me quejo. Seremos amigos,
siempre amigos. Vengan esos cinco.

—¡Ah, este don Víctor, qué cosas tiene! (Dejándose
apretar la mano.)

Con otro que no fuera Ponce, bien se libraría Cadalso
de emplear lenguaje tan impertinente; pero ya sabía él
con quién trataba. El novio estaba amoscadillo, y Abelarda no sabía qué pensar. Para burla, le parecía demasiado cruel; para verdad, harto expresiva. Mucho le pesó
a Ponce tener que marcharse: presumía que Víctor conti-
nuaría hablando a la chica en el mismo tono, y, francamente, Abelarda era su novia, su prometida, y aquel cuñadito hospedado bajo el propio techo empezaba a in-
quietarle. El pillete de Cadalso, conociendo la turbación

del crítico, en el momento de despedirse le sacudió mucho la diestra, repitiendo:

—Leal, soy muy leal... Nada hay que temer de mí.

Y cuando volvió al lado de la joven, que le miraba consternada:

—Perdóname, hija; se me escapó aquella idea, que yo quería esconder a todos... Espontaneidades que uno tiene cuando menos piensa, y que el más ducho en disimular no puede contener a veces. Yo no quería hablar de esto; pero no sé qué me entró. ¡Me dio tal envidia de veros como dos tórtolos!... ¡Me asusté tanto de la soledad en que me encontraba, nada más que por llegar tarde, sí, por llegar tarde!... Dispénsame, no te diré una palabra más. Sé que este capítulo te aburre y te molesta. Seré discreto.

Abelarda no podía reprimirse. Levantóse, sintiendo pavor, deseo de huir y de esconderse para ocultar algo que impetuosamente al demudado rostro le salía.

—Víctor —exclamó descompuesta y temblando—, o eres el hombre más malo que hay en el mundo, o no sé lo que eres.

Corrió a su habitación y rompió a llorar, desplomándose de cara sobre las almohadas de su lecho. Víctor se quedó en el comedor, y Luis, que en su inocencia comprendía que pasaba algo extraño, no se atrevió durante un rato a molestar a papá con aquel teje-maneje de los sellos. El padre fue quien afectó entonces interesarse en el juego inteligente, y se puso a explicar a su hijo los símbolos de nacionalidades que éste no comprendía: «Este rey barbudo es Bélgica, y esa cruz la República helvética, es decir, Suiza.»

Doña Pura entró de la calle, y como no viese a su hija en el comedor ni en la cocina, buscóla en el dormitorio. Abelarda salía ya, con los ojos muy colorados, sin dar a su madre explicación satisfactoria de aquellos signos de dolor. Víctor, interrogado por doña Pura sobre el particular le dijo con socarronería:

—Parece usted tonta, mamá. Llora por el tío de Ponce.

20

Acostaron temprano a Luis, que metió consigo en la cama el álbum de sellos y se durmió teniéndole muy abrazadito. No sufrió aquella noche el acceso espasmódico que precedía a la singular visión del anciano celestial. Pero soñó que lo sufría, y, por consiguiente, que deseaba y esperaba la fantástica visita. El misterioso personaje hizo novillos, y así lo expresaba con desconsuelo Cadalsito, deseando enseñarle su álbum. Esperó, esperó mucho tiempo, sin poder determinar el sitio donde estaba, pues lo mismo podía ser la escuela que el comedor de su casa o el escritorio del memorialista. Y al hilo del sueño, donde todo era sinrazón y desvarío, descargó el rapaz un golpe de lógica admirable: «¡Pero qué tonto soy! —pensó—. ¿Cómo ha de venir, si le han llevado esta noche a casa del tío de Ponce?»

El día siguiente le dieron de alta; pero se determinó que no fuese a la escuela en lo que restaba de semana, lo que él agradeció mucho, determinando estudiar algo por las noches, nada más que una migaja, y reservando los grandes esfuerzos de aplicación para cuando volviera a sus tareas escolares. Le permitieron bajar a la portería, y cargó con el álbum para enseñárselo a Paca y a *Canelo*. Bien quisiera llevarlo a casa de su tía Quintina; mas para esto no hubo permiso. En la portería se estuvo hasta el anochecer, hora en que le llamaron, temiendo que se pasmase con el aire del portal. Al subir llevaba una idea que en sus conversaciones con Mendizábal y Paca había adquirido; una idea que le pareció al principio algo rara, pero que luego tuvo por la más natural del mundo. Hallábase solo con Abelarda, pues su abuela y Milagros zascandileaban por la cocina, cuando se determinó Cadalsito a comunicar a su tía la famosa idea. Esta le acariciaba con extremada vehemencia, le daba besos, le prometía regalarle un álbum mayor, y de repente Luis, respondiendo a tantos cariños con otros no menos tiernos, le dijo:

—Tía, ¿por qué no te casas tú con mi papá?

Quedóse la chica como lela, fluctuando entre la risa y el enojo.

—¿De dónde has sacado tú eso, Luis? —le dijo, asustándole con la fiereza de su semblante—. Tú no lo has inventado. Alguien te lo ha dicho.

—Me lo dijo Paca —afirmó Luis, no queriendo cargar con responsabilidades ajenas—. Dice que Ponce es más tonto que quiere y que no te conviene; que mi papá es listo y guapo y que va a hacer una carrera muy grande, muy grande.

—Dile a Paca que no se meta en lo que no le importa... ¿Y qué más te dijo?

—Pues... (escarbando en su memoria). ¡Ah!, que mi papá es un caballero muy decente... como que le da pesetas a la Paca siempre que le lleva algún recado... Y que tú debías casarte con mi papá, para que todo quedase en casa.

—¿Le lleva recados?... ¿Cartas? ¿Y a quién? ¿No sabes?

—Debe ser al Ministro... Es que son muy amigos.

—Pues todo eso que te ha contado Paca del pobre Ponce, es un disparate —afirmó Abelarda sonriendo—. ¿A ti no te gusta Ponce? Dime la verdad, dime lo que piensas.

Luis vaciló un rato en dar contestación. Habían extinguido la prevención medrosa que su padre le inspiraba, no sólo los regalos recibidos de él, sino la observación de que Víctor se llevaba muy bien con toda la familia. En cuanto a Ponce, bueno será decir que Cadalsito no había formado opinión ninguna acerca de este sujeto, por lo cual aceptó, sin discutirla, la de Paca.

—Ponce no sirve para nada, desengáñate. Va por la calle que parece que se le caen los calzones. Y lo que es talento... Mira, más talento tiene Cuevas. ¿No te parece a ti?

Abelarda se reía con tales ocurrencias. Aún hubiera seguido charlando con Luis de aquel asunto; pero la llamó su padre para que le pegara algunos botones al chaleco, y en esto se entretuvo hasta la hora de comer.

Doña Pura dijo que Víctor no comía en casa, sino en la
de un amigo suyo, diputado y jefe de un grupito parla-
mentario. Sobre esto hizo Villaamil algunos comentarios
acres, que Abelarda oyó en silencio con grandísima pena.
Discutióse si irían o no al teatro aquella noche, resolvién-
dose en afirmativa, porque Luis estaba ya bien. Abelarda
solicitó quedarse, y su madre le dio una arremetida a
solas, asestándole varias preguntas:

—¿Por qué no comes? ¿Qué tienes? ¿Qué cara es esa
de carnero a medio morir? ¿Por qué no quieres venir al
Real? No me tientes la paciencia. Vístete, que nos vamos
en seguida.

—Y fueron las tres *Miaus,* dejando a Villaamil con su
nieto y sus fúnebres soledades. Después de acostar al
niño se puso a leer *La Correspondencia,* que hablaba de
una nueva combinación.

Cuando las *Miaus* regresaron, ya Víctor estaba allí, escribiendo cartas en la mesa del comedor. Don Ramón
seguía royendo el periódico, y suegro y yerno no se decían media palabra. Retiráronse todos, menos Abelarda,
que tenía que mojar ropa para planchar al día siguiente,
y al verla metida en esta faena, Víctor, sin soltar la pluma, le dijo:

—He pensado en ti todo el día. Temí que te enojaras
por lo de ayer. Yo había hecho el propósito de no reve-
larte nunca mis sentimientos. Aún no te he dicho toda la
verdad, ni te la diré, Dios mediante. Cuando uno llega
tarde, debe resignarse y callar. ¿Y tú no me respondes
nada? ¿Ni hablas ni siquiera para reñirme?

La insignificante tenía los ojos fijos en la mesa, y sus
labios se agitaban como si la palabra retozara en ellos.
Por fin no chistó.

—Te hablaré como hermano (con aquella gravedad
bondadosa que tan bien sabía fingir), ya que de otra manera no me es lícito. Soy muy desgraciado... no lo sabes
tú bien. Aquí me tienes arrastrado por un vértigo de pa-
siones insanas; aquí me tienes bajo el peso de relaciones
que solicité con aturdimiento, que mantuve por rutina y
por pereza, y que ahora deseo romper. Contaba yo para

este fin con el auxilio de un ser angelical a quien pensaba
encomendarme primero y entregarme por fin en cuerpo y
alma. Pero ya no puede ser. ¿Qué hago yo en este trance? Seguir y seguir encenagado, perderme más y más en
el laberinto sin salida. Ya no hay salvación para mí. La
fatalidad me arrastra... Tú no comprendes esto, Abelarda; pero ¡quién sabe!... quizás comprendas, porque tienes mucha penetración. ¡Oh! ¡Pues si yo te hubiera encontrado libre...! Mil veces me he propuesto no decirte
nada. Sólo que las palabras se me salen de la boca...
Basta, basta; no me hagas caso. Esto te lo vengo diciendo desde un principio. No hagas caso de este infeliz; despréciame. Yo no te merezco. Estoy expiando los enormes disparates que cometí desde que me faltó mi pobre
Luisa, aquel ángel... ángel del cielo, pero inferior a ti,
tan inferior, que no hay punto de comparación entre ambas. Yo, francamente (levantándose con exaltación),
cuando veo qué tesoro tan grande va a ser para un Ponce; cuando pienso que tal conjunto de cualidades cae en
manos de...

Abelarda estaba tan sofocada, que si no desahoga, si
no abre al menos una valvulita, revienta de seguro.

—¿Y si yo te dijera... vamos a ver (palideciendo), si
yo te dijera que no quiero a Ponce?...

—¿Tú? ¿Y es verdad?...

—¿Si yo te dijera que ni le quise jamás, ni le querré
nunca?... A ver.

Víctor no contaba con esta salida, y se desorientó.

—Ahí tienes tú una cosa... vamos... (balbuciendo) una
cosa que me produce el efecto de un porrazo en la cabeza... ¿Pero es verdad? Cuando lo dices, verdad debe de
ser. Abelarda, Abelarda, no juegues conmigo; no juegues con fuego... Estas bromas, si bromas son, suelen
traer catástrofes. Porque cuando se aborrece a un hombre como me aborreces tú a mí... (confuso y sin saber a
qué santo encomendarse) no se le dice nada que pueda
extraviarle respecto a... quiero decir, respecto a los sentimientos de la persona que le aborrece, porque podría su-

ceder que el aborrecido... No, no atino a explicarte lo que siento. Si no quieres a Ponce, es que quieres a otro, y esto es lo que no debes decirme a mí... ¿Para qué? ¿Para que me confundas más de lo que estoy? (Columbrando un postigo y aguzando su ingenio para escurrirse por él.) Y no quiero interrogarte sobre este particular, porque me volvería loco. Guárdate tu secreto y respeta mi situación. Si yo no te inspiro más que odio, si no llegas a la repugnancia, te ruego que me dejes solo, que te retires y no añadas una palabra más. No te ofrezco mis consejos, porque no los aceptarías; pero si te encontraras en alguna situación difícil y mis consejos te pudieran servir de algo, ya sabes que soy para ti lo que tú quieras que sea; hermano, si como hermano me tratas...

—¿Y si los necesitara, si necesitara tus consejos? —insinuó Abelarda, que buscaba no una salida, sino la entrada, sin poder descubrirla.

—Pues dispón de mí (otra vez desconcertado). Si quieres a un hombre y temes la oposición de tus padres; si la ruptura con Ponce te parece difícil y necesitas auxilio, aquí estoy dispuesto a prestártelo, por penoso que el caso sea para mí (acercándose más a ella). Dímelo, dímelo, no tengas miedo. ¿Quieres a un hombre que no es tu novio?

—Es mucho pedir que confiese yo... así... de tenazón (recurriendo a la coquetería para salir del paso). ¿Y a ti quién te da vela en este entierro?...

—Soy de la familia... soy tu amigo. Podría ser algo más si tú quisieras. Pero he llegado tarde; no hay que hablar de mi persona. Estoy fuera de juego. Si no quieres confiarme tu secreto, mejor para mí. Así no padeceré tanto. Respóndeme a una pregunta: el hombre a quien tú quieres, ¿te quiere a ti también?

—Yo no he dicho que quiera a nadie... Me parece que no lo he dicho... Pero supongamos que lo dijese. Eso no es cuenta tuya. Eres muy entrometido... Claro que yo no iba a querer a nadie que no me correspondiese. ¡Pues lucida estaba!

—De modo que hay reciprocidad (con fingida cólera).
¡Y estas cosas me las dices en mi propia cara!

—¡Yo! si yo no he chistado.

—Pero lo das a entender... No quiero ser tu confi-
dente, vamos... ¿De modo que el otro te ama?...

—No lo sé... (dejándose llevar de su espontaneidad, ya
irresistible). Es lo que no he podido averiguar todavía.

—Y vienes sin duda a que yo te lo averigüe (con sarcasmo). Abelarda, esa clase de papeles no los hago yo.
No, no me digas quién es; no necesito saberlo. ¿Es quizás persona que yo conozco? Pues cállate el nombre, cá-
llatelo si no quieres que perdamos las amistades. Esto te
lo dice un hombre que siente hacia ti un afecto... pero
un afecto que ahora no quiero definir; un hombre que
vive bajo el peso de su destino fatal (estas filosofías y
otras semejantes las tomaba Cadalso de ciertas novelas
que había leído), un hombre a quien está vedado referir-
te sus padecimientos; y pues yo no debo quererte ni puedo ser tuyo ni tú mía, no debo atormentarme ni dejar
que me atormentes tú. Guárdate tu secreto, y yo reserva-
ré la parte de él que he adivinado. Si la fatalidad no se
hubiera interpuesto entre nosotros dos, yo intentaría aún
tu remedio, procurando arrancarte ese amor, reempla-
zándolo con el mío. Pero no soy dueño de mi voluntad.
El sentimiento éste (golpeándose el pecho) jamás pasará
del corazón a la realidad de la vida. ¿Por qué me incitas
a descubrirlo? Déjalo en mí mudo, sepultado, pero
siempre vivo. No me tientes, no me irrites. ¿Quieres a
otro? Pues que yo no lo sepa. ¿A qué enconar una herida incurable?... Y para impedir mayores conflictos, mañana mismo me voy de esta casa, y no vuelvo a entrar
aquí.

Abelarda sintió tan viva aflicción al oír esto, que no
pudo encubrirla. No tenía ella en su pobre caletre armas
de razonamiento para combatir con aquel monstruo de
infinitos recursos e ingenio inagotable, avezado a jugar
con los sentimientos serios y profundos. Aturdida y aton-
tada, iba a entregar su secreto, ofreciéndose indefensa y
cubierta de ridiculez al brutal sarcasmo de Víctor; pero

pudo serenarse un poco, recobrar algún equilibrio, y con afectada calma le dijo:

—No, no, no hay motivo para que te vayas. ¿Es que hiciste las paces con Quintina?

—¿Yo? ¡Qué disparate! Ayer Cabrera por poco me pega un tiro. Es un animal. Me iré a vivir a cualquier rincón.

—No, eso no. Puedes seguir aquí.

—Pues prométeme no hablar de esto una palabra más.

—Si yo no he hablado. Eres tú el que se lo dice todo. Que me quieres, que no me puedes querer. ¿Cómo se entiende?

—Y la última prueba de que te quiero y no te debo querer (con agudeza), te la voy a dar ahora con este consejo: vuelve los ojos a Ponce...

—Gracias.

—Vuelve los ojos al ínclito Ponce. Cásate con él. Ten espíritu práctico. ¿Que no le quieres? No importa.

—Tú estás loco (aturulladísima). ¿Acaso he dicho yo que no le quería?

—Lo has dicho, sí.

—Pues me vuelvo atrás. ¡Qué disparate! Si lo dije, fue broma, por oírte y darte tela.

—Eres mala, muy mala. Yo pensaba otra cosa de ti.

—¿Pues sabes lo que digo? (levantándose con violento arrebato de ira y despecho). Que estás de lo más cargante y de lo más inaguantable con tus... con tus enigmas; y que no te puedo ver, no te puedo ver. La culpa la tengo yo, que oigo tus necedades. Abur... Voy a dormir... Y dormiré tan ricamente, ¿qué te crees?

—El odio muy vivo, como el amor, quita el sueño.

—A mí no... perverso... tonto.

—Tú a dormir, y yo a velar pensando en ti. Adiós, Abelarda... Hasta mañana.

Y cuando se retiró el impío, un minuto después de la desaparición de la víctima (que se metió en su cuarto y atrancó la puerta como quien huye de un asesino), llevaba en los labios risilla diabólica y este monólogo amargo y cruel: «Si me descuido, me espeta la declaración con

toda desvergüenza. ¡Y cuidado que es antipática y leven-
tadita de cascos la niña!... Y cursi hasta dejárselo de sobra, y sosita... Todo se lo podría perdonar si fuera guapa... ¡Ah! Ponce, ¡qué ganga te ha caído!... Es una
plepa que no hay por dónde cogerla para echarla a la
basura.»

21

Aunque las esperanzas de los Villaamil, apenas sega-
das en flor, volvían a retoñar con nueva lozanía, el atri-
bulado cesante las daba siempre por definitivamente
muertas, fiel al sistema de esperar desesperando. Sólo
que su pesimismo se avenía mal con el furor de escribir
cartas y de mover cuantas teclas pudiesen comunicar vibración a la desmayada voluntad del Ministro. «Todo eso
de esperar vacante, es música —decía—. Yo sé que cuando quieren hacer las cosas, las hacen saltando por cima
de las vacantes y hasta por cima de las leyes. Ni que
fuéramos tontos. He visto mil veces el caso de entrar un
prohombre en el Ministerio, navaja en mano, pedir una
credencial de las gordas; el Ministro ¡zas! llama al Jefe
del personal... «No hay vacante...» «Pues hacerla». ¡Pa-
taplún! allá te va, caiga el que caiga... ¿Pero dónde está
mi prohombre? ¿Qué personaje de campanillas entrará
en el despacho del Ministro con cara *feroce* diciendo:
«De aquí no me muevo hasta que me den... eso.» ¡Ay,
Dios mío, qué desgraciado soy y cómo me voy quedando
fuera de juego!... Con esta Restauración maldita, epílogo
de una condenada Revolución, ha salido tanta gente nueva, que ya se vuelve uno a todos lados sin ver una cara
conocida. Cuando un don Claudio Moyano, un don Antonio Benavides o un Marqués de Novaliches le dicen a
uno: «Amigo Villaamil, ya estamos mandados recoger»,
es que el mundo se acaba. Bien dice Mendizábal que la
política ha caído en manos de mequetrefes.»
Para distraer su pena y olfatear nombramientos ajenos,
ya que en el suyo afectaba no creer, o realmente no

creía, iba por las tardes al Ministerio de Hacienda, en cuyas oficinas tenía muchos amigos de categorías diversas. Allí se pasaba largas horas, charlando, enterándose del expedienteo, fumando algún cigarrillo, y sirviendo de asesor a los empleados noveles o inexpertos que le consultaban cualquier punto obscuro de la enrevesada Administración.

Profesaba Villamil entrañable cariño a la mole colosal del Ministerio; la amaba como el criado fiel ama la casa y familia cuyo pan ha comido durante luengos años; y en aquella época funesta de su cesantía, visitábala él con respeto y tristeza, como sirviente despedido que ronda la morada de donde le expulsaron, soñando en volver a ella. Atravesaba el pórtico, la inmensa crujía que separa los dos patios, y subía despacio la monumental escalera, encajonada entre gruesos muros, que tiene algo de feudal y de carcelario a la vez. Casi siempre encontraba por aquellos tramos a algún empleado amigote que subía o bajaba. «Hola, Villaamil, ¿qué tal?» —«Vamos tirando». Al llegar al principal titubeaba antes de decidir si entraría en Aduanas o en el Tesoro, pues en ambas direcciones le sobraban conocidos; pero en el segundo prefería siempre Contribuciones o Propiedades. Los porteros le saludaban; y como Villaamil era tan afable, siempre echaba un párrafo con ellos. Si era tarde, les encontraba con la paletada de brasas, resto de las chimeneas, cuyo último fuego sirve para alimentar los braseros de las porterías; si temprano, llevando papeles de una oficina a otra o transportando bandejas con vasos de agua y azucarillos. «Hola, Bermejo, ¿cómo va?» —«Tal cual, don Ramón, y sintiendo mucho no verle a usted todos los días por aquí». —«Dígame, ¿y Ceferino?» —«Ha pasado a Impuestos. El pobre Cruz fue el que *cascó*». —«¿Qué me cuenta usted? Hombre, ¡si le vi el otro día tan bueno y tan sano!... ¡Qué mundo este! Vamos quedando pocos de aquella fecha. Cuando yo entré aquí en tiempos de don Juan Bravo Murillo, ya estaba Cruz *en la casa*... Mire usted si ha llovido... Pobre Cruz, lo siento».

El mejor amigo entre los muchos buenos que Villaamil tenía en aquella casa eran don Buenaventura Pantoja, de quien algo sabemos ya, padre de Virginia Pantoja, una de las actrices del coliseo doméstico de las *Miaus*. Visitaba con preferencia don Ramón la oficina de tan excelente y antiguo compañero (Contribuciones), del cual había sido jefe: tomaba asiento en la silla más próxima a la mesa; le revolvía los papeles si no estaba allí, y si estaba, trabábase entre los dos sabroso coloquio de chismografía burocrática.

—¿Sabes...? —decía Pantoja—. Hoy salieron calentitos dos oficiales primeros y un jefe de Administración. Ayer estuvo ese fantoche (aquí el nombre de cualquier célebre político), y claro, a rajatabla. Lo que yo te digo: cuando quieren hacer las cosas, saltan por cima de todo.

—Sea por amor de Dios —respondía Villaamil, dando un doliente suspiro que ponía trémulas las hojas de papel más cercanas.

Aquel día tardó mucho el buen hombre en fondear ante la mesa de Pantoja. A cada paso saltaban conocidos. Uno salía por aquí, aferrando legajos atados con balduque; otro entraba presuroso por allá, retrasado y temiendo un regaño del jefe. «¿Cuánto bueno?... ¿Qué tal, Villaamil?» —«Hijo, defendiéndonos». La oficina de Pantoja formaba parte de un vastísimo salón, dividido por tabiques como de dos metros de alto. El techo era común a los distintos departamentos, y en la vasta capacidad se veían los tubos de las estufas, largos y negros, quebrados en ángulo recto para tomar la horizontal, horadando las paredes. Llenaba aquel recinto el estridor sonoro de los timbres, voz lejana de los jefes, llamando sin cesar a sus subalternos. Como era la hora en que entran los rezagados, en que los madrugadores almuerzan, en que otros toman café, que mandan traer de la calle, no reinaba allí el silencio propicio al trabajo mental; antes, todo se volvía cierres de puertas, risas, traqueteo de loza y cafeteras, gritos y voces impacientes.

Villaamil entró en la sección, saludando a diestro y siniestro. Allí estaba de oficial tercero el cojo Guillén, muy amigo de la familia Villaamil, tertuliano asiduo, apuntador en la pieza que se iba a representar. Era, por más señas, tío del famoso *Posturitas*, amigo y émulo de Luisito Cadalso, y vivía con sus hermanas, dueñas de la casa de *empréstamos*. Tenía fama Guillén de mordaz y maleante, capaz de tomarle el pelo al lucero del alba. En la oficina escribía juguetes cómicos groseros y verdes, algún dramón espeluznante, que nunca llegaría a arrostrar las candilejas; dibujaba caricaturas y rimaba sátiras contra la mucha gente ridícula de la casa. También había por allí un aspirantillo, hijo del Director del Tesoro, que apenas frisaba en los dieciséis y cobraba sus cinco mil reales, listo como una pólvora, apto para traer y llevar recados de oficina en oficina. Oficial segundo era un tal Espinosa, señorito elegante, de carrera improvisada y raya en el pelo, con mucho requilorio en el vestir y bastantes gazapos en la ortografía; buen muchacho, que no se formalizaba nunca con las cargantes bromas de Guillén. Pero el más característico de todos era un tal Argüelles y Mora, oficial segundo, perfecta parodia de un caballero del tiempo de Felipe IV: pequeño genuino *gato* de Madrid, rostro enjuto y color de cera, bigote y perilla teñidos de negro, melenas largas y bien atusadas. Para que el tipo resultase más cabal, usaba cierta capita corta y negra, que parecía un desecho del guardarropa de Quevedo. El sombrero era hongo chato, achambergado, con un dedo de grasa. Lástima que no llevara golilla; mas aun sin ella, era un acabado tipo de alguacil. En sus tiempos tuvo pretensiones de guapeza, originalidad y elegancia; pero ya sus espaldas tiraban a corcovarse, y su rostro, con los pelos pintados, tenía un sello de vigilia forzosa que daba compasión. Tocaba la trompa en un teatro. Llamábanle sus compañeros *el padre de familia,* porque en todas sus conversaciones burocráticas traía a colación la multitud de bocas que tenía que mantener con el mezquino y descontado sueldo de doce mil reales. Había tres o cuatro empleados más, algunos taciturnos y atentos a su obligación, repartidos en varias mesas, a distancia respetuosa de la del jefe, próxima a la ventana que daba al patio.

Cerca de las mesas veíanse las perchas donde los funcionarios colgaban capas y sombreros. Guillén tenía las muletas junto a sí. Entre mesa y mesa, estantes y papeleras, trastos de forma y aspecto que sólo se ven en las oficinas, viejos los unos, con no sé qué olor y color de *Paja y Utensilios,* de donde procedían; los otros nuevos pero no semejantes a ningún mueble usado fuera de las regiones burocráticas. Sobre todos los pupitres abundaban legajos atados con cintas rojas, los unos amarillentos y polvorosos, papel que tiene algo de cinerario y encierra las esperanzas de varias generaciones; los otros de hojas flamantes y reciente escritura, con notas marginales y firmas ininteligibles. Eran las piezas más modernas del pleito inmenso entre el pueblo y el fisco.

Pantoja no estaba: le había llamado el Director.

—Tome usted asiento, don Ramón. ¿Quiere un cigarrito?

—¿Y tú qué te traes entre manos? (acercándose a la mesa del cojo y apoderándose de un papel). ¿A ver, a ver...? *Drama original y en verso.* ¿Título? *La hijastra de su hermanastra.* Muy bien, zánganos; así perdéis las horas.

—Don Ramón, don Ramón —dijo el elegante, que acababa de paladear su café—. ¿No sabe? A Cañizares, ¿se acuerda usted, el que estaba en Propiedades, aquel a quien llamábamos don Simplicio? Le han dado los doce mil. ¿Ha visto usted *polacada* mayor?

—Le tuve yo en mi oficina con cinco mil hace catorce años —dijo el *padre de familia,* esgrimiendo su puño cerrado y revelando toda la aflicción del mundo en su cara alguacilesca—. Era tan asno, que le ocupábamos en traer leña para la estufa. Ni para eso servía. ¡Cáscaras, qué hombre más animal! Yo cobraba entonces doce mil, lo mismo que ahora. Vean ustedes si esto es justicia o qué. ¿Tengo o no tengo razón cuando digo que vale más recoger boñiga en las calles que servir al gran pindongo del Estado? Convengamos en que se acabó la vergüenza.

—Amigo Argüelles —suspiró Villaamil con tristeza estoica—, no hay más remedio que tragar bilis. Dígamelo

usted a mí, que he tenido a mis órdenes, en provincias,
con seis mil, al propio Director del ramo... Estaba la
criatura en Estancadas... y no valía ni para pegar precin-
tos en las cajas de cigarros.

—Dame, paloma mía, de lo que comes... ¡Cuando me
acuerdo, ¡cascarones!, de que mi padre quería colocarme
de hortera en una tienda, y yo me remonté creyendo que
esto no era cosa fina! ... ¡Vamos, cuando me acuerdo de
esto, me dan ganas de arrancarme a puñadas estos condenados mechones que a uno le quedan! ... Era allá por
el 51. Pues no sólo no quise oír hablar de mostrador,
sino que me metí a empleado por aquello de ser caballero; y para acabar de ensuciarla, me casé. ¡Si sería yo
pillín! ... Después *pian pianino,* nueve de familia, suegra
y dos sobrinos huérfanos. Y defienda usted el garbanzo
de tanta gente... Y gracias que la tropa ayuda, señores.
El 64 llegué a los doce mil reales, y allí me planté. ¿Saben ustedes quién me sacó los doce mil? Julián Romea.
No me veré en otra. Catorce años llevo en esta plaza. Ya
ni siquiera pido el ascenso. ¿Para qué? Como no lo pida
a tiros...

Las lamentaciones del trompista *padre de familia* eran
oídas siempre con deleite. Entró en aquel punto Pantoja,
y *conticuere omnes.* Cubría la cabeza del jefe de la sección un gorrete encarnado, con unas al modo de alcacho-
fas bordeadas de oro, y borla deshilachada que caía con
gracia. Vestía gabán pardo y muy traído, pantalón con
rodilleras, rabicorto, dejando ver la caña de las botas recién estrenadas, sin lustre aún. Después de saludar al
amigo, ocupó su asiento. Arrimóse Villaamil, y charla-
ron. Pantoja no olvidaba por el palique los deberes, y a
cada instante daba órdenes a su tropa. «Oiga usted, Argüelles, haga el favor de ponerme una orden a la Administración Económica de la Provincia pidiendo tal cosa...
Usted, Espinosa, sáqueme en seguida el estado de débi-
tos por Industrial.» Y deshacía con mano experta el lazo
de balduque para destripar un legajo y sacarle el mon-
dongo. En atarlos también mostraba singular destreza, y

parecía que los acariciaba al mudarlos de sitio en la mesa
o al ponerlos en el estante.

El tipo fisiognómico de este hombre consistía en cierta
inercia espiritual que en sus facciones se pintaba. Su
frente era ancha, lisa y tan sin sentido como el lomo de
uno de esos libros rayados para cuentas, donde no se lee
rótulo alguno. La nariz era gruesa en el arranque, resultando tan separados los ojos, que parecían estar reñidos
y mirar cada uno por su cuenta y riesgo, sin hacer caso
del otro. Su gran boca no se sabía dónde acababa. Las
orejas lo sabrían. Sus labios fruncidos parecía que se vio-
lentaban al desplegarse para hablar, cual si fuesen expre-
samente creados para la discreción.

Moralmente, era Pantoja el prototipo del integrismo
administrativo. Lo de *probo funcionario* iba tan adscrito
a su persona como el nombre de pila. Se le citaba de
tenazón y por muletilla, y decir *Pantoja* era como evocar
la propia imagen de la moralidad. Hombre de pocas necesidades, vivía oscuramente y sin ambición, contentán-
dose con su ascenso cada seis o siete años, ni ávido de
ventajas, ni temeroso de cesantía, pues era de los pocos
a quienes, por su conocimiento práctico, cominero y mi-
nucioso de los asuntos oficinescos, no se les limpia nunca
el comedero. Había llegado a considerar su inmanencia
burocrática como tributo pagado a su honradez, y esta
idea se transformaba en sentimiento exaltado o supersti-
ción. Era un alma ingenuamente honrada, una conciencia
tan angosta, que se asustaba si oía hablar de millones
que no fuesen los de la Hacienda. Las cifras muy altas,
no siendo las del presupuesto del Estado, le producían
un estremecimiento convulsivo; y si en el Ministerio se
preparaba algún proyecto relacionado con fuertes empresas industriales o bancarias, se le subía a la boca, sin poderlo remediar, la palabra *chanchullo*. Nunca iba a la Tesorería Central sin experimentar sensación de espanto,
como en presencia de un abismo o sima pavorosa donde
anidan el peligro y la muerte; y cuando veía entrar en la
Dirección del Tesoro o en la Secretaría a los altos personajes de la Banca, temblaba por la riqueza del Erario, de

quien se creía perro de presa. Según Pantoja, no debía
ser verdaderamente rico nadie más que el Estado. Todos
los demás caudales eran producto del fraude y del cohe-
cho. Siempre había servido en Contribuciones, y durante
su larga y laboriosa carrera fue cultivando en su alma el
insano goce de perseguir al contribuyente moroso o maligno, placer que tiene algo del cruel entusiasmo de la
caza: para él era deleite inefable ver a la grande y a la
pequeña propiedad defenderse, pataleando, de la persecución del Fisco, y sucumbir siempre ante la superioridad
del cazador. En todos los conflictos entre la Hacienda y
el contribuyente, la Hacienda tenía siempre razón, según
el dictamen inflexible de Pantoja, y este criterio se mostraba en sus notas, que jamás reconocieron el derecho de
ningún particular contra el Estado. Para él la Propiedad,
la Industria, el Consumo mismo, eran organismos o ins-
trumentos de defraudación, algo de disolvente y revolu-
cionario, que tenía por objeto disputar sus inmortales derechos a la única entidad dueña y propietaria de todo: la
Nación. Pantoja no poseyó nunca más que su ropa y sus
muebles; era hijo de un portero de la Sala de *Mil y Qui-
nientas;* se había criado en un desván de los Consejos, sin
salir nunca de Madrid; no conocía más mundo que las
oficinas, y para él la vida era una sucesión no interrumpi-
da de menudos servicios al Estado, recibiendo de éste,
en recompensa, el garbanzo y la santa rosca de cada día.

22

¡Ah! ¡Cielos! ¿Qué sería del mundo sin cocido? ¿Y
qué de la mísera humanidad sin pagas? La paga era la
única forma de bienes terrestres en conformidad con los
principios morales, pues para todas las demás clases de
bienestar archivaba Pantoja en el fondo de su alma un
altivo desprecio. Difícilmente concedía que en la clase de
ricos hubiera alguno que fuese propiamente honrado, y a
las grandes empresas y a los audaces contratistas les miraba con religioso horror. Labrar en pocos años pingüe

fortuna, pasar de la pobreza a la opulencia... era imposible por medios lícitos. Para que tal cosa suceda, es indispensable *ensuciarse,* quitándole lo suyo a la víctima eterna, al propietario elemental, al Estado. Al millonario que había heredado su fortuna y no hacía más que gastarla, le perdonaba el buen Pantoja; pero aun así no le tenía en olor de santidad, diciendo que si él no robaba, lo habían hecho sus padres, y la responsabilidad, como el dinero, se transmitía de generación en generación.

Cuando veía entrar en el Ministerio y pasar al despacho del Ministro al representante de Rothschild o de otra opulenta casa española o extranjera, pensaba cuán útil sería ahorcar a todos aquellos señores que no iban allí sino a tramar algún enjuague. Estas ideas y otras semejantes las vertía Pantoja en el círculo del café adonde concurría, siendo objeto de punzantes burlas por su estrechez de miras; pero él no se daba a partido. ¿Hablábase de Hacienda? Pues en el acto tremolaba Pantoja su banderín con este sencillo y convincente lema: *Mucha administración y poca o ninguna política.* Guerra a los grandes negocios, guerra al agio y guerra también a los extranjeros, que no vienen aquí más que a explotarnos y a llevarse el *cumquibus,* dejándonos más pobres que las ratas. Tampoco ocultaba Pantoja sus simpatías por el rigor arancelario, pues el libre cambio es la protección a la industria de extranjis.

Al propio tiempo sostenía que los propietarios se quejan de vicio, que en ninguna parte se pagan menos contribuciones que en España, que el país es esencialmente defraudador, y la política el arte de cohonestar las defraudaciones y el turno pacífico o violento en el saqueo de la Hacienda. En suma, las ideas de Pantoja eran tres o cuatro, pero profundamente incrustadas en su *intellectus,* como si se las hubieran metido a mazo y escoplo. Su conversación en el círculo de amigos languidecía, porque nunca hablaba mal de sus jefes, ni censuraba los planes del Ministro; no se metía en honduras, ni revelaba ningún secreto de entre bastidores. En el fondo de su cerebro dormía cierto comunismo de que él no se daba cuen-

ta. De este tipo de funcionario, que la política vertigino
sa de los últimos tiempos se ha encargado de extinguir,
quedan aún, aunque escasos, algunos ejemplares.

En su trabajo era Pantoja puntualísimo, celoso, inco-
rruptible y enemigo implacable de lo que él llamaba *el
particular*. Jamás emitió dictamen contrario a la Hacienda; la Hacienda le pagaba, era su ama, y no estaba él allí
para servir a los enemigos *de la casa*. En cuanto a los
asuntos oscuros, de una antigüedad telarañosa y de resolución difícil, su sistema era que no debían resolverse
nunca; y cuando llegaba forzosamente el último trámite
impuesto por las leyes, buscaba en la ley misma la triqui-
ñuela necesaria para enredarlos de nuevo. Escribir la última palabra de uno de estos pleitos equivalía a una fra-
gilidad de la Administración, a declararse vencida y casi
deshonrada. En cuanto a su probidad, no hay que decir
sino que recibía a cajas destempladas a los agentes que
iban a ofrecerle recompensa por despachar bien y pronto tal o cual negocio. Conocíanle ya, y no se atrevían
con aquel puerco-espín, que erizaba sus púas todas al
sentir la aproximación del *particular,* o sea, del contribuyente.

En su vida privada era Pantoja el modelo de los modelos. No había casa más metódica que la suya, ni hormiga comparable a su mujer. Eran el reverso de la medalla
de los Villaamil, que se gastaban la paga entera en los
tiempos bonancibles, y luego quedaban pereciendo. La
señora de Pantoja no tenía, como doña Pura, aquel rui-
noso prurito de suponer, aquellos humos de persona superior a sus medios y posición social. La señora de Pantoja había sido criada de servir (creo que de D. Claudio
Antón de Luzuriaga, al cual debió Pantoja su credencial
primera) y lo humilde de su origen la inclinaba a la oscuridad y al vivir modesto y esquivo. Nunca gastaron más
que los dos tercios de la paga, y sus hijos iban adoctrina-
dos en el amor de Dios y en el supersticioso miedo al
fausto y pompas mundanales. A pesar de la amistad ínti-
ma que entre Villaamil y Pantoja reinaba, nunca se atrevió el primero a recurrir al segundo en sus frecuentes

ahogos; le conocía como si le hubiese parido; sabía perfectamente que el *honrado* ni pedía ni daba, que la pos-
tulación y la munificencia eran igualmente incompatibles
con su carácter, arcas cuyas puertas jamás se abrían ni
para dentro ni para fuera.

Sentados los dos, el uno ante un pupitre, el otro en la
silla más próxima. Pantoja se ladeó el gorro, que resbala-
ba sobre su cabeza lustrosa al menor impulso de la mano,
y dijo a su amigo:

—Me alegro que hayas venido hoy. Ha llegado el expediente contra tu yerno. No le he podido echar un vistazo. Parece que no es nada limpio. Dejó de incluir dos o
tres pueblos en la nota de apremios, y en los repartos del
último semestre hay sapos y culebras.

—Ventura, mi yerno es un pillo; demasiado lo sabes.
Habrá hecho cualquier barrabasada.

—Y me enteró ayer el Director de que anda por ahí
dándose la gran vida, convidando a los amigachos y gas-
tando un lujo estrepitoso, con un surtidito de sombreros
y corbatas que es un asco, y hecho un figurín el muy
puerco. Dime una cosa: ¿vive contigo?

—Sí —respondió secamente Villaamil, que sentía la ola
de la vergüenza en las mejillas, al considerar que también su ropa, por flaqueza de Pura, procedía de los dineros de Cadalso—. Pero estoy deseando que se largue de
mi casa. De su mano, ni la hostia.

—Porque... verás, me alegro de tener esta ocasión de
decírtelo: eso te perjudica, y basta que sea yerno tuyo y
que viva bajo tu techo, para que algunos crean que vas a
la parte con él.

—¡Yo... con él! (Horrorizado.) Ventura, no me digas
tal cosa...

—No; si yo no soy quien lo dice, ni me pasa por el
magín. Pero la gente de esta casa... Ya ves, ¡hay tanto
pillo! Y cuando tocan a pensar mal, los más pillos son los
que descueran al inocente.

—Pues aunque Víctor es mi yerno, tan ajeno soy a sus
trapacerías, que si en mi mano estuviera el impedirle ir a
presidio, no lo impediría... Figúrate.

—¡Ah! No irá, no irá; no te dé cuidado. No irá por lo mismo que lo merece. Tiene pararrayos y paracaídas. Se están poniendo los tiempos tan corruptos, que estos granujas como tu yerno son los que cobran el barato. Verás cómo le echan tierra al expediente, aprueban su conducta y le dan el jeringado ascenso. Por cierto, que es de lo más atrevido que conozco. Ayer estuvo aquí; luego bajó a ver al Subsecretario, y como tiene aquella labia y aquel buen ver, el Subsecretario... (me lo ha dicho quien estaba presente) le recibió con palmas, y allí estuvieron los dos de cháchara más de media hora.

—¿Y el señor Ministro le ha visto? (Con grandísimo desconsuelo.)

—No te lo puedo decir; pero me consta que ha venido a recomendárselo un diputado de la provincia en que servía la alhajita de tu yerno. Es de estos que mientras más le dan más quieren. No sale de aquí nunca el tal sin apandar dos o tres credenciales gordas, pero gordas, y eso que es disidente; pero por lo mismo, por la disidencia, le atienden más.

—¿Crees tú que le darán el ascenso a Víctor? (Con ansiedad profunda.)

—Yo no puedo asegurarte nada.

—Y de lo mío, ¿qué sabes? (Con ansiedad mayor aún.)

—El Jefe del Personal no suelta prenda. Cuando le hablo de ti, me echa un *veremos,* y un *yo haré lo que pueda,* que es tanto como no decir nada. ¡Ah! entre paréntesis: ayer, después de hablar con el Subsecretario, se coló Víctor en el Personal. Vino a contármelo el hermano de Espinosa. El Jefe le enseñó las vacantes de provincias, y tu yernito dejó decir con arrogancia que a provincias no iba ni atado.

—Amigo Ventura —indicó Villaamil con dolorosa consternación—, acuérdate de lo que te anuncio. Tú lo has de ver, y si lo dudas, apostemos algo... ¿A que ascienden a Víctor y a mí no me colocan? Otra cosa sería justicia y razón, y la razón y la justicia andan ahora de paseo por las nubes.

Pantoja volvió a ladear el gorro. Era una manera especial suya de rascarse la cabeza. Dando un gran suspiro,
que salió muy oprimido de la boca, porque ésta no se
abría sino con cierta solemnidad, trató de consolar a su
amigo en la forma siguiente:

—No sabemos si podrán arreglar lo del expediente de
Víctor, a pesar de las ganas que parece tienen de ello sus
protectores. Y por lo que hace a ti, yo que tú, sin dejar de machacar en el Director, el Subsecretario y el Ministro, me buscaría un buen faldón entre la gente que
manda.

—Pero si me cojo y tiro, y... como si no.

—Pues sigue tirando, hombre, hasta que te quedes con
el faldón en la mano. Arrímate a los pájaros gordos,
sean o no ministeriales; dirígete a Sagasta, a Cánovas, a
don Venancio, a Castelar, a los Silvelas; no repares si
son blancos, negros o amarillos, pues al paso que vas, tal
como se han puesto las cosas, no conseguirás nada. Ni
Pez ni Cucúrbitas te servirán: están abrumados de compromisos, y no colocan más que a su pandilla, a sus paniaguados, a sus ayudas de cámara, y hasta a los barbe-
ros que les afeitan. Esa gente que sirvió a la Gloriosa
primero y después a la Restauración, está con el agua al
cuello, porque tiene que atender a los de ahora, sin de-
samparar a los de antes, que andan ladrando de hambre.
Pez ha metido aquí a alguien que estuvo en la facción y a
otros que retozaron con la cantonal. ¿Cómo puede olvidar Pez que los del gorro colorado le sostuvieron en la
Dirección de Rentas, y que los amadeístas casi casi le
hacen Ministro, y que los moderados del tiempo de Sor
Patrocinio le dieron la gran cruz?

Villaamil oía estos sabios consejos, los ojos bajos, la
expresión lúgubre, y sin desconocer cuán razonables
eran. Mientras que los dos amigos departían de este
modo, totalmente abstraídos de lo que en la oficina pasaba, el maldito cojo Salvador Guillén trazaba en una
cuartilla de papel, con humorísticos rasgos de pluma, la
caricatura de Villaamil, y una vez terminada, y habiendo
visto que era buena, puso por debajo: *El señor de Miau,*

meditando sus planes de Hacienda. Pasaba el papel a sus
compañeros para que se riesen, y el monigote iba de pupitre en pupitre, consolando de su aburrimiento a los
infelices condenados a la esclavitud perpetua de las oficinas.

Cuando Pantoja y Villaamil hablaban de generalidades
tocantes al ramo, no sonaban con armonioso acuerdo sus
dos voces. Es que discrepaban atrozmente en ideas, porque el criterio del honrado era estrecho y exclusivo,
mientras Villaamil tenía concepciones amplias, un plan
sistemático, resultado de sus estudios y experiencia. Lo
que sacaba de quicio a Pantoja era que su amigo preconi-
zara el *income tax,* haciendo tabla rasa de la Territorial,
la Industrial y Consumos. El impuesto sobre la renta, basado en la declaración, teniendo por auxiliares el amor
propio y la buena fe, resultaba un disparate aquí donde
casi es preciso poner al contribuyente delante de una
horca para que pague. La simplificación, en general, era
contraria al espíritu del *probo funcionario,* que gustaba
de mucho personal, mucho lío y muchísimo mete y saca
de papeles. Y por último, algo había de recelo personal
en Pantoja, pues aquella manía de suprimir las contribuciones era como si quisiesen suprimirle a él. Sobre esto
discutían acaloradamente hasta que a los dos se les agotaba la saliva. Y cuando Pantoja tenía que salir porque le
llamaba el Director, y se quedaba Villaamil solo con los
subalternos, éstos se distraían y solazaban un rato a
cuenta de él, distinguiéndose el cojo Guillén por su intención maligna.

—Dígame, don Ramón, ¿por qué no publica usted su
plan para que lo conozca el país?

—Déjame a mí de publicar planes (paseándose agita-
damente por la oficina). ¡Sí; buen caso me haría ese
puerco de país! El Ministro los ha leído y les ha dado un
vistazo el Director de Contribuciones. Como si no... Y
no es la dificultad de enterarse pronto, porque en las
Memorias que he escrito he atendido: primero, a la sencillez; segunda, a la claridad; tercero, a la brevedad.

—Yo creí que eran muy largas, pero muy largas —dijo Espinosa con gravedad—. Como abrazan tantos puntos...

—¿Quién le ha dicho a usted semejante cosa? (Enfadándose.) Si cada una no abraza más que un punto, y son cuatro. Y basta y sobra. ¡Ojalá no me hubiera ocupado de escribirlas! Bienaventurados los brutos...

—Porque de ellos es la nómina de los cielos... Bien dicho, señor don Ramón —observó Argüelles, mirando con ojeriza a Guillén, a quien detestaba—. A mí también se me ocurrió un plan; pero no quise darlo a luz. Más cuenta me tenía componer el solo de trompa.

—Eso, toque usted la trompa, y déjese de arreglar la Hacienda, que al paso que va, pronto, ni los rabos. Mire usted, amigo Argüelles (parándose ante la mesa del caballero de Felipe IV, la capa terciada, la mano derecha muy expresiva). Yo he consagrado a esto mi experiencia de tantos años. Podré acertar o no; pero que aquí hay algo, que aquí hay una idea, no puede dudarse. (Todos le oían con gran atención.) Mi trabajo consta de cuatro Memorias o tratados, que llevan su título para más fácil inteligencia. Primer punto: *Moralidad*.

—Muy bien. Rompe plaza la moralidad, que es lo primero.

—Es el fundamento del orden administrativo. Moralidad arriba, moralidad abajo, a izquierda y a derecha. Segundo punto: *Income tax*.

—Que es la madre del cordero.

—Fuera Territorial, Subsidio y Consumos. Lo sustituyo con el impuesto sobre la renta, con su recarguito municipal, todo muy sencillo, muy práctico, muy claro; y expongo mis ideas sobre el método de cobranza, apremios, investigación, multas, etc... Tercer punto: *Aduanas*. Porque, fíjense ustedes, las Aduanas no son sólo un arbitrio, son un método de protección al trabajo nacional. Establezco un arancel bien remontado, para que prosperen las fábricas y nos vistamos todos con telas españolas.

—*Superior de Holanda*... Don Ramón, Bravo Murillo era un niño de teta... Siga usted...

—Cuarto punto: *Unificación de la Deuda*. Recojo todo
el papel que anda por ahí con diferentes nombres: *Tres*
consolidado, Diferido, Bonos, Banco y Tesoro, Billetes
hipotecarios, y lo canjeo por un 4 por 100, emitido al
tipo que convenga... Se acabaron los quebraderos de cabeza...

—Sabe usted más, don Ramón, que el muy marrano
que inventó la Hacienda.

(Coro de plácemes. El único que callaba era Argüelles,
que no gustaba de reírle mucho las gracias a Guillén.)

—No es que sepa mucho (con modestia), es que miro
las cosas *de la casa* como mías propias, y quisiera ver a
este país entrar de lleno por la senda del orden. Esto no
es ciencia, es buen deseo, aplicación, trabajo. Ahora
bien: ¿ustedes me hicieron caso? Pues ellos tampoco.
Allá se las hayan. Llegará día en que los españoles tengan que andar descalzos y los más ricos pedir para ayuda
de un panecillo... digo, no pedirán limosna, porque no
habrá quien la dé. A eso vamos. Yo les pregunto a ustedes: ¿tendrán algo de particular que me restituyesen a mi
plaza de Jefe de Administración? Nada, ¿verdad? Pues
ustedes verán todo lo que quieran, pero eso no lo han de
ver. Vaya, con Dios.

Salía encorvado, como si no pudiera soportar el peso
de la cabeza. Todos le tenían lástima; pero el despiadado
Guillén siempre inventaba algún sambenito que colgarle
a la espalda después que se iba.

—Aquí he copiado los cuatro puntos conforme los decía: señores, oro molido. Vengan acá. ¡Qué risa, Dios!
Vean, vean los cuatro títulos, escritos uno bajo el otro:

Moralidad.
Income tax.
Aduanas.
Unificación de la Deuda.

Juntadas las cuatro iniciales, resulta la palabra *MIAU*.
Una explosión de carcajadas retumbó en la oficina, poniéndola tan alegre como si fuera un teatro.

23

Desconcertada para muchos días quedó Abelarda después del largo diálogo aquel con Víctor; pero ponía la
infeliz tal arte en evitar que su madre y su tía compren-
dieran el estado de su ánimo, que lo lograba al fin. Desde el día posterior a las incomprensibles declaraciones de
Víctor, notó a este taciturno. Evitaba encontrarse solo
con su cuñada; apenas la miraba, y ni por incidencia le
dirigía palabra alguna. Creyérase que un delicado asunto
personal le traía caviloso. Transcurrido poco tiempo, observó Abelarda que estaba de mejor temple y que le
echaba miradas amorosas y lánguidas, a las que ella, sin
poderlo remediar, respondía con otras inflamadas aunque
rapidísimas. Delante de la familia le hablaba Víctor; pero
a solas ni jota. Estaban, pues, como los que se aman y
no se atreven a decírselo; mas ella esperaba ese estallido
impensado y súbito de la ocasión que no falta nunca,
como si las leyes del tiempo y del espacio tuvieran marcado el necesario instante en que se junten las órbitas de los
seres compelidos a ello por la voluntad. En aquella temporada le dio a la insignificante por ir a la iglesia bastante a menudo. Las prácticas religiosas de los Villaamil se
concretaban a la misa dominguera en las Comendadoras,
y esto no con rigurosa puntualidad. Don Ramón faltaba
rara vez; pero doña Pura y su hermana, por aquello de
no estar vestidas, por quehaceres o por otra causa, que-
brantaban algunos domingos el precepto. Abelarda se
sentía ansiosa de corroborar su espíritu en la religión y
meditar en la iglesia; se consolaba mirando los altares, el
sagrario donde el propio Dios está guardado, oyendo de-
votamente la misa, contemplando los santos y vírgenes
con sus ahuecadas vestiduras. Estos inocentes consuelos
le sugirieron pronto la idea de otro más dulce y eficaz, el
confesarse; porque sentía la necesidad imperiosa y punzante de confiar a alguien un secreto que no le cabía en
el corazón. Temía que si no lo confiaba, *se le escaparía* a
lo mejor con espontaneidad indiscreta delante de sus padres, y esto le aterraba, porque sus padres se habrían de

enfadar cuando tal supieran. ¿A quién confiarlo? ¿A Luis? Era muy niño. Hasta se le pasaba por las mientes el disparate increíble de revelar su secreto al buenazo de Ponce. Por último, el mismo sentimiento religioso que se amparaba en su alma le inspiró la solución, y a la mañana siguiente de pensarla acercóse al confesonario y le contó al cura lo que le pasaba, añadiendo pormenores que al sacerdote no le importaba saber. Después de la confesión se quedó la insignificante muy aliviada y con el espíritu bien dispuesto para lo que pudiera sobrevenir.

Como era tiempo de Cuaresma, había ejercicios todas las tardes en las Comendadoras y los viernes en Monserrat y en las Salesas Nuevas. Algo chocaba a la familia la asiduidad con que Abelarda iba a la iglesia, y a doña Pura no se le pudrió en el cuerpo esta observación impertinente: «¡Vaya, hija, a buenas horas, mangas verdes!»

La circunstancia de que Ponce estaba complacidísimo y un si es no es entusiasmado con las devociones de su novia, por ser él uno de los chicos más católicos de la generación presente (aunque más de pico que de obras, como suele suceder), acalló las susceptibilidades de doña Pura. El ínclito joven acompañaba a su novia algunas tardes a la iglesia, a pesar de las reiteradas instancias de ella para que la dejara sola. Comúnmente la esperaba al salir, y juntos iban hasta la casa, hablando del predicador, como la noche antes, en la tertulia, hablaban de los cantantes del Real. Si Abelarda iba temprano a la iglesia, la acompañaba Luis, que a poco de probar estas excursiones tomó grandísima afición a ellas. El buen Cadalsito pasaba un rato con devoción y compostura; pero luego se cansaba y se ponía a dar vueltas por la iglesia, mirando los estandartes de la Orden de Santiago que hay en las Comendadoras, acercándose a la reja grande para atisbar a las monjas, inspeccionando los altares recargados de ex-votos de cera. En Montserrat, iglesia perteneciente al antiguo convento que es hoy Cárcel de Mujeres, no se encontraba Luis tan a gusto como en las Comendadoras, que es uno de los templos más despejados y más bonitos de Madrid. A Montserrat encontrábalo frío y desnudo;

los santos estaban mal trajeados; el culto le parecía pobre, y, además de esto, había en la capilla de la derecha, conforme entramos, un Cristo grande, moreno, lleno de manchurrones de sangre, con enaguas y una melena natural tan larga como el pelo de una mujer, la cual efigie le causaba tanto miedo, que nunca se atrevía a mirarla sino a distancia, y ni que le dieran lo que le dieran entraba en su capilla.

Sucedió más de una vez que Cadalsito, en su inquieta vagancia dentro de la iglesia, se sentaba en algún banco solitario, sintiéndose acometido del mal precursor de la extraña visión. Más de una vez se dijo que en tal sitio, a poco que se adormilase, había de ver al *Señor de la barba blanca,* por ser aquélla una de sus casas. Pero cerraba los ojos, haciendo como una mental evocación de la extraordinaria visita, y ésta no se presentaba. En alguna ocasión, no obstante, creyó ver al augusto anciano saliendo por una puerta de la sacristía y perdiéndose en el altar, como si se introdujera por invisible hueco. También le pareció que el mismo Señor salía revestido de la sacerdotal túnica y casulla bordada, a decir misa, a *decirse a sí mismo la misa,* cosa que a Cadalsito le pareció por demás extraña. Pero no estaba muy seguro de que esto fuera así, y bien podía ser que se engañase; al menos, grandes dudas tenía sobre el particular. Una tarde, oyendo en Montserrat el rosario que rezaba el cura, al cual contestaban en la iglesia unas dos docenas de mujeres y en el coro las presas, que debían ser más de ciento por el murmullo intensísimo que sus voces hacían, Luisito se sintió con los síntomas de somnolencia. En la iglesia había muy poca luz, y todo en ella era misterio, sombras que la cadencia tétrica del rezo hacía más cerradas y tenebrosas. Desde donde Cadalsito estaba, veía un brazo del Cristo aquel, y la lamparilla que junto al brazo colgaba del techo. Le entró tal pánico, que se habría marchado a la calle si hubiera podido; pero no se pudo levantar. Hizo propósito de vencer el sopor, y se pellizcó los brazos diciendo: «¡Ay! ¡Contro! Si me duermo y se me pone al lado el Cristo de las melenas, del miedo me caigo muerto.» Y el miedo y los esfuerzos por despabilarse vencían al fin su insano sopor.

En cambio de estos malos ratos, Montserrat se los proporcionaba buenos, cuando se aparecía por allí su amigo y condiscípulo Silvestre Murillo, hijo del sacristán. Silvestre inició a Luis en algunos misterios eclesiásticos, explicándole mil cosas que éste no comprendía; por ejemplo: qué era la Reserva del Santísimo, qué diferencia hay entre el Evangelio y la Epístola, por qué tiene San Roque un perro y San Pedro llaves, metiéndose en unas erudiciones litúrgicas que tenían que oír. «La hostia, verbigracia, lleva dentro a Dios, y por eso los curas, antes de cogerla, se lavan las manos para no ensuciarla; y *dominus vobisco* es lo mismo que decir: *cuidado, que seáis buenos.»* Metidos los dos en la sacristía, Silvestre le enseñaba las vestiduras, las hostias sin consagrar, que Cadalso miraba con respeto supersticioso, las piezas del monumento que pronto se armaría, el palio y la manga-cruz, revelando en el desenfado con que lo enseñaba y en sus explicaciones un cierto escepticismo del cual no participaba el otro. Pero no pudo Murillito hacerle entrar en la capilla del Cristo de las melenas, ni aun asegurándole que él las había tenido en la mano cuando su madre se las peinaba, y que aquel Señor era muy bueno y hacía la mar de milagros.

Como la mente de los chicos se impresiona con todo, y a esta impresión se amolda con energía y prontitud su naciente voluntad, aquellas visitas a la iglesia despertaron en Cadalsito el deseo y propósito de ser cura, y así lo manifestaba a sus abuelos una y otra vez. Todos se reían de esta precoz vocación, y al mismo Víctor le hizo mucha gracia. Sí, Luisito aseguraba que o no sería nada o cantaría misa, pues le entusiasmaban todas las funciones sacerdotales, incluso el predicar, incluso el meterse en el confesonario para *oír los pecados de las mujeres*. Díjolo con ingenuidad tan graciosa, que todos se partieron de risa, y de ello tomó pie Víctor para romper a hablar a solas con la insignificante por primera vez después de la conferencia de marras. No estaba presente ninguna persona mayor, y el único que podía oír era Luis, y estaba engolfado en su álbum filatélico.

—Yo no diré, como mi hijo, que quiero ordenarme; ¡pero ello es que de algún tiempo a esta parte siento en mí una necesidad tan viva de creer!... Este sentimiento, júzgalo como quieras, me viene de ti, Abelarda (aquí una mirada amplia, sostenida, tiernísima), de ti, y de la influencia que tu alma tiene sobre la mía.

—Pues cree, ¿quién te lo impide? —repuso la joven, que se sentía aquella tarde con facilidades para hablar, y esperaba mayor claridad en él.

—Me lo impiden las rutinas de mi pensamiento, las falsas ideas adquiridas en el trato social, que forman una broza difícil de extirpar. Me convendría un maestro angélico, un ser que me amase y que se interesara por mi salvación. ¿Pero dónde está ese ángel? Si existe, no es para mí. Soy muy desgraciado. Veo el bien muy próximo, y no me puedo acercar a él. Dichosa tú si no comprendes esto.

Encontrábase la señorita de Villaamil con fuerzas para tratar aquel asunto, porque la religión se las diera hasta para confesar su secreto a quien no debía oírlo de sus labios.

—Yo quise creer, y creí —dijo—. Yo busqué un alivio en Dios, y lo encontré. ¿Quieres que te cuente cómo?

Víctor, que, sentado junto a la mesa, se oprimía la cabeza entre las manos, levantóse de pronto, diciendo con el tono y gesto de un consumado histrión:

—No hables: me atormentarías sin consolarme. Soy un réprobo, un condenado...

Estas frases de relumbrón, espigadas sin criterio en diferentes libros, las traía muy preparaditas para espetarlas en la primera ocasión. Apenas dichas, acordóse de que había quedado en juntarse en el café con varios amigos, y buscó la fórmula para cortar la hebra que su cuñada había empezado a tender entre boca y boca.

—Abelarda, necesito alejarme, porque si estoy aquí un minuto más... yo me conozco: te diré lo que no debo decirte... al menos todavía... Dame tu permiso para retirarme. Voy a dar vueltas por las calles, sin dirección fija, errante, calenturiento, pensando en lo que no puede ser para mí... al menos todavía...

Dio un suspiro, y hasta otra... Dejó a la insignificante confusa y con un palmo de morros, procurando desentrañar el significado de aquel *al menos todavía*, frase de risueños horizontes.

Por la noche, antes de comer, Víctor entró muy gozoso y dio un abrazo a su suegro, al cual no le hicieron gracia tales confianzas, y estuvo por decirle: «¿En qué pícaro bodegón hemos comido juntos?» No tardó el otro en explicar los móviles de su enhorabuena. Había estado en el Ministerio aquella tarde, y el Jefe del Personal le dijo que Villaamil iba en la primera hornada.

—¡Otra vez el mismo cuento! —exclamó don Ramón furioso—. ¿De cuándo acá es permitido que te burles de mí?

—No es burla, hombre —manifestó doña Pura, alentada por dulces esperanzas—. Cuando él te lo dice es porque lo sabe.

—Créalo usted o no lo crea, es verdad.

—Pues yo lo niego, yo lo niego —declaró Villaamil, rayando el aire con el dedo índice de la mano derecha—. Y de mí no se ríe nadie, ¿estamos? ¿Cuándo y por dónde te has ocupado tú de mí en el Ministerio? Tú vas allá por tus asuntos propios, por trabajar tu ascenso, que te darán... ¡Ah! Yo estoy cierto de que te lo dan... Bueno fuera que no.

—Pues yo le digo a usted (con gran energía) que podré haber ido otras veces con ese objeto; pero hoy por hoy fui, y por cierto en compañía de dos diputados de muchísima influencia, exclusivamente a interceder por usted, a hablarle gordo al Jefe del Personal, después de teclear al Ministro. Si no se lo digo a usted porque me lo agradezca; si esto no tiene mérito ninguno... Y tan cierto como es luz ésa que nos alumbra (con solemne acento), lo es que yo dije a los amigos que me apoyan: «Señores, antes que mi ascenso, pídase la colocación de mi suegro.» Re-

pito que no lo digo para que me lo agradezca nadie.
Vaya un puñado de anís...

Doña Pura estaba radiante, y Villaamil, desconcertado
en su pesimismo, parecía un combatiente a quien le des-
truyen de improviso las defensas que le amparan, dejándole inerme y desnudo ante las balas enemigas. Esforzá-
base en recobrar su aplomo pesimista... «Historias...
Bueno, y aunque fuese verdad que Juan, Pedro y Diego
me recomendaran, ¿de eso se sigue que me coloquen?
Déjame en paz, y pide para ti, pues sin abrir la boca te
lo han de dar, mientras que yo, aunque vuelva loco al
género humano, nada alcanzaré.»

Abelarda, aunque no desplegó los labios, sentía su pecho inundado de gratitud hacia Víctor y se congratulaba
de amarle, declarándole que ninguna duda podía existir
en la bondad de sus sentimientos. Imposible que aquel
acento noble y hermoso no fuera el acento de la verdad.
Mientras comían, se discutió lo mismo: Villaamil opinan-
do tercamente que jamás habría piedad para él en las
esferas ministeriales, y la familia entera sosteniendo con
denuedo lo contrario. Entonces soltó Luisito aquella frase que fue célebre en la familia durante una semana y se
comentó y repitió hasta la saciedad, celebrándola como
gracia inapreciable, o como uno de esos rasgos de sabiduría que de la mente divina pueden descender a la de
los seres cuyo estado de gracia les comunica directamente
con aquélla. Lo dijo Cadalsito con ingenuidad encantado-
ra y cierto aplomo petulante que aumentaba el hechizo
de sus palabras.

—Pero abuelito, parece que eres tonto. ¿Por qué estás
pidiendo y pidiendo a esos tíos de los Ministerios, que son
unos cualesquiera y no te hacen caso? Pídeselo a Dios, ve
a la iglesia, reza mucho, y verás cómo Dios te da el
destino.

Todos se echaron a reír; pero en el ánimo de Villaamil
hizo efecto muy distinto la salida del inspirado niño. Por
poco se le saltan al buen viejo las lágrimas, y dando un
golpe en la mesa con el cabo del tenedor, decía: «Ese

demonches de chiquillo sabe más que todos nosotros y que el mundo entero.»

24

Marchóse Víctor, apenas tomado el postre, que era, por más señas, miel de la Alcarria, y de sobremesa, doña Pura echó en cara a su marido la incredulidad y desabrimiento con que éste había oído lo expresado por el yerno.

—¿Por qué no ha de ser cierto que se interesa por ti? No debemos ponernos siempre en la mala. Es más: Víctor, si no lo ha hecho, estaba en la obligación de hacerlo.

—Pues claro... —observó Abelarda, dispuesta a hacer panegírico ardiente de su cuñado, a quien no entendía en la cuestión de amores, pero cuya cacareada maldad estimaba calumniosa.

—¿Pero vosotras —dijo Villaamil sulfurándose— sois tan cándidas que creéis lo que dice ese embustero trapalón?... Apuesto lo que queráis a que, en vez de recomendarme, lo que ha hecho es llevarle al Jefe del Personal algún cuento para que se le quiten las pocas ganas que tiene de servirme...

— ¡Jesús, Ramón!

—¡Papá, por Dios!..., también usted tiene unas cosas...

—Parece mentira que en tantos años no hayáis aprendido a conocer a ese hombre (exaltándose), el más malo y más traicionero que hay bajo la capa del sol. Para hacerle más temible, Dios, que ha hecho tan hermosos a algunos animales dañinos, le dio a éste el mirar dulce, el sonreír tierno y aquella parla con que engaña a los que no le conocen, para atontarles, fascinarles y comérseles después... Es el monstruo más...

Detúvose Villaamil al reparar que estaba presente Luisito, quien no debía oír semejante apología. Al fin era su padre. Y por cierto que el pobre niño clavaba en el abuelo sus ojos con expresión de terror. Abelarda, como si le arrancaran el corazón a tenazazos, sentía impulsos de echarse a llorar, seguidos de un brutal anhelo de contradecir a su padre, de taparle la boca, de disparar algún denuesto contra su cabeza venerable. Levantóse y se fue a su cuarto, aparentando que entraba a buscar algo, y desde allí oyó aún el murmullo de la conversación... Doña Pura denegaba tímidamente lo dicho por su esposo, y éste, después que se retiró Luisito, llamado por Milagros para lavarle en la cocina boca y manos, reiteró su bárbaro, implacable y sangriento anatema contra Víctor, añadiendo que con él no iba ni a recoger monedas de cinco duros. Era tan hondo el acento del buen Villaamil y tan lleno de sinceridad y convicción, que Abelarda creyó volverse loca en aquel mismo instante, soñando como único alivio a su desatada pena salir de la casa, correr hacia el Viaducto de la calle de Segovia y tirarse por él. Figurábase en el momento breve de desplomarse al abismo, con las enaguas sobre la cabeza, la frente disparada hacia los adoquines. ¡Qué gusto! Después la sensación de convertirse en tortilla, y nada más. Se acabaron todas las fatigas.

A poco de esto, empezó a llegar la escogida sociedad que frecuentaba en determinadas noches aquella elegante mansión. Milagros, terminada su faena en la cocina, preparó la luz de petróleo para iluminar la sala. Se arregló, dejando en la cocina a la vieja que iba a fregar, pues la *pudorosa Ofelia,* si se adaptaba con gusto a todos los ramos de la culinaria, no entraba con aquel rudo trajín del fregado, y a poco penetró en *sus salones* tan bien apañadita que daba gusto verla. Abelarda tardó más en presentarse, y apareció al fin con tan fuerte mano de polvos en la cara, que parecía una molinera. Y aún no bastaba tanto afeite, a disimular el tono cadavérico de su faz ni el cerco violado de sus ojos. Virginia Pantoja, su madre y otras señoras la observaron y callaban, guardando sus comentarios para postdata de la tertulia. Ninguna de las amigas dejó de decir para sí: «¡Ajadilla está!» Fue también aquella noche Salvador Guillén, el cual presentó a su compañero de oficina, el elegante Espinosa. Villaamil, desde que empezaba a entrar gente, se iba a la calle,

renegando de la tal tertulia, y se pasaba en el café un par
de horitas oyendo hablar de crisis o probando, como dos
y tres son cinco, que debía haberla. Solía Pantoja acom-
pañarle, volviendo después con él para recoger a la familia, y por el camino seguían glosando el tema eterno, sin
agotarlo nunca ni encontrar jamás la última variación.
Conocedor sagaz de la vida burocrática y de las misteriosas energías psicológicas que determinan la elevación y
caída de funcionarios, Pantoja trazaba a su amigo un
nuevo plan de campaña. Primero, sin perjuicio de buscarse entre la gente política de influencia algún padrinazgo de empuje, convenía no dejar vivir al Ministro ni al
Jefe del Personal; convertirse en su sombra, espiarles las
entradas y salidas, acometerles cuando más descuidados
estuvieran, ponerles en el terrible dilema de *la credencial
o la vida,* imponerse por el terror. De esta manera se
sacaba siempre tajada, pues al fin, Ministros, Subsecreta-
rios y Jefes del Personal eran hombres, y para poder respirar y vivir daban al moscón lo que pedía, por quitárselo
de encima de su alma y perderle de vista. Reconociendo
el profundo sentido humano y político de estos consejos,
Villaamil deploraba sinceramente haber llegado al extremo de ser él lo que tantas veces había censurado en
otros; acosador importuno y pordiosero inaguantable.

Víctor no solía concurrir a las tertulias; pero aquella
noche entró más temprano que de costumbre y pasó a la
sala, produciendo la admiración de Virginia Pantoja y de
las chicas de Cuevas. ¡Era tan superior por todos conceptos a los tipos que allí se veían! Guillén le tenía ojeriza, y
como Víctor le pagaba en la misma moneda, se tirotea-
ron con frases de doble sentido, haciendo reír a la concurrencia.

Al día siguiente, antes de almorzar, hallándose en el
comedor Víctor, su suegra, Abelarda y Luisito, que acababa de llegar de la escuela, dijo Cadalso a doña Pura:

—¿Pero cómo reciben ustedes en su casa a ese cojo
inmundo? ¿No comprenden que viene por divertirse observando y contar luego en la oficina lo que ve?

—¿Pero acaso tenemos monos pintados en la cara —dijo Pura con desenfado—, para que ese cojitranco venga aquí nada más que a reírse?

—Es un sapo venenoso que en cuanto ve algo que no es sucio como él, se irrita y suelta toda la baba. Cuando papá va a la oficina de Pantoja, ¿en qué creen ustedes que se ocupa Guillén? En hacerle la caricatura. Tiene ya una colección que anda de mano en mano entre aquellos gandules. Ayer, sin ir más lejos, vi una con un letrero al pie que dice: *El señor de Miau, meditando su plan de Hacienda.* Había ido corriendo de oficina en oficina, hasta que Urbanito Cucúrbitas la llevó al Personal, donde el majadero de Espinosa, hermano de ese cursilón que estuvo aquí anoche, la pegó en la pared con cuatro obleas para que sirviera de chacota a todo el que entraba. Cuando vi aquello me sulfuré, y por poco se arma allí la de San Quintín.

Doña Pura se indignó tanto, que el coraje le cortaba la respiración y la palabra.

—Pues yo le diré a ese galápago que no vuelva a poner los pies en mi casa... ¿Y cómo dices que llaman a mi marido? ¿Habrá desvergüenza?...

—Es que le quieren aplicar el mote que le pusieron a la familia en el Real —dijo Víctor dulcificando su crueldad con una sonrisa—. Mote que no tiene maldita gracia.

—¡A nosotras, a nosotras! —exclamaron a un tiempo, rojas de ira, las dos hermanas.

—Tomémoslo a risa, pues no merece otra cosa. Es público y notorio que cuando toman ustedes posesión de su sitio en el Paraíso, todo el mundo dice: «Ya están ahí las *Miaus...*» ¡Qué tontería!

—¡Y el muy mamarracho se ríe de la gracia! —exclamó doña Pura cogiendo lo primero que encontró a mano, que fue un pan, y apuntando con él a la cabeza de su yerno.

—No, no la emprenda usted conmigo, señora, que no soy yo autor del apodo... Pues si yo las acompañara a ustedes alguna vez y un cursi de aquéllos se atreviera a

mayar delante de mí, de la primera bofetada todas sus
muelas salían a tomar el aire.

—No estás tú mal fantasmón (devorando su ira). Pico,
y nada más que pico. ¡Si no tuviéramos nosotras más defensa que tú! ...

La ira de las dos hermanas era nada en comparación
de la que agitaba el ánimo de Luisito Cadalso, al oír que
el cojo Guillén motejaba a su abuelo y le ponía en solfa;
y para sí decía: «De todo esto tiene la culpa *Posturitas,* y
le he de dar pa el pelo, porque la ordinariota de su mamá, que es hermana de Guillén, fue la que puso el mote,
¡contro!, y luego se lo dijo al cojo, que es un sapo venenoso, y el muy canalla se lo ha dicho a los de la oficina.»

Tan rabioso se puso, que al ir a la escuela cerraba los
puños y apretaba los dientes. De seguro que si encuentra
a *Posturitas* en la calle la emprende con él dándole una
morrada buena en *mitá la cara.* Tocóle después estar a su
lado en la clase y le pegó con el codo, diciéndole: «No
quio na contigo, sinvergüenza. Tú no eres caballero, ni
tu familia tampoco *son* caballeros.» El otro no le contestó, y dejando caer la cabeza sobre el brazo, cerró los
ojos como vencido de un profundo sueño. Hubo de notar
entonces Cadalso que su amigo tenía la cara muy encendida, los párpados hinchados, la boca abierta, respirando
por ella, y a ratos soplando fuertemente por la nariz,
como si quisiera desobstruirla. Nuevos y más fuertes co-
dazos de Luisito no le hicieron salir de aquel pesado sopor. «¿Qué tienes, recontro?... ¿Estás malo?» La cara de
Posturitas echaba fuego. El maestro llegó por allí, y
viéndole en tal estado y que no había medio de endere-
zarle, le observó, le pulsó, le puso la mano en la cara.
«Chiquillo, tú estás malo; vete corriendo a tu casa y que
te acuesten y te abriguen bien para que sudes.» Levantóse
entonces el rapaz tambaleándose, y con cara y gesto de
malísimo humor, atravesó la sala de la escuela. Algunos
compañeros le miraron con envidia porque se iba a su casa
antes que los demás. Otros, Cadalsito entre ellos, creían
que la enfermedad era farsa, pura comedia para irse de
pingo y estarse brincando toda la tarde en el Retiro con

los peores gateras de Madrid. Porque era muy pillo, muy embustero y en poniéndose a inventar y a hacer pamemas, no había quien le ganara.

Al día siguiente, Murillo trajo la noticia de que Paco Ramos estaba enfermo de tabardillo, y que le había entrado tan fuerte, pero tan fuerte, que si no bajaba la calentura aquella noche se moriría. Hubo discusión a la salida sobre ir o no a verle. «Que eso se pega, *hombre.*» —«Que no se pega... ¡Bah, tú! » —«Morral.» —«Morral él.» Por fin, Murillito, otro que llamaban Pando y Cadalso con ellos fueron a verle. Era a dos pasos de la escuela, en la casa que tiene farol y muestra de prestamista. Subieron los tres muy ternes, discutiendo todavía si se pegaba o no se pegaba la *tifusidea,* y Murillito, el más farfantón de la partida, les animaba escupiendo por el colmillo. «No seáis gallinas. ¡Si creeréis que por entrar vus vais a morir! ...» Llamaron, y les abrió una mujer, quien al ver la talla y fuste de los visitantes, no les hizo maldito caso y les dejó plantados, sin dignarse responder a la pregunta que hizo Murillito. Otra mujer pasó por el recibimiento y dijo: «¿Qué buscan aquí estos monos? ¡Ah! ¿Venís a saber de Paquito? Más animado está esta tarde...» «Que pasen, que pasen —gritó desde dentro otra voz femenil—, a ver si mi niño les conoce.» Vieron, al entrar, el despacho de los préstamos, donde estaba un señor de gorro y espejuelos que *parecía un ministro* (según pensó Cadalso), y atravesaron luego un cuarto grande donde había ropa, golfos de ropa, la mar de ropa, y por fin, en una habitación toda llena de capas dobladas, cada una con su cartón numerado, yacía el enfermo y a su lado dos enfermeras, la una sentada en el suelo, la otra junto al lecho. *Posturitas* había delirado atrozmente toda la noche y parte de la mañana. En aquel momento estaba más tranquilo, sin que el recargo se iniciara aún. «Rico —le dijo la mujer o señora instalada a la cabecera, y que debía de ser la mamá—, aquí están tus amigos, que vienen a preguntar por ti. ¿Quieres verles?» El pobre niño exhaló una queja, como si quisiera romper a llorar, lenguaje con que indican las criaturas enfermas lo que les desagrada y molesta, que suele ser todo lo imaginable. «Mírales, mírales. Te quieren mucho.» Paquito dio una vuelta en la cama, e incorporándose sobre un codo, echó a sus amigos una mirada atónita y vidriosa. Tenía los ojos, aunque inflamados, mortecinos, los labios tan cárdenos que parecían negros, y en los pómulos manchas de color de vino. Cadalso sentía lástima y también terror instintivo que le mantuvo desviado de la cama. La mirada fija y sin luz de su compañero de escuela le hacía temblar. Paco Ramos sin duda no conoció de los tres más que a Luisito, porque sólo dijo *Miau, Miau,* después de lo cual su cabeza se derrumbó sobre la almohada. La madre hizo una seña a los chicos para que despejaran, y ellos obedecieron como unos santos. En la habitación próxima tropezaron con dos hermanitos de *Posturitas,* más chicos que él, carisucios y culirrotos, los zapatos agujereados y los mandiles hechos una sentina. El uno arrastraba un muñeco de trapo amarrado por el pescuezo, y el otro un caballo sin patas, gritando como un desesperado *¡arre!* Al ver gente menuda, se fueron detrás, deseando hacer migas con ella; pero Murillo, echándoselas de persona, les reprendió por la bulla que armaban, estando el hermanito malo. Ellos se miraron estupefactos. No comprendían jota. El más pequeño sacó del bolsillo del delantal un pedazo de pan ya muy lamido, todo lleno de babas, y le metió el diente con fe. Al pasar por la sala, el señor aquel que parecía un ministro estaba examinando dos mantones de Manila, que le presentaba una mujer. Los tres amigos le saludaron con exquisita cortesía, pero él no les contestó.

25

Muy pensativo se fue Cadalsito a su casa aquella tarde. El sentimiento de piedad hacia su compañero no era tan vivo como debiera, porque el mameluco de Ramos le había insultado, arrojándole a la cara el infamante apodo, delante de gente. La infancia es implacable en sus resentimientos, y la amistad no tiene raíces en ella. Con todo, y aunque no perdonaba a su mal educado compañero, pensó pedir por él en esta forma: «Ponga usted bueno a *Posturitas.* A bien que poco le cuesta. Con decir *levántate, Posturas,* ya está.» Acordándose después de que la mamá de su amigo, aquella misma señora que estaba junto al lecho tan afligida, era la inventora del ridículo bromazo, renovóse en él la inquina que le tenía. «Pero no es *señora* —pensó—. No es más que *mujer,* y ahora Dios la castiga de firme por poner motes.»

Aquella noche estaba muy intranquilo; dormía mal, se despertaba a cada instante, y su cerebro luchaba angustiosamente con un fenómeno muy singular. Habíase acostado con el deseo de ver a su benévolo amigo el de la barba blanca; los síntomas precursores se habían presentado, pero la aparición no. Lo doloroso para Cadalsito era que soñaba que la veía, lo que no era lo mismo que verla. Al menos no estaba satisfecho, y su mente forcejeaba en un razonar penoso y absurdo, diciendo: «No es éste, no es éste... porque yo no le veo, sino sueño que le veo, y no me habla, sino que sueño que me habla.» De aquella febril cavilación pasaba a estotra: «Y no podrá decir ya que no estudio, porque hoy sí que me supe la lección, ¡contro! El maestro me dijo: «Bien, bien, Cadalso.» Y la clase toda estaba turulata. Largué de corrido lo del adverbio, y no me comí más que una palabra. Y cuando dije lo de que caía el maná en el desierto, también *me lo supe,* y sólo me trabuqué después en aquello de los Mandamientos, por decir que los trajo encima de un tablero, en vez de una tabla.» Luis exageraba el éxito de su lección de aquel día. La dijo mejor que otras veces, pero no había motivo fundado para tanto bombo.

Mala noche fue aquélla para los dos habitantes del estrecho cuarto, pues Abelarda no hacía más que dar vueltas en su catre, rebelde al sueño, conciliándolo breves minutos, sintiéndose acometida por bruscos estremecimientos, que la hacían pronunciar algunas palabras, de cuyo sonido se asombraba ella propia. Una vez dijo: «Huiré con él.» Y al punto le respondió un acento suspi-

rón: «Con el que tenía los anillos de puros.» Al oír esto,
dio un salto aterrada. ¿Quién le respondía? Todo era silencio en la alcoba; pero al poco rato la voz volvió a
sonar, diciendo: «Le castiga usted por malo, por poner
motes.» Al fin, la mente de Abelarda se esclarecía, pudiendo apreciar la realidad y reconocer la vocecilla de su
sobrino. Volvióse del otro lado y se durmió. Luis murmuraba gimiendo, como si quisiera llorar y no pudiese.
«Que sí me supe la lección; que sí.» Y al cabo de un
rato: «No me mojes el sello con tu boca negra... ¿Ves?
Esto te pasa por malo. Tu mamá no es señora, sino
mujer...» A lo que contestó Abelarda: «Esa elegantona
que te escribe cartas no es dama, sino una tía *feróstica*...
Tonto, y me desprecias a mí por ella, a mí, que me dejaría matar por...! Mamá, mamá, yo quiero ser monja.»
«No... —decía Luis—, ya sé que no le dio usted al Sr. de
Moisés los Mandamientos en un tablero, sino en una tabla... Bueno, en dos tablas... *Posturas* se va a morir. Su
padre le envolverá en aquel mantón de Manila... Usted
no es Dios, porque no tiene ángeles... ¿En dónde están
los ángeles?»

Y Abelarda: «Ya pesqué la llave de la puerta. Quiero
escapar. ¡Con el frío que hace, esperándome en la calle!... ¡Vaya un llover!»

Luis: «Es un ratón lo que *Posturas* echa por la boca,
un ratón negro y con el rabo mu largo. Me escondo debajo de la mesa. ¡Papá!»

Abelarda en voz alta: «Qué... ¿qué es eso, Luis? ¿Qué
tienes? Pobrecito... esas pesadillas que le dan. Despierta,
hijo, que estás diciendo disparates. ¿Por qué llamas a tu
papá?»

Despierto también Luis, aunque no con el sentido muy
claro: «Tiíta, no duermo. Es que... un ratón. Pero mi
papá lo ha cogido. ¿No ves a mi papá?»

—Tu papá no está aquí, tontín; duérmete.

—Sí que está... Mírale, mírale; Estoy despierto, tiíta.
¿Y tú?

—Despéjate, hijo... ¿Quieres que encienda la luz?

—No... Tengo sueño. Es que todo es muy grande, todas las cosas grandes, y mi papá estaba acostado contigo,
y cuando .yo le llamé vino a cogerme.

—Prenda, acuéstate de ladito y no tendrás malos sueños. ¿De qué lado estás acostado?

—Del lado de la mano izquierda... ¿Por qué es todo
grandísimo, del tamaño de las cosas mayores?

—Acuéstate del lado derecho, alma mía.

—Estoy del lado de la mano izquierda y del pie derecho... ¿Ves? Este es el pie derecho, ¡tan grande! Por
eso la mamá de *Posturas* no es señora. Tiíta...

—¿Qué?

—¿Estás dormida?... Yo me duermo ahora. ¿Verdad
que no se muere *Posturas?*

—¡Qué se ha de morir, hombre! No pienses en eso.

—Dime otra cosa. ¿Y mi papá se va a casar contigo?

En la excitación cerebral que producen la oscuridad y
el insomnio, Abelarda no pudo responder lo que habría
respondido a la luz del día con la cabeza serena, por
cuya razón se dejó decir: «No sé todavía... verdaderamente no sé nada... Puede...»

Poco después murmuró Luis «bueno» en tono de conformidad, y se quedó dormido. Abelarda no pegó los
ojos en el resto de la noche, y al día siguiente se levantó
muy temprano, la cabeza pesadísima, deseando hacer algo extraordinario y nuevo, reñir con alguien, así fuese el
mismísimo cura cuya misa pensaba oír pronto, o el mo-
nago que había de ayudarla. Se fue a la iglesia, y en ella
tuvo muy malos pensamientos, tales como escabullirse de
la casa sin saber para qué, casarse con Ponce y pegársela
después, meterse monja y amotinar el convento, hacerle
una declaración burlesca de amor al cojo Guillén, empezar la representación de la comedia y retirarse a la mitad, dejándoles a todos plantados, envenenar a Federico
Ruiz, tirarse del paraíso del Real a las butacas en lo
mejor de la ópera... y otros disparates por el estilo. Pero
la permanencia en el templo, silencioso y plácido, las tres
misas que oyó, sosegaron poco a poco sus nervios, esta-

bleciendo en su cerebro la normalidad de las ideas. Al salir se asustaba y aún se reía de aquellas extravagancias sin sentido. Pasara lo de tirarse del paraíso a las butacas en un momento de desesperación; pero envenenar al pobre Federico Ruiz, ¿a qué santo?

Al llegar a su casa, lo primero que hizo, según costumbre, fue enterarse de si Víctor había salido o no. Resultó que sí, y doña Pura dijo con alegría no disimulada que su yerno almorzaba fuera. Los recursos se le habían ido agotando a la señora con la rapidez solutiva de esa sal puesta en agua que se llama dinero. ¡Cosa más rara! Lo mismo era cambiar un duro que deslerírsele pieza a pieza. Y ya veía próximo el aterrador lindero que separa la escasez de la carencia absoluta. Detrás de aquel lindero se alzaban los espectros familiares mirando a doña Pura y haciéndole muecas. Eran sus terribles compañeros de toda la vida, el deber, el pedir y el empeñar, resueltos a acompañarla hasta la tumba. Ya estaba la señora tirando sus líneas a ver si Víctor le daba medios para zafarse de aquellos socios insufribles. Pero Víctor, a las primeras indirectas, se había hecho el mal entendedor, señal de que no encerraba ya su cartera los tesoros de mejores días. Además, pudo observar doña Pura que por dos o tres veces habían venido a cobrarle a su yerno cuentas de zapateros o sastres, y que Víctor no había pagado, diciendo que volviera o que él pasaría por allá. Este olor a chamusquina puso a la señora sobre ascuas.

Fueron aquella tarde doña Pura y su hermana a visitar unas amigas. Milagros encargó a Abelarda que diese una vuelta por la cocina; pero la exaltada joven, al quedarse sola, pues Villaamil había ido al Ministerio y Luis a la escuela, echó al olvido cacerolas y sartenes, y metióse en el cuarto de Víctor, con el fin de revolver, de escudriñar, de ponerse en íntimo contacto con su ropa y los objetos de su uso. Sentía la insignificante, en esta inspección vedada, los estímulos de la curiosidad mezclados con un goce espiritual de los más profundos. El examen de la indumentaria, la exploración de todos los bolsillos, aunque en ellos no encontrara cosa de verdadero interés, era un gusto que no cambiaría ella por otros más positivos e indiscutibles. Porque manoseando las camisas se suponía por momentos en una intimidad a la cual su viva imaginación daba apariencias reales. Soñaba actos de los más nobles, como el cuidar la ropa de su hombre, fuera marido o no, deseando algo que arreglar en ella, botón suelto o forro descosido; y en tanto reconocía en el olor la persona, por más señas limpia y elegante, gozando en olfatearla a menor distancia que en familia y ante el mundo. Las pocas veces que Abelarda podía darse estos atracones de idealidad y sensaciones rebuscadas, sus registros de bolsillos no arrojaban ninguna luz sobre el misterio que a su parecer envolvía la existencia de Cadalso. A veces, encontraba en el bolsillo del pantalón perros grandes o chicos, billetes de tranvía y butacas de teatro; en los de la americana o levita, alguna nota del Ministerio, alguna carta indiferente. Al concluir, cuidaba de volver todo a su sitio para que no fuera notado el escrutinio, y se sentaba sobre el baúl a meditar. No había sido posible poner en el cuarto de Víctor cómoda ni armario ropero, de modo que tenía su equipo en la misma maleta de viaje, como si estuviera por pocos días en una fonda. Lo que desesperaba a la insignificante era encontrar el baúl siempre cerrado. Allí sí que habría querido ella meter manos y ojos. ¡Qué de secretos guardaría aquella cavidad misteriosa! Varias veces había probado a abrirla con llaves diferentes, pero en vano.

Pues señor, aquel día, al sentarse en el baúl, ¡tlín!, un rumorcillo metálico. Miró, y... ¡las llaves estaban puestas! Víctor se había olvidado de quitarlas, faltando a sus hábitos cautelosos y previsores. Ver las llaves, abrir y levantar la tapa casi fueron actos simultáneos. Gran desorden en la parte superior del contenido. Había allí un sombrero chafado, de los que llaman *livianillos,* cuellos y puños sueltos, cigarros, una caja de papel y sobre, ropa blanca y de punto, periódicos doblados, corbatas ajadas y otras nuevecitas. Abelarda observó todo un buen rato sin tocar, enterándose bien, como es uso de curiosos y ladrones, de la colocación de los objetos para volver a poner-

los lo mismo. Luego deslizó la mano por un lado, explorando la segunda capa. No sabía por dónde empezar. Al
propio tiempo, la presunción de que Víctor andaba en
líos con alguna señora de mucho lustre y empinadísimo
copete, se imponía y destacaba sobre las ideas restantes.
Pronto se descubriría todo; allí se encontraban de fijo las
pruebas irrecusables. De tal modo dominaba este prejui-
cio la mente de Abelarda, que antes de descubrir el cuerpo del delito ya creía olfatearlo, porque el olfato era quizá su sentido más despierto en aquellas pesquisas. « ¡Ah!
¿No lo dije? ¿Qué es esto? Un ramito de violetas.» En
efecto, al levantar con cuidado una pieza de ropa, encontró el ramo ajado y oloroso. Siguió explorando. Su instinto, su intuición o corazonada, que tenía la fuerza de una
luz precursora o de indicador misterioso, la guiaba por
aquellas revueltas honduras. Sacó varias cosas cuidadosamente, las puso en el suelo, y adelante; busca de aquí,
busca de allí, su mano convulsa dio con un paquete de
cartas. ¡Ah! Por fin había aparecido la clave del secreto.
¡Si no podía ser de otro modo! Cogió el paquete, y al
sentirlo entre sus dedos infundióle terror su propio ha-
llazgo.

Sin quitar la goma leyó algo ya, pues las cartas no tenían envoltura que las cubriese. Lo primero que se echó
a la cara fue una coronita estampada en el membrete de
la carta superior; y como no era fuerte en heráldica, no
supo si la corona era de marquesa o de condesa... Pensó
entonces la insignificante en su mucho acierto y sagaci-
dad. No, no podía ella equivocarse al suponer que la
misteriosa persona con quien *él* estaba en relaciones era
de alta categoría. Había nacido Víctor para las esferas
superiores de la vida, como el águila para remontarse a
las alturas. Pensar que hombre de tales condiciones des-
cendiese a las esferas de cursilería y pobreza en que ella
vivía... ¡absurdo!, y raciocinando así, persuadíase también de que lo imcomprensible y tenebroso de la conducta
y del lenguaje de Víctor no era falta de él, sino de ella,
por no alcanzar con sus cortas luces y su apreciación vulgar de la vida a la superioridad de semejante hombre.

A leer tocan. No sabía la joven por dónde empezar. Hubiera querido echarse al coleto en un santiamén todas las cartas de cruz a fecha. El tiempo apremiaba; su madre y su tía no tardarían en entrar. Leyó rápidamente una, y cada frase fue una cuchillada para la lectora. Allí se trataba de negativa de rompimiento, se daban descargos como respondiendo a una acusación celosa; allí se prodigaban los términos azucarados que Abelarda no había leído nunca más que en las novelas; allí todo era finezas y protestas de amor entero, planes de ventura, anuncios de entrevistas venideras, y recuerdos dulces de las pasadas, refinamientos de precaución para evitar sospechas, y al fin derrames de ternezas en forma más o menos velada. Pero el nombre, el nombre de la sinvergüenzona aquélla, por más que la lectora lo buscaba con ansia, no aparecía en ninguna parte. La firma no rompía el anónimo; a veces una expresión convencional, *tu chacha, tu nenita;* a veces un simple garabato... Pero lo que es nombre, ni rastros de él. Leyendo todo, todo cuidadosamente, se habría podido sacar en limpio, por referencias, quién era la *chacha;* pero Abelarda no podía detenerse; ya era tarde, llamaban a la puerta ...Había que colocar todo en su sitio de modo que no se conociese la mano revoltijera. Hízolo rápidamente, y fue a abrir. Ya no se borró más de su mente, en aquel día ni en los que le siguieron, la fingida imagen de la odiada señora. ¿Quién sería? La insignificante se la figuraba hermosota, muy *chic,* mujer caprichosa y desenfadada, como a su parecer lo eran todas las de las altas clases. «¡Qué guapa debe de ser! ... ¡Qué perfumes tan finos usará! —se decía a todas horas con palabras de fuego que del cerebro le salían para estampársele en el corazón—. ¡Y cuántos vestidos tendrá, cuántos sombreros, cuántos coches! ...

26

Allá va otra vez el amigo don Ramón a la oficina de Pantoja. El no quiere hablar de su pleito, de su cuita inmensa y desgarradora, pero sin quererlo habla; y cuanto dice va a parar insensiblemente al eterno tema. Le pasa lo que a los amantes muy exaltados, que cuanto hablan o escriben se convierte en sustancia de amor. Aquel día encontró en la oficina de su amigo a cierto sujeto que discutía ardorosamente. Era un señor de provincia, uno de aquellos enemigos de la Administración a quienes *el honrado* designaba con el desdeñoso nombre de *particulares;* comerciante de vinos al por mayor, con establecimiento abierto, y la Hacienda le había cogido por banda, haciéndose pagar contribución por dos conceptos. Protestó él alegando que renunciaba a detallar, quedándose sólo con el almacén. El asunto pasó a informe de Pantoja. Quejábase el *particular* de que se le hiciera pagar por dos conceptos, y va Pantoja ¿y qué hace? Pues informar que pagará por tres. De suerte que mi hombre, hecho un basilisco, dijo allí tales picardías de la Administración, que por poco le echan a la calle. Villaamil comprendía que tenía razón. Nunca había sido él verdugo del *particular,* como su amigo Pantoja; pero no se atrevió a intervenir por no malquistarse con *el honrado.* Su flaqueza le llevó hasta apoyar la providencia del Dracón administrativo, diciendo:

—Claro, por tres conceptos: por el de detallista, por el de almacenista y por el de fabricante de vinos.

En fin, que el desgraciado *particular* se largó trinando como ruiseñor en la época del celo, y cuando se quedaron solos Villaamil y Pantoja, al primero le faltó tiempo para decir:

—¿Ha vuelto Víctor por aquí? ¿Cómo va su expediente?

Pantoja tardó en responder; tenía la boca lo mismo que si se la hubieran cosido. Se ocupaba en abrir pliegos, dentro de los cuales, al ser abiertos, sonaba la arenilla pegada a la tinta seca, y *el honrado* cuidaba de que los tales polvos no se cayeran. ¡Lástima de desperdicio! Y prolijamente los vertía en la salvadera. Era en él costumbre antigua este aprovechamiento de los polvos empleados ya en otra oficina, y lo hacía con nimio celo, cual si mirase por los intereses de su ama, la señora Hacienda.

—Créeme a mí —replicó al fin, dando permiso a la boca y poniendo la mano por pantalla a fin de que sus oficiales no oyeran—. No le harán falta a tu yerno. El expediente es música. Créeme a mí que conozco el paño.

—Ventura, las influencias lo pueden todo —observó Villaamil con inmensa pena—; absolver a los delincuentes, y aun premiarlos, mientras los leales perecen.

—Y las influencias que vuelven al mundo patas arriba y hacen escarnio de la justicia, no son las políticas... Quiero decir que estas influencias no revuelven el cotarro tanto como otras.

—¿Cuáles? —preguntó Villaamil.

—Las faldas —replicó Pantoja tan a media voz, que Villaamil no lo oyó, y tuvo que hacerse repetir el concepto.

—¡Ah!... Noticia fresca ...Pero dime. ¿Crees tú que Víctor, por ese lado...?

—Me ha dado en la nariz (con malicia, llevándose el dedo a la punta de aquella facción). No aseguro nada; es que yo, con mi experiencia de esta casa, lo huelo, lo huelo, Ramón... No sé..., puede que me equivoque. Al tiempo. Anoche en el café, Ildefonso Cabrera, el cuñado de tu yerno, contó de éste ciertos lances...

—¡Dios, qué cosas ve uno! —dijo Villaamil llevándose las manos a la cabeza. Y en medio de su catoniana indignación, pensando en aquella ignominia de las faldas corruptoras, se preguntaba por qué no habría también faldas benéficas que, favoreciendo a los buenos, como él, sirvieran a la Administración y al país.

—Ese tuno sabe por dónde anda. Acuérdate de lo que te digo: le echarán tierra al expediente...

—Y venga el ascenso... ¡Y ole, morena!

Sonó el timbre, y Pantoja fue al despacho del Director, que le llamaba. En cuanto salió, los subalternos la emprendieron con el cesante.

—Amigo Villaamil, ni usted ni yo echaremos buen pelo hasta que no suban los nuestros; y los nuestros son los del petróleo.

—Así subieran mañana —dijo don Ramón agitando las quijadas y poniendo en sus ojos toda la ferocidad de su expresión carnívora.

—No lo diga usted de broma, que esto está muy malo. Hay crisis.

—¿Qué broma? ¡Sí, para bromitas está el tiempo! Así saltara esta noche el cantón de Madrid y la *Commune* inclusive, y tocaran a pegar fuego... Les digo a ustedes que el amigo Job era un niño mimado y se quejaba de vicio... Que venga el santo petróleo, que venga. Más de lo que nos han quitado no nos han de quitar... Peor que esa gente no lo han de hacer.

—¿Sabe usted lo que corre hoy? Que van a ceder las Islas Baleares a Alemania... Y que quieren arrendar las Aduanas a no sé qué empresa belga, recibiendo el primer plazo en unos puentes viejos para ferrocarriles.

—Como si lo viera, hombre, como si lo viera... Todo lo que sea un disparate tiene aquí su fundamento. Francamente, el don Antonio tendrá mucho pesquis, pero no se le conoce... Digo, cualquiera que estuviese en su puesto, me parece a mí que lo había de hacer mejor.

—¡Pues claro! —dijo el *caballero de Felipe IV* atusándose el bigotillo embetunado—. Y si no, figúrese usted que los que estamos aquí formamos un Ministerio. Villaamil, Presidencia; Espinosa, por la buena lámina, iría a Estado a poner varas a las diplomáticas.

—Y que las hay de *buten*. A Guillén le encajamos en Guerra.

—¡Madre de Dios! ¡Un cojo en Guerra! Mejor es en Marina.

—Sí, para que reme con las muletas.

—O por lo que tiene de tortuga —dijo Argüelles, que no perdonaba ocasión de tirar una china al cojo—. Y para mí, venga la carterita de Gobernación.

—Clavado. Para que pueda colocar de temporeros a su cábila de hijos, los de teta inclusive.

—Y para que expida una Real orden mandando que se toque la trompa en todos los entierros. ¿Y Hacienda, señores?

—Hacienda, Villaamil, con la Presidencia.

—¿Y qué le damos al *insine* Pantoja?

—Hacienda, Ventura, ¿qué duda tiene? —apuntó Villaamil, que no tomaba aquello en serio, pero dejaba correr la broma para prestar un poco de esparcimiento a su angustiado espíritu.

—Sí, ¡buena se iba a armar!... ¿Y el *income tax?*

—Lo que es eso... —observó Villaamil sonriendo triste y descorazonado— no me lo pasaba.

—No; fuera Pantoja, que es capaz de imponer una contribución sobre las pulgas que lleva cada *quisque*. Viva el *income tax,* dogma del nuevo Gabinete, y la unificación de la deuda.

—Eso... (con seriedad, bostezando) es fácil que me lo admitiera Ventura... Vaya, caballeros (como quien vuelve en sí, levantándose con ademán diligente), ustedes tienen que hacer, y yo *ídem.* A trabajar se ha dicho.

Y pasó a Propiedades (el mismo piso a la derecha), donde era segundo Jefe don Francisco Cucúrbitas, y de allí bajó para caer como una bomba en el Personal, donde tenía varios conocidos, entre ellos un tal Sevillano, que a veces le informaba de las vacantes efectivas o presuntas. Después bajaba a Tesorería, dando una vuelta por el Giro Mutuo, previo el consabido palique de los porteros al entrar en cada oficina. En algunas partes le recibían con cordialidad un tanto helada; en otras, la constancia de sus visitas empezaba a ser molesta. No sabían ya qué decirle para darle esperanzas, y los que le habían aconsejado que machacase sin tregua, se arrepentían ya, viendo que sobre ellos se ponía en práctica el socorrido consejo. En el Personal era donde Villaamil se mostraba más tenaz y jaquecoso. El Jefe de aquel departamento, sobrino de Pez y sujeto de mucha escama, le conocía, aunque no lo bastante para apreciar y distinguir las excelentes prendas del hombre, bajo las importunida-

des del pretendiente. Así, cuando las visitas arreciaron,
el Jefe no ocultaba su desabrimiento ni sus pocas ganas
de conversación. Villaamil era delicado y sufría lo inde-
cible con tales desaires; pero la imperiosa necesidad le
obligaba a sacar fuerzas de flaqueza y a forrar de vaqueta
su cara. Con todo, a veces se retiraba consternado, diciendo para su capote: «¡No puedo, Señor, no puedo! El
papel de mendigo porfiado no es para mí.» Y la consecuencia de este abatimiento era no aparecer unos días por
el Personal. Luego volvía la ley tiránica de la necesidad a
imponerse brutalmente; el amor propio se sublevaba contra el olvido, y a la manera del lobo en ayunas, que sin
reparar en el peligro de muerte se echa al campo y se
aproxima impávido al caserío en busca de una res o de
un hombre, así don Ramón se lanzaba otra vez, ham-
briento de justicia, a la oficina del Personal, arrostrando
desaires, malas caras y peores respuestas. Quien mejor le
recibía y más le alentaba, ofreciéndole cordialmente su
ayuda, era don Basilio Andrés de la Caña (Impuestos).
Terminada la excursión, Villaamil volvía a su casa rendi-
do de cuerpo y espíritu. Su mujer le interrogaba con arte; pero él, firme en su dignidad estudiada, sostenía no
haber ido al Ministerio más que a fumar un cigarro con
los amigos; que no esperando nada, no formulaba pretensiones, y que la familia no debía edificar castillos en el
aire, sino irse preparando para un viaje de recreo a San
Bernardino. Replicaba a esto Pura que si él no hacía por
colocarse, entraría ella a funcionar, apelando a la intercesión de la señora de Pez, Carolina de Lantigua, pues hasta los gatos saben que donde acaba la eficacia de las recomendaciones políticas, empieza la de las *faldas*.

— ¡Ah! No es esa *faldamenta* la que hace y deshace la
fortuna —respondía Villaamil con profundo escepticismo,
hijo de su conocimiento del mundo burocrático—. Carolina Pez es una señora honrada, es decir, para el caso, la
carabina de Ambrosio. Además... hazte cargo; los *Peces*
no privan ahora; se defienden, y nada más. Ya hay quien
habla de dejarles en seco. Figúrate una gente que ha ma-
mado en todas las ubres y que ha sabido empalmar la

Gloriosa con Alfonsito... Pues el turrón que ellos comen
es el que corresponde a tantos leales como estamos mirando a la luna. Ya principia a levantarse un runrún contra ellos. Y digo más: la Administración necesita de ser-
vidores fieles, identificados, fíjate bien, identificados con
la política monárquica; es preciso que no se vinculen los
destinos; es menester que haya turno. Si no, ¿a dónde
vamos a parar? Y ahí tienes al Jefe del Personal, sobrino
de Pez, vendiendo protección a los que, por no servir a
la jeringada República, sacrificaron sus destinos. Esto es
escandaloso y no se ha visto nunca. De esta manera no
se puede evitar que haya trifulcas, y que a España se la
lleve Pateta. ¿Conque te vas enterando? Por el lado de
Pez, ya se trate de Peces con faldas o con pantalones, no
esperes tanto así. Por supuesto (volviendo a su tema, del
cual se había olvidado en el calor del discurso), con Peces y sin Peces, para mí no habrá nada. La Caña es el
único que se interesa ahora para mí. Algo haría si pudiera. Pero tengo enemigos ocultos, que en la sombra tra-
bajan por hundirme. Alguien me ha jurado guerra a
muerte. Quién podrá ser, no lo sé; pero el traidor existe,
no lo dudes.

Por aquellos días, que eran ya primeros de marzo, volvió la infortunada familia a notar los pródromos de la
sindineritis. Hubo una semana de horrible penuria, mal
disimulada ante los íntimos, sobrellevada por Villaamil
con estoica entereza y por doña Pura con aquella ecuani-
midad valerosa que la salvaba de la desesperación. Pero
el remedio vino inopinadamente y por el mismo conducto
que en otra ocasión no menos aflictiva. Víctor volvió a
estar boyante. Su suegra fue sorprendida cuando menos
lo pensaba por nuevos ofrecimientos de metálico, que no
vaciló en aceptar, sin meterse en la filosofía de inquirir la
procedencia. Ni creyó discreto contarle a su marido que
había visto la cartera de Víctor reventando de billetes.
¡Como que se le habían encandilado los ojos! Embolsó
los cuartos recibidos y las consideraciones que el caso le
sugería. Si aún no le habían colocado, ¿de dónde sacaba

tanto dinero? Y aunque le hubieran colocado... Por fuerza había mano oculta... En fin, ¿a qué escarbar en el temido enigma? No gustaba ella de averiguar vidas ajenas.

Víctor andaba otra vez muy fachendoso. Se había encargado más ropa, tenía butaca una y otra noche en diferentes teatros, y en el mismo Real; hacía frecuentes regalitos a toda la familia, y su esplendidez llegó hasta convidar a las tres *Miaus* a la ópera, a butaca nada menos.

Lo que produjo en Villaamil verdadera indignación, pues era un escarnio de su pobreza y un insulto a la moral pública. Pura y su hermana se rieron del ofrecimiento, pues aunque rabiaban por ir, carecían de los perendengues necesarios a semejante exhibición. Abelarda se negó resueltamente. Armóse gran disputa sobre esto, y la mamá sugirió algunas ideas para obviar las grandes dificultades con que el pensamiento de su yerno tropezaba en la práctica. Véase lo que discurrió el cacumen arbitrista de la *figura de Fra Angélico*. Sus amigas y vecinas las de Cuevas se ayudaban, como se ha dicho antes, con la confección de sombreros. En cierta ocasión que las *Miaus* pescaron tres butacas de periódico para el Español, Abelarda, doña Pura y Bibiana Cuevas se encasquetaron los mejores modelos que aquellas amigas tenían en su taller, después de arreglarlos cada cual a su gusto. ¿Por qué no hacer lo mismo en la ocasión que se discutía? Bibiana no se había de oponer. Y por cierto que tenía en aquel entonces tres o cuaro *prendas,* una de la marquesa A, otra de la condesa B, a cual más bonitas y elegantes. Se las disfrazaba, pues para eso había en el taller cantidad de alfileres, hebillas, cintas y plumas, y aunque sus dueñas estuvieran en el teatro, no habían de conocer las mascaritas. En cuanto a los vestidos, ellas lo arreglarían, con ayuda de las amigas, procurándose además algún abrigo, traído de la tienda para probarlo, y como Víctor se había brindado a regalarles también los guantes, no era un arco de iglesia el ir a butacas. ¡Cuántos no irían disimulando con menos gracia la *tronitis!*

27

Abelarda se resistió a esta trapisonda, asegurando que ni en pedazos la llevarían a butacas de aquella manera, y así quedó la cuestión. Todo se redujo a ir a delantera de paraíso una noche que dieron *La Africana,* y al punto de sentarse las tres cundió por la concurrencia de aquellas alturas el comentario propio de tan desusado acontecimiento. « ¡Las *Miaus* en delantera! » En diez años no se había visto un caso igual. La vasta gradería del centro y las laterales estaban llenas de bote en bote. Las *Miaus* eran conocidas de todo aquel público como puntos fijos del paraíso, siempre en la última fila lateral de la derecha junto a la salida. La noche que faltaban notábase un vacío, como si desaparecieran los frescos de la techumbre. No eran ellas las únicas *abonadas a paraíso,* pues innumerables personas y aun familias se eternizan en aquellos bancos, sucediéndose de generación en generación. Estos beneméritos y tenaces *dilettanti* constituyen la masa del entendido público que otorga y niega el éxito musical, y es archivo crítico de las óperas cantadas desde hace treinta años y de los artistas que en las gloriosas tablas se suceden. Hay allí círculos, grupos, peñas y tertulias más o menos íntimas; allí se traban y conciertan relaciones; de allí han salido infinitas bodas, y los tortoleos y los telégrafos tienen, entre romanza y dúo, atmósfera y ocasión muy propicias. Desde su delantera, las *Miaus* saludaron con sonrisas a los amigos que en la banda de la derecha y en el centro tenían, y de una y otra parte las saetaron con miradas y frasecitas del tenor siguiente: «Mira qué sílfide está doña Pura. Se ha traído toda la caja de polvos.» «Pues ¿y la hermana con su cinta de terciopelo al cuello? Si las tres traen cinta negra, no les faltará el cascabelito para estar en carácter.» «Mira, mira con los gemelos a la *Miau* chica; tiene que ver. Aquel traje café y leche es el que llevaba el año pasado la mamá. Le ha puesto unas cintas coloradas, que parecen de caja de cigarros.» «Sí, sí, son de mazos de cigarros.» «Pues la otra, la cantante averiada, trae el vestido que debió de sacar en el Liceo Jover cuando hizo la parte de Adalgisa.» «Sí, mira, mira; es una túnica romana con grecas y todo. ¡Qué clásica está! »

—Diga usted, Guillén —murmuraban en otro círculo, donde hacía el gasto el maldecido cojo—. ¿Han colocado a ese pobre *Miau,* el padre de sus amigas de usted? Porque ese lujo asiático de delantera significa que *han subido los nuestros.*

—Como no le coloquen en Leganés... Viven ahora del *sable.* El buen señor da unas estocadas... de maestro.

Abelarda, más que en la ópera, que había visto cien veces, fijó su atención en la concurrencia, recorriendo con ansiosa mirada palcos y butacas, reparando en todas las señoras que entraban por la calle del centro con lujosos abrigos, arrastrando la cola e introduciéndose después con todo aquel falderío por las filas ya ocupadas. Poco a poco se iba poblando el patio. Los palcos no aparecían poblados hasta el fin del primer acto, cuando Vasco, incomodado con aquellos fantasmones del Consejo tan retrógrados, les canta cuatro frescas. En el palco regio apareció la reina Mercedes, detrás D. Alfonso. Las señoras inevitables, conocidas del público, aparecieron en el segundo acto, conservando el abrigo hasta el tercero, y aplaudían maquinalmente siempre que había por qué. Las *Miaus,* conocedoras de toda la sociedad elegante, *abonada* también, la comentaba como ellas fueron comentadas al ocupar sus asientos. Viéndola una y otra noche, habían llegado a tomarse tanta confianza, que se creería que trataban íntimamente a damas y caballeros. «Ahí está ya la Duquesa. Pero Rosario no ha venido todavía... María Buschental no puede tardar. Ya empiezan a llegar al *tranvía* sus amigos... Mira, mira, ahora viene María Heredia... ¡Pero qué pálida está Mercedes; pero qué pálida! ... Ahí tienes a don Antonio en el palco de los Ministros, y a ese Cos-Gayón... así le fusilaran.»

Después de mucho rebuscar, descubrió la insignificante a su cuñadito en la segunda fila de butacas. Estaba de frac, tan elegante como el primero. ¡Qué cosas hay en la vida! ¿Quién había de decir que aquel hombre parecido a

un duque, aquel apuesto joven que charlaba desenfada-
damente con su vecino de butaca, el Ministro de Italia,
era un empleado oscuro y cesante, alojado en la casa de
la pobreza, en cuartucho humilde, guardando su ropa en
un baúl? «¿No es aquél Víctor? —dijo Pura, echándole
los gemelos—. ¡Buen charol se está dando! ... ¡Si le co-
nocieran! ... ¡Parece un potentado! ¡Cuánto hay de esto
en Madrid! Yo no sé cómo se las compone. El buena
ropa, él butacas en todos los teatros, él cigarros magníficos. Mira, mira con qué desparpajo habla. ¡Pobre señor,
qué papas le estará encajando! Y esos extranjeros son
tan inocentes, que todo se lo creerá.»

Abelarda no le quitaba los ojos, y cuando le veía mirar
para algún palco, seguía la dirección de sus miradas,
creyendo que ellas venderían el amor secreto. «¿Cuál de
estas que aquí están será? —pensaba la insignificante—.
Porque alguna de éstas tiene que ser. ¿Será aquella vestida de blanco? ¡Ah! Puede. Parece que le mira. Pero
no; él mira a otro lado. ¿Será alguna cantante? ¡Quiá!,
no, cantante no. Es de estas, de estas elegantonas de los
palcos, y yo la he de descubrir.» Fijábase en alguna, sin
saber por qué, por mera indicación de su avizor instinto;
pero luego, desechando la hipótesis, se fijaba en otra, y
en otra, y en otra más, concluyendo por asegurar que no
era ninguna de las presentes. Víctor no manifestaba pre-
ferencias en sus ojeadas a butacas y palcos. Podría ser
que hubieran concertado no mirarse de una manera descarada y delatora. También echó el joven una visual hacia la delantera de paraíso, e hizo un saludito a la familia. Doña Pura estuvo un cuarto de hora dando cabeza-
das, en respuesta a la salutación que del noble fondo
del teatro subía hasta las pobres *Miaus.*

En los entreactos, algunos amigos, *abonados* como
ellas a paraíso limpio, se acercaron a saludarlas, abriéndose paso por entre la apretada muchedumbre. Federico
Ruiz era uno de ellos, y él y todos querían oír la opinión
crítica de Milagros sobre la soprano que se estrenaba
aquella noche en el papel de Selika. Cuando ésta espichó
bajo el manzanillo, retiráronse las *Miaus,* que nunca per-

donaban nota, y no se marchaban sino después de la última llamada a la escena. Durante el penoso descenso por
las anchas escaleras invadidas del público, se les aproxi-
maron varios íntimos, entre ellos el cojo Guillén, y algunas amigas de las que tan acerbadamente pusieron en
solfa su aparición en delantera.

Al regresar a su casa, encontraron a Villaamil en vela:
Víctor no había entrado aún ni lo hizo hasta muy tarde,
cuando todos dormían menos Abelarda, que sintió el ruido del llavín, y echándose de la cama y mirando por un
resquicio de la puerta, le vio entrar en el comedor y meterse en su alcoba, después de beber un vaso de agua.
Venía de buen humor, tarareando, el cuello del gabán
alzado, pañuelo de seda al cuello, anudado con negligen-
cia, y la felpa del sombrero ajadísima y con chafaduras.
Era la viva imagen del perfecto perdis de buen tono.

Al día siguiente molestó bastante a la familia solicitan-
do pequeños servicios de aguja, ya pegadura de botón,
ya un delicado zurcido, o bien algo referente a las camisas. Pero Abelarda supo atender a todo con gran diligencia. A la hora de almorzar, entró doña Pura diciendo que
se había muerto el chico de la casa de préstamos, noticia
que confirmó Luis con más acento de novelería que de
pena, condición propia de la dichosa edad sin entrañas.
Villaamil entonó al difuntito la oración fúnebre de gloria,
declarando que es una dicha morirse en la infancia para
librarse de los sufrimientos de esta perra vida. Los dignos
de compasión son los padres, que se quedan aquí pasando la tremenda crujía, mientras el niño vuela al cielo a
formar en el glorioso batallón de los ángeles. Todos
apoyaron estas ideas, menos Víctor, que las acogía con
sonrisa burlona, y cuando su suegro se retiró y Milagros
se fue a su cocina y doña Pura empezó a entrar y salir,
encaróse con Abelarda, que continuaba de sobremesa, y
le dijo:

—¡Felices los que creen! No sé qué daría por ser como
tú, que te vas a la iglesia y te estás allí horas y horas,
ilusionada con el aparato escénico que encubre la mentira eterna. La religión, entiendo yo, es el ropaje magnífi-

co con que visten la nada para que no nos horrorice. ¿No crees tú lo mismo?

—¿Cómo he de creer eso? —exclamó Abelarda, ofendida de la tenacidad artera con que el otro hería sus sentimientos religiosos siempre que encontraba coyuntura favorable—. Si lo creyera no iría a la iglesia, o sería una farsante hipócrita. A mí no tienes que salirme por ese registro. Si no crees, buen provecho te haga.

—Es que yo no me alegro de ser incrédulo, fíjate bien; yo lo deploro, y me harías un favor si me convencieras de que estoy equivocado.

—¿Yo? No soy catedrática ni predicadora. El creer nace de dentro. ¿A ti no se te pasa por la cabeza alguna vez que puede haber Dios?

—Antes sí; hace mucho tiempo que semejante idea voló.

—Pues entonces... ¿qué quieres que yo te diga? (Tomándolo en serio.) ¿Y piensas tú que cuando nos morimos no nos piden cuenta de nuestras acciones?

—¿Y quién nos la va a pedir? ¿Los gusanitos? Cuando llega la de *vámonos,* nos recibe en sus brazos la señora *Materia,* persona muy decente, pero que no tiene cara, ni pensamiento, ni intención, ni conciencia, ni nada. En ella desaparecemos, en ella nos diluimos totalmente. Yo no admito términos medios. Si creyese lo que tú crees, es decir, que existe allá por los aires, no sé dónde, un Magistrado de barba blanca que perdona o condena y extiende pasaportes para la Gloria o el Infierno, me metería en un convento y me pasaría todo el resto de mi vida rezando.

—Y es lo mejor que podías hacer, tonto. (Quitándole la servilleta a Luis, que tenía fijos en su padre los atónitos ojuelos.)

—¿Por qué no lo haces tú?

—¿Y qué sabes si lo haré hoy o mañana? Estate con cuidado. Dios te va a castigar por no creer en él; te va a sentar la mano, y una mano muy dura; verás.

En este momento, Luisito, muy incomodado con los dicharachos de su padre, no se pudo contener, y con in-

fantil determinación agarró un pedazo de pan y se lo
arrojó a la cara al autor de sus días, gritando:

— ¡Bruto!

Todos se echaron a reír de aquella salida, y doña Pura
dio muchos besos a su nieto, azuzándole de este modo:

—Dale, hijo, dale, que es un pillo. Dice que no cree
para hacernos rabiar. ¿Pero veis qué chico? Si vale más
que pesa. Si sabe más que cien doctores. ¿Verdad que mi
niño va a ser eclesiástico, para subir al púlpito y echar
sus sermoncitos y decir sus misitas? Entonces estaremos
todos hechos unos carcamales, y el día que Luisín cante
misa, nos pondremos allí de rodillas para que el cleriguito
nuevo nos eche la bendición. Y el que estará más humilde y cayéndosele la baba será este zángano, ¿verdad?
Y tú le dirás: «Papá, ya ves cómo al fin has llegado a
creer.»

— ¡Qué guapo es este hijo y qué talento tiene! —dijo
Víctor, levantándose gozoso y besando al pequeño, que
escondía la cara para rehuir el halago—. ¡Si le quiero yo
más! … Te voy a comprar un velocípedo para que pasees
en la plazuela de enfrente. Verás qué envidia te van a
tener tus compañeros.

La promesa del velocípedo trastornó por un momento
las ideas del pequeño, quien calculó con rudo egoísmo
que sus deseos de ser cura y de servir a Dios y aun de
llegar a santo no estaban reñidos con tener un velocípedo
precioso, montarse en él y pasárselo por los hocicos a sus
compañeros, muertos de dentera.

28

A la mañana siguiente, Villaamil celebró con su mujer,
cuando ésta volvió de la compra, una conferencia interé-
sante. Estaba él en su despacho escribiendo cartas, y al
sentir entrar a su costilla, siseó con misterio, y encerrán-
dose con ella, le dijo: «De esto, ni una palabra a Víctor,
que es muy perro y me puede parar el golpe. Aunque yo
nada espero, he dado ayer algunos pasos. Me apoya un

diputado de mucho empuje... Hablamos anoche larga-
mente. Te diré, para que lo sepas todo, que me presentó
a él mi amigo La Caña. Le relaté mis antecedentes, y se
admiró de que me tuvieran cesante. Así como quien no
quiere la cosa, le expuse mis ideas sobre Hacienda, y mira
tú qué casualidad: son las mismas que tiene él. Piensa
igualito que yo. Que deben ensayarse nuevas maneras de
tributación, tirando a simplificar, apoyándose en la buena
fe del contribuyente y tendiendo a la baratura de la cobranza. Pues prometió apoyarme a rajatabla. Es hombre
que vale mucho y parece que no le niegan nada.

—¿Es de oposición?

—No; ministerialísimo, pero disidente, ahí está el chiste, y cada día le da una desazón al Gobierno. Vale, vale.
Y es de estos que no se ocupan más que del bien del
país. Cuando se levanta a hablar, el banco azul tiembla.
Como que les prueba, *ce* por *be,* que el país corre a la
perdición si siguen las cosas como van, y que la agricultura está arruinada, la industria muerta y la nación toda en
la más espantosa miseria. Esto salta a los ojos. Pues el
Gobierno, que ve en él su acusador, le tiene un miedo,
hija, un canguelo tal, que cosa que él pida es otorgada.
Saca las credenciales a espuertas... Bueno; hemos quedado en que yo le avisaría si se hace hoy una vacante que
me indicaron Sevillano y Pantoja. Voy al Ministerio en
cuanto almuerce, me entero de si hay o no la vacante, y
como la haya, le escribo a su casa o al Congreso; según
la hora. Me ha dado palabra de hablar esta tarde al Ministro, el cual le está agradecidísimo, por haber renuncia-
do a explanar una interpelación sobre cierta contrata en
que hay sapos y culebras. Ya se ve, el Ministro le daría
hoy el arpa de David si se la pidiera. ¿Te vas enterando?

—Sí, hombre, sí (radiante de satisfacción); y me parece que lo que es ahora, no hay quien nos quite el bollo.

—¡Oh!, lo que es confianza, lo que se llama confianza,
yo no la tengo. Ya sabes que me pongo siempre en lo
peor. Pero vamos a hacer nuestro plan: Yo al Ministerio.
Que Luis no vaya a la escuela esta tarde, y que espere
aquí, porque con él le tengo que mandar la carta. No le

veré yo mismo, porque Víctor se ha empeñado en que visitemos juntos esta tarde al Jefe de Personal. Quiero ir con él para despistarle. ¿Entiendes? Cuidado como le dejas entender a ese pillo de dónde sopla ahora el viento.

Levantándose excitadísimo, se puso a dar paseos por el angosto aposento. Su mujer, gozosa, le dejó solo, y a pesar de la reserva que se impuso, su hija y hermana le conocieron en la cara las buenas nuevas. Era de esas personas que atesoran en sí mismas un arsenal de armas espirituales contra las penas de la vida y poseen el arte de transformar los hechos reduciéndolos y asimilándoselos en virtud de la facultad dulcificante que en sus entrañas llevan, como la abeja, que cuanto chupa lo convierte en miel.

Para Cadalsito fue aquel día de huelga, pues por la mañana, según disposición del maestro, debían ir todos al sepelio del malogrado *Posturitas*. Y uno de los designados para llevar las cintas del féretro era Luis, a causa de ser tal vez el que mejor ropa tenía, gracias a su papá, Víctor. Su abuela le puso los trapitos de cristianar, con guantes y todo, y salió muy compuesto y emperejilado, gozoso de verse tan guapo, sin que atenuara su contento el triste fin de tales composturas. La mujer del memorialista le hizo mil caricias encareciendo lo majo que estaba, y el niño se dirigió hacia la casa de préstamos, seguido de *Canelillo,* que también quiso meter su hocico en el entierro, aunque no era fácil le dieran vela en él. Al entrar en la calle del Acuerdo, se encontró Cadalso a su tía Quintina, que le llenó de besos, ensalzó mucho su elegancia, le estiró el cuerpo de la chaqueta y las mangas, y le arregló el cuello para que resultara más guapo todavía.

—Esto me lo debes a mí, pues le dije a tu padre que te comprara ropita. A él no se le hubiera ocurrido nunca tal cosa; anda muy distraído. Por cierto, corazón, que estoy bregando ahora más que nunca con tu papá para que te lleve a vivir conmigo. ¿Qué es eso? ¿Qué cara me pones? Estarás conmigo mucho mejor que con esas remilgadas *Miaus...* ¡Si vieras qué cosas tan bonitas tengo en casa! ¡Ay, si las vieras!... Unos niños Jesús que se parecen a ti, con el mundito en la mano; unos nacimientos tan preciosos, pero tan preciosos... Tienes que verlos. Y ahora estamos esperando cálices chiquititos, custodias que son una monada, casullas así... para que los niños buenos jueguen a misas; santos de este tamaño, así, mira, como los soldados de plomo, y la mar de candeleritos y arañitas que se encienden en los altares de juguete. Todo lo tienes que ver, y si vas a casa, puedes hacer con ello lo que quieras, pues es para tu diversión. ¿Irás, rico mío?

Cadalsito, abriendo cada ojo con aquellas descripciones de juguetes sacros, decía que sí con la cabeza, aunque afligido por la dificultad de ver y gozar tales cosas, pues abuelita no le dejaba poner los pies allá. En esto llegaron a la puerta de la casa mortuoria, donde Quintina, después de besuquearle otra vez refregándole la cara, le dejó en compañía de los demás chicos, que ya estaban allí, más de lo que permitían las tristes circunstancias. Unos por envidia, otros porque eran en toda ocasión muy guasones, empezaron a tomarle el pelo al amigo Cadalso por la ropa flamante que llevaba, por las medias azules y más aún por los guantes del mismo color, que, dicho sea entre paréntesis, le entorpecían las manos. No dejaba él que le tocasen, resuelto a defender contra todo ataque de envidiosos y granujas la limpieza de sus mangas. Tratóse luego de si subían o no a ver a Paco Ramos muerto, y entre los que votaron por la afirmativa, se coló también Luis, movido de la curiosidad. Nunca tal hiciera.

Porque le impresionó tan vivamene la vista del chiquillo difunto, que a poco se cae al suelo. Le entró una pena en la boca del estómago, como si le arrancasen algo. El pobre *Posturitas* parecía más largo de lo que era. Estaba vestido con sus mejores ropas; tenía las manos cruzadas, con un ramo en ellas: la cara muy amarilla, con manchas moradas, la boca entreabierta y de un tono casi negro, viéndose los dos dientes de en medio, blancos y grandes, mayores que cuando estaba vivo... Tuvo que apartarse Luisín de aquel espectáculo aterrador. ¡Pobre *Posturas!*... ¡Tan quieto el que era la misma viveza, tan

callado el que no cesaba de alborotar un punto, riendo y
hablando a la vez! ¡Tan grave el que era la misma travesura y a toda la clase traía siempre al retortero! En medio de aquel inmenso trastorno de su alma, que Luis no
podía definir, ignorando si era pena o temor, hizo el chico una observación que se abría paso por entre sus sentimientos, como voz del egoísmo, más categórico en la infancia que la piedad. «Ahora —pensó— no me llamará
Miau.» Y al deducir esto, parecía quitársele un peso de
encima, como quien resuelve un arduo problema o ve
conjurado un peligro. Al descender la escalera, procuraba consolarse de aquel malestar que sentía, afirmando
mentalmente: «Ya no me dirá *Miau*... Que me diga ahora *Miau*.»

Poco tardó en bajar la caja azul para ser puesta en el
carro. En todos los balcones de la casa, sin exceptuar los
del establecimiento de préstamos, se asomaron no pocas
mujeres para ver salir el entierro. El cojo Guillén apareció con los ojos encendidos de llorar y la cara tan seria,
que no se parecía a sí mismo. El fue quien dispuso todo
y distribuyó las cintas, confiándole una a Cadalso. Después se metió en el coche, donde iba también el maestro,
con su bastón roten y su chistera lacia; el tendero vecino,
con limpia camisa de cuello corto sin corbata, y un señor
viejo a quien no conocía Cadalso. En marcha, pues, Luis
pensó que su ropa daba golpe, y no fue insensible a las
satisfacciones del amor propio. Iba muy consentido en su
papel de portador de cinta, pensando que si él no la llevase, el entierro no sería, ni con mucho, tan lucido. Buscó a *Canelo* con la mirada; pero el sabio perro de Mendizábal, en cuanto entendió que se trataba de enterrar,
cosa poco divertida y que sugiere ideas misantrópicas, dio
media vuelta y tomó otra dirección, pensando que le tenía más cuenta ver si se aparecía alguna perra elegante y
sensible por aquellos barrios.

En el cementerio, la curiosidad, más poderosa que el
miedo, impulsó a Cadalso a ver todo... Bajaron del carro
el cadáver, lo entraron entre dos, abrieron la caja... No
comprendía Luis para qué, después de taparle la cara con

un pañuelo, le echaban cal encima aquellos brutos... Pero
un amigo se lo explicó. Cadalsito sentía, al ver tales ope-
raciones, como si le apretasen la garganta. Metía su cabeza por entre las piernas de las personas mayores, para
ver, para ver más. Lo particular era que *Posturitas* se
estuviese tan callado y tan quieto mientras le hacían
aquella herejía de llenarle la cara de cal. Luego cerraron
la tapa... ¡Qué horror quedarse dentro! Le daban la llave
al cojo, y después metían la caja en un agujero, allá, en
el fondo, allá... Un albañil empezó a tapar el hueco con
yeso y ladrillos. Cadalso no apartaba los ojos de aquella
faena... Cuando la vio concluida, soltó un suspiro muy
grande, explosión del respirar contenido largo tiempo.
¡Pobre *Posturitas*! «Pues, señor, a mí me dirán *Miau* todos los que quieran; pero lo que es éste no me lo vuelve
a decir.»

Cuando salieron, los amigos le embromaron otra vez
por su esmerado atavío. Alguno dejó entrever la intención malévola de hacerle caer en una zanja, de la cual
habría salido hecho una compasión. Varias manos muy
puercas le tocaron con propósitos que es fácil suponer, y
ya Cadalso no sabía qué hacerse de las suyas, aprisiona-
das en los guantes, entumecidas e incapaces de movimiento. Por fin se libró de aquella apretura, quitándose
los guantes y guardándolos en el bolsillo. Antes de llegar
a la calle Ancha, los chicos se dispersaron y Luisito siguió con el maestro, que le dejó a la puerta de su casa.
Ya estaba allí *Canelo* de vuelta de sus depravadas excursiones, y subieron juntos a almorzar, pues el can no ignoraba que había repuesto fresco de víveres arriba.

—¿Y los guantes? —preguntó doña Pura a su nieto
cuando le vio entrar con las manos desnudas.

—Aquí están... No los he perdido.

Villaamil, a eso de las tres, entró de la calle, afanadísi-
mo, y metiéndose en su despacho, escribió una carta delante de su esposa, que veía con gusto en él la excitación
saludable, síntoma de que la cosa iba de veras.

—Bueno. Que Luis lleve esta carta y espere la contestación. Me ha dicho Sevillano que tenemos vacante, y

quiero saber si el diputado la pide para mí o no. De la
oportunidad depende el éxito. Yo estoy citado con Víctor, y para desorientarle no quiero faltar... Es labor fina
la que traigo entre manos, y hay que andar con muchísimo tiento. Dame mi sombrero... mi bastón, que ya estoy
otra vez en la calle. Dios nos favorezca. A Luis que no
se venga sin la respuesta. Que dé la carta a un portero y
se aguarde en el cuarto aquel, a la derecha conforme se
entra. Yo no espero nada; pero es preciso, es preciso
echar todos los registros, todos...

Salió Cadalsito a eso de las cuatro con la epístola y sin
guantes, seguido de *Canelo* y conservando la ropita del
entierro, pues su abuela pensó que ninguna ocasión más
propicia para lucirla. No fue preciso indicarle hacia dónde caía el Congreso, pues había ido ya otra vez con comisión semejante. En veinte minutos se plantó allí. La
calle de Florida-Blanca estaba invadida de coches que,
después de soltar en la puerta a sus dueños, se iban si-
tuando en fila. Los cocheros de chistera galonada y escla-
vina charlaban de pescante a pescante, y la hilera llegaba
hasta el teatro de Jovellanos. Junto a las puertas del edificio, por la calle del Sordo, había filas de personas formando cola, que los de Orden Público vigilaban, cuidando que no se enroscase mucho. Examinado todo esto, el
observador Cadalsito se metió por aquella puerta corona-
da de un techo de crisales. Un portero con casaca le
apartó suavemente para que entrasen unos señorones con
gabán de pieles, ante los cuales abría la mampara roja.
Cadalsito se encaró después con el sujeto aquel de la casaca, y quitándose la gorra (pues él, siempre cortés en
viendo galones, no distinguía de jerarquías), le dio la carta, diciendo con timidez: «Aguardo contestación.» El
portero, leyendo el sobre: «No sé si ha venido. Se pasará.» Y poniendo la carta en una taquilla dijo a Luis que
entrase en la estancia a mano derecha.

Había allí bastante gente, la mayor parte en pie junto
a la puerta, hombres de distintas cataduras, algunos muy
mal de ropa, la bufanda enroscada al cuello, con trazas
de pedigüeños; mujeres de velo por la cara, y en la mano

enrollado un papelito que a instancia trascendía. Algunos
acechaban con airado rostro a los señores entrantes, dispuestos a darles el alto. Otros, de mejor pelo, no pedían
más que papeletas para las tribunas y se iban sin ellas
por haberse acabado. Cadalsito se dedicó también a mirar a los caballeros que entraban en grupos de dos o de
tres, hablando acaloradamente. «Muy grande debe ser
esta casona —pensó Luis—, cuando cabe tanto señorío.»
Y cansado al fin de estar en pie, se metió para dentro y
se sentó en un banco de los que guarnecen la sala de
espera. Allí vio una mesa donde algunos escribían tarje-
tas o volantes, que luego confiaban a los porteros, y
aguardaban sin disimular su impaciencia. Había hombre
que llevaba tres horas, y aún tenía para otras tres. Las mujeres suspiraban inmóviles en el asiento, soñando una respuesta que no venía. De tiempo en tiempo abríase la mampara que comunicaba con otra pieza; un portero llamaba:
«El señor Tal», y el señor Tal se erguía muy contento.

Transcurrió una hora, y el niño bostezaba aburridísimo
en aquel duro banco. Para distraerse levantábase a ratos
y se ponía en la puerta a ver entrar personajes, no sin
discurrir sobre el intríngulis de aquella casa y lo que irían
a guisar en ella tantos y tantos caballerotes.

El Congreso (bien lo sabía él) era un sitio donde se
hablaba. ¡Cuántas veces había oído a su abuelo y a su
padre: «Hoy habló Fulano o Mengano, y dijeron esto, lo
otro y lo de más allá.»! ¿Y cómo sería la casa por dentro?
Gran curiosidad. ¿Cómo sería? ¿Dónde hablaban? Ello
debía ser una casa grandona como la iglesia, con la mar
de bancos, donde se sentaban para charlar todos a un
tiempo. ¿Y a qué era tanta habladuría? Pues también entraban allí los Ministros. ¿Y quiénes eran los Ministros?
Los que gobernaban y daban los destinos. Igualmente recordó haber oído a su abuelo, en frecuentes ratos de mal
humor, que las Cortes eran una farsa y que allí no se
hacía más que perder el tiempo. Pero otras veces se en-
tusiasmaba el buen viejo, elogiando un discurso de albo-
roto. Total, que Luisín no podía formar juicio exacto, y
su mente era toda confusión.

Volvió al banco, y desde él vio entrar a uno que se le figuró su padre: «¡Mi papá también aquí!» Y le franquearon la mampara como a los demás. Por poco sale tras él gritando: «Papá, papá», pero no hubo tiempo, y donde estaba se quedó. «¿Y será mi papá de los que hablan? Quien debía venir aquí a explicarse es Mendizábal, que sabe tanto, y dice unas cosas tan buenas...» En esto sintió que se le nublaba la vista, y le entraba el intenso frío al espinazo. Fue tan brusca y violenta la acometida del mal, que sólo tuvo tiempo de decirse: *que me da, que me da;* y dejando caer la cabeza sobre el hombro, y reclinando el cuerpo en la esquina próxima, se quedó profundamente dormido.

29

Por un instante, Cadalsito no vio ante sí cosa alguna. Todo tinieblas, vacío, silencio. Al poco rato aparecióse enfrente el Señor, sentado, ¿pero dónde? Tras de él había algo como nubes, una masa blanca, luminosa, que oscilaba con ondulaciones semejantes a las del humo. El señor estaba serio. Miró a Luis, y Luis a él en espera de que le dijese algo. Había pasado mucho tiempo desde que le vio por última vez, y el respeto era mayor que nunca.

—El caballero para quien trajiste la carta —dijo el Padre—, no te ha contestado todavía. La leyó y se la guardó en el bolsillo. Luego te contestará. Le he dicho que te dé un *sí* como una casa. Pero no sé si se acordará. Ahora está hablando por los codos.

—Hablando —repitió Luis—. ¿Y qué dice?

—Muchas cosas, hombre, muchas que tú no entiendes —replicó el Señor, sonriendo con bondad—. ¿Te gustaría a ti oír todo eso?

—Sí que me gustaría.

—Hoy están muy enfurruñados. Acabarán por armar un gran rebumbio.

—Y usted —preguntó Cadalso tímidamente, no deci-

diéndose nunca a llamar a Dios de *tú*—. ¿Usted no
habla?

—¿Dónde, aquí? Hombre... yo... te diré... Alguna
vez puede que diga algo... Pero casi siempre lo que yo
hago es escuchar.

—¿Y no se cansa?

—Un poquitín; ¡pero qué remedio!...

—¿El caballero de la carta contestará que sí? ¿Colocarán a mi abuelo?

—No te lo puedo asegurar. Yo le he mandado que lo
haga. Se lo he mandado la friolera de tres veces.

—Pues lo que es ahora (con desembarazo), bien que
estudio.

—No te remontes mucho. Algo más aplicado estás.
Aquí, entre nosotros, no vale exagerar las cosas. Si no te
distrajeras tanto con el álbum de sellos, más aprove-
charías.

—Ayer me supe la lección.

—Para lo que tú acostumbras, no estuvo mal. Pero no
basta, hijo, no basta. Sobre todo, si te empeñas en ser
cura, hay que apretar. Porque figúrate tú, para decirme
una misa has de aprender latín, y para predicar tienes
que estudiar un sin fin de cosas.

—Cuando sea mayor lo aprenderé todito... Pero mi
papá no quiere verme cura, y dice que él no cree nada
de usted, ni aunque lo maten. Dígame, ¿es malo mi
papá?

—No es muy católico que digamos.

—Y la Quintina, ¿es buena?

—La tía Quintina, sí. ¡Si vieras qué cosas tan bonitas
tiene en su casa! Debías ir a verlas.

—Abuelita no me deja (desconsolado). Es que a la tía
Quintina se le ha metido en la cabeza que me vaya a
vivir con ella, y los de casa... que nones.

—Es natural. Pero tú, ¿qué piensas de esto? ¿Te gustaría seguir donde estás y que te dejaran ir a casa de la
tía para ver los santos?

—¡Vaya si me gustaría!... Dígame, ¿y mi papá está
aquí dentro?

—Sí, por ahí anda.

—¿Y también él hablará?

—También. ¡Pues no faltaba más!...

—Usted perdone. El otro día dijo mi papá que las mujeres son muy malas. Por eso yo no quiero casarme nunca.

—Muy bien pensado (conteniendo la risa). Nada de casorios. Tú vas a ser curita.

—Y obispo, si usted no manda otra cosa...

En esto vio que el Señor se volvía hacia atrás como para apartar de sí algo que le molestaba... El chico estiró el cuello para ver qué era, y el Padre dijo: «¡Largo! Idos de aquí y dejadme en paz.» Entonces vio Luisito que por entre los pliegues del manto de su celestial amigo asomaban varias cabecitas de granujas. El señor recogió su ropa, y quedaron al descubierto tres o cuatro chiquillos en cueros vivos y con alas. Era la primera vez que Cadalso les veía, y ya no pudo dudar que aquél era verdaderamente Dios, puesto que tenía ángeles. Empezaron a aparecerse por entre aquellas nubes algunos más, y alborotaban y reían, haciendo mil cabriolas. El Padre Eterno les ordenó por segunda vez que se largaran, sacudiéndoles con la punta de su manto, como si fuesen moscas. Los más chicos revoloteaban, subiéndose hasta el techo (pues había techo allí), y los mayores le tiraban de la túnica al buen abuelo para que se fuera con ellos. El anciano se levantó al fin, algo contrariado, diciendo: «Bien; ya voy, ya voy... ¡Qué machacones sois! No os puedo aguantar.» Pero esto lo decía con acento bonachón y tolerante. Cadalso estaba embobado ante tan hermosa escena, y entonces vio que entre los alados granujas se destacaba uno...

¡Contro!, era *Posturitas,* el mismo *Posturas,* no tieso y lívido como le vio en la caja, sino vivo, alegre y tan guapote. Lo que llenó de admiración a Cadalso fue que su condiscípulo se le puso delante y con el mayor descaro del mundo le dijo: «*Miau,* fu, fu...» El respeto que debía a Dios y a su séquito no impidió a Luis incomodarse con aquella salida, y aun se aventuró a responder: «¡Pillo, ordinario..., eso te lo enseñaron la puerca de tu madre y tus tías, que se llaman *las arpidas!*» *El* Señor habló así, sonriendo: «Callar, a callar todos... Andando...» Y se alejó pausadamente, llevándoselos por delante, y hostigándoles con su mano como a una bandada de pollos. Pero el recondenado de *Posturitas,* desde gran distancia, y cuando ya el Padre celestial se desvanecía entre celajes, se volvió atrás, y plantándose frente al que fue su camarada, con las patas abiertas, el hocico risueño, le hizo mil garatusas, y le sacó un gran pedazo de lenguaza, diciendo otra vez: *«Miau, Miau,* fu, fu...» Cadalsito alzó la mano. Si llega a tener en ella libro, vaso o tintero, le descalabra. El otro se fue dando brincos, y desde lejos, haciendo trompeta con ambas manos, soltó un *Miau* tan fuerte y tan prolongado, que el Congreso entero, repercutiendo el inmenso mayido, parecía venirse abajo...

Un portero con una carta en la mano despertó al chiquillo, que tardaba mucho en volver en sí.

—Niño, niño, ¿eres tú el que ha traído la carta para ese señor? Aquí está la respuesta, señor don Ramón Villaamil.

—Sí, yo soy... digo, es mi abuelo —contestó al fin Luisito, y restregándose los ojos salió. El fresco de la calle despejóle un poco la cabeza. Estaba lloviendo, y su primera idea fue para considerar que se le iba a poner la ropa perdida. *Canelo,* a todas estas, había matado el tiempo en la Carrera de San Jerónimo, calle arriba, calle abajo, viendo las *muchachas* bonitas que pasaban, algunas en coche, con sus collares de lujo; y cuando Luis salió del Congreso, ya estaba de vuelta de su correría, esperando al amigo. Unióse a éste, esperando que comprase bollos; pero el pequeño no tenía cuartos, y aunque los tuviera, no estaba él de humor para comistrajos después de las cosas que había visto y con el gran trastorno que en todo su cuerpo le quedara.

¿Y la carta?... ¿Qué decía la carta? Con trémula mano abrióla Villaamil (mientras doña Pura se llevaba adentro al chiquillo para mudarle la ropa), y al leerla se le cayeron las alas del corazón. Era una de esas cartas de estam-

pilla, como las que a centenares se escriben diariamente
en el Congreso y en los Ministerios. Mucha fórmula de
cortesía, mucho trasteo de promesas vagas sin afirmar ni
negar nada. Cuando su mujer acudió a enterarse, Villaamil ofrecía un aspecto trágico, mostrando la epístola
abierta, arrojada sobre la mesa.

—¡Ya! —dijo la *Miau,* después de leerla—; las pamplinas de siempre. Pero no te apures, hombre. Vete mañana a verle, y...

—Cuando te digo (con atroz desaliento) que entre unos
y otros me están jorobando...

Pasó la noche sumido en negra tristeza, y a la mañana
inmediata, cambio completo de decoración. En la afano-
sa vida del pretendiente ocurren estos rudos contrastes
que les hacen pasar del desconsuelo a la esperanza. Recibió Villaamil una esquela del prohombre citándole para
su casa, de doce a una. Con la prisa y el anhelo que le
entró a mi hombre, no acertaba a ponerse el gabán. «Me
llamará para decirme alguna tontería —pensaba, arrimán-
dose siempre a lo peor—. Vamos, vamos allá.» Y
salió, dejando a su mujer excitadísima con la ilusión de
un próximo triunfo. Por el camino procuraba compenetrarse bien de su fatalismo pesimista. Según su teoría,
siempre sucede lo contrario de lo que uno piensa. Véase
por qué no nos sacamos nunca la lotería; bien claro está:
porque compra uno el billete con el intento firme de que
le ha de caer el premio gordo. Lo previsto no ocurre
jamás, sobre todo en España, pues por histórica ley, los
españoles viven al día, sorprendidos de los sucesos y sin
ningún dominio sobre ellos. Conforme a esta teoría del
fracaso de toda previsión, ¿qué debe hacerse para que
suceda una cosa? Prever la contraria, compenetrarse bien
de la idea opuesta a su realización. ¿Y para que una cosa
no pase? Figurarse que pasará, llegar a convencerse, en
virtud de una sostenida obstinación espiritual, de la evi-
dencia de aquel supuesto. Villaamil había experimentado
siempre con éxito este sistema, y recordaba multitud de
ejemplos demostrativos. En uno de sus viajes a Cuba,
corriendo furioso temporal, se compenetró absolutamen-

te de la idea de morir, arrancó de su espíritu toda esperanza, y el vapor hubo de salvarse. Otra vez, hallándose
amenazado de una cesantía, se empapó de la persuasión
de su desgracia; no pensaba más que en el fatídico *cese;*
lo veía delante de sí día y noche, manifestándose con
brutal laconismo. ¿Y qué sucedió? Pues sucedió que me
le ascendieron.

En resumidas cuentas, al ir a casa del padre de la patria, Villaamil se impregnó bien en el convencimiento de
un desastre, y pensaba así: «Como si lo viera; este señor
me va a dar ahora la puntilla, diciéndome: «Amigo, lo
siento mucho; el Ministro y yo no nos entendemos, y me
es imposible hacer nada por usted.»

Pero las palabras del aprovechado personaje fueron
muy distintas, y jamás habría podido barruntar don Ramón que el otro saliese por este registro:

—Pues ayer tarde, después de escribir a usted, hablé
con su yerno, el cual me manifestó que a usted le convendría más servir en provincias. Eso ya varía de especie,
porque en provincias es mucho más fácil. Hoy mismo me
ocuparé del asunto.

En medio de la sorpresa grata que tan expresivas razones le causaron, sintió mi hombre el disgusto de la inge-
rencia de Víctor en aquel negocio. Retiróse a su casa intranquilo, pues le hacía muy poca gracia ver mezcladas la
persona y recomendaciones de Cadalso con las suyas. No
participó doña Pura de estos recelos, y el sol de su rego-
cijo brilló sin nubes. Cierto que les contrariaba tener que
hacer el hatillo, pero no estaban en situación de escoger
lo mejor, sino de apechugar con lo posible, dando gracias
a Dios.

Desde aquel día, Villaamil frecuentaba la iglesia de un
modo vergonzante. Al salir de casa, si las Comendadoras
estaban abiertas, se colaba un rato allí, y oía misa si era
hora de ello, y si no, se estaba un ratito de rodillas, tratando sin duda de armonizar su fatalismo con la idea cristiana. ¿Lo conseguiría? ¡Quién sabe! El cristianismo nos
dice: *Pedid y se os dará;* nos manda que fiemos en Dios
y esperemos de su mano el remedio de nuestros males;

pero la experiencia de una larga vida de ansiedad sugería al buen Villaamil estas ideas: *No esperes y tendrás; desconfía del éxito para que el éxito llegue.* Allá se las compondría en su conciencia. Quizá abdicaba de su diabólica teoría, volviendo al dogma consolador; tal vez se entregaba con toda la efusión de su espíritu al Dios misericordioso, poniéndose en sus manos para que le diera lo que más le convenía, la muerte o la vida, la credencial o el eterno *cese,* el bienestar modesto o la miseria horrible, la paz dichosa del servidor del Estado o la desesperación famélica del pretendiente. Quizá anticipaba su acalorada gratitud para el primer caso o su resignación para el segundo, y se proponía aguardar con ánimo estoico el divino fallo, renunciando a la previsión de los acontecimientos, resabio pecador del orgullo del hombre.

30

Una tarde, ya cerca de anochecido, al volver a su casa, vio a Montserrat abierto, y allá se entró. La iglesia estaba muy oscura. Casi a tientas pudo llegar a un banco de los de la nave central y se hincó junto a él, mirando hacia el altar, alumbrado por una sola luz. Pisadas de algún devoto que entraba o salía y silabeo tenue de rezos eran los únicos rumores que turbaban el silencio, en cuyo seno profundo arrojó el cesante su plegaria melancólica, mezcla absurda de piedad y burocracia... «Porque por más que revuelvo en mi conciencia no encuentro ningún pecado gordo que me haga merecer este cruel castigo... Yo he procurado siempre el bien del Estado, y he atendido a defender en todo caso la Administración contra sus defraudadores. Jamás hice ni consentí un chanchullo, jamás, Señor, jamás. Eso bien lo sabes tú, Señor... Ahí están mis libros cuando fui tenedor de la Intervención... Ni un asiento mal hecho, ni una raspadura... ¿Por qué tanta injusticia en estos jeringados Gobiernos? Si es verdad que a todos nos das el pan de cada día, ¿por qué a mí me lo niegas? Y digo más: si el Estado debe favorecer a todos por igual, ¿por qué a mí me abandona?... ¡A mí, que le he servido con tanta lealtad! Señor, que no me engañe ahora... Yo te prometo no dudar de tu misericordia como he dudado otras veces; yo te prometo no ser pesimista, y esperar, esperar en ti. Ahora, Padre Nuestro, tócale en el corazón a ese cansado Ministro, que es una buena persona: sólo que me le marean con tantas cartas y recomendaciones.»

Transcurrido un rato se sentó, porque el estar de rodillas le fatigaba, y sus ojos, acostumbrándose a la penumbra, empezaron a distinguir vagamente los altares, las imágenes, los confesonarios y las personas, dos o tres viejas que rezongaban acurrucadas en ruedos al pie de los confesonarios. No esperaba él el buen encuentro que tuvo a la media hora de estar allí. Deslizándose sobre el banco o andando con las asentaderas sobre la tabla, se le apareció su nieto.

—Hijo, no te había visto. ¿Con quién vienes?

—Con tía Abelarda, que está en aquella capilla... Aquí la estaba esperando y me quedé dormido. No le vi entrar a usted.

—Pues aquí llegué hace un ratito —le dijo el abuelo, oprimiéndole contra sí—. ¿Y tú, vienes aquí a dormir la siesta? No me gusta eso; te puedes enfriar y coger un catarro. Tienes las manos heladitas. Dámelas que te las caliente.

—Abuelo —le preguntó Luis cogiéndole la cara y ladeándosela—, ¿estaba usted rezando para que le coloquen?

Tan turbado se encontraba el ánimo del cesante, que al oír a su nieto pasó de la risa al lloro en menos de un segundo. Pero Luis no advirtió que los ojos del anciano se humedecían, y suspiró con toda su alma al oír esta respuesta:

—Sí, hijo mío. Ya sabes tú que a Dios se le debe pedir todo lo que necesitamos.

—Pues yo —replicó el chicuelo saltando por donde menos se podía esperar— se lo estoy diciendo todos los días, y nada.

—¿Tú..., pero tú también pides?... ¡Qué rico eres! El Señor nos da cuanto nos conviene. Pero es preciso que seamos buenos, porque si no, no hay caso.

Luis lanzó otro suspiro hondísimo que quería decir: «Esa es la dificultad, ¡contro!, que uno sea bueno.» Después de una gran pausa, el chiquillo, manoseando otra vez la cara del abuelo para obligarle a mirar para él, murmuró:

—Abuelo, hoy me he sabido la lección.

—¿Sí? Eso me gusta.

—¿Y cuándo me ponen en latín? Yo quiero aprenderlo para cantar misa... Pero mire usted, lo que es esta iglesia no me hace feliz. ¿Sabe usted por qué? Hay en aquella capilla un Señor con pelos largos que me da mucho miedo. No entro allí aunque me maten. Cuando yo sea cura, lo que es allí no digo misa...

Don Ramón se echó a reír.

—Ya se te irá quitando el temor, y verás cómo también al Cristo melenudo le dices tus misitas.

—Y que ya estoy aprendiendo a echarlas. Murillo sabe todo el latinaje de la misa, y cuándo se toca la campanilla y cuándo se le levanta el faldón al cura.

—Mira —le dijo su abuelo sin enterarse—, ve y avisa a la tía que estoy aquí. No me habrá visto. Ya es hora de que nos vayamos a casa.

Fue Luis a llevar el recado, y el taconeo de sus pisadas resonó en el suelo de la iglesia como alegre nota en tan lúgubre silencio. Abelarda, sentada a la turca en el suelo, miró hacia atrás, después se levantó, y vino a situarse junto a su padre.

—¿Has acabado? —le preguntó éste.

—Aún me falta un poquito—. Y siguió silabeando, fijos los ojos en el altar.

Confiaba mucho Villaamil en las oraciones de su hija, que creía fuesen por él, y así le dijo:

—No te apresures; reza con calma y cuanto quieras, que hay tiempo todavía. ¿Verdad que el corazón parece que se descarga de un gran peso cuando le contamos nuestras penas al único que las puede consolar?

Esto brotó con espontaneidad nacida del fondo del alma. El sitio y la ocasión eran propicios al dulcísimo acto de abrir de par en par las puertas del espíritu y dar salida a todos los secretos. Abelarda se hallaba en estado psicológico semejante; pero sentía con más fuerza que su padre la necesidad de desahogo. No era dueña de callar en aquel instante, y a poco que se descubriera, le rebosarían de la boca confidencias que en otro lugar y momento por nada del mundo dejaría asomar a sus labios.

—¡Ay, papá! —se dejó decir—. Soy muy desgraciada... Usted no lo sabe bien.

Asombróse Villaamil de tal salida, porque para él no había en la familia más que una desgracia, la cesantía y angustiosa tardanza de la credencial.

—Es verdad —dijo rotundamente—; pero ahora... ahora debemos confiar... Dios no nos abandonará.

—Lo que es a mí —confirmó Abelarda—, bien abandonada me tiene... Es que le pasan a una cosas muy terribles. Dios hace a veces unos disparates...

—¿Qué dices, hija? (Alarmadísimo.) ¡Disparates Dios...!

—Quiero decir que a veces le infunde a una sentimientos que la hacen infeliz; porque, ¿a qué viene querer, si no van las cosas por buen camino?

Villaamil no comprendía. La miró por ver si la expresión del rostro aclaraba el enigma de la palabra. Pero la menguada luz no permitía al anciano descifrar el rostro de su hija. Y Luisito, en pie ante los dos, no entendía ni jota del diálogo.

—Pues si te he de decir verdad —añadió Villaamil buscando luz en aquella confusión—, no te entiendo. ¿Qué disgusto tienes? ¿Has reñido con Ponce? No lo creo. El pobre chico, anoche en el café, me habló tan natural de la prisa que le corre casarse. No quiere esperar a que se muera su tío, el cual, entre paréntesis, es hombre acabado.

—No es eso, no es eso —dijo la *Miau* con el corazón en prensa—. Ponce no me ha dado rabieta ninguna.

—Pues entonces...

Callaron ambos, y a poco Abelarda miró a su padre. Le retozaba en el alma un sentimiento maligno, un ansia de mortificar al bondadoso viejo diciéndole algo muy desagradable. ¿Cómo se explica esto? Unicamente por el rechazo de la efusión de piedad en aquel turbado espíritu, que buscando en vano el bien, rebotaba en dirección del mal, y en él momentáneamente se complacía. Algo hubo en ella de ese estado cerebral (relacionado con desórdenes nerviosos, familiares al organismo femenil), que sugiere los actos de infanticidio; y en aquel caso, el misterioso fluido de ira descargó sobre el mísero padre a quien tanto amaba.

—¿No sabes una cosa? —le dijo—. Ya han colocado a Víctor. Hoy al mediodía... a poco de salir tú, llamaron a la puerta: era la credencial. El estaba en casa. Le han dado el ascenso y le nombran... no sé qué en la Administración Económica de Madrid.

Villaamil se quedó atontadísimo, como si le hubieran descargado un fuerte golpe de maza en la cabeza. Le zumbaron los oídos... creyó delirar, se hizo repetir la noticia, y Abelarda la repitió con acento en que vibraba la saña del parricida.

—Un gran destino —añadió—. El está muy contento, y dijo que si a ti te dejan fuera, puede, por de pronto y para que no estés desocupado, darte un destinillo subalterno en su oficina.

Creyó por un momeno el anciano sin ventura que la iglesia se le caía encima. Y en verdad, un peso enorme se le sentaba sobre el corazón no dejándole respirar. En el mismo instante, Abelarda, volviendo en sí de aquella perturbación cerebral que nublara su razón y sus sentimientos filiales, se arrepintió de la puñalada que acababa de asestar a su padre, y quiso ponerle bálsamo sin pérdida de tiempo.

—También a ti te colocarán pronto. Yo se lo he pedido a Dios.

—¡A mí! ¡Colocarme a mí! (con furor pesimista). Dios no protege más que a los pillos... ¿Crees que espero algo ni del Ministro ni de Dios? Todos son lo mismo... ¡Arri-

ba y abajo farsa, favoritismo, polaquería! Ya ves lo que
sacamos de tanta humillación y de tanto rezo. Aquí me
tienes desairado siempre y sin que nadie me haga caso,
mientras que ese pasmarote, embustero y trapisondista...

Se dio con la palma de la mano un golpe tan recio en
el cráneo, que Luisito se asustó, mirando consternado a
su abuelo. Entonces volvió a sentir Abelarda la malignidad parricida, uniéndola a un cierto instinto defensivo de
la pasión que llenaba su alma. Los grandes errores de la
vida, como los sentimientos hondos, aunque sean extra-
viados, tienden a conservarse y no quieren en modo alguno perecer. Abelarda salió a la defensa de sí misma defendiendo al otro.

—No, papá, malo no es (con mucho calor), malo no.
¡En qué error tan grande están usted y mamá! Todo
consiste en que le juzgan de ligero, en que no le comprenden.

—¿Tú qué sabes, tonta?

—¿Pues no he de saberlo? Los demás no le comprenden; yo, sí.

—¡Tú, hija...! —y al decirlo, una sospecha terrible
cruzó por su mente, atontándole más de lo que estaba.
Pronto se rehizo, diciéndose: «No puede ser; ¡qué absurdo!» Pero como notara la excitación de su hija, el
extravío de su mirar, volvió a sentirse acometido de la
cruel sospecha.

—¡Tú... dices que le comprendes tú!

Resistiéndose a penetrar el misterio, éste, al modo de
gran sima, más profunda y temerosa cuanto más mirada,
le atraía con vértigo insano. Comparó rápidamente ciertas actitudes de su hija, antes inexplicables, con lo que
en aquel momento oía; ató cabos, recordó palabras, gestos, incidentes, y concluyó por declararse que estaba en
presencia de un hecho muy grave. Tan grave era y tan
contrario a sus sentimientos, que le daba terror cerciorarse de él. Más bien quería olvidarlo o fingirse que era
vana cavilación sin fundamento razonable.

—Vámonos —murmuró—. Es tarde, y yo tengo que
hacer antes de ir a casa.

Abelarda se arrodilló para decir sus últimas oraciones, y el abuelo, cogiendo a Luisito de la mano, se dirigió lentamente hacia la puerta, sin hacer genuflexión alguna, sin mirar para el altar ni acordarse de que estaba en lugar sagrado. Pasaron junto a la capilla del Cristo melenudo, y como Cadalsito tirase del brazo de su abuelo para alejarle lo más posible de la efigie que tanto miedo le daba, Villaamil se incomodó y le dijo con cruel aspereza:

—Que te come... Tonto...

Salieron los tres, y en la esquina de la calle de Quiñones se encontraron a Pantoja, que detuvo a don Ramón para hablarle del inaudito ascenso de Cadalso. Abelarda siguió hacia la casa. Al subir por la mal alumbrada escalera, sintió pasos descendentes... Era él... Su andar con ningún otro podía confundirse. Habría deseado esconderse para que no la viera, impulso de vergüenza y sobresalto que obedecía a misterioso presentimiento. El corazón le anunciaba algo inusitado, desarrollo y resultante natural de los hechos, y aquel encuentro la hacía temblar. Víctor la miró y se detuvo tres o cuatro escalones más arriba del rellano en que la chica de Villaamil se paró, viéndole venir.

—¿Vuelves de la iglesia? —le dijo—. Yo no como hoy en casa. Estoy de convite.

—Bueno —replicó ella y no se le ocurrió nada más ingenioso y oportuno.

De un salto bajó Víctor los cuatro escalones, y sin decir nada, cogió a la insignificante por el talle y la oprimió contra sí, apoyándose en la pared. Abelarda dejóse abrazar sin la menor resistencia, y cuando él la besó con fingida exaltación en la frente y mejillas, cerró los ojos, descansando su cabeza sobre el pecho del guapo monstruo, en actitud de quien saborea un descanso muy deseado, después de larga fatiga.

—Tenía que ser —dijo Víctor con la emoción que tan bien sabía simular—. No hemos hablado con claridad, y al fin nos entendemos. Vida mía, todo lo sacrifico por ti. ¿Estás dispuesta a hacer lo mismo por este desdichado?

Abelarda respondió que sí con voz que sólo fue un simple despegar de labios.

—¿Abandonarías casa, padres, todo, por seguirme? —dijo él en un rapto de infernal inspiración.

Volvió la sosa a responder afirmativamente, ya con voz más clara y con acentuado movimiento de cabeza.

—¿Por seguirme para no separarnos jamás?

—Te sigo como una tonta, sin reparar...

—¿Y pronto?

—Cuando quieras... Ahora mismo.

Víctor meditó un rato.

—Alma mía, todo puede hacerse sin escándalo. Separémonos ahora... Me parece que viene alguien. Es tu padre... Súbete. Hablaremos.

Al sentir los pasos de su padre, Abelarda despertó de aquel breve sueño. Subió azorada, trémula, sin mirar hacia atrás. Víctor siguió bajando lentamente, y al cruzarse con su suegro y el niño, ni les dijo nada, ni ellos le hablaron tampoco. Cuando Villaamil llegaba al segundo, ya la joven había llamado presurosa, deseando entrar antes de que su padre pudiera sorprender la turbación de criminal que desencajaba su rostro.

31

Toda aquella noche estuvo la insignificante en un estado próximo a la demencia, dividido su espíritu entre la alegría loca y una tristeza sepulcral. A ratos sentíase acometida de punzante suspicacia. Había entregado su voluntad sin condiciones, sin exigir en cambio la rendición del albedrío del otro y el término de aquellos amores con mujer desconocida, amores de compromiso sin duda, difíciles de romper. ¿Los rompía y liquidaba todas sus atrasadas cuentas de amor? Así tenía que ser. Y francamente, no estaba de más haberlo dicho. ¡Pero si no había habido tiempo para nada, ni pudieron darse y pedirse las explicaciones propias del caso! ... Fue como un relámpago aquel trueque y abandono mutuo de ambas voluntades.

Convenía, pues, en la primera coyuntura, despejar la situación, alejando todo temor de duplicidad, y poner para siempre a un lado a la señora aquella de las cartas. Hecho esto, Abelarda se entregaría sin ningún trámite al hombre que le había absorbido el alma; renunciaba a toda libertad, era suya, de él, en la forma y condiciones que él quisiese, con escándalo o sin escándalo, con honra o sin honra.

Mientras comían, Villaamil observaba a su hija, poniendo en su rostro los rasgos más enérgicos de aquella ferocidad tigresca que le caracterizaba. Comía sin apetito, y creeríase que devoraba una pieza palpitante y medio viva, que gemía y temblaba con dolores horribles, clavada en su tenedor. Doña Pura y Milagros no osaron hablarle de la colocación de Víctor. Ambas estaban mohínas, lúgubres y con cara de responso, y la misma Abelarda concluyó por formar parte de aquel silencioso coro de sepulcrales figuras. Aquella noche no había Real. El cesante se metió en su despacho, y las tres *Miaus* fueron a la sala, donde se reunieron el ínclito Pantoja y las de Cuevas. Abelarda tuvo momentos de febril locuacidad, y otros de meditación taciturna.

A las doce se acabó la tertulia, y a dormir... La casa en silencio, Abelarda en vela, esperando a Víctor para decirse lo que por decir estaba, y variar de lleno alma en alma, cambiando los vasos su contenido. Pero dio la una, la una y media, y el galán no aparecía. Entre dos y tres, la infeliz muchacha se hallaba en estado febril, que encendía en su mente los más peregrinos disparates. Le habían matado... También podía ser que el abrazo, el besuqueo y la declaración de la escalera fueran una burla infame... Esta idea la rechazaba por ser demasiado absurda y no caber, según ella, dentro de los moldes de la humana maldad. Luego pensaba (y eran ya las tres y media) que la elegantona de las cartas coronadas, al enterarse aquella misma noche de que el amante se le iba, o al oír de su propio labio tristes acentos de ruptura, tramaba contra él horrible venganza, le convidaba a cenar y le envenenaba, echándole en una copa de Jerez el veneno de los

Borgias. Con las extrañas cavilaciones mezclaba la sosa
mil lances que había visto en las óperas, las conjuracio-
nes que arma la mezzo-soprano contra el tenor, porque
éste la desprecia por la tiple; las perrerías del barítono
para deshacerse del tenor (y eran ya las cuatro), que su-
cumbiendo a las combinadas artimañas del bajo y la con-
tralto, revienta en brazos de la tiple, y concluyen ambos
diciéndose que se amarán en el otro mundo.

Las cinco, y Víctor sin aparecer. El cerebro de Abelarda era un volcán, que desfogaba por los ojos en destellos
de calentura, por los labios en monosílabos de despecho,
de amor, de cólera. Sólo dos veces, en la temporada
aquella, había pasado el *hombre superior* toda la noche
fuera de casa; y la primera vez que esto sucediera, entró
a eso de las diez de la mañana en un desorden lamentable, denunciando con su actitud, con sus palabras y hasta
con su ropa, los excesos de una noche de festín entre
personas de vida poco regular. ¡Si sucediera lo mismo
aquella segunda vez! ... Pero no; algo había ocurrido. Entre el tiernísimo paso de la escalera y aquella ausencia
inexplicable, había un enigma, algo misterioso, quizá una
desgracia o una monstruosidad que la pobre muchacha, en la ofuscación de su inteligencia, no acertaba
a comprender. Las seis, y nada. Rompió a llorar, y
tan pronto reclinaba su cabeza sobre la almohada, como
se sentaba en un baúl o iba de una parte a otra de
la habitación, cual pájaro saltando en su jaula de palito en
palito.

Llegó el día, y nada. El primero a quien Abelarda sintió levantarse fue su padre, que pasó camino de la cocina
y después del despacho. Las ocho. Doña Pura no tarda-
ría en abandonar las ociosas plumas. Como ya, aunque
Víctor entrase, no era posible hablar a solas con él, la
dolorida se acostó, no para dormir ni descansar, sino para
que su madre no cayese en la cuenta de la noche tole-
dana. Más de las nueve eran ya cuando entró el trasno-
chador con muy mal cariz. Doña Pura le abrió la puerta
sin decirle una sola palabra. Metióse en su cuarto, y
Abelarda, que salía del suyo, le sintió revolviéndose en

el estrecho recinto, donde apenas cabían la cama, una silla y el baúl.

—Si vas a la iglesia —díjole Pura, sacando unos cuartos del portamonedas—, te traes cuatro huevos... Que te acompañe Luis. Yo no salgo. Me duele la cabeza. Tu padre está disgustadísimo, y con razón. ¡Mira que colocar a este perdulario y dejarle a él en la calle, a él, tan honrado y que sabe más de Administración que todo el Ministerio junto! ¡Y se espantan luego de que haya revolución! Te traes cuatro huevos. ¡No sé cómo saldremos del día!... ¡Ah! Tráete también el cordón negro para mi vestido y los corchetes.

Abelarda fue a la iglesia, y al volver con los encargos de su madre, halló a ésta, su tía y Víctor en el comedor, enzarzados en furiosa disputa. La voz de Cadalso sobresalía, diciendo:

—Pero, señoras mías, ¿yo qué culpa tengo de que me hayan colocado a mí antes que a papá? ¿Es esto razón bastante para que todos en esta casa me pongan cara de cuerno? Pues ganas me dan, como hay Dios, de tirar la credencial a la calle. Antes que nada, la paz de la familia. Yo desviviéndome porque me quieran, yo tratando de hacer olvidar los disgustos que les he causado, y ahora, ¡válgame Dios!, porque al Ministro se le antoja colocarme, ya falta poco para que mi suegra y la hermana de mi suegra me saquen los ojos. Bueno, señoras; arañen, peguen todo lo que gusten; yo no he de quejarme. Mientras más perrerías me digan, más he de quererles yo a todos.

—¡Como si no supiéramos —objetó doña Pura hecha un áspid— que tú tienes vara alta en el Ministerio, y que si hubieras querido, ya Ramón tendría plaza...!

—¡Por Dios, mamá, por Dios! —replicó Víctor revelando verdadera consternación—. Eso es del género inocente... No puedo creer que usted lo diga con formalidad. ¡Que yo...! Vamos. ¡Tengo entre la familia una reputacioncita...! ¿Y si yo jurase que he gestionado por papá más que por mí? ¿Si yo lo jurase? Claro, no me creerían. Pero, créanlo o no, lo digo y lo sostengo.

Abelarda no intervino en la reyerta, pero mentalmente se ponía de parte de su hermano político. En esto entró Villaamil, y Víctor se fue resueltamente a él:

—Usted que es un hombre razonable, dígame si cree, como estas señoras, que yo he gestionado o trabajado o intrigado porque me colocaran a mí y a usted no. Porque aquí me están calentando las orejas con esa historia, y francamente, me aflige oírme tratar como un Judas sin conciencia. (Con noble acento.) Yo, señor don Ramón, me he portado lealmente. Si he tenido la desgracia de ir por delante de otros, no es culpa mía. ¿Sabe usted lo que yo haría ahora?... Y que me muera si no digo verdad. Pues cederle a usted mi plaza.

—Si nadie habla del asunto —replicó Villaamil con serenidad, que obtenía violentándose cruelmente—. ¡Colocarme a mí! ¿Crees que alguien piensa en tal cosa? Ha pasado lo natural y lógico. Tú tienes allá... no sé dónde... buenos padrinos o madrinas... Yo no tengo a nadie... Que te aproveche.

Cerró la puerta de su despacho, dejando en el pasillo a Víctor, algo confuso y con una respuesta entre labio y labio, que no se atrevió a soltar. Aún quiso engatusar a doña Pura en el comedor, tratando de rendir su ánimo con expresiones servilmente cariñosas.

—¡Qué desgracia tan grande, Dios mío, no ser comprendido! Me consumo por esta familia, me sacrifico por ella, hago mías sus desgracias y suyos mis escasos posibles, y como si nada. Soy y seré siempre aquí un huésped molesto y un pariente maldito. Paciencia, paciencia.

Dijo esto con afectación hábil, en el momento de sacar papel y disponerse a escribir sobre la mesa del comedor. Al sentarse vio ante sí a su cuñada, de pie y mirándole, sosteniendo la barba entre los dedos de la mano derecha, actitud atenta, pensativa y cariñosa semejante, salvo la belleza, a la de la célebre estatua de Polimnia en el grupo antiguo de las Musas. No era preciso ser lince para leer en las pupilas y expresión de la insignificante estas o parecidas reconvenciones: «¿Pero qué haces ahí sin atenderme? ¿No sabes que soy la única persona que te ha comprendido? Vuélvete hacia mí, y no hagas caso de los demás... Estoy aguardándote desde anoche, ¡ingrato!, y tú tan distraído. ¿Qué se hicieron tus planes de escapatoria? Estoy pronta... Me iré con lo puesto.»

Al verla en tal actitud y al leer en sus ojos la reconvención, cayó Víctor en la cuenta de que estaba en descubierto con ella. Maldito si desde la noche anterior se había vuelto a acordar del paso de la escalera, y si lo recordaba era como un hecho baladí, cual humorada estudiantil sin consecuencias para la vida. Su primera impresión, al despertarse la memoria, fue de disgusto, cual si recordase la precisión impertinente de pagar una visita de puro cumplido. Pero al instante compuso la fisonomía, que para cada situación tenía una hermosa máscara en el variado repertorio de su histrionismo moral; y cerciorándose de que no andaba por allí su suegra, puso una cara muy tierna, miró al techo, después a su cuñada, y entre ambos se cruzaron estas breves cláusulas:

—Vida mía, tengo que hablarte... ¿Dónde y cuándo?
—Esta tarde... En las Comendadoras... A las seis.

Y nada más. Abelarda se escapó a arreglar la sala, y Víctor se puso a escribir, arrojando con desdén la careta y pensando de este modo: «La chiflada ésta quiere saber cuándo tocan a perderse... ¡Ah! ..., pues si tú lo cataras... Pero no lo catarás.»

32

Puntual, como la hora misma, entró Abelarda, a la de la cita, en las Comendadoras. La iglesia, callada y oscura, estaba que ni de encargo para el misterioso objeto de una cita. Quien hubiera visto entrar a la chica de Villaamil, se habría pasmado de notar en ella su mejor ropa, los verdaderos trapitos de cristianar. Se los puso sin que lo advirtiera su madre, que había salido a las cinco. Sentóse en un banco, rezando distraída y febril, y al cuarto de hora entró Víctor, que al pronto no veía gota, y dudaba a qué parte de la iglesia encaminarse. Fue ella a servirle de guía, y le tocó el brazo. Diéronse las manos y se sentaron cerca de la puerta, en un lugar bastante recogido y el más tenebroso de la iglesia, a la entrada de la capilla de los Dolores.

A pesar de su pericia y del desparpajo con que solía afrontar las situaciones más difíciles, Víctor, no sabiendo cómo desflorar el asunto, estuvo mascando un rato las primeras palabras. Por fin, resuelto a abreviar, encomendándose mentalmente al demonio de su guarda, dijo:

—Empiezo por pedirte perdón, vida mía; perdón, sí, lo siento, por mi conducta... imprudente... El amor que te tengo es tan hondo, tan avasallador, que anoche, sin saber lo que hacía, quise lanzarte por las... escabrosidades de mi destino. Estarás enojadísima conmigo, lo comprendo, porque a una mujer de tu calidad, ¡proponer yo como propuse...! Pero estaba ciego, demente, y no supe lo que me dije. ¡Qué idea habrás formado de mí! Merezco tu desprecio. ¡Proponerte que abandonaras tus padres, tu casa, por seguirme a mí, a mí, cometa errante (recordando frases que había leído en otros tiempos y enjaretándolas con la mayor frescura), a mí que corro por los espacios, sin dirección fija, sin saber de dónde he recibido el impulso ni a dónde me lleva mi carrera loca...! Me estrellaré; de fijo me estrellaré. Pero sería un infame, Abelarda (tomándole una mano), sería el último de los monstruos si permitiera que te estrellarás conmigo... tú, que eres un ángel; tú, que eres el encanto de tu familia... ¡Oh!, te pido perdón, y me pondría de rodillas para alcanzarlo. Cometí gravísimo atentado contra tu dignidad, ultrajé tu candor, proponiéndote aquella atrocidad nacida en este celebro calenturiento...; en fin, perdóname, y admite mis honradas excusas. Te amo, te amo, y te amaré siempre, sin esperanza, porque no puedo aspirar a poseer tan... rica joya. Insultaría a Dios si tal aspiración tuviese...

No acertaba la *Miau* a comprender bien aquella palabrería, de sentido tan opuesto a lo que esperaba escuchar. Mirábale a él, y después a la imagen más próxima, un San Juan con cordero y banderola, y le preguntaba al santo si aquello era verdad o sueño.

—Estás, estás perdonado —murmuró respirando muy fuerte.

—No extrañes, amor mío —prosiguió él, dueño ya de la situación—, que en tu presencia me vuelva tímido y no sepa expresarme bien. Me fascinas, me anonadas, haciéndame ver mi pequeñez. Perdóname el atrevimiento de anoche. Quiero ahora ser digno de ti, quiero imitar esa serenidad sublime. Tú me marcas el camino que debo seguir, el camino de la vida ideal, de las acciones perfectamente ajustadas a la ley divina. Te imitaré; haré por imitarte. Es preciso que nos separemos, mujer incomparable. Si nos juntamos, tu vida corre peligro y la mía también. Estamos cercados de enemigos que nos acechan, que nos vigilan... ¿Qué debemos hacer?... Separarnos en la tierra, unirnos en las esferas ideales. Piensa en mí, que yo ni un instante te apartaré de mi pensamiento...

Abelarda, inquietísima, se movía en el banco como si éste se hallara erizado de púas.

—¿Cómo olvidar que cuando toda la familia me despreciaba, tú sola me comprendías y me consolabas? ¡Ah! No se olvida eso en mil años. Te aseguro que eres sublime. Soy un miserable. Déjame abandonado a mi triste suerte. Sé que has de pedir a Dios por mí, y esto me consuela. Si yo creyera, si yo pudiera prosternarme ante ese altar o ante otro semejante, si yo rezar pudiese, rezaría por ti... Adiós, amor mío.

Quiso cogerle una mano, pero Abelarda la retiró, volviendo la cara hacia el opuesto lado.

—Tu esquivez me mata. Bien sé que la merezco... Anoche estuve contigo irrespetuoso, grosero, indelicado. Pero ya has dicho que me perdonabas. ¿A qué ese gesto? Ya, ya sé... Es que te estorbo, es que te soy aborrecible... Lo merezco; sé que lo merezco. Adiós. Estoy expiando mis culpas, porque ahora quiero separarme de ti, y ya ves, no puedo... ¡Clavado en este banco!... (Impaciente, y atropellándose por concluir pronto.) ¿Te acordarás de mí en tu vida futura?... Oye un consejo: cásate con Ponce, y si no te casas, entra en un convento, y reza

por él y por mí, por este pecador... Tú has nacido para
la vida espiritual. Eres muy grande, y no cabes en la estrechez del matrimonio ni en la... prosaica vida de familia... No puedo seguir, mujer, porque pierdo la razón...
deliro y... Valor... un supremo esfuerzo... Adiós, adiós.

Y como alma que lleva Satanás, salió de la iglesia, refunfuñando. Tenía prisa, y se felicitaba de haber saldado
una fastidiosa cuentecilla. «¡Qué demonio! —dijo, mirando su reloj y avivando el paso—. Pensé despachar en
diez minutos y he empleado veinte. ¡Y *aquélla* esperándome desde las seis! ... Vamos, que sin poderlo remediar
me da lástima de esta inefable cursi. Van a tener que
ponerte camisa... o corsé de fuerza.»

Y Abelarda, ¿qué hacía y qué pensaba? Pues si hubiera visto que al púlpito de la iglesia subía el Diablo en
persona y echaba un sermón acusando a los fieles de que
no pecaban bastante, y diciéndoles que si seguían así no
ganarían el infierno; si Abelarda hubiera visto esto, no se
habría pasmado como se pasmó. La palabra del monstruo y su salida fugaz dejáronla yerta, incapaz de movimiento, el cerebro cuajado en las ideas y en las impresiones de aquella entrevista, como sustancia echada en molde frío y que prontamente se endurece. Ni le pasó por
la cabeza rezar. ¿Para qué? Ni marcharse. ¿A dónde?
Mejor estaba allí, quieta y muda, rivalizando en inmovili-
dad con el San Juan del gallardete y con la Dolorosa.
Ésta se hallaba al pie de la cruz, rígida en su enjuto vestido negro y en sus tocas de viuda, acribillado el pecho
de espaditas de plata, las manos cruzadas con tanta fuerza, que los dedos se confundían formando un haz apreta-
dísimo. El Cristo, mucho mayor que la imagen de su madre, extendíase por el muro arriba, tocando el techo del
templete con su corona de abrojos, y estirando los brazos
a increíble distancia. Abajo velas, los atributos de la Pasión, ex votos de cera, un cepillo con los bordes de la
hendidura mugrientos, y el hierro del candado muy roño-
so; el puño del altar goteado de cera; la repisa pintada
imitando jaspe. Todo lo miraba la señorita de Villaamil,
no viendo el conjunto, sino los detalles más íntimos, cla-

vando sus ojos aquí y allí como aguja que picotea sin
penetrar, mientras su alma se apretaba contra la esponja
henchida de amargor, absorbiéndolo todo.

Vinieron a coincidir en el tiempo dos gravísimos actos,
cada uno de los cuales pudo decidir por sí solo la vida
ulterior de la insignificante y trastornada joven. Con diferencia de dos horas y media, se realizaron el suceso que
acabo de referir y otro no menos importante. Ponce,
conferenciando con doña Pura en la sala de ésta, sin testigos, se mostró enojado porque los padres de su prometida no habían fijado aún el día de la boda.

—Pues por fijado, hijo, por fijado. Ramón y yo no
deseamos otra cosa. ¿Le parece a usted que a principios
de mayo? ¿El día de la Cruz?

Poco antes doña Pura había explicado la ausencia de
su hija en la tertulia por el grandísimo enfriamiento que
aquella tarde cogiera en las Comendadoras. Entró en
casa castañeteando los dientes, y con un calenturón tan
fuerte, que su madre la mandó acostarse al momento.
Era esto verdad; mas no toda la verdad, y la señora se
calló el asombro de verla entrar a horas desusadas y con
un vestido que no acostumbraba ponerse para ir de tarde
a la iglesia más próxima. «Eso es, lo mejorcito que tienes; estropéalo donde no lo puedes lucir, y dedícate a
refregar con ese casimir tan rico de catorce reales los
bancos de la iglesia, llenos de mugre, de polvo y de
cuanta porquería hay.» También se calló que su hija no
contestaba acorde a nada de cuanto le decía. Esto, el
chasquido de dientes y la repugnancia a comer movieron
a doña Pura a meterla en la cama. No las tenía la señora
todas consigo, y estaba cavilosa buscando el sentido de
ciertas rarezas que en la niña notaba. «Sea lo que quiera
—pensó—, cuanto más pronto la casemos mejor.» Sobre
esto dijo algo a su marido; pero Villaamil no se había
dignado contestar sílaba, tan tétrico y cabizbajo andaba.

Abelarda, que se hacía la dormida para que no la mo-
lestase nadie, vio a Milagros acostando a Luisito, el cual
no se durmió pronto aquella noche, sino que daba vueltas y más vueltas. Cuando ambos se quedaron solos,

Abelarda le mandó estarse callado. No tenía ella ganas de jarana; era tarde y necesitaba descanso.

—Tiíta, no puedo dormirme. Cuéntame cuentos.

—Sí, para cuentos estoy yo. Déjame en paz o verás...

Otras veces, al sentir a su sobrino desvelado, la insignificante, que le amaba entrañablemente, procuraba calmar su inquietud con afectuosas palabras; y si esto no era bastante, se iba a su cama, y arrullándole y agasajándole, conseguía que conciliara el sueño. Pero aquella noche, excitada y fuera de sí, sentía tremenda inquina contra el pobre muchacho; su voz la molestaba y hería, y por primera vez en su vida pensó de él lo siguiente: «¿Qué me importa a mí que duermas o no, ni que estés bueno ni que estés malo, ni que te lleven los demonios?»

Luisito, hecho a ver a su tía muy cariñosa, no se resignaba a callar. Quería palique a todo trance, y con voz de mimo dijo a su compañera de habitación:

—Tía, ¿viste tú por casualidad a Dios alguna vez?

—¿Qué hablas ahí, tonto?... Si no te callas, me levanto y...

—No te enfades... pues yo ¿qué culpa tengo? Yo veo a Dios, le veo cuando me da la gana; para que lo sepas... Pero esta noche no le veo más que los pies..., los pies con mucha sangre, clavaditos y con un lazo blanco, como los del Cristo de las melenas que está en Monserrat... y me da mucho miedo. No quiero cerrar los ojos, porque... te diré... yo nunca le he visto los pies, sino la cara y las manos... y esto me pasa... ¿sabes por qué me pasa?... porque hice un pecado grande... porque le dije a mi papá una mentira, le dije que quería ir con la tía Quintina a su casa. Y fue mentira. Yo no quiero ir más que un ratito para ver los santos. Vivir con ella no. Porque irme con ella y dejaros a vosotros es pecado, ¿verdad?

—Cállate, cállate, que no estoy yo para oír tus sandeces. ¿Pues no dice que ve a Dios el muy borrico?... Sí, ahí está Dios para que tú le veas, bobo...

Abelarda oyó al poco rato los sollozos de Cadalsito, y en vez de piedad, sintió, ¡cosa más rara!, una antipatía tal contra su sobrino, que mejor pudiera llamarse odio sañudo. El tal mocoso era un necio, un farsante que embaucaba a la familia con aquellas simplezas de ver a Dios y de querer hacerse curita; un hipócrita, un embustero, un mátalas-callando... y feo, y enclenque, y consentido además...

Esta hostilidad hacia la pobre criatura era semejante a la que se inició la víspera en el corazón de Abelarda contra su propio padre, hostilidad contraria a la naturaleza, fruto sin duda de una de esas auras epileptiformes que subvierten los sentimientos primarios en el alma de la mujer. No supo ella darse cuenta de cómo tal monstruosidad germinara en su espíritu, y la veía crecer, crecer a cada instante, sintiendo cierta complacencia insana en apreciar su magnitud. Aborrecía a Luis, le aborrecía con todo su corazón. La voz del chiquillo le encalabrinaba los nervios, poniéndola frenética.

Cadalsito, sollozando, insistió:

—Le veo las piernas negras con manchurrones de sangre, le veo las rodillas con unos cardenales muy negros, tiíta... Tengo mucho miedo... ¡Ven, ven!

La *Miau* crispó los puños, mordió las sábanas. Aquella voz quejumbrosa removía todo su ser, levantando en él una ola rojiza, ola de sangre que subía hasta nublarle los ojos. El chiquillo era un cómico, fingido y trapalón, bajado al mundo para martirizarla a ella y a toda su casta... Pero aún quedaba en Abelarda algo de hábito de ternura que contenía la expansión de su furor. Hacía un movimiento para echarse de la cama y correr a la de Luis con ánimo de darle azotes, y se reprimía luego. ¡Ah! como pusiera las manos en él, no se contentaría con la azotaina..., le ahogaría, sí. ¡Tal furia le abrasaba el alma y tal sed de destrucción tenían sus ardientes manos!

—Tiíta, ahora le veo el faldellín todo lleno de sangre, mucha sangre... Ven, enciende la luz, o me muero de susto; quítamele, dile que se vaya. El otro Dios es el que a mí me gusta, el abuelo guapo, el que no tiene sangre, sino un manto muy fino y unas barbas blanquísimas...

Ya no pudo ella dominarse, y saltó del lecho... Quedóse a su orilla inmovilizada, no por la piedad, sino por un recuerdo que hirió su mente con vívida luz. Lo mismo que ella hacía en aquel instante, lo había hecho su difunta hermana en una noche triste. Sí, Luisa padecía también aquellas horribles corazonadas de aborrecer a su progenitura, y cierta noche que le oyó quejarse, echóse de la cama y fue contra él, con las manos amenazantes, trocada de madre en fiera. Gracias que la sujetaron, pues si no, sabe Dios lo que habría pasado. Y Abelarda repetía las mismas palabras de la muerta, diciendo que el pobre niño era un monstruo, un aborto del infierno, venido a la tierra para castigo y condenación de la familia.

Llevóla este recuerdo a comparar la semejanza de causas con la semejanza de efectos, y pensó angustiadísima: «¿Estaré yo loca, como mi hermana...? ¿Es locura, Dios Mío?»

Volvió a meterse entre sábanas, prestando atención a los sollozos de Luis, que parecían atenuarse, como si al fin le venciera el sueño. Transcurrió un largo rato, durante el cual la tiíta se aletargó a su vez; pero de improviso despertó sintiendo el mismo furor hostil en su mayor grado de intensidad. No la detuvo entonces el recuerdo de su hermana; no había en su espíritu nada que corrigiese la idea, o mejor dicho, el delirio de que Luis era una mala persona, un engendro detestable, un ser infame a quien convenía exterminar. Él tenía la culpa de todos los males que la agobiaban, y cuando él desapareciera del mundo, el sol brillaría más y la vida sería dichosa. El chiquillo aquel representaba toda la perfidia humana, la traición, la mentira, la deshonra, el perjurio.

Reinaba profunda oscuridad en la alcoba. Abelarda, en camisa y descalza, echándose un mantón sobre los hombros, avanzó palpando... Luego retrocedió buscando las cerillas. Habíasele ocurrido en aquel momento ir a la cocina en busca de un cuchillo que cortara bien. Para esto necesitaba luz. La encendió, y observó a Luis que al cabo dormía profundamente. « ¡Qué buena ocasión! —se dijo—; ahora no chillará, ni hará gestos... Farsante, pinturero, monigote, me las pagarás... Sal ahora con la pamplina de que ves a Dios ...Como si hubiera tal Dios,

ni tales carneros...» Después de contemplar un rato al
sobrinillo, salió resuelta. «Cuanto más pronto, mejor.»
El recuerdo de los sollozos del chico, hablando aquellos
disparates de los pies que veía, atizaba su cólera. Llegó a
la cocina y no encontró cuchillo, pero se fijó en el hacha
de partir leña, tirada en un rincón, y le pareció que este
instrumento era mejor para el *caso,* más seguro, más eje-
cutivo, más cortante. Cogió el hacha, hizo ademán de
blandirla, y satisfecha del ensayo, volvió a la alcoba, en
una mano la luz, en otra el arma, el mantón por la cabeza... Figura tan extraña y temerosa no se había visto
nunca en aquella casa. Pero en el momento de abrir la
puerta de cristales de la alcoba, sintió un ruido que la
sobrecogió. Era el del llavín de Víctor girando en la ce-
rradura. Como ladrón sorprendido, Abelarda apagó de
un soplo la luz, entró y se agachó detrás de la puerta,
recatando el hacha. Aunque rodeada de tinieblas temía
que Víctor la viese al pasar por el comedor y se hizo un
ovillo, porque la furia que había determinado su última
acción se trocó súbitamente en espanto con algo de femenil vergüenza. Él pasó alumbrándose con una cerilla, entró en su cuarto y se cerró al instante. Todo volvió a
quedar en silencio. Hasta la alcoba de Abelarda llegaba
débil, atravesando el comedor y las dos puertas de cristales, la claridad de la vela que encendiera Víctor para
acostarse. Cosa de diez minutos duró el reflejo; después
se extinguió, y todo quedó en sombra. Pero la cuitada no
se atrevía ya a encender su luz; fue tanteando hasta la
cama, escondió el hacha bajo la cómoda próxima al lecho y se deslizó en éste reflexionando: «No es ocasión
ahora. Gritaría, y el otro... Al otro le daría yo el hachazo del siglo; pero no basta un hachazo, ni dos, ni ciento... ni mil. Estaría toda la noche dándole golpes y no le
acabaría de matar.»

33

Nuestro infortunado Villaamil no vivía desde el momento aciago en que supo la colocación de su yerno, y

para mayor desdicha, el prohombre ministerial no le hacía caso. Inmediatamente después de almorzar, se echaba a la calle, y se pasaba el día de oficina en oficina, contando su malaventura a cuantos encontraba, refiriendo la atroz injusticia, que, entre paréntesis, no le cogía de nuevo; porque él, se lo podían creer, nunca esperó otra cosa. Cierto que, apretado por la fea necesidad, y llegando a sentir como un estorbo en aquel pesimismo que se había impuesto, se lo arrancaba a veces como quien se arranca una máscara, y decía, implorando con toda el alma desnuda:

—Amigo Cucúrbitas, me conformo con cualquier cosa. Mi categoría es de Jefe de Administración de tercera; pero si me dan un puesto de oficial primero, vamos, de oficial segundo, lo tomo, sí, señor, lo tomo, aunque sea en provincias.

La misma cantinela le entonaba al Jefe del Personal, a todos los amigos influyentes que en la casa tenía, y epistolarmente al Ministro y a Pez. A Pantoja, en gran confianza, le dijo:

—Aunque sea para mí una humillación, hasta oficial tercero aceptaré por salir de estas angustias... Después, Dios dirá.

Luego iba de estampía contra Sevillano, de quien se hablará después, empleado en el Personal, el cual le decía con expresión de lástima:

—Sí, hombre, sí; cálmese usted; tenemos nota preferente... Debe usted procurar serenarse —y le volvía la espalda. Poco a poco fue el santo varón desmintiendo su carácter, aprendiendo a importunar a todo el mundo y perdiendo el sentido de las conveniencias. Después de verle andar por las oficinas dando la lata a diferentes amigos, sin excluir a los porteros, Pantoja le habló en confianza:

—¿Sabes lo que el bigardo de tu yerno le dijo al Diputado ese? Pues que tú estabas loco y que no podías desempeñar ningún destino en la Administración. Como lo oyes; y el Diputado lo repitió en el Personal delante de Sevillano y del hermano de Espinosa, que me lo vino a contar a mí.

—¿Eso dijo? (Estupefacto.) ¡Ah! Lo creo. Es capaz de todo...

Esto acabó de trastornarle. Ya la insistencia de su incansable porfía y la expresión de ansiedad que iban tomando sus ojos asustaba a sus amigos. En algunas oficinas, cuidaban de no responderle o de hablarle con brevedad para que se cansara y se fuese con la música a otra parte. Pero estaba a prueba de desaires, por habérsele encallecido la epidermis del amor propio. En ausencia de Pantoja, Espinosa y Guillén le tomaban el pelo de lo lindo:

—¿No sabe usted, amigo Villaamil lo que se corre por ahí? Que el Ministro va a presentar a las Cortes una ley estableciendo el *income tax*. La Caña la está estudiando.

—Como que me ha robado mis ideas. Mis cuatro Memorias durmieron en su poder más de un año. Vean ustedes lo que saca uno de quemarse las cejas por estudiar algo que sirva de remedio a esta Hacienda moribunda... País de raterías, Administración de nulidades, cuando no se puede afanar una peseta, se tima el entendimiento ajeno. Ea, con Dios.

Y salía disparado, precipitándose por los escalones abajo, hacia la Dirección de Impuestos (patio de la izquierda), ansioso de calentarle las orejas al amigo La Caña. A la media hora se le veía otra vez venciendo jadeante la cansada escalera para meterse un rato en el Tesoro o en Aduanas. Algunas veces, antes de entrar, daba la jaqueca a los porteros, contándoles toda su historia administrativa.

—Yo entré a servir en tiempo de la Regencia de Espartero, siendo Ministro el Sr. Surrá y Rull, excelente persona, hombre muy mirado. Me parece que fue ayer cuando subí por esa escalera. Traía yo unos calzoncitos de cuadros, que se usaban entonces, y mi sombrero de copa, que había estrenado para tomar posesión. De aquel tiempo no queda ya nadie en *la casa,* pues el pobre Cruz, a quien vi en este mismo sitio cuando yo entraba, se las lió hace dos meses. ¡Ay, qué vida esta!... Mi primer ascenso me lo dio don Alejandro Mon... buena persona... y de mucho carácter, no se crean ustedes. Aquí se plantificaba a las ocho de la mañana, y hacía trabajar a la tropa; por eso hizo lo que hizo. Como madrugador, no ha habido otro don Juan Bravo Murillo, y el número uno de los trasnochadores era don José Salamanca, que nos tenía aquí a los de Secretaría hasta las dos o las tres de la madrugada. Pues digo, ¿hay alguno entre ustedes que se acuerde de don Juan Bruil, que, por más señas, me hizo a mí oficial tercero? ¡Ah, qué hombre! Era una pólvora. Pues también el amigo Madoz las gastaba buenas. ¡Qué cascarrabias! Yo tuve el 57 un director que no hacía un servicio al lucero del alba ni despachaba cosa alguna, como no viniera una mujer a pedírsela. Crean ustedes que la perdición del país es la faldamenta.

Los porteros le llevaban el humor mientras podían; pero también llegaron a sentir cansancio de él, y pretextaban ocupaciones para zafarse. El santo varón, después de explayarse por las porterías, volvía adentro, y no faltaba en Aduanas o en Propiedades un guasón presumido, como Urbanito, el hijo de Curcúbitas, que le convidase a café para tirarle de la lengua y divertirse oyendo sus exaltadas quejas.

—Miren ustedes; a mí me pasa esto por decente, pues si yo hubiera querido desembuchar ciertas cosas que sé referentes a pájaros gordos, ¿me entienden ustedes?... Digo que si yo hubiera sido como otros que van a las redacciones con la denuncia del enjuague A, del enredo B..., otro gallo me cantara... ¿Pero qué resulta? Que aunque uno no quiera ser decente y delicado, no puede conseguirlo. El pillo nace, el orador se hace. Total, que ni siquiera me vale haber escrito cuatro Memorias que constituyen un plan de Presupuestos, porque un mal amigo a quien se las enseño, me roba la idea y la da por suya. Lo que menos piensan ustedes es que ese dichoso *income tax* que quieren establecer, ¡temprano y con sol!, es idea mía... Diez años devanándome los sesos... ¿Para qué? Para que un grajo se adorne con mis plumas o con la obra de mi pluma. Yo digo que si el Ministro sabe esto, si lo sabe el país, ¿qué sucederá? Puede que no

suceda nada, porque allá se van el país y el Ministro en
lo puercos y desagradecidos... Yo me lavo las manos; yo
me estoy en mi casa, y si vienen revoluciones, que vengan; si el país cae en el abismo, que caiga con cien mil
demonios. Después dirán: «¡Qué lástima no haber planteado los cuatro puntos aquellos del buen Villaamil: *Moralidad, Income tax, Aduanas, Unificación!*» Pero yo
diré: *tarde piache.* «Haberlo visto antes.» Dirán: «Pues
que sea Villaamil Ministro»; y yo responderé: «Cuando
quise no quisiste, y ahora... a buena hora, mangas verdes...» Conque, señores, me voy para que ustedes traba-
jen. En mis tiempos no había estos ocios. Se fumaba un
cigarrillo, se tomaba café y luego al telar... Pero ahora,
empleado hay que viene aquí a inventar charadas, a cha-
pucear comedias, revistas de toros y gacetillas. Así está la
Administración pública, que es una mujer pública, hablando mal y pronto. Francamente, esto da asco, y yo no
sé cómo todos ustedes no hacen dimisión, y dejan solos
al Ministro y al Jefe del Personal, a ver cómo se des-
envuelven. No, no lo digo en broma; veo que se ríen
ustedes, y no es cosa de risa. Dimisión total, huelga en
un día dado, a una hora dada...

Por fin, hartos de este charlar incoherente, le echaban
con buenos modos, diciéndole: «Don Ramón, usted debiera ir a tomar el aire. Un paseíto por el Retiro le vendría muy bien.» Salía rezongando, y en vez de seguir el
saludable consejo de oxigenarse, bajaba, mal terciada la
capa, y se metía en el Giro Mutuo, donde estaba Montes, o en Impuestos, donde su amigo Cucúrbitas soportaba con increíble paciencia discursos como éste:

—Te digo en confianza, aquí de ti para mí, que me
contento con una plaza de oficial tercero: propónme al
Ministro. Mira que siento en mi cabeza unas cosas muy
raras, como si se me fuera el santo al cielo. Me entran
ganas de decir disparates, y aun recelo que a veces se me
salen de la boca. Que me den esos dos meses, o no sé;
creo que pronto empezaré a tirar piedras. Ya sabes mi
situación; sabes que no tengo cesantía, porque, si bien
soy anterior al 45, mi primer destino no fue de Real or-

den; no entré en plantilla hasta el 46, gracias a don Juan
Martín Carramolino. Bien te acordarás. Tú estabas por
debajo de mí; yo te enseñé a poner una minuta en regla.
El 54 tú entraste en la Milicia Nacional; yo no quise,
porque nunca me ha gustado la bullanga. Ahí tienes el
principio de tu buena fortuna y el de mi desdicha. Gracias al morrón te plantaste de un salto en Jefe de Negociado de segunda, mientras yo me estancaba en oficial
primero... Parece mentira, Francisco, que el sombrero
influya tanto. Pues dicen que Pez debe su carrera nada
más que al chisterómetro de alas anchas y abarquilladas
que le da un aire tan solemne... Bien recuerdo que tú
me decías: «Ramón, ponte un chaleco de buen ver, que
esto ayuda; gasta cuellos altos, muy altos, muy tiesos,
que te obliguen a engallar la cabeza con cierto aire de
importancia.» Yo no te hice caso, y así estoy. A Basilio,
desde que se encajó la levita inglesa, le empezaron a in-
dicar para el ascenso, y a mí se me antoja que las botas
chillonas del amigo Montes, dando a su personalidad un
no sé qué de atrevido, insolente y *qué se me da a mí,* han
influido para que avance tanto... Sobre todo, el sombrero, el sombrero es cosa esencialísima, Francisco, y el
tuyo me parece un perfecto modelo... alto de copa y con
hechura de trombón, el ala muy semejante a la canaleja
de un cura. Luego esas corbatas que tú te permites... Si
me colocan, me pondré una igual... Conque ya sabes:
oficial tercero: cualquier cosa; el quid está en firmar la
nómina, en ser algo, en que cuando entre yo aquí no me
parezca que hasta las paredes lloran compadeciéndome...
Francisco, hormiga de esta casa, hazlo por Dios y por tus
hijos, tres de los cuales tienes ya bien colocados de aspirantes con cinco mil, sin contar a Urbanito que se calza
doce. Si mi mujer fuera Pez en vez de ser rana, ¡ay!, no
estaría yo en seco. Parece que lo tenéis en la masa de la
sangre, y cuando nacen tus nenes y sueltan el primer
lloro de la vida, en vez de ponerles la teta en la boca, les
ponen el *estado Letra A, Sección octava,* del Presupuesto. Adiós; interésate por mí, sácame de este pozo en que

me he caído... No quiero molestarte: tienes que hacer.
Yo también estoy atareadísimo. Abur, abur.

No se crea que se iba mi hombre a la calle. Atraído de
irresistible querencia, se lanzaba otra vez jadeante, a la
fatigosa ascensión por la escalera, y llegaba sin aliento a
Secretaría. Allí cierto día se encontró una novedad. Los
porteros, que comúnmente le franqueaban la entrada, le
detuvieron, disimulando con insinuaciones piadosas la orden terminante que tenían de no dejarle pasar.

—Don Ramón, váyase a su casa, y descanse y duerma
para que se le despeje ese meollo. El Jefe está encerrado
y no recibe a nadie.

Irritóse Villaamil con la desusada consigna y aun quiso
forzarla, alegando que no debía regir para él. La capa
del infeliz cesante barrió el suelo de aquí para allí, y aun
tuvieron los ordenanzas que ponerle el sombrero, desprendido de su cabeza venerable.

—Bien, Pepito Pez, bien —decía el infeliz, respirando
con dificultad—; así pagas a quien fue tu jefe, y te tapó
muchas faltas. En donde menos se piensa salta un ingrato. Basta que yo te haya hecho mil favores, para que me
trates como a un negro. Lógica puramente humana...
Quedamos enterados. Adiós... ¡Ah! (Volviéndose desde
la puerta.) Dígale usted al Jefe del Personal, al don
Soplado ese, que usted y él se pueden ir a escardar
cebollinos.

34

Pecho a los escalones, y otra vez al piso segundo, a la
oficina de Pantoja. Cuando entró, Guillén, Espinosa y
otros badulaques estaban muy divertidos viendo las aleluyas que el primero había compuesto, una serie de di-
bujillos de mala muerte, con sus pareados al pie, ramplo-
nes, groseros y de mediano chiste, comprendiendo la historia completa de Villaamil desde su nacimiento hasta su
muerte. Argüelles, que no veía con buenos ojos las groseras bromas de Guillén, se apartaba del corrillo para

atender a su trabajo. Rezaba la aleluya que el Sr. de *Miau* había nacido en Coria, garrafal dislate histórico, pues vio la luz en tierra de Burgos; que desde el vientre de su madre pretendía, y que el ombligo se lo ataron con balduque. Entre otras particularidades, decía la ilustrada crónica, con dudosa gramática: *En vez de faja y pañales, le envuelven en credenciales.* Y más adelante: *Pide tela con afán, y un Presupuesto le dan.* Luego, cuando el digno funcionario llega a la mayor edad: *Henchido de amor sin tasa, con Zapaquilda se casa.* Y a poco de estrenada la vida matrimonial empiezan los apuros. El desmantelado hogar de Villaamil se caracteriza en este elegante dístico: *Cuando faltan patacones, se dan a cazar ratones...* Pero en lo que el inspirado coplero explaya su numen es en la pintura de los sublimes trabajos villaamilescos: *Modelo de asiduidaz, inventa el INCOME TAZ... Al Ministro le presenta sus planes sobre la renta... El Jefe, al ver el INCOMIO, me le manda a un manicomio.* Por fin le arroja el poeta estas flores: *Su existencia miserable la sostiene con el sable,* y por aquí seguía hasta suponer el glorioso tránsito del héroe: *Le dan al fin la ración, y muere del alegrón... Los gatos, cuando se mueren, dicen todos: Miserere...»*

Al ver a Villaamil escondieron el nefando pliego, pero con hilaridad mal reprimida denunciaban la broma que traían y su objeto. Ya otras veces el infeliz cesante pudo notar que su presencia en la oficina (faltando de ella Pantoja) producía un recrudecimiento en la sempiterna chacota de aquellos holgazanes. Las reticencias, las frases ilustradas con morisquetas al verle entrar, la cómica seriedad de los saludos le revelaron aquel día que su persona y quizá su desventura motivaban impertinentes chanzas, y esta certidumbre le llegó al alma. El enredijo de ideas que se habían iniciado en su mente, y la irritación producida en su ánimo por tantas tribulaciones, encalabrinaban su amor propio; su carácter se agriaba; la ingénita mansedumbre trocábase en displicencia y el temple pacífico en susceptibilidad camorrista.

—A ver, a ver —gruñó, acercándose al grupo con muy mal gesto—. Me parece que se ocupaban ustedes de mí... ¿Qué papelotes son esos que guarda Guillén?... Señores, hablemos claro. Si alguno de ustedes tiene que decirme algo, dígamelo en mis barbas. Francamente, en toda la casa noto que se urde contra mí una conjuración de calumnias; se trata de ponerme en ridículo, de indisponerme con los jefes, de presentarme al señor Ministro como un hombre grotesco, como un... ¡Y de saber quién es el canalla, quién...! ¡Maldita sea su alma! (Terciándose la capa y pegando fuerte puñetazo en la mesa más próxima.)

Quedáronse todos fríos y mudos, porque no esperaban en Villaamil aquel rasgo de dignidad. El *caballero de Felipe IV* fue el primero que se explicó aquel súbito cambio de temperamento, por un desequilibrio mental. Además de que odiaba profundamente a Guillén, sentía lástima de su amigo, y echándole el brazo por encima del hombro, le rogó que se tranquilizara, añadiendo que donde él estuviera, nadie osaría zaherir a persona tan respetable. Mas no se calmaba Villaamil con estas razones, porque vio al maldito Guillén aguantando la risa con la cara pegada al pupitre, y en un arrebato de cólera se fue a él, y con ahogada y trémula voz le dijo:

—Sepa usted, cojitranco de los infiernos, que de mí no se ríe nadie... Ya sé, ya sé que ha hecho usted unos estúpidos versos y unos mamarrachos ridiculizándome. En Aduanas he oído que si yo propuse o no propuse al Ministro el *income tax*... y si me mandó o no me mandó a un manicomio.

—¿Yo?... Don Ramón..., ¡qué cosas tiene! —replicó Guillén cortado y cobarde—. Yo no he hecho las aleluyas; las hizo Pez Cortázar, el de Propiedades, y Urbano Cucúrbitas es el que las ha enseñado por ahí.

—Pues hágalas quien las hiciere, el autor de esa porquería es un marrano que debiera estar en un cubil, me ultrajan porque me ven caído. ¿Es eso de caballeros? A ver, respóndanme. ¿Es eso de personas regulares?

El santo varón giró sobre sí mismo, y se sentó, quebrantadísimo de aquel esfuerzo que acababa de hacer. Siguió murmurando, como si hablara a solas: «Es que por todos los medios se proponen acabar conmigo, desautorizarme, para que el Ministro me tenga por un ente, por un visionario, por un idiota.»

Exhalando suspiros hondísimos, encajó la quijada en el pecho y así estuvo más de un cuarto de hora sin pronunciar palabra. Los demás callaban, mirándose de reojo, serios, quizá compadecidos, y durante un rato no se oyó en la oficina más que el rasgueo de la pluma de Argüelles. De pronto, el chillar de las botas de Pantoja anunció la aproximación de este personaje. Todos afectaron atender a la faena, y el jefe de la sección entró con las manos cargadas de papeles. Villaamil no alzó la cabeza para mirar a su amigo ni parecía enterarse de su presencia.

—Ramón —dijo Pantoja en afectuoso tono, llamándole desde su asiento—. Ramón..., pero Ramón... ¿qué es eso?

Y por fin el amigo, dando otro suspirazo como quien despierta de un sueño, se levantó y fue hacia la mesa con paso claudicante.

—Pero no te pongas así —le dijo don Ventura quitando legajos de la silla próxima para que el otro se sentara—. Pareces un chiquillo. En todas las oficinas hablan de ti, como de una persona que empieza a pasearse por los cerros de Úbeda... Es preciso que te moderes, y sobre todo (amoscándose un poco), es preciso que cuando se hable de planes de Hacienda y de la confección de los nuevos Presupuestos, no salgas con la patochada del *income tax*... Eso está muy bueno para artículos de periódico (con desprecio), o para soltarlo en la mesa del café, delante de cuatro tontos perdularios, de esos que arreglan con saliva el presupuesto de un país y no pagan al sastre ni a la patrona. Tú eres hombre serio y no puedes sostener que nuestro sistema tributario, fruto de la experiencia...

Levantóse Villaamil como si en la silla hubiera surgido agudísimo punzón, y este movimiento brusco cortó la frase de Pantoja, que sin duda iba a rematarla en estilo administrativo, más propio de la *Gaceta* que de humana boca. Quedóse el buen Jefe de sección archipasmado al ver

que la faz de su amigo expresaba frenética ira, que la
mandíbula le temblaba, que los ojos despedían fuego; y
subió de punto el pasmo al oír estas airadas expresiones:

—Pues yo te sostengo... sí, por encima de la cabeza de
Cristo lo sostengo... que mantener el actual sistema es de
jumentos rutinarios... y digo más, de chanchulleros y
tramposos... Porque se necesita tener un dedo de telara-
ñas en los sesos para no reconocer y proclamar que el
income tax, impuesto sobre la renta y como quiera lla-
mársele, es lo único racional y filosófico en el orden con-
tributivo... y digo más: digo que todos los que me oyen
son un atajo de ignorantes, empezando por ti, y que sois
la calamidad, la polilla, la ruina de esta casa y la filoxera
del país, pues le estáis royendo y devorando la cepa,
majaderos mil veces. Y esto se lo digo al Ministro si me
apura, porque yo no quiero credenciales, ni colocación,
ni derechos pasivos, ni nada; no quiero más que la verdad por delante, la buena administración, y conciliar...
compaginar... armonizar (golpeando los dos dedos índi-
ces uno contra otro) los intereses del Estado con los del
contribuyente. Y el mastuerzo, canalla, que diga que yo
quiero destinos, se verá conmigo de hombre a hombre,
aquí o en mitad de la calle, junto al Dos de Mayo, o en
la pradera del Canal, a media noche, sin testigos... (dando terribles gritos, que atrajeron a los empleados de la
oficina inmediata). Claro, me toman por un mandria porque no me conocen, porque no me han visto defendiendo
la ley y la justicia contra los infames que en esta casa la
atropellan. Yo no vengo aquí a mendigar una cochina
credencial que desprecio; yo me paso por las narices a
toda la casa, y a vosotros, y al Director, y al Jefe del
Personal, y al Ministro; ¡yo no pido más que orden, moralidad, economía...!

Revolvió los ojos a una parte y otra, y viéndose rodea-
do de tantas caras, alzó los brazos como si exhortara a
una muchedumbre sediciosa, y lanzó un alarido salvaje
gritando: «¡Vivan los presupuestos nivelados!»

Salió de la oficina, arrastrando la capa y dando tras-
piés. El buen Pantoja, rascándose con el gorro, le siguió

con mirada compasiva, mostrando sincera aflicción. «Señores —dijo a los suyos y a los extraños, agrupados allí por la curiosidad—, pidamos a Dios por nuestro pobre amigo, que ha perdido la razón.»

35

No eran las once de la mañana del día siguiente, día último de mes, por más señas, cuando Villaamil subía con trabajo la escalera encajonada del Ministerio, parándose a cada tres o cuatro peldaños para tomar aliento. Al llegar a la entrada de la Secretaría, los porteros, que la tarde anterior le habían visto salir en aquella actitud lamentable que referida está, se maravillaron de verle tan pacífico, en su habitual modestia y dulzura, como hombre incapaz de decir una palabra más alta que otra. Desconfiaban, no obstante, de esta mansedumbre, y cuando el buen hombre se sentó en el banco, duro y ancho como de iglesia, y arrimó los pies al brasero próximo, el portero más joven se acercó y le dijo:

—Don Ramón, ¿para qué viene por aquí? Estése en su casa y cuídese, que tiempo tiene de rodar por estos barrios.

—Puede que tengas razón, amigo Ceferino. En mi casa metidito, y acá se las arreglen estos señores como quieran. ¿Yo qué tengo que ver? Verdad que el país paga los vidrios rotos, y no puede uno ver con indiferencia tanto desbarrar. ¿Sabes tú si han llevado ya al Ministerio el nuevo Presupuesto ultimado? No sabes... Verdad, ¡a ti qué más te da! Tú no eres contribuyente... Pues desde ahora te digo que el nuevo Presupuesto es peor que el vigente, y todo lo que hacen aquí una cáfila de barbaridades y despropósitos. Ahí me las den todas. Yo en mi casa tan tranquilo, viendo cómo se desmorona este país, que podría estar nadando en oro si quisiera.

A poco de soltar esta perorata, el pobre cesante se quedó solo, meditando, la barba en la mejilla. Vio pasar algunos empleados conocidos suyos; pero como no le

dijeron nada, no chistó. Consideraba quizá la soledad
que se iba formando en torno suyo, y con qué prisa se
desviaban de él los que fueron sus compañeros y hasta
poco antes se llamaban sus amigos. «Todo ello —pensó
con admirable observación de sí mismo— consiste en que
mis desgracias me han hecho un poco extravagante, y en
que alguna vez la misma fuerza del dolor es causa de que
se me escapen frases y gestos que no son de hombre se-
sudo, y contradicen mi carácter y mi... ¿cómo es la pala-
breja?... ¡Ah!, mi idiosincrasia... ¡Todo sea por Dios!»

Distrájole de su meditación un amigo que entraba, y
que se fue derecho a él en cuanto le vio. Era Argüelles,
el padre de familia, envuelto en su capa negra, o más
bien ferreruelo, el sombrerete ladeado a la chamberga, el
bigote retorcido, la perilla enhiesta y erizada por el roce
del embozo. Antes de subir a Contribuciones solía entrar
un rato en el Personal, para desahogar las penas de su
alma con un amigo que le daba cuenta de todo, y así
alimentaba sus ilusiones de un próximo ascenso.

—¿Qué hace usted por aquí, amigo Villaamil? —le
dijo en el tono que se emplea con los enfermos graves—.
¿Quiere usted que tomemos café? Pero no; quizá el café
le sentará mal. Hay que cuidarse, y si vale mi consejo,
haría usted muy bien en no aparecer por esta *posá del
Peine* en muchos días.

—¿A dónde vamos? (Levantándose.)

—Al Personal. Echaremos un parrafillo con Sevillano,
que nos enterará de los nombramientos del día. Venga
usted.

Y se internaron por luengo corredor, no muy claro,
que primero doblaba hacia la derecha, después a la izquierda. A lo largo del pasadizo accidentado y misterioso, las figuras de Villaamil y de Argüelles habrían podido
trocarse, por obra y gracia de hábil caricatura, en las de
Dante y Virgilio buscando por senos recónditos la entrada o salida de los recintos infernales que visitaban. No
era difícil hacer de don Ramón un burlesco Dante por lo
escueto de la figura y por la amplia capa que le envolvía;
pero en lo tocante al poeta, había que sustituirle con

Quevedo, parodiador de la *Divina Comedia,* si bien el
bueno de Argüelles, más semejanza tenía con el *Alguacil
alguacilado* que con el gran vate que lo inventó. Ni Dante ni Quevedo soñaron, en sus fantásticos viajes, nada
parecido al laberinto oficinesco, al campaneo discorde de
los timbres que llaman desde todos los confines de la vasta mansión, al abrir y cerrar de mamparas y puertas, y al
taconeo y carraspeo de los empleados que van a ocupar
sus mesas colgando capa y hongo; nada comparable al
mete y saca de papeles polvorosos, de vasos de agua, de
paletadas de carbón, a la atmósfera tabacosa, a las órdenes dadas de pupitre a pupitre, y al tráfago y zumbido,
en fin, de esas colmenas donde se labra el panel amargo
de la Administración. Metiéronse Villaamil y su guía en
un despacho donde había dos mesas y una sola persona,
que en aquel momento se mudaba el sombrero por un
gorro de pana morada, y las botas por zapatillas. Era
Sevillano, oficial de secretaría, buen mozo, aunque algo
machucho, bien quisto en la casa, con fama de cuquería.
Saludó el tal a Villaamil con recelo, mirándole mucho a
la cara: «Vamos tirando», contestó el cesante eterno, y
ocupó una silla junto a la mesa.

—¿De lo mío nada...? —dijo Argüelles, usando una
fórmula interrogativa y afirmativa a la vez.

—Nada —replicó el presumido Sevillano, que al ponerse delante de la mesa parecía movido del deseo de que
le vieran las zapatillas bordadas y de que admiraran su
breve pie—, lo que se llama nada. Ni te han propuesto ni
ese es el camino.

—No me coge de nuevo —gruñó el otro soltando capa
y sombrero, como si quisiera oponer a la publicidad de
las zapatillas de Sevillano la exhibición de sus encrespa-
das melenas—. Ese perro de Pantoja me ha engañado ya
tres veces, y me engañará la cuarta si no le doy la morci-
lla. Yo lo paso todo, con tal que no me eche el pie adelante ese gorgojo repulsivo de Guillén. ¡Vamos, si le ascienden a él antes que a mí; si un *padre de familia* cargado de hijos y que lleva todo el peso de la oficina, se ve
pospuesto a ese aborto inútil que mata el tiempo pintan-

do monos...! (Volviéndose a Villaamil en solicitud de su aquiescencia.) ¿Tengo razón o no tengo razón? ¿Le parece a usted que después de tantos años en este empleo, todavía les parezca temprano para darme el ascenso, y en cambio se lo den a ese coco, mamarracho, mal hombre y peor amigo, que además no sabe poner una minuta?

—Cabalmente, cabalmente por eso, por ser una inutilidad —afirmó Villaamil con inmenso pesimismo—, tiene asegurada su carrera.

—Yo me sublevo —declaró con rabia *el caballero de Felipe IV* dando una patada—. Si ascienden a ése antes que a mí, me voy al Ministro y le digo... vamos, le suelto una frescura. Esto es peor que insultarle a uno y escupirle la cara. Sí, porque tanto polaquismo requema la sangre, y le entran a uno ganas de echarse la moral a la espalda y casarse con Judas. Esa garrapata de Guillén, con sus chuscadas y sus versitos y sus porquerías, se ha hecho popular aquí. Le ríen las gracias estúpidas... Todos tenemos algo de culpa en darle alas, lo reconozco... Yo le aseguro a usted, amigo don Ramón, que no volverá a enseñar delante de mí sus monigotes. Ya le diré yo cuántas son cinco, ya le diré...

Argüelles se detuvo, creyendo ver en el rostro de Villaamil señales de excitación; pero, contra lo que temía, el anciano escuchaba sereno, no mostrándose lastimado por el recuerdo de las groseras burlas.

—Dejarle, dejarle —contestó—. Por mi parte, sé sobreponerme a esas majaderías. Acuérdese usted; ayer, al enterarme de que se burlaban de mí, no dije esta boca es mía; ¿verdad que no? Estas cosas se desprecian, y nada más. Después me tropecé en la calle con el chico de Cucúrbitas, Urbanito, el cual está en Aduanas, y me contó que allí había ido Guillén con las aleluyas, que son una pura sandez. Ni siquiera hay un chiste en ellas. Que si, de niño, en vez de envolverme en pañales, me envolvían en nóminas..., que si le propuse al ministro el *income tax*... Y a él, pregunto yo ahora, a él, el muy asno, ¿qué le va ni le viene con que yo proponga el *income tax*?

¿Qué entiende él de esas materias tan superiores al entendimiento de un escuerzo sietemesino? Luego dice que doy sablazos..., calumnia infame, porque si en las horribles trinquetadas que paso, la necesidad me impulsa a pedir el auxilio de un amigo, eso no quiere decir que sea yo un petardista. Pero estas injurias hay que llevarlas con muchísima paciencia, y no dar al infame denostador ni siquiera el gusto de nuestras quejas, porque se engreiría del mal que hace. Desprecio, indiferencia, y que vomite veneno hasta que se le seque el alma. ¡Ah!, yo no obsequiaré nunca a esos reptiles con el favor de mis miradas. Y a ese tal le he dado yo calor en mi seno, vean ustedes, porque él va a mi casa, adula a mi familia, se bebe mi vino, y allí parece que nos quiere a todos como hermanos. ¡Valiente bicharraco!... Y digo más: digo que Pantoja también tiene algo de culpa, porque le permite perder el tiempo en hacer estas porquerías... Todos sus mamarrachos los conozco lo mismo que si los hubiera visto, pues Urbanito no omitió detalle. Pasa por tonto este chico; pero yo afirmo que tiene mucho talento, y lo que es a memoria no hay quien le gane. Díjome también que con las iniciales de los títulos de mis cuatro Memorias ha compuesto Guillén el mote de *Miau,* que me aplica en las aleluyas. Yo lo acepto. Esa M, esa I, esa A y esa U, son como el *Inri,* el letrero infame que le pusieron a Cristo en la cruz... Ya que me han crucificado entre ladrones, para que todo sea completo, pónganme sobre la cabeza esas cuatro letras en que se hace mofa y escarnio de mi gran misión.

36

Sevillano y Argüelles, que al principio le habían oído con algo de respeto, en cuanto oyeran aquella salida, titubearon entre la compasión y la risa, prevaleciendo al fin la primera, que expresó Sevillano en esta forma:

—Hace bien usted en despreciar tales miserias. Nada más repugnante que hacer burla de un hombre digno y

desgraciado. Aquí me trajeron también los muñecos esos;
pero no los quise ver... Ahora, si ustedes quieren, toma-
remos café.

Entró el mozo con el servicio; Villaamil rehusó cortés-
mente el obsequio, y los otros dos se sentaron para tomar a gusto, en vaso muy colmadito, el brebaje aromáti-
co que es alegría y consuelo de las oficinas.

—Pues le he de decir a usted —manifestó el cesante
con la serenidad de un hombre dueño de sus facultades—
que se vaya usted haciendo a la injusticia, que se familia-
rice con las bofetadas y se acostumbre a la idea de ver a
ese piojo pasándole por delante. La lógica española no
puede fallar. El pillo delante del honrado; el ignorante
encima del entendido; el funcionario probo debajo, siempre debajo. Y agradezca usted que en premio de sus servicios no le limpian el comedero..., que no sé, no sé si
sacar también esa consecuencia lógica.

—Armo un tiberio, créalo usted, lo armo, pero gordo
—dijo el *padre de familia* entre sorbo y sorbo—. Como
le asciendan antes que a mí, crea usted que todo el Colegio de Sordomudos me tendrá que oír.

—Le oirá y callará, y no habrá más remedio que conformarse. Véase mi raciocinio (acercando su silla a las de
los bebedores de café). ¿Quién le apoya a usted? Nadie;
y digo nadie, porque no le apoya ninguna mujer.

—Eso es verdad.

—Bueno. Cuando veo un nombramiento absurdo, pregunto: *¿quién es ella?* Porque es probado; siempre que
una nulidad se sobrepone a un empleado útil, ponga usted el oído y escuchará rumor de faldas. ¿Apostamos a
que sé quién ha pedido el ascenso del cojo? Pues su prima, la viuda del comandantón aquel que está en Filipinas, esa tal Enriqueta, frescachona, más suelta que las
gallinas, de la cual se dice si tuvo que ver o no tuvo que
ver con nuestro egregio Director. Ahora, sabiendo a qué
aldabas se agarra ese morral de Guillén, ayúdenme ustedes a sentir. Nada, el amigo Argüelles, con toda su prole
a rastras, se quedará ladrando de hambre, y el otro as-
cenderá, y ole morena.

Sevillano confirmaba con una sonrisa las acres observaciones del trastornado Villaamil, que no lo parecía al decir cosas tan a pelo; y el *caballero de Felipe IV* se atusaba sus engrasadas melenas y se retorcía el bigote, dándole a la perilla tales tirones, que a poco más se la arranca de cuajo.

—Lo vengo diciendo hace tiempo, ¡cáscaras! Se necesita no tener vergüenza para servir a este cabrón del Estado. Y ya que el amigo Villaamil está hoy de buena pasta, le diremos una cosa que no sabe. ¿Quién recomendó a Víctor Cadalso para que echaran tierra al expediente y encimita le encajaran un ascenso?

—Ello debe ser cosa de hembras; alguna joven sensible que ande por ahí, porque Víctor las atrapa lindamente.

—Le apoyaron dos Diputados —dijo Sevillano—: hicieron fuerza de vela sin conseguir nada, hasta que vino presión por alto...

—Pero si me ha dicho Ildefonso Cabrera —observó el viejo acalorándose— que ese pelele está liado con marquesas, duquesas y cuantas señoronas hay en la alta sociedad...

—No haga usted caso, don Ramón —indicó Argüelles—. Si, después de todo, su yerno de usted es un cursi..., así como suena, un cursilón. No se ve ya un mozo verdaderamente elegante, como los de mi tiempo. Ríase usted de todas esas conquistas de Víctor, que no tiene más amparo que el de mi vecina. En el principal de mi casa vive un marqués..., no me acuerdo del título; es valenciano y algo así como Benengeli, algo que suena a morisco. Este marqués tiene una tía, dos veces viuda..., una criatura, como quien dice... Mi mujer, que ya pasó de los cincuenta, asegura que estando ella de corto (mi mujer, se entiende), conoció a esa señora en Valencia, ya casada. En fin, que los sesenta y pico no hay quien se los quite, y aunque debió de ser buena moza, ya no hay pintura que la salve ni remedio que la enderece.

—Y cuando menos, mi yernecito ha seducido toda esa inocencia.

—Aguárdese usted. Es cosa pública en Valencia que el tiburón ese se enamoriscó de Cadalso, y él... también la quiso, por supuesto, con su cuenta y razón. Vinieron juntos a Madrid; enredito allá, enredito aquí. A mí nadie tiene que contármelo, pues le veo en la calle, esperando a la abuela, porque los marqueses no le permiten entrar en la casa. Ella sale en su coche, muy emperejilada, toda fofa y hueca, con unas témporas así, todo postizo, se entiende, y la cara con más pintura que el *Pasmo de Sicilia*... Se para en la esquina de Relatores, y allí entra el terror de las doncellas y se van qué sé yo adónde... Y me ha contado el lacayo, que es vecino mío en el sotabanco de la izquierda, que casi todos los días recibe carta la tarasca, y en seguida le larga a su nene tres pliegos... El lacayo echa las cartas al correo, y me cuenta lo que dice el sobre y las señas... Quiñones, 13, segundo.

—Si yo me sorprendiera de esto —declaró Villaamil entre risueño y desdeñoso—, sería un niño de teta. ¡Y esa fantasma ha venido aquí, al templo de la Administración (indignándose), a arrojar sobre el Estado la ignominia de sus recomendaciones en favor de un perdis...!

—No, por aquí no ha aparecido, ni lo necesita —apuntó Sevillano—. Con el teclado de sus relaciones, mueven ésas todo el Ministerio, sin poner los pies en él.

—Les basta decir una palabrita a cualquier pájaro gordo. Luego descarga aquí la nota...

—De esas que no piden, sino mandan.

—A rajatabla... Hágase... Y hecho está, y ole morena... No sería malo un buen pararrayos para esas chispas, un Ministro de carácter. ¿Pero dónde está ese Mesías? (Dándose fuerte puñetazo en la rodilla.) La condenada Administración es una hi de mala hembra con la que no se puede tener trato sin deshonrarse... Pero los que tienen hijos, amigo Argüelles, ¿qué han de hacer sino prostituirse? A ver, búsquese usted por ahí un felpudito que le ampare. Usted tiene todavía buen ver. A poco que se emperifolle, le salen las conquistas así..., y le pica en el anzuelo una lamprea con conchas... Animarse, pollo... ¡Pues si yo tuviera veinte años menos...!

Sevillano se reía, y Argüelles se pavoneaba henchido de fatuidad, enroscándose aquella birria de bigote pintado... No parecía echar en saco roto la exhortación, porque la edad no le había curado de su vanidad de Tenorio.

—Francamente, señores —manifestó con acento de hombre muy corrido—, nunca me ha gustado el amor como negocio... El amor por el amor. Ni con dinero encima cargo yo con una res como esa de Víctor, contemporánea del andar a pie, y todo lo tiene postizo, todo absolutamente, créanme ustedes.

—¡Fuera remilgos, y a ellas! —dijo Villaamil, a quien le había entrado hilaridad nerviosa—. No están los tiempos para hacer *fu* a nada... Este *padre de familia* es terrible. No le gustan más que las doncellitas tiernas.

—Pues de bromas ha dicho usted la verdad. De quince a veinte. Lo demás para bobos.

—¡Vamos, que si le cayera a usted un pimpollo como ese de Víctor!... Porque la tal debe de ter guita, y a su vera no hay bolsillo vacío... Ahora me explico que mi yerno, cuando se le acabaron los dineros que afanó por el enjuague de Consumos, gastaba del capítulo de guerra de esa vejancona... ¡Vamos! (Dándose otro palmetazo en la rodilla.) Que vivimos en una condenada época en que no podemos ni siquiera avergonzarnos, porque el estiércol, la condenada costra de estiércol que llevamos en la cara nos lo impide.

Levantóse para salir. Argüelles suspiró y con un gesto despidióse de Sevillano, que se puso a trabajar antes de que salieran.

—Vamos a la oficina —dijo el caballero alguacilado, embozándose en el ferreruelo, cogiendo del brazo a su amigo e internándose por los pasillos—: que ese mal bicho de Pantoja me chillará si tardo. ¡Qué vida, don Ramón, qué vida!... Y a propósito. ¿No observó usted que mientras hablábamos de la señora que protege a Víctor, Sevillano no chistaba? Es que también él se calza a una momia..., sí..., ¿no sabía usted? La viuda de aquel Pez y Pizarro que fue Director de Loterías en La Habana, pri-

mo de nuestro amigo don Manuel. Eso lo saben hasta los
perros..., y ella le protege, le regala cada dos años su
ascensito.

—¿Qué me dice usted? (Parándose y mirándole cara a
cara, en una actitud propiamente dantesca.) Conque Sevillano... Sí; ya decía yo que ese chico iba demasiado
aprisa. Era yo Jefe de Negociado, cuando entró de aspirante con cinco mil...

Se persignó y siguieron hasta Contribuciones. Pantoja
y los demás recibieron al sufrido cesante con sobresalto,
temerosos de una escena como la del día anterior. Pero
el anciano les tranquilizó con su apacible acento y la serenidad relativa de su rostro. Sin dignarse mirar a Guillén,
fue a sentarse junto al Jefe, a quien dijo de manos a boca:

—Hoy me encuentro muy bien, Ventura. He descansa-
do anoche, me despejé, y estoy hasta contento, me lo
puedes creer, echando chispas de contento.

—Más vale así, hombre, más vale así —repuso el otro
observándole los ojos—. ¿Qué traes por acá?

—Nada..., la querencia..., hoy estoy alegre..., ya ves
cómo me río (riendo). Es posible que hoy venga por última vez, aunque..., te lo aseguro..., me divierte, me divierte esta casa. Se ven aquí cosas que le hacen a uno...
morir de risa.

El trabajo concluyó aquel día más pronto que de ordinario, porque era día de paga, la fecha venturosa que
pone feliz término a las angustias del fin de mes, abriendo nueva era de esperanzas. El día de paga hay en las
salas de aquel falansterio más luz, aire más puro y un no
sé qué de diáfano y alegre que se mete en los corazones
de los infelices jornaleros de la Hacienda pública.

—Hoy os dan la paga —dijo Villaamil a su amigote,
suspendiendo aquel reír franco y bonachón de que afectado estaba.

Ya se conocía en el ruido de pisadas, en el sonar de
timbres, en el movimiento y animación de las oficinas,
que había empezado la operación. Cesaba el trabajo, se
ataban los legajos, eran cerrados los pupitres, y las plumas yacían sobre las mesas entre el desorden de los pa-

peles y las arenillas que se pegaban a las manos sudoro-
sas. En algunos departamentos, los funcionarios acudían,
conforme les iban llamando, al despacho de los habilitados, que les hacían firmar la nominilla y les daban el
trigo. En otros, los habilitados mandaban un ordenanza
con los santos cuartos en una hortera, en plata y billetes
chicos, y la nominilla. El Jefe de la sección se encargaba
de distribuir las raciones de metálico y de hacer firmar a
cada uno lo que recibía.

37

Es cosa averiguada que cuando Villaamil vio entrar al
portero con la horterita aquella, se excitó mucho, acentuando su increíble alegría, y expresándola de campecha-
na manera:

—¡Anda, anda, qué cara ponéis todos!... Aquí está ya
el santo advenimiento..., la alegría del mes, San Garbanzo bendito... ¡Pues apenas vais a echar mal pelo con
tantos dinerales!...

Pantoja empezó a repartir. Todos cobraron la paga entera, menos uno de los aspirantes, a quien entregó el Jefe
el pagaré otorgado a un prestamista, diciendo: «Está usted cancelado». y Argüelles recibió un tercio no más, por
tener retenido lo restante. Cogiólo torciendo el gesto,
echando la firma en la nominilla con rasgos que decla-
raban su furia; y después el gran Pantoja se guardó su
parte pausada y ceremoniosamente, metiendo en su cartera los billetes, y los duros en el bolsillo del chaleco,
bien estibaditos para que no se cayesen. Villaamil no le
quitaba ojo mientras duró la operación, y hasta que no
desapareció la última moneda no dejó de observarle. Le
temblaba la mandíbula, le bailaban las manos.

—¿Sabes? —dijo a su amigo, levantándose—. Nos iremos de paseo. Yo tengo hoy... muy buen humor... ¿No
ves?... Estoy muy divertido...

—Yo me quedo un rato más —respondió *el honrado*,
que deseaba quitarse de encima aquella calamidad—.
Tengo que ir un rato a Secretaría.

—Pues quédate con Dios... Me largo de paseo... Estoy contentísimo..., y de paso, compraré unas píldoras.

—¿Píldoras? Te sentarán bien.

—¡Ya lo creo!... Abur; hasta más ver. Señores, que sea por muchos años... Y que aproveche... Yo bueno, gracias...

En la escalera de anchos peldaños desembocaban, como afluentes que engrosan el río principal, las multitudes que a la misma hora chorreaban de todas las oficinas. Contribuciones y Propiedades descargaban su personal en el piso segundo; descendía la corriente uniéndose luego a la numerosa grey de Secretaría, Tesoro y Aduanas. El humano torrente, haciendo un ruido de mil demonios de peldaño en peldaño, apenas cabía en la escalera, y mezclábanse los pisotones con la charla gozosa y chispeante de un día de paga. En los oídos de Villaamil añadíase al murmullo inmenso el tintineo de los duros, recién guardados en tanta faltriquera. Pensó que el metal de los pesos debía de estar frío aún; pero se calentaría pronto al contacto del cuerpo, y aun se derretiría al de las necesidades. Al llegar al vasto ingreso que separa del pórtico la escalera, veíanse en los patios de derecha e izquierda afluir las muchedumbres de Impuestos, Tesorería y Giro Mutuo, y antes de llegar a la calle, las corrientes se confundían. Las capas deslucidas abundaban más que los raídos gabanes; pero también los había flamantes, y chisteras lustrosas, destacándose entre la muchedumbre de hongos chafados y verdinegros. El taconeo ensordecía la casa, y Villaamil oía siempre, por cima del rumor de pisadas, aquel tintín de las piezas de cinco pesetas. «Hoy —se dijo, echando toda su alma en un suspiro— han dado casi toda la paga en duros nuevecitos, y algo en pesetas dobles con el cuño de Alfonso.»

Al desaguar la corriente en la calle, iba cesando el ruido, y el edificio se quedaba como vacío, solitario, lleno de un polvo espeso levantado por las pisadas. Pero aún venían de arriba destacamentos rezagados de las multitudes oficinescas. Sumaban entre todos tres mil, tres mil pagas de diversa cuantía, que el Estado lanzaba al tráfico devolviendo por modo parabólico al contribuyente parte de lo que sin piedad le saca. La alegría del cobro, sentimiento característico de la humanidad, daba a la caterva aquella un aspecto simpático y tranquilizador. Era sin duda una honrada plebe anodina, curada del espanto de las revoluciones, sectaria del orden y la estabilidad, pueblo con gabán y sin otra idea política que asegurar y defender la pícara olla; proletariado burocrático, lastre de la famosa nave; masa resultante de la hibridación del pueblo con la mesocracia, formando el cemento que traba y solidifica la arquitectura de las instituciones.

Embozábase Villaamil en su pañosa para resguardarse del frío callejero, cuando le tocaron en el hombro. Volvióse y vio a Cadalso, quien le ayudó a asegurar el embozo liándoselo al cuello.

—¿Qué tiene usted..., de qué se ríe usted?

—Es que... estoy esta tarde muy contento... A bien que a ti no te importa. ¿No puede uno ponerse alegre cuando le da la real gana?

—Sí..., pero... ¿Va usted a casa?

—Otra cosa que no es de tu incumbencia. ¿Tú a dónde vas?

—Arriba a recoger mi título... Yo también estoy hoy de enhorabuena.

—¿Te han dado otro ascenso? No me extrañaría. Tienes la sartén por el mango. Mira, que te hagan Ministro de una vez; acaba de ponerte el mundo por montera antes que se acaben las carcamales.

—No sea usted guasón. Digo que estoy de enhorabuena porque me he reconciliado con mi hermana Quintina y el salvaje de su marido. Él se queda con aquella maldecida casa de Vélez-Málaga que no valía dos higos, paga las costas, y yo...

—Suma y van tres... Otra cosa que a mí me tiene tan sin cuidado como el que haya o no pulgas en la luna. ¿Qué se me da a mí de tu hermana Quintina, de Ildefonso, ni de que hagáis o no cuantas recondenadas paces queráis?

—Es que...

—Anda, sube, sube pronto y déjame a mí. Porque yo te pregunto: ¿En qué cochino bodegón hemos comido juntos? Tú por tu camino, lleno de flores; yo por el mío. Si te dijera que con toda tu buena suerte no te envidio ni esto... Más quiero honra sin barcos que barcos sin honra. Agur...

No le dio tiempo a más explicaiones, y asegurándose otra vez el embozo, avanzó hacia la calle. Antes de traspasar la puerta, le tiraron de la capa, acompañando el tirón de estas palabras amigables:

—¡Eh, simpático Villaamil, aunque usted no quiera! ...

Urbano Cucúrbitas, pollancón rubio, ralo de pelo, estirado, zancudo y con mucha nuez; semejante a vástago precoz de la raza gallinácea que llaman Cochinchina; vestido con elegante traje a cuadros, cuello larguísimo, de cucurucho, hongo claro; manos y pies inconmensurables, muy limpio y la boca risueña, enseñando hasta los molares, que bien podrían llamarse del juicio si alguno tuviera.

—¡Hola, Urbanito! ... ¿Has cobrado tu paga?

—Sí, aquí la llevo (tocándose el bolsillo y haciendo sonar la plata); casi todo en pesetas. Me voy a dar una vuelta por la Castellana.

—¿En busca de alguna conquistilla?... Hombre feliz... Para ti es el mundo. ¡Qué risueño estás! Pues mira; yo también estoy de vena hoy... Dime, ¿y tus hermanitos, han cobrado también sus paguillas? Dichosos los nenes a quienes el Estado les pone la teta en la boca, o el biberón. Tú harás carrera, Urbanito; yo sostengo que eres muy listo, contra la opinión general que te califica de tonto. Aquí el tonto soy yo. Merezco, ¿sabes qué?, pues que el Ministro me llame, me haga arrodillar en su despacho y me tenga allá tres horas con una coroza de orejas de burro..., por imbécil, por haberme pasado la vida creyendo en la moral, en la justicia y en que se deben nivelar los presupuestos. Merezco que me den una carrera en pelo, que me pongan motes infamantes, que me llamen *el señor de Miau,* que me hagan aleluyas con versos chabacanos para hacer reír hasta a las paredes de

la casa... No, si no lo digo en son de queja; si ya ves...,
estoy contento, y me río..., me hace una gracia atroz mi
propia imbecilidad.

—Mire usted, querido don Ramón (poniéndole ambas
manos en los hombros). Yo no he tenido arte ni parte en
los monigotes. Confieso que me reí un poco cuando Guillén los llevó a mi oficina; no niego que me entró tenta-
ción de enseñarlos a mi papá, y se los enseñé...

—Pero si yo no te pido explicaciones, hijo de mi alma.

—Déjeme acabar... Y mi papá se puso furioso y a
poco me pega. Total, que enterado Guillén de las cosas
que mi papá dijo, salió a espetaperros de nuestra oficina,
y no ha vuelto a aparecer. Yo digo que ello puede pasar
como broma de un rato. Pero ya sabe usted que le respeto, que me parece una tontería juntar las iniciales de sus
cuatro Memorias que nada significan, para sacar una palabra ridícula y sin sentido.

—Poco a poco, amiguito (mirándole a los ojos). A que
la palabra *Miau* sea una sandez no tengo nada que obje-
tar; pero no estoy conforme con que las cuatro iniciales
no encierren una significación profunda...

—¡Ah!..., ¿sí? (suspenso).

—Porque es preciso ser muy negado o no tener pizca
de buena fe para no reconocer y confesar que la M, la I,
la A y la U significan lo siguiente: *Mis... Ideas... Abar-
can... Universo*.

—¡Ah!..., ya..., bien decía yo... Don Ramón, usted
debe cuidarse.

—Si bien no faltará quien sostenga..., y yo no me atre-
vería a contradecirlo de plano..., quien sostenga, quizá
con algún fundamento, que las cuatro misteriosas letras
rezan esto: *Ministro... I... Administrador... Universal*.

—Pues mire usted, esa interpretación me parece una
cosa muy sabia y con muchísimo intríngulis.

—Lo que yo te digo: hay que examinar imparcialmente
todas las versiones, pues éste dice una cosa, aquél sostiene otra, y no es fácil decidir... Yo te aconsejo que lo
mires despacio, que lo estudies, pues para eso te da el
Gobierno un sueldo, sin ir a la oficina más que un ratito

por la tarde, y eso no todos los días... Y que tus hermanitos lo estudien también con el biberón de la nómina en
los labios. Adiós; memorias a papá. Dile que crucificado
yo, por imbécil, en el madero afrentoso de la tontería, a
él le toca darme la lanzada, y a Montes la esponja con
hiel y vinagre, en la hora y punto en que yo pronuncie
mis Cuatro Palabras, diciendo: *Muerte... Infamante...
Al... Ungido...* Esto de *ungido* quiere decir... para que te
enteres... *lleno de basura,* o embadurnado todo de materias fétidas y asquerosas, que son el símbolo de la zan-
guanguería, o llámese principios.

—Don Ramón..., ¿va usted a su casa? ¿Quiere que le
acompañe? Tomaré un coche.

—No, hijo de mi alma; vete a tu paseíto. Yo me voy
pian pianino. Antes tengo que comprar unas píldoras...,
aquí en la botica.

—Pues le acompañaré..., y si quiere que veamos antes
a un médico...

—¡Médico! (riendo desaforadamente). Si en mi vida
me he sentido más sano, más terne... Déjame a mí de
médico. Con estas pildoritas...

—De veras, ¿no quiere que le acompañe?

—No, y digo más: te suplico que no lo hagas. Tiene
uno sus secretillos, y el acto, al parecer insignificante, de
comprar tal o cual medicina, puede evocar el pudor. El
pudor, chico, aparece donde menos se piensa. ¿Qué sabes tú si soy yo un joven, digo, un anciano disoluto?
Conque vete por tu camino, que yo tomo el de la farmacia. Adiós, niño salado, chiquitín del Ministerio, diviértete todo lo que puedas; no vayas a la oficina más que a
cobrar; haz muchas conquistas; pica siempre muy alto;
arrímate a las buenas mozas, y cuando te lleven a informar un expediente, pon la barbaridad más gorda que se
te ocurra... Adiós, adiós... Sabes que se te quiere.

Fuese el pollancón por la calle de Alcalá abajo, y Villaamil, después de cerciorarse de que nadie le seguía,
tomó en dirección de la Puerta del Sol, y antes de llegar
a ella, entró en la que llamaba botica; es a saber: en la
tienda de armas de fuego que hay en el número 3.

38

Notaban aquellos días doña Pura y su hermana algo
desusado en las maneras, en el lenguaje y en la conducta
del buen Villaamil, que si en actos de relativa importancia se mostraba excesivamente perezoso y apático, en
otros de ningún valor y significación desplegaba brutales
energías. Tratóse de la boda de Abelarda, de señalar fecha y de fijar ciertos puntos a tan gran suceso pertinen-
tes, y el hombre no dijo esta boca es mía. Ni la bonita
herencia de su futuro yerno (pues ya se había llevado
Dios al tío notario) le arrancó una sola de aquellas hipér-
boles de entusiasmo que de la boca de doña Pura salían a
borbotones. En cambio, a cualquier tontería daba Villaamil la importancia de suceso trascendente, y por si su
mujer cerró la puerta con algún ruido (resultado de lo
tirantes que tenía los nervios), o por si le habían quitado,
para ensortijarse la cabellera, un número de *La Correspondencia,* armó un cisco que hubo de durar media mañana.

También merece notarse que Abelarda acogió la for-
malización de su boda con suma indiferencia, la cual, a
los ojos de la primera *Miau,* era modestia de hija modo-
sa bien educada, sin más voluntad que la de sus padres.
Los preparativos, en atención al ahogo de la familia, habían de ser muy pobres, casi nulos, limitándose a algunas
prendas de ropa interior, cuya tela se adquirió con un
donativo de Víctor, del cual no se dio cuenta a Villaamil
para evitar susceptibilidades. Debo advertir que desde la
escena aquella en las Comendadoras, Víctor apenas paraba en la casa. Rarísimas noches entraba a dormir, y
comía y almorzaba fuera todos los días. Los tertulios de
la casa eran los mismos, excepto Pantoja y familia, que
escaseaban sus visitas, sin que doña Pura penetrase la causa de este desvío, y Guillén, que definitivamente se eclip-
só, muy a gusto de las tres *Miaus.* Las repetidas ausen-
cias de Virginia Pantoja motivaron gran atraso en los ensayos de la pieza. A la señorita de la casa se le olvidó en
absoluto su papel, y por estas razones y por la desgana

de fiestas que Pura sentía mientras no se resolviera el
problema de la colocación de su esposo, fue abandonado
el proyecto de función teatral.

Federico Ruiz, consecuente siempre, iba algunos ratos
por las tardes, pidiendo mil perdones a las *Miaus* por
quitarles su tiempo, pues no ignoraba que debían de estar sobre un pie con los preparativos... ¡Dichosos preparativos, y cuántos castillos y torres edificó sobre cimiento
tan frágil la imaginación fecunda de la esposa de Villaamil!... Una mañana entró Ruiz muy sofocado, seguido
de su mujer, ambos despidiendo alegría de sus ojos,
ebrios de júbilo, deseando que los amigos participaran
de su dicha.

—Vengo —dijo él casi sin aliento— a que nos den la
enhorabuena. Sé que nos quieren y que se alegrarán de
verme colocado.

Tanto Federico como Pepita fueron sucesivamente
abrazados por las tres *Miaus*. En esto salió de su despacho olfateando alegría el buen Villaamil, y antes de que
Ruiz tuviera tiempo de embocarle la venturosa nueva, le
cogió en los brazos, diciéndole:

—Sea mil y mil veces enhorabuena, queridísimo...
Bien merecido lo tiene, y muy requetebién ganado.

—Gracias, muchísimas gracias —dijo Ruis constreñido
en los enormes brazos de Villaamil, que apretaba con
nerviosa contracción—. Pero, por la Virgen Santísima,
no me apriete tanto, que me va a ahogar... Don Ramón..., ¡ay, ay!, que me hace añicos...

—Pero, hombre —dijo Pura a su marido sorprendida y
temerosa—, ¿qué manera de abrazar?

—Es que... —balbució el cesante— quiero darle un
parabién bien dado..., una enhorabuena de padre y muy
señor mío, para que le quede memoria de mí y de lo
muy contento que estoy por su triunfo. ¿Y qué es ello?

—Una comisioncilla en Madrid mismo..., esa es la
ganga..., para estudiar y proponer mejoras en el estudio
de las ciencias naturales..., a fin de que resulte práctico.

— ¡Oh, cosa buena!... Ni sé cómo no se les había ocurrido antes. ¡Y este mísero País vive ignorando cómo se

enseñan las ciencias naturales! Felizmente, ahora, amigo
Ruiz, vamos a salir de dudas... Nuestro sabio Gobierno
tiene una mano para escoger el personal... Así está la
Nación reventando de gusto. Pues digo, si tendrá su
aquel la comisioncita. Golpes de esos bastan a salvar la
patria oprimida... En fin, lo celebro mucho... Y digo
más, señor de Ruiz; si usted está de enhorabuena, no lo
está de menor el País, que debe ponerse a tocar las casta-
ñuelas al saber que tiene quien le estudie eso... ¿verdad?
Con su permiso, me vuelvo a trabajar. Mil millones de
plácemes.

Sin esperar lo que Federico contestaba a estas expan-
siones calurosas, el buen hombre se metió de rondón en
su despacho. Algo extrañó a los Ruíces, lo mismo que a
las *Miaus,* aquella manera desordenada y estrepitosa de
dar enhorabuenas; pero disimularon su extrañeza. Fué-
ronse los felicitados para seguir sus visitas de dar parte,
cosechando a granel las felicitaciones. Y no era la comisioncita el único motivo de contento que Ruiz aquella
mañana tenía, pues el correo le trajo nueva satisfacción
con que no contaba. Era nada menos que el diploma de
una sociedad portuguesa, cuyo objeto es enaltecer a los
que realizan actos heroicos en los incendios, y también a
los que propagan por escrito las mejores teorías sobre
este útil servicio. Todo individuo perteneciente a dicha
asociación tenía derecho, según rezaba el diploma, a usar
el título de *Bombeiro, salvador da humanidade,* y a ponerse un vistosísimo uniforme con relucientes bordados.
El figurín de la deslumbradora casaca acompañaba al
nombramiento. ¡Si estaría hueco el hombre con su comisión (de que dependía el porvenir científico de España),
con los honores de *bombeiro,* y con la librea reluciente
que pensaba lucir en la primera coyuntura pública y solemne que se le presentase!

Luisito salió a paseo aquella tarde con Paca, y al volver se puso a estudiar en la mesa del comedor. Pasado el
extrañísimo, increíble arrechucho de Abelarda en la famosa noche de que antes hablé, el cerebro de la insignificante quedó aparentemente restablecido, hasta el punto

de que un olvido benéfico y reparador arrancó de su
mente los vestigios del acto. Apenas lo recordaba la joven con la inseguridad de sueño borroso, como pesadilla
estúpida cuya imagen se desvanece con la luz y las realidades del día. Ocupábase en coser su ajuar, y Luis, cansado del estudio, se entretenía en quitarle y esconderle
los carretes de algodón. «Chiquillo —le dijo su tía sin
incomodarse—, no enredes. Mira que te pego.» En vez
de pegarle, le daba un beso, y el sobrinillo se envalento-
naba más, ideando otras travesuras, como suyas, poco
maliciosas. Pura ayudaba a su hija en los cortes, y Milagros funcionaba en la cocina, toda tiznada, el mandilón
hasta los pies. Villaamil siempre encerrado en su leonera.
Tal era la situación de los individuos de la familia, cuando sonó la campanilla y cátate a Víctor. Sorprendiéronse
todos, pues no solía ir a semejante hora. Sin decir nada
pasó a su cuartucho, y se le sintió allí lavándose y sacando ropa del baúl. Sin duda estaba convidado a una comida de etiqueta. Esto pensó Abelarda, poniendo especial
estudio en no mirarle ni dirigir siquiera los ojos a la
puerta del menguado aposento.

Pero lo más singular fue que a poco de la entrada del
monstruo, sintió la sosa en su alma, de improviso, con
aterradora fuerza, la misma perturbación de la noche de
marras. Estalló el trastorno cerebral como una bomba, y
en el mismo instante toda la sangre se le removía, amargor de odio hacíale contraer los labios, sus nervios vibraban, y en los tendones de brazos y manos se iniciaba el
brutal prurito de agarrar, de estrujar, de hacer pedazos
algo, precisamente lo más tierno, lo más querido y por
añadidura lo más indefenso. Tuvo Cadalsito, en tan crítica ocasión, la mala idea de tirarle del hilo de unos hilva-
nes, y la tela se arrugó... «Chiquillo, si no te estás quieto, verás», gritó Abelarda, con eléctrica conmoción en
todo el cuerpo, los ojos como ascuas. Quizá no habría
pasado a mayores; pero el tontín, queriendo echárselas
de muy pillo, volvió a tirar del hilo, y... aquí fue Troya.
Sin darse cuenta de lo que hacía, obrando cual incons-
ciente mecanismo que recibe impulso de origen recóndi-

to, Abelarda tendió un brazo, que parecía de hierro, y de la primera manotada le cogió de lleno a Luis toda la cara. El restallido debió de oírse en la calle. Al hacerse para atrás, vaciló la silla en que el chico estaba, y ¡pataplum!, al suelo.

Doña Pura dio un chillido... «¡Ay, hijo de mi alma!... ¡Mujer!», y Abelarda, ciega y salvaje, de un salto cayó sobre la víctima, clavándole los dedos furibundos en el pecho y en la garganta. Como las fieras enjauladas y entumecidas recobran, al primer rasguño que hacen al domador, toda su ferocidad, y con la vista y el olor de la primera sangre pierden la apatía perezosa del cautiverio, así Abelarda, en cuanto derribó y clavó las uñas a Luisito, ya no fue mujer, sino el ser monstruoso creado en un tris por la insana perversión de la naturaleza femenina. «¡Perro, condenado..., te ahogo! ¡Embustero, farsante..., te mato!», gruñía rechinando los dientes; y luego buscó con ciego tanteo las tijeras para clavárselas. Por dicha, no las encontró a mano.

Tal terror produjo el acto en el ánimo de doña Pura, que se quedó paralizada sin poder acudir a evitar el desastre, y lo que hizo fue dar chillidos de angustia y desesperación. Acudió Milagros, y también Víctor en mangas de camisa. Lo primero que hicieron fue sacar al pobre Cadalsito de entre las uñas de su tía, operación no difícil, porque pasado el ímpetu inicial, la fuerza de Abelarda cedió bruscamente. Su madre tiraba de ella, ayudándola a levantarse, y de rodillas aún, convulsa, toda descompuesta, su voz temblorosa y cortada, balbucía:

—Ese infame..., ese trasto..., quiere acabar conmigo..., y con toda la familia...

—Pero, hija, ¿qué tienes?... —gritaba la mamá sin darse cuenta del brutal hecho, mientras Víctor y Milagros examinaban a Luisito, por si tenía algún hueso roto. El chico rompió a llorar, el rostro encendido, la respiración fatigosa.

—¡Dios mío, qué atrocidad! —murmuró Víctor ceñudamente.

Y en el mismo instante se determinaba en Abelarda

una nueva fase de la crisis. Lanzó tremendo rugido, apretó los dientes, rechinándolos, puso en blanco los ojos y cayó como cuerpo muerto, contrayendo brazos y piernas y dando resoplidos. Aparece entonces Villaamil pasmado de aquel espectáculo: su hija con pataleta, Luisito llorando, la cara rasguñada, doña Pura sin saber a quién atender primero, los demás turulatos y aturdidos.

—No es nada —dijo al fin Milagros, corriendo a traer un vaso de agua fría para rociarle la cara a su sobrina.

—¿No hay por ahí éter? —preguntó Víctor.

—Hija, hija mía —exclamó el padre—, ¿qué te pasa? Vuelve en ti.

Había que sujetarla para que no se hiciese daño con el pataleo incesante y el bracear violentísimo. Por fin, la sedación se inició tan enérgica como había sido el ataque. La joven empezó a exhalar sollozos, a respirar con esfuerzo la última etapa del tremendo acceso. Por más que intentaban consolarla, no tenía término aquel río de lágrimas. Lleváronla a su lecho, y en él siguió llorando, oprimiéndose con las manos el corazón. No parecía recordar lo que había hecho. Entre Villaamil y Cadalso habían conseguido acallar a Luisito, convenciéndole de que todo había sido una broma un poco pesada.

De repente el jefe de la familia se cuadró ante su yerno, y con temblor de mandíbula, intensa amarillez de rostro y mirada furibunda, gritó:

—De todo esto tienes tú la culpa, danzante. Vete pronto de mi casa, y ojalá no hubieras entrado nunca en ella.

—¡Que tengo yo la culpa! ... ¡Pues no dice que yo...! —respondió el otro descaradamente—. Ya me parecía a mí que no estaba usted bueno de la jícara...

—La verdad es —observó Pura, saliendo del cuarto próximo—, que antes de que tú vinieras no pasaban en mi casa estas cosas que nadie entiende.

—¡Ah!, también usted... No parece sino que me hacen un favor con tenerme aquí. ¡Y yo creí que les ayudaba a pasar la travesía del ayuno! Si me marcho, ¿dónde encontrarán un huésped mejor?

Villaamil, ante tanta insolencia, no encontraba palabras para expresar su indignación. Acarició el respaldo
de una silla, con prurito de blandirla en alto y estampár-
sela en la cabeza a su hijo político. Pudo dominar las
ganas que de esto tenía, y reprimiendo su ira con fortísi-
ma rienda, le dijo con voz hueca de sochantre:

—Se acabaron las contemplaciones. Desde este momento estás demás aquí. Recoge tus bártulos y toma el
portante, sin ningún género de excusas ni aplazamiento.

—No se apure usted... No parece sino que estoy en
Jauja.

—Jauja o no Jauja (a punto de estallar), ahora mismo
fuera. Vete a vivir con los esperpentos que te protegen.
¿De qué te sirve esta familia pobre y desgraciada? Aquí
no hay credenciales, ni destinos, ni recomendaciones, ni
nada, como dijo el otro. Y en esta pobreza honrada somos felices. ¿No ves lo contento que yo estoy? (Castañeteando los dientes.) En cambio tú no tendrás paz en el
pináculo de tus glorias, alcanzadas por el deshonor...
Pronto, a la calle ...El señor de *Miau* quiere perderte de
vista.

Víctor, lívido; doña Pura, asustada; Luisito, con ganas de romper a llorar nuevamente; Milagros, haciendo
pucheros...

—Bien —dijo Cadalso con aquella gallardía que sabía
poner en sus resoluciones, siempre que eran mortifican-
tes—. Me voy. También yo lo deseaba, y no lo había
hecho por caridad, porque soy aquí un sostén, no una
carga. Pero la separación será absoluta. Me llevo a mi
hijo.

Las dos *Miaus* le miraron aterradas. Villaamil apretó
con ferocidad los dientes.

—¿Pues qué...? Después de lo que ha pasado hoy
—añadió Víctor—, ¿todavía pretenden que yo deje aquí
a este pedazo de mi vida?

La lógica de este argumento desconcertó a todos los
Miaus de ambos sexos.

—¡Pero qué tonto! —insinuó doña Pura con ganas de
capitular—, ¿crees tú que esto volverá a pasar? ¿Y a

dónde vas con tu hijo, a dónde? Si el pobrecito no quiere separarse de nosotros.

Poco le faltaba para llorar. Milagros dijo:

—No, lo que es el niño no sale de aquí.

—¡Vaya si sale! —sostuvo Cadalso con brutal resolución—. A ver: saque usted toda la ropita de mi hijo para
juntarla con la mía.

—Pero, ¿a dónde le llevas?, bobo, simple... ¡Qué cosas se te ocurren tan disparatadas!

—Por sabido se calla. Su tía Quintina le criará y le
educará mejor que ustedes.

Doña Pura se sentó, atacada de gran congoja, sudor
frío y latidos dolorosos del corazón. Vaya, que después
de la hija, la madre iba a caer con la pataleta. Villaamil
dio una vuelta sobre sí mismo, como si le hiciera girar el
vértice de un ciclón interior, y después de parar en firme,
abrióse de piernas, alzó los brazos enormes, simulando la
figura de San Andrés clavado en las aspas, y rugió con
toda la fuerza de sus pulmones:

—¡Que se lo lleve..., que se lo lleve con mil demonios! Mujeres locas, mujeres cobardes, ¿no sabéis que
Morimos... Inmolados... Al... Ultraje?

Y tropezando en las paredes corrió hacia el gabinete.
Su mujer fue detrás, creyendo que iba disparado a arrojarse por el balcón a la calle.

39

—No cedo, no cedo —dijo Víctor a Milagros, al quedarse solo con ella—. Me llevo a mi hijo. ¿Pero no comprende usted que no podré vivir con tranquilidad dejándole aquí después de lo que ha pasado hoy?

—¡Por Dios, hijo! —le respondió con dulzura *la pudorosa Ofelia,* queriendo someterle por buenas—. Todo
ello es una tontería... No volverá a suceder. ¿No ves que
es nuestro único consuelo este mocoso?... Y si nos le
quitas...

La emoción le cortaba la palabra. Calló la artista, tratando de disimular su pena, pues harto sabía que como la familia mostrase vivo interés en la posesión de Luisito, esto sólo era motivo suficiente para que el monstruo se obstinase en llevársele. Creyó oportuno dejar el delicado pleito en las manos diplomáticas de doña Pura, que sabía tratar a su yerno combinando la energía con la suavidad. Al ir la *Miau* mayor al gabinete en seguimiento de su marido, le encontró arrojado en un sillón, la cabeza entre las manos.

—¿Qué te parece que debemos hacer? —le dijo ella confusa, pues no había tenido tiempo aún de tomar una resolución. Grande, inmensa fue la sorpresa de doña Pura cuando su marido, irguiendo la frente, respondió estas inverosímiles palabras:

—Que se lo lleve cuando quiera. Será un trance doloroso verle salir de aquí; pero ¡qué remedio!... Por lo demás, no hay que remontarse, y digo más..., digo que, en efecto, mejor estará el chiquillo con Quintina que con... *vosotras*.

Al oír esto, *la figura de Fra Angélico* examinó en silencio, atónita, el turbado rostro del cesante. La sospecha de que empezaba a perder la razón confirmóse entonces, oyéndole decir aquel gran desatino.

—¡Que estará mejor con Quintina que con nosotras! Tú no estás en tu juicio, Ramón.

—Y dejando a un lado lo que al niño convenga (atenuando su crueldad), Víctor es su padre, y tiene sobre él más autoridad que nosotros. Si él quiere llevársele...

—Es que no querrá... ¡Pues no faltaba otra! Verás cómo arreglo yo a ese truhán...

—Yo no le diría una palabra, ni me rebajaría a tratar con él (cayendo en gran aplanamiento, sedación enérgica de su furia pasada). Yo le dejaría hacer su gusto. Tiene la autoridad, ¿sí o no? Pues si la tiene, a nosotros nos corresponde callar y sufrir.

—¿Pues no dice que callemos y suframos (espantada y briosa), cuando ese vil nos quiere quitar nuestra única alegría?... Tú no estás bueno. Te aseguro que Víctor se llevará al niño, pero ha de ser a la fuerza, atropellándonos, y no sin que yo le arranque las orejas a ese perro.

—Pues mi opinión es no cuestionar con semejante tipo... Se me figura que si le veo otra vez delante de mí, le muerdo... Siento algo como una ansiedad física de clavar los dientes en alguien. Créelo, mujer, la Administración está deshonrada; ya no podrá decirse el *probo* y *sufrido personal* de Hacienda, como se decía antes. Y lo que es en cuanto a nivelación del presupuesto, que se limpien. Con esta chusma que va invadiendo la casa, es imposible.

—¿Pero a qué me sacas ahora la Administración (exaltada), ni qué tiene que ver el burro con las témporas? ¡Ay, Ramón, tú no estás bueno! Déjame a mí de *probos*... Que les parta un rayo. Mírate en tu espejo, y abre esos ojos, ábrelos...

—¡Abiertos, muy abiertos los tengo! (Intencionadamente.) ¡Y qué horizontes ante mí!

Viendo que no podía ponerse de acuerdo con su marido, volvió a emprenderla con Víctor, que no había salido aún. Contra la creencia de Pura, el otro continuaba inflexible, sosteniendo su acuerdo con tenacidad digna de mejor causa. A entrambas *Miaus* se les habría podido ahogar con un cabello, y Abelarda, confesándose autora del conflicto, lloraba en su lecho como una Magdalena. Entre atender a su hija y discutir con Víctor, doña Pura tenía que duplicarse, corriendo de aquí para allí, mas sin poder dominar la aflicción de la una ni la implacable contumacia del otro. Nunca había visto al guapo mozo tan encastillado en una resolución, ni encontraba el busilis de tanta crueldad y firmeza. Para ello habría sido preciso estar al tanto de lo ocurrido el día anterior en casa de los de Cabrera. Éste ganó en segunda instancia el famoso pleito de la casucha de Vélez-Málaga, siendo Víctor condenado a reintegrar el valor de la finca y al pago de costas. El irreconciliable Ildefonso le había echado ya el dogal al cuello y disponíase a apretar, reteniéndole la paga, persiguiéndole y acosándole sin piedad ni consideración. Pero del fallo judicial tomó pie la muy lagarta de Quinti-

na para satisfacer sus aspiraciones maternales, y engatu-
sando a Cabrera con estudiadas zalamerías y carantoñas,
obtuvo de él que aprobara las bases del siguiente conve-
nio: «Se echaría tierra al asunto; Ildefonso pagaría las
costas (quedándose con la casa, se entiende). Y Víctor
les entregaría a su hijo.» Vio el cielo abierto Cadalso,
y aunque le hacía mala boca arrancar al chiquillo del
poder y amparo de sus abuelos, hubo de aceptar a ojos
cerrados. Todo se reducía a pasar un mal rato en casa
de las *Miaus,* a recibir algún arañazo de Pura y otro
de Milagros y una dentellada quizá de Villaamil. He
aquí muy claro el móvil de la determinación por la
cual hubo de cambiar de casa y de familia el célebre
Cadalsito.

En lo más recio del trajín que Milagros y Pura traían,
corriendo de Abelarda inconsolable a Víctor inflexible,
con escala en Luisito, que también había vuelto a gimo-
tear, entró Ponce. No podía venir en peor ocasión, y su
presunta suegra, contrariada con la visita, le enchiqueró
en la sala para decirle:

—Ese trasto de Víctor nos ha hecho una pillada. Hemos tenido aquí hoy una verdadera tragedia. Figúrese usted que ha dado en llevarse al chiquitín, arrancándolo de
este hogar, donde se ha criado. Estamos consternadísi-
mas. Abelarda, al ver que ese verdugo se llevaba al niño
a viva fuerza, cayó con un síncope atroz, pero atroz. En
la cama la tenemos, hecha un mar de llanto. ¡Ay, hijo,
qué rato hemos pasado!

Por fin, como Abelarda estaba vestida sobre el hecho,
se permitió a Ponce pasar a verla. La insignificante no
lloraba ya; tenía los ojos encendidos, los miembros des-
madejados. El ínclito mancebo se sentó a la cabecera,
apretándole la mano y permitiéndose el inefable exceso
de besársela cuando no estaba presente la mamá, quien
repitió delante de su hija la versión dada al novio sobre
el suceso del día.

—¡Pero qué malo es ese hombre! —dijo el crítico a su
amada—. Es una bestia apocalíptica.

—No lo sabes tú bien —respondió la chica, mirando fijamente a su novio mientras éste se acariciaba con el pañuelo sus siempre húmedos lagrimales—. Alma más negra no echó Dios al mundo... ¡Mira tú que es maldad; querer quitarnos a Luisito, nuestro encanto, nuestra dicha! Desde que nació está con nosotras. Nos debe la vida, porque le hemos cuidado como a las niñas de nuestros ojos; le sacamos adelante del sarampión y la tos ferina, con mil sacrificios. ¡Qué ingratitud, y qué infamia! Ya ves lo pacífica que soy. Más que pacífica soy cobarde, inofensiva, pues hasta cuando mato una pulga me da lástima del pobre animalito. Pues bien: a ese hombre, si a mano le tuviera, creo que le atravesaría de parte a parte con un cuchillo... Para que veas.

—Sosiégate, minina —dijo Ponce con voz meliflua—. Estás excitada. No hagas caso tú. ¿Me quieres mucho?

—¡Vaya que si te quiero! —replicó Abelarda, plenamente decidida a tirarse por el Viaducto, es decir, a casarse con Ponce.

—Tu mamá te habrá dicho que hemos fijado el 3 de mayo, día de la Cruz. ¡Qué largo me está pareciendo el tiempo y con qué lentitud corren noches y días!

—Pero todo llega... Detrás de un día viene otro —dijo Abelarda mirando al techo—. Todos los días son enteramente iguales.

Las conferencias entre las dos *Miaus* y Víctor duraron hasta que éste salió vestido de etiqueta, y toda la diplomacia de la una y los ruegos quejumbrosos de la otra no ablandaron el duro corazón de Cadalso. Lo más que obtuvieron fue aplazar la traslación de Luis hasta el día siguiente. Enterado Villaamil de eso, salió y dijo a su yerno con sequedad:

—Yo te prometo, te doy mi palabra de que lo llevaré yo mismo a casa de Quintina. No hay más que hablar... No necesitas tú volver más acá.

A esto respondió el monstruo que por la noche volvería a mudarse de ropa, añadiendo benévolamente que el acto de llevarse al hijo no significaba prohibición de que le vieran sus abuelos, pues podían ir a casa de Quintina cuando gustaran, y que así lo advertiría él a su hermana.

—Gracias, señor elegante —dijo Pura con desdén.

Y Milagros:

—Lo que es yo... ¿allá?... ¡Estás tú fresco!

Faltaba todavía un dato importante para apreciar la gravedad del asunto; faltaba conocer la actitud del interesado, si se prestaría de buen grado a cambiar de familia, o si, por el contrario, se resistiría con la irreductible firmeza propia de la edad inocente. Su abuela, en cuanto el monstruo se fue, empezó a disponer el ánimo del chico para la resistencia, asegurándole que la tía Quintina era muy mala, que le encerraría en un cuarto oscuro, que la casa estaba llena de unas culebronas muy grandes y de bichos venenosos. Oía Cadalsito estas cosas con incredulidad, porque realmente eran papas demasiado gordas para que las tragase un niño ya crecidito y que empezaba a conocer el mundo.

Aquella noche nadie tuvo apetito, y Milagros se llevaba para la cocina las fuentes lo mismo que habían ido al comedor. Villaamil no desplegó los labios sino para desmentir las terroríficas pinturas que su mujer hacía del domicilio de Cabrera.

—No hagas caso, hijo mío; la tía Quintina es muy buena, y te cuidará y te mimará mucho. No hay allí sapos ni culebras, sino las cosas más bonitas que puedes imaginarte: santos que parece que están hablando, estampas lindísimas y altares soberbios, y... la mar de cosas. Vas a estar muy a gusto.

Oyendo esto, Pura y Milagros se miraban atónitas, sin poder explicarse que el abuelo se pasase descarada y cobardemente al enemigo. ¿Qué vena le daba de apoyar la inicua idea de Víctor, llegando hasta defender a Quintina y pintando su casa como un paraíso infantil? ¡Lástima que la familia no estuviera en fondos, pues de lo contrario, lo primero sería llamar a un buen especialista en enfermedades de la cabeza para que estudiara la de Villaamil y dijera lo que dentro de ella ocurría!

<h1 style="text-align:center">40</h1>

Cadalsito tampoco tuvo ganas de comer y menos de estudiar. Mientras le acostaban, la tiíta, completamente repuesta de aquel salvaje desvarío y sin tener de él más que vaga reminiscencia, le besó y le hizo extremadas caricias, no sin cierta escama del pequeño y aun de doña Pura. Milagros se quedó allí a dormir aquella noche, por lo que pudiera tronar.

Luis cogió pronto el sueño; pero a media noche despertó con los síntomas anunciadores de la visión. Su tía Milagros cuidó de arroparle y hacerle mimos, acostándose al fin con él para que se tranquilizase y no tuviera miedo. Lo primero que vio el chiquillo al adormilarse, fue una extensión vacía, un lugar indeterminado, cuyos horizontes se confundían con el cielo, sin accidente alguno, casi sin términos, pues todo era igual, lo próximo y lo lejano. Discurrió si aquello era suelo o nubes, y luego sospechó si sería el mar, que nunca había visto más que en pintura. Mar no debía de ser, porque el mar tiene olas que suben y bajan, y la superficie aquella era como la de un cristal. Allá lejos, muy lejos, distinguió a su amigo el de la barba blanca, que se aproximaba lentamente recogiendo el manto con la mano izquierda y apoyándose con la otra en un bastón grande o báculo como el que usan los obispos. Aunque venía de muy lejos y andaba despacio, pronto llegó delante de Cadalsito, sonriendo al verle. Acto continuo se sentó. ¿Dónde, si allí no había piedra ni silla? Todo ello era maravilloso en grado sumo, pues por encima de los hombros del Padre vio Luis el respaldo de uno de los sillones de la sala de su casa. Pero lo más estupendo de todo fue que el buen abuelo, inclinándose hacia él, le acarició la cara con su preciosa mano. Al sentir el contacto de los dedos que habían hecho el mundo y cuanto en él existe, sintió Cadalso que por su cuerpo corría un temblor gustosísimo.

—Vamos a ver —le dijo el amigo—, he venido desde la otra parte del mundo sólo por echar un párrafo contigo. Ya sé que te pasan cosas muy raras. Tu tía... ¡Pa-

rece mentira que queriéndote tanto!... ¿Tú entiendes
esto? Pues yo tampoco. Te aseguro que cuando lo vi, me
quedé como quien ve visiones. Luego tu papá, empeñado
en llevarte con la tía Quintina... ¿Sabes tú el porqué de
estas cosas?

—Pues yo —opinó Luis con timidez, asombrándose de
tener ideas propias ante la sabiduría eterna— creo que
de todo lo que está pasando tiene la culpa el Ministro.

—¡El Ministro! (asombrado y sonriente).

—Sí, señor, porque si ese tío hubiera colocado a mi
abuelo, todos estarían contentos y no pasaría nada.

—¿Sabes que me estás pareciendo un sabio de tomo y
lomo?

—Mi abuelo furioso porque no le colocan y mi abuela
lo mismo, y mi tía Abelarda también. Y mi tía Abelarda
no puede ver a mi papá, porque mi papá le dijo al Ministro que no colocara a mi abuelo. Y como no se atreve
con mi papá, porque puede más que ella, la emprendió
conmigo. Después se puso a llorar... Dígame, ¿mi tía es
buena o es mala?

—Yo estoy en que es buena. Hazte cuenta que el achuchón de hoy fue de tanto como te quiere.

—¡Vaya un querer! Todavía me duele aquí, donde me
clavó las uñas... Me tiene mucha tirria desde un día que
le dije que se casara con mi papá. ¿Usted no sabe? Mi
papá la quiere; pero ella no le puede ver.

—Eso sí que es raro.

—Como usted lo oye. Mi papá le dijo una noche que
estaba enamoradísimo de ella, por lo fatal ...¿sabe? y
que él era un condenado, y qué sé yo qué...

—¿Pero a ti quién te mete a escuchar lo que dicen las
personas mayores?

—Yo... estaba allí... (alzando los hombros).

—¡Vaya, vaya! ¡Qué cosas ocurren en tu casa! Se me
figura que estás en lo cierto: el pícaro del Ministro tiene
la culpa de todo. Si hubiera hecho lo que yo le dije, nada
de esto pasaría. ¿Qué le costaba, en aquella casona tan
llena de oficinas, hacer un hueco para ese pobre señor?
Pero nada, no hacen caso de mí, y así anda todo. Verdad

que tienen que atender a éste y al otro, y cuanto yo les
digo, por un oído les entra y por otro les sale.

—Pues que le coloquen ahora..., ¡vaya! Si usted va
allá y lo manda pegando un bastonazo fuerte con ese palo
en la mesa del Ministro...

—¡Quiá! No hacen caso. Pues si consistiera en basto-
nazos, por eso no había de quedar. Los doy tremendos, y
como si no.

—Entonces, ¡contro! (envalentonado por tanta bene-
volencia), ¿cuándo le van a colocar?

—Nunca —declaró el Padre con serenidad, como si
aquel *nunca* en vez de ser desesperante fuera consolador.

—¡Nunca! (No entendiendo que esto se dijera con
tanta calma.) ¡Pues estamos aviados!

—Nunca, sí, y te añadiré que lo he determinado yo.
Porque verás: ¿para qué sirven los bienes de ese mundo?
Para nada absolutamente. Esto, que tú habrás oído muchas veces en los sermones, te lo digo yo ahora con mi
boca, que sabe cuanto hay que saber. Tu abuelito no encontrará en la tierra la felicidad.

—¿Pues dónde?

—Parece que eres bobo. Aquí, a mi lado. ¿Crees que
no tengo yo ganas de traérmele para acá?

—¡Ah! ... (abriendo la boca todo lo que abrirse podía).
Entonces... eso quiere decir que mi abuelo se muere.

—Y verdaderamente, chico, ¿a cuento de qué está tu
abuelo en este mundo feo y malo? El pobre no sirve ya
para nada. ¿Te parece bien que viva para que se rían de
él, y para que un Ministrillo le esté desairando todos los
días?

—Pero yo no quiero que se muera mi abuelo...

—Justo es que no lo quieras..., pero ya ves..., él está
viejo, y, créelo, mejor le irá conmigo que con vosotros.
¿No lo comprendes?

—Sí (diciendo que sí por cortesía, pero sin estar muy
convencido...). Entonces... ¿el abuelo se va a morir
pronto?

—Es lo mejor que puede hacer. Adviérteselo tú; dile
que has hablado conmigo, que no se apure por la creden-

cial, que mande al Ministro a freír espárragos, y que no tendrá tranquilidad sino cuando esté conmigo. ¿Pero qué es eso? ¿Por qué arrugas las cejas? ¿No comprendes eso, tontín? ¿Pues no dices que vas a ser cura y a consagrarte a mí? Si así lo piensas, vete acostumbrando a estas ideas. ¿No te acuerdas ya de lo que dice el Catecismo? Apréndetelo bien. El mundo es un valle de lágrimas, y mientras más pronto salís de él, mejor. Todas estas cosas, y otras que irás aprendiendo, las has de predicar tú en mi púlpito cuando seas grande, para convertir a los malos. Verás cómo haces llorar a las mujeres, y dirán todas que el padrito *Miau* es un pico de oro. Dime, ¿no estás en ser clérigo y en ir aprendiendo ya unas miajas de misa, un poco de latín y todo lo demás?

—Sí, señor... Murillo me ha enseñado ya muchas cosas: lo que significa *aleluya* y *gloria patri,* y sé cantar lo que se canta cuando alzan, y cómo se ponen las manos al leer los santísimos Evangelios.

—Pues ya sabes mucho. Pero es menester que te apliques. En casa de tu tía Quintina verás todas las cosas que se usan en mi culto.

—Me quieren llevar con la tía Quintina. ¿Qué le parece?... ¿Voy?

Al llegar aquí, Cadalsito, alentado por la amabilidad de su amigo, que le acariciaba con sus dedos las mejillas, se tomó la confianza de corresponder con igual demostración, y primero tímidamente, después con desembarazo, le tiraba de las barbas al Padre, quien nada hacía para impedirlo, ni se incomodaba diciendo como Villaamil: *¿en qué cochino bodegón hemos comido juntos?*

—Sobre eso de vivir o no con los Cabreras, yo nada te digo. Tú lo deseas por la novelería de los juguetes eclesiásticos, y al mismo tiempo temes separarte de tus abuelitos. ¿Sabes lo que te aconsejo? Que llegado el momento, hagas lo que te salga de dentro.

—¿Y si me lleva mi papá a la fuerza sin dejarme pensarlo?

—No sé..., me parece que a la fuerza no te llevará. En

último caso, haces lo que mande tu abuelo. Si él te dice:
«A casa de Quintina», te callas, y andando.

—¿Y si me dice que no?

—No vas. Pásate sin los altaritos, y entretanto, ¿sabes
lo que haces? Le dices al amigo Murillo que te dé otra
pasada de latín, de ese que él sabe, que te explique bien
la misa y el vestido del cura, cómo se pone el cíngulo, la
estola, cómo se preparan el cáliz y la hostia para la con-
sagración..., en fin, Murillito está muy bien enterado, y
también puede enseñarte a llevar el Viático a los enfermos, y lo que se reza por el camino.

—Bueno... Murillo sabe mucho; pero su padre quiere
que sea abogado. ¡Qué estúpido! Dice él que llegará a
Ministro, y que se casará con una moza muy guapa. ¡Qué
asco!

—Sí que es un asco.

—También *Posturas* tenía malas ideas. Una tarde nos
dijo que se iba a echar una querida y a jugar a la tim-
ba. ¿Qué cree usted? Fumaba colillas y era muy mal
hablado.

—Todas esas mañas se le quitan aquí.

—¿Dónde está que no le veo con usted?

—Todos castigados. ¿Sabes lo que me han hecho esta
mañana? Pues entre *Posturitas* y otros pillos que siempre
están enredando, me cogieron el mundo, ¿sabes?, aquel
mundo azul que yo uso para llevarlo en la mano, y lo
echaron a rodar, y cuando quise enterarme, se había caído al mar. Costó Dios y ayuda sacarlo. La suerte que es
un mundo figurado, ¿sabes?, que no tiene gente, y no
hubo que lamentar desgracias. Les di una mano de ca-
chetes como para ellos solos. Hoy no me salen del encierro...

—Me alegro. Que la paguen. Y dígame, ¿dónde les
encierra?

La celestial persona, dejándose tirar de las barbas, miraba sonriendo a su amigo, como si no supiera qué decir.

—¿Dónde les encierra?... A ver..., diga...

La curiosidad de un niño es implacable, ¡ay de aquel
que la provoca y no la satisface al momento! Los tirones

de barba debieron de ser demasiado fuertes, porque el
bondadoso viejo, amigo de Luis, hubo de poner coto a
tanta familiaridad.

—¿Qué dónde les encierro?... Todo lo quieres saber.
Pues les encierro... donde me da la gana. ¿A ti qué te
importa?

Pronunciada la última palabra, la visión desapareció
súbitamente, y quedóse el buen Cadalso hasta la mañana, durante el sueño, atormentado por la curiosidad de
saber dónde les encerraba... ¿Pero dónde diablos les encerraría?

41

No apareció Víctor en toda la noche; pero a la mañana, temprano, fue a reiterar la temida sentencia respecto
a Luis, no cediendo ni ante las conminaciones de doña
Pura, ni ante las lágrimas de Abelarda y Milagros. El
chiquillo, afectado por aquel aparato luctuoso, se mostró
rebelde a la separación; no quería dejarse vestir ni cal-
zar; rompió en llanto, y Dios sabe la que se habría ar-
mado sin la intervención discreta de Villaamil, que salió
de su alcoba diciendo:

—Pues es forzoso separarnos de él, no atosigarle, no
afligir a la pobre criatura.

Asombrábase Víctor de ver a su suegro tan razonable,
y le agradecía mucho aquel criterio consolador, que le
permitiría realizar su propósito sin apelar a la violencia,
evitando escenas desagradables. Milagros y Abelarda,
viendo el pleito perdido, retiráronse a llorar al gabinete.
Pura se metió en la cocina echando de su boca maldicio-
nes contra los Cabreras, los Cadalsos y demás razas ene-
gimas de su tranquilidad, y en tanto Víctor le ponía las
botas a su hijo, tratando de llevársele pronto, antes que
surgieran nuevas complicaciones.

—Verás, verás —le decía— qué cosas tan monas te
tiene allí la tía Quintina: santos magníficos, grandes
como los que hay en las iglesias, y otros chiquitos para

que tú enredes con ellos; vírgenes con mantos bordados
de oro, luna de plata a los pies, estrellas alrededor de la
cabeza, tan majas... verás... Y otras cosas muy divertidas...
candeleros, cristos, misales, custodias, incensarios...

—¿Y les puedo poner fuego y menearlos para que den
olor?

—Sí, vida mía. Todo es para que tú te entretengas y
vayas aprendiendo, y a los santos puedes quitarles la
ropa para ver cómo son por dentro, y luego volvérsela a
poner.

Villaamil se paseaba en el comedor oyendo todo esto.
Como observara que Luis, después de aquel entusiasmo
por el uso del incensario, volvió a caer en su morriña,
gimoteando:

—Yo quiero que la abuela me lleve y se esté allí conmigo —hubo de meter su cuarto a espadas en la catequi-
zación, y acariciándole, le dijo:

—Tienes allá también altares chicos con velitas y ara-
ñas de este tamaño, custodias así, casullitas bordadas, un
sagrario que es una monada, una manga-cruz que la puedes cargar cuando quieras y otras preciosidades..., como,
por ejemplo...

No sabía por dónde seguir, y Víctor suplió su falta de
inventiva añadiendo:

—Y un hisopo de plata que echa agua bendita por todos lados, y, en fin, un cordero pascual...

—¿De carne?

—No, hombre... Digo, sí, vivo.

Para abreviar la penosa situación y acelerar el momento
crítico de la salida, Villaamil ayudó a ponerle la chaqueta; pero aún no le habían abrochado todos los botones,
cuando, ¡Madre de Dios!, sale doña Pura hecha una pan-
tera y arremete contra Víctor, badila en mano, diciendo:

—¡Asesino, vete de mi casa! ¡No me robarás esta
joya!... ¡Vete, o te abro la cabeza!

Y lo mismo fue oír las otras *Miaus* aquella voz airada,
salieron también chillando en la propia cuerda. En suma,
que aquello se iba poniendo feo.

—Puesto que ustedes no quieren que sea por buenas, será por malas —dijo Víctor poniéndose a salvo de las uñas de las tres furias—. Pediré auxilio a la justicia. El aquí no se ha de quedar. Conque ustedes verán...

Villaamil intervino, diciendo con voz conciliadora, sacada trabajosamente del fondo de su oprimido pecho:

—Calma, calma. Ya lo teníamos arreglado, cuando estas mujeres nos lo echan a perder. Váyanse para adentro.

—Eres un estafermo —le dijo la esposa, ciega de ira—. Tú tienes la culpa, porque si te pusieras de nuestra parte, entre todos habríamos ganado la partida.

—Cállate tú, loca, que harto sé yo lo que tengo que hacer. ¡Fuera de aquí todo el mundo!

Pero Luisito, viendo a sus tías y abuela tan interesadas por él, volvió a mostrar resistencia. Pura no se contentaba con menos que con sacarle los ojos a su yerno, y aquello iba a acabar malamente. La suerte que aquel día estaba Villaamil tan razonable y con tal dominio de sí mismo y de la situación, que parecía otro hombre. Sin saber cómo, su respetabilidad se impuso.

—Mientras tú estés aquí —dijo a Víctor, sacándole con hábil movimiento de la cuna del toro, o sea de entre las manos tiesas de doña Pura—, no adelantaremos nada. Vete, y yo te doy mi palabra de que llevaré a mi nieto a casa de Quintina. Déjame a mí, déjame... ¿No te fías de mi palabra?

—De su palabra, sí, pero no de su capacidad para reducir a estos energúmenos.

—Yo los reduciré con razones. Descuida. Vete, y espérame allá.

Habiendo logrado tranquilizar a su yerno, entró en gran parola con la familia, agotando su ingenio en hacerles ver la imposibilidad de impedir la separación del chiquillo.

—¿No véis que si nos resistimos vendrá el propio juez a quitárnosle?

Media hora duró el alegato, y por fin las *Miaus* parecieron resignadas; convencidas, nunca.

—Lo primero que tenéis que hacer —les dijo, deseando alejarlas en el momento crítico de la salida—, es iros a la sala cantando bajito. Yo me entiendo con Luis. ¡Si él no va a dejar de querernos porque se vaya con Quintina! ..., y, además, su padre me ha prometido que le traerá todos los días a vernos, y los domingos a pasar el día en casa...

Abelarda se retiró la primera, llorando, como quien se aparta de la persona agonizante para no verla morir. Después se fue Milagros, y finalmente Pura, quien no se hubiera resignado, a no domarla su esposo con este último argumento:

—Si porfiamos, vendrá el juez esta tarde. ¡Figúrate qué escena! Apuremos el cáliz, y Dios castigará al infame que nos lo ofrece.

Solo con Luis, el abuelo estuvo a punto de perder su estudiada, dificilísima compostura, y echarse a llorar. Se tragó toda aquella hiel, invocando mentalmene al cielo con esta frase: «Terrible es la separación, Señor, pero es indudable que estará mucho mejor allá, mucho mejor. Vamos, Ramón, ánimo, y no te amilanes.»

Pero no contaba con su nieto, que, oyendo el gimoteo de las tías, volvió a las andadas, y cuando se acercaba el instante fiero de la partida, se afligió diciendo:

—Yo no quiero irme.

—No seas tonto, Luis —le amonestó el anciano—. ¿Crees tú que si no fuera por tu bien te sacaríamos de casa? Los niños bonitos y dóciles hacen lo que se les manda. Y que no puedes tú figurarte, por mucho que yo te las pondere, las preciosidades que Quintina tiene allí para tu uso particular.

—¿Y puedo yo cogerlo todo para mí, y hacer con ello lo que me dé la gana? —preguntó el chiquillo con ansiedad avariciosa que en la edad primera revela el egoísmo sin freno.

—¿Pues quién lo duda? Hasta puedes romperlo si te acomoda.

—No, romper no. Las cosas de la iglesia no se rompen —declaró el niño con cierta unción.

—Bueno..., vamos ya... Saldremos calladitos para que
no nos sientan ésas..., y no se alboroten... Pues verás;
entre otras cosas, hay una pilita bautismal, que es una
monería; yo la he visto.

—Una pila... ¿con mucha agua bendita?

—Cabe tanta agua como en la tinaja de la cocina...
Vamos (cargándoselo a cuestas). Mejor será que yo te
lleve en brazos...

—¿Y esa pila es para bautizar personas?

—¡Claro!... Con ella puedes tú jugar todo lo que
quieras, y de paso vas aprendiendo, para cuando seas
cura, la manera de cristianar a un pelón.

Atravesó Villaamil con paso recatado el corredor y recibimiento, llevando a su nieto en brazos, y como durante la peligrosa travesía el chico prosiguiese con su flujo
de preguntas, sin bajar la voz, el abuelo le puso una mano
por tapaboca, susurrándole al oído:

—Sí, puedes bautizar niños, todos los niños que quieras. Y también hay mitras a la medida de tu cabeza y
capitas doradas y un báculo para que te vistas de obispín
y nos eches bendiciones...

Con esto franquearon la puerta, que Villaamil no cerró
a fin de evitar el ruido. La escalera la bajó a trancos,
como ladrón que huye cargando el objeto robado, y una
vez en el portal, respiró y dejó su carga en el suelo: ya
no podía más. No estaba él muy fuerte que digamos, ni
soportaba pesos, aun tan livianos como el de su nietecillo. Temeroso de que Paca y Mendizábal cometiesen alguna indiscreción, esquivó sus saludos. La mujerona quiso decir algo a Luis, condoliéndose de su marcha; pero
Villaamil anduvo más listo; dijo *volvemos,* y salió a la
calle más pronto que la vista.

El temor de que Luis cerdease otra vez, le estimuló
a reforzar en la calle sus mentirosas artimañas de cate-
quista:

—Tienes allí tan gran cantidad de flores de trapo para
altares, que sólo para verlas todas necesitas un año... y
velas de todos colores..., y la mar de cirios... Pues hay
un San Fernando vestido de guerrero, con armadura, que

te dejará pasmado y un San Isidro con su yunta de bue-
yes, que parecen naturales. El altar chico para que tú
digas tus misas es más bonito que el de Montserrat...

—Dime, abuelito, y confesonario, ¿no tengo?

—¡Ya lo creo!... y muy majo..., con rejas, para que
las mujeres te cuenten sus pecados, que son muchísimos...
Te digo que vas a estar muy bien, y cuando crezcas un
poquito, te encontrarás hecho cura sin sentirlo, sabiendo tanto como el padre Bohigas, de Montserrat, o el
propio capellán de las Salesas Nuevas, que ahora sale a
canónigo.

—Y yo, ¿seré canónigo, abuelito?

—¿Pues qué duda tiene?..., y obispo, y hasta puede
que llegues a Papa.

—¿El Papa es el que manda en todos los curas?...

—Justamente... ¡Ah!, también verás allí un monumento de Semana Santa, que lo menos tiene mil piezas,
qué sé yo cuántas estatuas, todo blanco y como de alfeñi-
que. Parece que acaba de salir de la confitería.

—¿Y se come, abuelo, se come? —preguntó Cadalsito,
tan vivamente interesado en todo aquello, que su casa,
su abuela y sus tías se le borraron de la mente.

—¿Quién lo duda? Cuando te canses de jugar le pegas
una dentellada —respondió Villaamil, ya vuelto tarum-
ba, pues su imaginación se agotaba, y no sabía de qué
echar mano.

Andaba el abuelo rápidamente por la acera de la calle
Ancha, y a cada paso suyo daba Cadalsito tres, cogido de
la mano paterna, o más bien colgado. Don Ramón se
detuvo bruscamente y giró sobre sí mismo, dirigiéndose
hacia la parte alta de la calle donde está el Hospital de la
Princesa. Fijóse Luis en la incongruencia de esta dirección, y observó, impacientándose:

—Pero, abuelo, ¿no vamos a casa de la tía Quintina
en la calle de los Reyes?

—Sí, hijo mío; pero antes daremos una vuelta por
aquí para que tomes el sol.

En el cerebro del afligido anciano se determinó un re-
troceso súbito, semejante al rechazo de la enérgica idea

que informaba todos los actos referentes a la cesión y traslado de su nieto. Éste seguía charla que te charla, preguntando sin cesar, tirándole a su abuelo del brazo cuando las respuestas no empalmaban inmediatamente con las interrogaciones. El abuelo contestaba por monosílabos, evasivamente, pues todo su espíritu se reconcentraba en la vida interior del pensar. Cabizbajo, fijos los ojos en el suelo como si contara las rayas de las baldosas, apechugaba con la cuesta, tirando de Luisito, el cual no advertía la congoja de su abuelo, ni el temblor de sus labios, articulando en baja voz la expresión de las ideas. «¿No es un verdadero crimen lo que voy a hacer, o, mejor dicho, dos crímenes?... Entregar a mi nieto, y después... Anoche, tras larga meditación, me parecieron ambas cosas muy acertadas, y consecuencia la una de la otra. Porque si yo voy a... cesar de vivir muy pronto, mejor quedará Luis con los Cabreras que con mi familia... Y pensé que mi familia le criaría mal, con descuido, consintiéndole mil resabios... eso sin contar el peligro de que esté al lado de Abelarda, que volverá a las andadas cualquier día. Los Cabreras me son antipáticos; pero les tengo por gente ordenada y formal. ¡Qué diferencia de Pura y Milagros! Éstas, con su música y sus tonterías, no sirven para nada. Así pensé anoche, y me pareció lo más cuerdo que a humana cabeza pudiera ocurrirse... ¿Por qué me arrepiento ahora y me entran ganas de volver a casa con el chico? ¿Es que estará mejor con las *Miaus* que con Quintina? No, eso no... ¿Es que desmaya en mí la resolución salvadora que ha de darme libertad y paz? ¿Es que te da ahora el antojillo de seguir viviendo, cobarde? ¿Es que te halagan el cuerpo los melindres de la vida?»

Atormentado por cruelísima duda, Villaamil echó un gran suspiro, y sentándose en el zócalo de la verja del hospital que cae al paseo de Areneros, cogió las manos del niño y le miró fijamente, cual si en sus inocentes ojos quisiera leer la solución del terrible conflicto. El chico ardía de impaciencia; pero no se atrevió a dar prisa a su abuelo, en cuyo semblante notaba pena y cansancio.

—Dime, Luis —propuso Villaamil, abrazándole con cariño—. ¿Quieres tú de veras irte con la tía Quintina? ¿Crees que estarás bien con ella, y que te educarán e instruirán los Cabreras mejor que en casa? Háblame con franqueza.

Puesta la cuestión en el terreno pedagógico, y descartado el aliciente de la juguetería eclesiástica, Luis no supo qué contestar. Buscó una salida, y al fin la halló:

—Yo quiero ser cura.

—Corriente; tú quieres ser cura y yo lo apruebo... Pero suponiendo que yo falte, que Pura y Milagros se vayan a vivir con Abelarda, señora de Ponce, ¿con quién te parece a ti que estarías mejor?

—Con la abuela y la tía Quintina juntas.

—Eso no puede ser.

Cadalsito alzó los hombros.

—¿Y no temerías tú, si siguieras donde estabas, que mi hija se alborotase otra vez y te quisiera matar?

—No se alborotará —dijo Cadalsito con admirable sabiduría—. Ahora se casa y no volverá a pegarme.

—¿De modo que tú... no tienes miedo? Y entre la tía Quintina y nosotros, ¿qué prefieres?

—Prefiero... que vosotros viváis con la tía.

Ya tenía Villaamil abierta la boca para decirle: «Mira, hijo, todo eso que te he contado de los altaritos es música. Te hemos engañado para que no te resistieses a salir de casa»; pero se contuvo, esperando que el propio Luis esclareciese con alguna idea primitiva, sugerida por su inocencia, el problema tremendo. Cadalsito montó una pierna sobre la rodilla de su abuelo, y echándole una mano al hombro para sostenerse bien, se dejó decir:

—Lo que yo quiero es que la abuela y la tía Milagros se vengan a vivir con Quintina.

—¿Y yo? —preguntó el anciano, atónito de la preterición.

—¿Tú? Te diré. Ya no te colocan..., ¿entiendes? Ya no te colocan, ni ahora ni nunca.

—¿Por dónde lo sabes? (Con el alma atravesada en la garganta.)

—Yo lo sé. Ni ahora ni nunca... Pero maldita la falta que te hace.

—¿Cómo lo sabes? ¿Quién te lo ha dicho?

—Pues... yo... Te lo contaré; pero no lo digas a nadie... Veo a Dios... Me da así como un sueño, y entonces se me pone delante y me habla.

Tan asombrado estaba Villaamil, que no pudo hacer ninguna observación. El chico prosiguió:

—Tiene la barba blanca, es tan alto como tú, con un manto muy bonito... Me dice todo lo que pasa... y todo lo sabe, hasta lo que hacemos los chicos en la escuela...

—¿Y cuándo le has visto?

—Muchas veces: la primera en las Alarconas, después aquí cerca, y en el Congreso y en casa... Me da primero como un desmayo, me entra frío, y luego viene él y nos ponemos a charlar... ¿Qué, no lo crees?

—Sí, hijo, sí lo creo (con emoción vivísima); ¿pues no lo he de creer?

—Y anoche me dijo que no te colocarán, y que este mundo es muy malo, y que tú no tienes nada que hacer en él, y que cuanto más pronto te vayas al cielo, mejor.

—Mira tú lo que son las cosas: a mí me ha dicho lo mismo.

—¿Pero tú le ves también?

—No, tanto como verlo... no soy bastante puro para merecer gracia..., pero me habla alguna vez que otra.

—Pues eso me dijo... Que morirte pronto es lo que te conviene, para que descanses y seas feliz.

El estupor de Villaamil fue inmenso. Eran las palabras de su nieto como revelación divina, de irrefragable autenticidad.

—¿Y a ti qué te cuenta el Señor?

—Que tengo que ser cura... ¿Ves? Lo mismo, lo mismito que yo deseaba..., y que estudie mucho latín y aprenda pronto todas las cosas...

La mente del anciano se inundó, por decirlo así, de un sentido afirmativo, categórico, que excluía hasta la sombra de la duda, estableciendo el orden de ideas firmísi-

mas a que debía responder en el acto la voluntad con
decisión inquebrantable.

—Vamos, hijo, vamos a casa de la tía Quintina —dijo
al nieto, levantándose y cogiéndole de la mano.

Le llevó aprisa, sin tomarse el trabajo de catequizarle
con descripciones hiperbólicas de juguetes y chirimbolos
sacro-recreativos. Al llamar a la puerta de Cabrera,
Quintina en persona salió a abrir. Sentado en el último
escalón, Villaamil cubrió de besos a su nieto, entrególe a
su tía paterna, y bajó a escape sin siquiera dar a ésta los
buenos días. Como al bajar creyese oír la voz del chiquillo que gimoteaba, avivó el paso y se puso en la calle con
toda la celeridad que sus flojas piernas le permitían.

42

Era ya cerca de mediodía, y Villaamil, que no se había
desayunado, sintió hambre. Tiró hacia la plaza de San
Marcial, y al llegar a los vertederos de la antigua huerta
del Príncipe Pío, se detuvo a contemplar la hondona-
da del Campo del Moro y los términos distantes de la
Casa de Campo. El día era espléndido, raso y bruñido el
cielo de azul, con un sol picón y alegre; de estos días pre-
cozmente veraniegos en que el calor importuna más por
hallarse aún los árboles despojados de hoja. Empezaban a
echarla los castaños de Indias y los chopos; apenas verde-
gueaban los plátanos; y las soforas, gleditchas y demás
leguminosas estaban completamente desnudas. En algunos ejemplares del árbol del amor se veían las rosadas
florecillas, y los setos de aligustre ostentaban ya sus loza-
nos renuevos, rivalizando con los evonymus de perenne
hoja. Observó Villaamil la diferencia de tiempo con que
las especies arbóreas despiertan de la somnolencia inver-
nal, y respiró con gusto el aire tibio que del valle del
Manzanares subía. Dejóse ir, olvidado de su buen apetito, camino de la Montaña, atravesando el jardinillo recién plantado en el relleno, y dio la vuelta al cuartel,
hasta divisar la sierra, de nítido azul con claros de nieve,

como mancha de acuarela extendida sobre el papel por la difusión natural de la gota, obra de la casualidad más que de los pinceles del artista.

« ¡Qué hermoso es esto! —se dijo soltando el embozo de la capa, que le daba mucho calor—. Paréceme que lo veo por primera vez en mi vida, o que en este momento se acaban de crear esta sierra, estos árboles y este cielo. Verdad que en mi perra existencia llena de trabajos y preocupaciones, no he tenido tiempo de mirar para arriba ni para enfrente... Siempre con los ojos hacia abajo, hacia esta puerca tierra que no vale dos cominos, hacia la muy marrana Administración, a quien parta un rayo, y mirándoles las cochinas caras a Ministros, Directores y Jefes del Personal, que maldita gracia tienen. Lo que yo digo: ¡cuánto más interesante es un cacho de cielo, por pequeño que sea, que la cara de Pantoja, la de Cucúrbitas y la del propio Ministro! ... Gracias a Dios que saboreo este gusto de contemplar la Naturaleza, porque ya se acabaron mis penas y mis ahogos, y no cavilo más en si me darán o no me darán el destino; ya soy otro hombre, ya sé lo que es independencia, ya sé lo que es vida, y ahora me les paso a todos por las narices, y de nadie tengo envidia, y soy... soy el más feliz de los hombres. A comer se ha dicho y ole morena mía.»

Dio un par de castañetazos con los dedos de ambas manos, y volviendo a liarse la capa, se dirigió hacia la cuesta de San Vicente, que recorrió casi toda, mirando las muestras de las tiendas. Por fin, ante una taberna de buen aspecto se detuvo murmurando: «Aquí deben de guisar muy bien. Entra, Ramón, y date la gran vida.» Dicho y hecho. Un rato después hallábase el buen Villaamil sentado ante una mesa redonda, de cuatro patas, y tenía delante un plato de guisado de falda olorosísimo, un cubierto cachicuerno, jarro de vino y pan. «Da gusto —pensaba, emprendiéndola resueltamente con el guisote— encontrarse así, tan libre, sin compromisos, sin cuidarse de la familia... porque, en buena hora lo diga, ya no tengo familia; estoy solo en el mundo, solo y dueño de mis acciones... ¡Qué gusto, qué placer tan grande! El esclavo ha roto sus cadenas, y hoy se pone el mundo por montera, y ve pasar a su lado a los que antes le oprimían, como si viera pasar a Perico el de los Palones... ¡Pero qué rico está este guisado de falda! En su vida compuso nada tan bueno la simple de Milagros, que sólo sabe hacerse los ricitos, y cantarse y mayarse por todo lo alto aquello de *morríamo, morríamo*... Parece un perrillo cuando le pellizcan el rabo... De veras está rica la falda... ¡Qué gracia tienen para sazonar en esta taberna! ¡Y qué persona tan simpática es el tabernero, y qué bien le sientan los manguitos verdes, los zapatos de alfombra y la gorra de piel! ¡Cuánto más guapo es que Cucúrbitas y que el propio Pantoja! ... Pues señor, el vinillo es fresco y picón... Me gusta mucho. Efectos de la liberad de que gozo, de no importárseme un bledo de nadie, y de ver mi cabeza limpia de cavilaciones y pesadumbres. Porque todo lo dejo bien arregladito: mi hija se casa con Ponce, que es buen muchacho y tiene de qué vivir; mi nieto en poder de Quintina, que le educará mejor que su abuela..., y en cuanto a esas dos pécoras, que carguen con ellas Abelarda y su marido... En resolución, ya no tengo que mantener el pico a nadie, ya soy libre, feliz, independiente, y *me abro al cartaginés incautamente*. ¡Qué dicha! Ya no tengo que discurrir a qué cristiano espetarle mañana la cartita pidiendo un anticipo. ¡Qué descanso tan grande haber puesto punto a tanta ignominia! El alma se me ensancha..., respiro mejor, me ha vuelto el apetito de mi mocedad, y a cuantas personas veo me dan ganas de apretarles la mano y comunicarles mi felicidad.»

Aquí llegaba del soliloquio, cuando entraron en la taberna tres muchachos, sin duda recién salidos del tren, con sendos morrales al hombro, vara en cinto, vestidos a usanza campesina: iguales en el calzado, que era de alpargata, y distintos en el sombrero, pues el uno lo traía de aparejo redondo, el otro boina y el tercero pañuelo de seda liado a la cabeza.

« ¡Qué chicos tan gallardos! —dijo Villaamil contemplándoles embebido, mientras ellos, bulliciosos y maleantes, pedían al tabernero algo con qué matar la feroz gazuza que traían—. ¿Serán jóvenes labradores que han dejado la oscura pobreza de sus aldeas por venir a esta Babel a pretender un destino que les dé barniz de señorío y aire de personas decentes?... ¡Infelices! ¡Y qué gran favor les haría yo en desengañarles! »

Sin más deliberación, se fue derecho a ellos diciéndoles:

—Jóvenes, pensad lo que hacéis. Aún estáis a tiempo. Volved a vuestras cabañas y dehesas, y huid de este engañoso abismo de Madrid, que os tragará y os hará infelices para toda la vida. Seguid el consejo de quien os quiere bien, y volveos al campo.

—¿Qué dice este tío? —contestó el más despabilado de ellos, poniéndose al hombro la chaqueta, que se le había caído—. ¡Otra que Dios con el abuelo! Somos quintos de este reemplazo, y como no nos presentemos nos afusilan...

—¡Ah! bueno, bueno... Si sois militares, la cosa muda de aspecto... A defender la patria. Yo la defendí también, saliendo en una compañía de voluntarios cuando aquel pillo de Gómez se corrió hasta Madrid... Pero también os digo que no hagáis caso de lo que os prediquen vuestros jefes, y que os sublevéis a las primeras de cambio, hijos. Despreciad al gran pindongo del Estado... ¿No sabéis quién es el Estado?

Los tres chicos se reían, mostrando sus dentaduras sanas y frescas: sin duda les hacía mucha gracia la estantigua que tenían delante. Ninguno de ellos supo quién era el Estado, y tuvo Villaamil que explicárselo en esta forma:

—Pues el Estado es el mayor enemigo del género humano, y a todo el que coge por banda lo divide... Mucho ojo..., sed siempre libres, independientes, y no tengáis cuenta con nadie.

Uno de los mozos sacó la vara del cinto y dio con ella tan fuerte golpe sobre la mesa, que por poco la parte en dos, gritando:

—Patrona, que tenemos mucha hambre. Por vida del condenado Solimán... Vengan esas magras.

A Villaamil le cayó en gracia esta viveza de genio, y admiró la juventud, la sangre hirviente de los tres muchachos. El tabernero les rogó que esperasen unos minutos, y les puso delante pan y vino para que fueran matando el gusanillo. Pagó entonces Villaamil, y el tabernero, ya muy sorprendido de sus maneras originales, y teniéndole por tocado, se corrió a ofrecerle una copita de Cariñena. Aceptó el cesante, reconocido a tanta bondad, y tomando la copa y levantándola en alto, «brindó por la prosperidad del establecimiento». Los quintos berrearon:

—¡Madrid, cinco minutos de parada y fonda!... ¡Viva la Nastasia, la Bruna, la Ruperta y toas las mozas de Daganzo de Arriba!

Y como Villaamil elogiase, al despedirse del tabernero con mucha finura, el buen servicio y lo bien condimentado del guiso, el dueño le contestó:

No hay otra como ésta. Fíjese en el rótulo: *La Viña del Señor.*

—No, si yo no he de volver. Mañana estaré muy lejos, amigo mío. Señores (volviéndose a los chicos y saludándoles sombrero en mano), conservarse. Gracias; que les aproveche... Y no olviden lo que les he dicho... Ser libres, ser independientes... como el aire. Véanme a mí. Me pongo al Estado por montera... Hasta ahora...

Salió arrastrando la capa, y uno de los mozos se asomó a la puerta gritando:

—¡Eh..., abuelo, agárrese, que se cae!... Abuelo, que se le han quedado las narices. Vuelva acá.

Pero Villaamil no oía nada, y siguió hacia arriba, buscando camino o vereda por donde escalar la Montaña por segunda vez. Encontróla al fin, atravesando un solar vacío y otro ya cercado para la edificación, y por último, después de dar mil vueltas y de salvar hondonadas y de trepar por la movediza tierra de los vertederos, llegó a la explanada del cuartel y lo rodeó, no parando hasta las vertientes áridas que desde el barrio de Argüelles descienden a San Antonio de la Florida. Sentóse en el suelo y soltó la capa, pues el vino por dentro y el sol por fuera le sofocaban más de lo justo.

« ¡Qué tranquilo he almorzado hoy! Desde mis tiempos de muchacho, cuando salimos en persecución de Gómez, no he sido tan dichoso como ahora. Entonces no era libre de cuerpo; pero de espíritu sí, como en el momento presente; y no me ocupaba de si había o no había para mandar mañana a la plaza. Esto de que todos los días se ha de ir a la compra es lo que hace insoportable la vida... A ver, esos pajarillos tan graciosos que andan por ahí picoteando, ¿se ocupan de lo que comerán mañana? No; por eso son felices; y ahora me encuentro yo como ellos, tan contento, que me pondría a piar si supiera, y volaría de aquí a la Casa de Campo, si pudiese. ¿Por qué razón, Dios, vamos a ver, no le haría a uno pájaro, en vez de hacerle persona?... Al menos que nos dieran a elegir. Seguramente nadie escogería ser hombre, para estar descriminándose luego por los empleos y obligado a gastar chistera, corbata, y todo este matalotaje que, sobre molestar, le cuesta a uno un ojo de la cara... Ser pájaro sí que es cómodo y barato. Mírenlos, mírenlos tan campantes, pillando lo que encuentran, y zampándoselo tan ricamente... Ninguno de éstos estará casado con una pájara que se llame Pura, que no sabe ni ha sabido nunca gobernar la casa, ni conoce el ahorro...»

Como viera los gorriones delante de sí, a distancia de unas cuatro varas, acercándose a brincos, cautelosos y audaces, para rebuscar en la tierra, sacó el buen hombre de su bolsillo el pan sobrante del almuerzo que había guardado en la taberna, y desmigajándolo, lo arrojó a las menudas aves. Aunque el movimiento de sus manos espantó a los animalitos, pronto volvieron, y descubierto el pan, ya se colige que cayeron sobre él como fieras. Villaamil sonreía y se esponjaba observando su voracidad, sus graciosos meneos y aquellos saltitos tan cucos. Al menor ruido, a la menor proyección de sombra o indicio de peligro, levantaban el vuelo; pero su loco apetito les traía pronto al mismo lugar.

«Coman, coman tranquilos —les decía mentalmente el viejo, embelesado, inmóvil, para no asustarlos—... Si Pura hubiera seguido vuestro sistema, otro gallo nos cantara. Pero ella no entiende de acomodarse a la realidad. ¿Cabe algo más natural que encerrarse en los límites de lo posible? Que no hay más que patatas..., pues patatas... Que mejora la situación y se puede ascender hasta la perdiz..., pues perdiz. Pero no señor, ella no está contenta sin perdiz a diario. De esta manera llevamos treinta años de ahogos, siempre temblando; cuando lo había, comiéndonoslo a trangullones como si nos urgiese mucho acabarlo; cuando no, viviendo de trampas y anticipos. Por eso, al llegar la colocación ya debíamos el sueldo de todo un año. De modo que perpetuamente estábamos lo mismo, *a ti suspiramos,* y mirando para las estrellas...

¡Treinta años así, Dios mío! Y a esto llaman vivir. «Ramón, ¿qué haces que no te diriges a tal o cual amigo?... Ramón, ¿en qué piensas? ¿Crees que somos camaleones?... Ramón, determínate a empeñar tu reloj, que la niña necesita botas... Ramón, que yo estoy descalza, y aunque me puedo aguantar así unos días, no puedo pasarme sin guantes, pues tenemos que ir al beneficio de la Furranguini... Ramón, dile al habilitado que te anticipe quinientos reales; son tus días, y es preciso convidar a las de tal o cual... Ramón...» ¡Y que yo no haya sido hombre para trincar a mi mujer y ponerle una mordaza en aquella boca, que debió de hacérsela un fraile, según es de pedigüeña! ¡Cuidado que soportar esto treinta años! ... Pero ya, gracias a Dios, he tenido valor para soltar mi cadena y recobrar mi personalidad. Ahora yo soy yo, y nadie me tose, y por fin he aprendido lo que no sabía: a renegar de Pura y de toda su casta, y a mandarlos a todos a donde fue el padre Padilla.»

No pudiendo reprimir su entusiasmo y alegría, dio tales manotadas, que los pájaros huyeron.

43

«No seais tontos..., con vosotros nadie se mete. ¿Por quién me tomáis? ¿Por algún Ministro sin entrañas, que quita el pan a los padres de familia para darlo a cualquier gandul? Porque vosotros también sois padres de familia y tenéis hijitos que mantener. No os asustéis, y tomad más miguitas... Creed que si mi mujer hubiera sido otra, la de Ventura, por ejemplo, yo no habría llegado a esta situación... La esposa de Ventura, de quien la mía se burla tanto porque dice bacalao de *Escuecia,* vale más que ella cien veces... Con Pura no hay dinero que alcance; ni la paga de un Director. El maldito suponer, el trapito, las visitas, el teatro, los perendengues y el morro siempre estirado para fingir dignidad de personas encumbradas, nos perdieron... No temáis, tontos; podéis acercaros, aún tengo más migas... En cuanto a Milagros, vosotros convendréis conmigo en que, si es buena y sencilla, no por eso deja de ser una inutilidad como su hermana. ¡Qué bien hizo aquel que se tiró al agua! Pues si no se tira y carga con ella, a estas horas se habría ahogado cien mil veces quedándose vivo, que es lo peor que le puede pasar a un cristiano... Entre las dos hermanitas me han tenido a mí lo mejor de mi vida con un dogal al cuello, aprieta que te apretarás... No dirán que me he portado mal con ellas, pues desde que me casé... Ahora me ocurre que, cuando fui a pedir al señor Escobios la mano de su hija, el apreciable médico del Cuarto Montado debió arrearme un bofetón que me volviera la cara del revés... ¡Ay, cuánto se lo hubiera agradecido más adelante! ... Coman, coman tranquilos, que aquí no estamos para quitarle el pan a la gente... Pues decía que desde que me casé hasta la fecha, he sido víctima de la insustancialidad y el desgobierno de esas dos tarascas, y no podrán quejarse de que no he sido sumiso y paciente, ni tampoco de que las abandono y las dejo en la miseria, pues no me he determinado a recobrar mi libertad sino al saber que quedan al amparo de Ponce, que es un bendito y les mantendrá el pico, pues para eso le dejó todas sus migas el tío notario. ¡Ay, ínclito Ponce, y qué mochuelo te toca! Ya verás lo que es canela fina. Si no tienes cuidado, pronto te liquidan... te evaporan, te volatilizan, te sorben. Allá se las haya. Yo he cumplido..., he cargado mi cruz treinta años; ahora, que la lleve otro... Se necesi-

tan espaldas jóvenes..., y el peso es mayúsculo, amigo
Ponce. Ya lo verás... Si he de ser franco, te diré que mi
hija, sin ser un talento, vale más que su mamá y su tía;
tiene algunas ideas de orden y previsión; no es tan amiga
de echar plantas... Pero cuidadito con ella, Ponce amigo,
porque o yo no entiendo nada de afectos y afecciones de
mujeres, o a mi Abelarda le gustas tú lo mismo que un
dolor de muelas. Nadie me quita de la cabeza que ese
peine de Víctor le había sorbido los sesos... Pero cásese
en buena hora, y si son felices las señoras *Miaus,* y
aprenden ahora lo que ignoraban en mi tiempo, yo me
alegraré mucho y hasta las aplaudiré desde allá: vaya si
las aplaudiré.»

En estas meditaciones, harto más largas y difusas de lo
que en la narración aparecen, se le fue pasando la tarde
a Villaamil. Dos o tres veces mudó de sitio, destrozando
impíamente al pasar alguno de los arbolillos que el
Ayuntamiento en aquel erial tiene plantados. «El Munici-
pio —decía— es hijo de la Diputación Provincial y nieto
del muy gorrino del Estado, y bien se puede, sin escrúpulo de conciencia, hacer daño a toda la parentela maldita. Tales padres, tales hijos. Si estuviera en mi mano, no
dejaría un árbol ni un farol... El que la hace que la pague... y luego la emprendería con los edificios, empezando por el Ministerio del cochino ramo, hasta dejarlo
arrasadito, arrasado... como la palma de la mano. Luego, no me quedaría vivo un ferrocarril, ni un puente, ni
un barco de guerra, y hasta los cañones de las fortalezas
los haría pedacitos así.»

Vagaba por aquellos andurriales, sombrero en mano,
recibiendo en el cráneo los rayos del sol, que a la caída
de la tarde calentaba desaforadamente el suelo y cuanto
en él había. La capa la llevaba suelta, y tuvo intenciones
de tirarla, no haciéndolo porque consideró que podía ve-
nirle bien a la noche, aunque fuese por breve tiempo.
Paróse al borde de un gran talud que hay hacia la Cuesta
de Areneros, sobre las nuevas alfarerías de la Moncloa, y
mirando al rápido declive, se dijo con la mayor serenidad: «Este sitio me parece bueno, porque iré por aquí

abajo, dando vueltas de carnero; y luego, que me bus-
quen... Como no me encuentre algún pastor de cabras...
Bonito sitio, y, sobre todo, cómodo, digan lo que quieran.»

Pero luego no debió parecerle el lugar tan adecuado a
su temerario intento, porque siguió adelante, bajó y volvió a subir, inspeccionando el terreno, como si fuera a
construir en él una casa. Ni alma viviente había por allí.
Los gorriones iban ya en retirada hacia los tejares de
abajo o hacia los árboles de San Bernardino y de la Florida. De repente, le dio al santo varón la vena de sacar
un revólver que en el bolsillo llevaba, montarlo y apuntar
a los inocentes pájaros, diciéndoles: «Pillos, granujas,
que después de haberos comido mi pan pasáis sin darme
tan siquiera las buenas tardes, ¿qué diríais si ahora yo os
metiera una bala en el cuerpo?... Porque de fijo que no
se me escapaba uno. ¡Tengo yo tal puntería!... Agrade-
ced que no quiero quedarme sin tiros; pues si tuviera
más cápsulas, aquí me las pagabais todas juntas... De veras que siento ganas de acabar con todo lo que vive, en
castigo de lo mal que se han portado conmigo la Humanidad, y la Naturaleza, y Dios (con exaltación furiosa)...
Sí, sí; lo que es portarse, se han portado cochinamente...
Todos me han abandonado, y por eso adopto el lema
que anoche inventé y que dice literalmente: *Muerte... Infamante... Al... Universo...*»

Con esta cantata siguió buen trecho alejándose hasta
que, ya cerrada la noche, encontróse en los altos de San
Bernardino que miran a Vallehermoso, y desde allí vio la
masa informe del caserío de Madrid con su crestería de
torres y cúpulas, y el hormigueo de luces entre la negrura
de los edificios... Calmada entonces la exaltación homici-
da y destructora volvió el pobre hombre a sus estudios
topográficos: «Este sitio sí que es de primera... Pero no;
me verían los guardas de Consumos que están en esos
cajones, y quizá... son tan brutos... me estorbarían lo
que quiero y debo hacer... Sigamos hacia el cementerio
de la Patriarcal, que por allí no habrá ningún importuno
que se meta en lo que no le va ni le viene. Porque yo

quiero que vea el mundo una cosa, y es que ya me importa un pepino que se nivelen o no los presupuestos, y que me río del *income tax* y de toda la indecente Administración. Esto lo comprenderá la gente cuando recoja mis... restos, que lo mismo me da vayan a parar a un muladar que al propio panteón de los Reyes. Lo que vale es el alma, la cual se remonta volando a eso que llaman... el empíreo, que es por ahí arriba detrás de aquellos astros que relumbran y parecen hacerle a uno guiños llamándole... Pero aún no es hora. Quiero llegarme a ese puerco Madrid y decirles las del barquero a esas indinas *Miaus* que me han hecho tan infeliz.»

El odio a su familia, ya en los últimos días iniciado en su alma, y que en aquél tomaba a ratos los vuelos de frenesí demente o rabia feroz, estalló formidable, haciéndole crispar los dedos, apretar reciamente la mandíbula, acelerar el paso con el sombrero echado atrás, la capa caída, en la actitud más estrafalaria y siniestra. Era ya noche oscura. Resueltamente se dirigió al Conde-Duque, pasó por delante del cuartel, y al aproximarse a la plaza de las Comendadoras, andaba con paso cauteloso, evitando el ser visto, buscando la sombra y mudando de dirección a cada instante. Después de meterse por la solitaria calle de San Hermenegildo, volvió hacia la plazuela del Limón, rondó la manzana de las Comendadoras, aventurándose por fin a atravesar la calle de Quiñones y a observar los balcones de su casa, no sin cerciorarse antes de que no estaban en el portal Mendizábal y su mujer. Agazapado en la esquina de la plazuela oscura, solitaria y silenciosa, miró repetidas veces hacia su casa, queriendo espiar si alguien entraba o salía... ¿Irían las *Miaus* al teatro aquella noche? ¿Vendrían a la tertulia Ponce y los demás amigos? En medio de su trastorno, supo colocarse en la realidad, considerando al fin como seguro e inevitable que, alarmada por la ausencia de su marido, Pura ponía en movimiento a todos los íntimos de la familia para buscarle.

Al amparo de la esquina, como ladrón o asesino que acecha el descuidado paso del caminante, Villaamil alar-

gaba el pescuezo para vigilar sin que le vieran. Propiamente, su cuerpo estaba en la plazuela de las Comendadoras y su cabeza en la calle de Quiñones; su flácido cuello, dotado de prodigiosa elasticidad, se doblaba sobre el
ángulo mismo. «Allá sale el ínclito Ponce de estampía.
De seguro han ido a casa de Pantoja, al café, a todos los
sitios que acostumbro frecuentar... Ese que llega echando los bofes me parece que es Federico Ruiz. De fijo
viene de la prevención o del juzgado de guardia... Habrá
salido a averiguar... ¡Pobrecitos, qué trabajo se toman!
Y cuánto gozo yo viéndoles tan afanados, y considerando
a las *Miaus* tan aturdiditas... Fastidiarse; y usted, doña
Pura de los infiernos, trague ahora la cicuta; que durante
treinta años le he estado tragando yo sin quejarme...
¡Ah!, alguien sale y viene hacia acá... Me parece que es
Ponce otra vez. Agazapémonos en este portal... Sí, él
es... (viendo al crítico atravesar la plazuela de las Comendadoras). ¿A dónde irá? Quizá a casa de Cabrera.
Trabajo te mando... ¿Habrá bobo igual? No, no me en-
contraréis; no me atraparéis, no me privaréis de esta santa libertad que ahora gozo, ¡bendito sea!, ni aunque re-
volváis al mundo entero me daréis caza, estúpidos. ¿Qué
se pretende? (amenazando con el puño a un ser invisible), ¿que vuelva yo al poder de Pura y Milagros, para
que me amarguen la vida con aquel continuo pedir de
dinero, con su desgobierno y su majadería y su presunción? No; ya estoy hasta aquí; se colmó el vaso... Si sigo
con ellas me entra un día la locura, y con este revólver...
con este revólver (cogiendo el mango del arma dentro
del bolsillo y empuñándolo con fuerza), las despacho a
todas... Más vale que me despache yo, emancipándome y
yéndome con Dios... ¡Ah! Pura, Purita, se acabó el suplicio. Hinca tus garras en otra víctima. Ahí tienes a Ponce
con dinero fresco; cébate en él... ahí me las den todas...
¡Cuánto me voy a reír!... Porque esta doña Pura es
atroz, querido Ponce, y como se encuentre con barro a
mano, se armó la fiesta, y mesa y ropa y todo ha de ser
de lo más fino, sin considerar que mañana faltará la condenada libreta... ¡Ay, Dios mío! El último de los artesa-

nos, el triste mendigo de las calles me han causado envidia en esta temporada; así como ahora, desahogado y libre, no me cambio por el rey; no, no me cambio; lo digo con toda el alma.»

44

Fuera del portal, y vuelta a los atisbos. «Sale ahora el chico de Cuevas, afanadillo y presuroso. ¿A dónde irá?... Busca, hijo, busca, que ya te lo pagará doña Pura con una copita de moscatel... Pues la bobalicona de Milagros estará con el alma en un hilo, porque la infeliz me quiere... Es natural; ha vivido conmigo tantos años y ha comido mi pan... Y si vamos a poner cada cosa en su punto, también Pura me quiere... a su modo, sí. Yo también las quise mucho; pero lo que es ahora, las aborrezco a las dos. ¿Qué digo a las dos?, a las tres, porque también mi hija me carga... Son tres apuntes que se me han sentado aquí, en la boca del estómago, y cuando pienso en ellas, la sangre parece que se me pone como metal derretido, y la tapa de los sesos se me quiere saltar... ¡Vaya con las tres *Miaus!*... ¡Bien haya quien os puso tal nombre! No más vivir con locas. ¡Vaya por dónde le dio a mi dichosa hijita! ¡Por enamoriscarse de Víctor!... Porque, o yo no lo entiendo, o aquello era amor de lo fino... ¡Qué mujeres, Dios santo! Prendarse de un zascandil porque tiene la cara bonita, sin reparar... Y que él la desprecia, no hay duda... Me alegro... Bien empleado le está. Chúpate las calabazas, imbécil, y vuelve por más, y cásate con Ponce... Francamente, si uno no se suprimiese por salvarse de la miseria, debiera hacerlo por no ver estas cosas.»

Como observara luz en el gabinete, se encalabrinó más: «Esta noche, Purita de mis entretelas, no hay teatrito, ¿verdad? Gracias a Dios que está usted con la pierna quebrada. ¡Jorobarse!... Ya la veo a usted arbitrando de dónde sacar el dinero para el luto. Lo mismo me da. Sáquelo usted... de donde quiera. Venda mi piel para un

tambor, o mis huesos para botones... ¡Magnífico, admirable, deliciooooso! ...»

Al decir esto vio a Mendizábal en la puerta, y éste,
por desgracia, le vio también a él. Grandes fueron la
alarma y turbación del anciano al notar que el memorialista le observaba con ademán sospechoso. «Ese animal
me ha conocido y viene tras de mí», pensó Villaamil deslizándose pegado al muro de las Comendadoras. Antes
de volver la esquina, miró, y, en efecto, Mendizábal le
seguía paso a paso, como cazador que anda quedito tras
la res, procurando no espantarla. En cuanto traspuso el
ángulo, Villaamil, recogiéndose la capa, apretó a correr
despavorido con cuanta rapidez pudo, creyendo escuchar
los pasos del otro y que un enorme brazo se alargaba y le
cogía por el cogote. Mal rato pasó el infeliz. La suerte
que no había nadie por aquellos barrios, pues si pasa
gente, y a Mendizábal se le ocurre gritar *¡a ése!*, en aquel
mismo punto hubiera acabado la preciosa libertad del
buen cesante. Huyó con increíble ligereza, atravesando la
plazuela del Limón, pasó por delante del cuartel, temeroso de que la guardia le detuviese, y siguiendo la calle del
Conde-Duque, miró hacia atrás, y vio que Mendizábal,
aunque le seguía, quedaba bastante lejos. Sin tomar
aliento, encaminóse hacia la desierta explanada, y antes
que su perseguidor pudiera verle, se ocultó tras un montón de baldosas. Sacando la cabeza con gran precaución
y sin sombrero por un hueco de su escondite, vio al hom-
bre-mono desorientado, mirando a derecha e izquierda, y
con preferencia a la parte del paseo de Areneros, por
donde creyó se había escabullido la caza. « ¡Ah!, sectario
del oscurantismo, ¿querías cogerme? No te mirarás en
ese espejo. Sé yo más que tú, monstruo, feo, más feo
que el hambre, y más neo que Judas. Ya sabes que siempre he sido liberal, y que antes moriré que soportar el
despotismo. Vete al cuerno, grandísimo reaccionario, que
lo que es a mí no me encadenas tú... Me futro en tu
absolutismo y en tu inquisición. Jeríngate, animal, carca
y liberticida, que yo soy libre y liberal, demócrata, y
anarquista y petrolero, y hago mi santísima voluntad...»